GRÖßTE AUSDEHNUNG
REICHES
117
AN)
Sarmatia
Borysthenes
Tanais
Rha
Mare Caspium
Dacia
Tomi
Pontus Euxinus
Colchis
Moesia
Thracia
Armenia
Araxes
Pontus
Philippi
Byzantium
Bithynia
Galatia
edonia
Cappadocia
Mare Aegaeum
Troia
Pergamum
Parthi
Actium
Asia
Mesopotamia
Tigris
Corinthus
Athenae
Ephesus
Mycenae
chaia
Argus
Delus
Lycia
Cilicia
Antiochia
Euphrates
Sparta
Syria
Rhodos
Palmyra
Cnossus
Cyprus
Babylon
Creta
Palaestina
Damascus
ernum
Nazareth
Judaea
Hierosolyma
(Jerusalem)
Bethlehem
renaica
Alexandria
Arabia
Petra
Aegyptus
Nilus

tibi

LATEIN FÜR DICH

2

Texte, Übungen, Begleitgrammatik

Allgemeine Ausgabe

Herausgegeben von
Eva von Scheven
Dirk Weidmann

Erarbeitet von
Zara Akbay (Bergisch Gladbach)
Merve Çoban (Tübingen)
Christina Daniels-Schneider (Langerwehe)
Dr. Ricarda Gäbel (Bad Nenndorf)
Katharina Grubert (Düsseldorf)
Paula Mertens (Berlin)
Benjamin Müllenmeister (Leverkusen)
Dr. Marie-Luise Reinhard (Rüsselsheim)
Luise Rißmann (Berlin)
Eva von Scheven (Berlin)
Melanie Schölzel (Nürnberg)
Dirk Weidmann (Grebenstein)
Stefanie Zimmermann (Berlin)

Beratung
Dr. Cathrin Boerckel (Stromberg)

Cornelsen

tibi 2

LATEIN FÜR DICH

Herausgegeben von: Eva von Scheven, Dirk Weidmann

Erarbeitet von: Zara Akbay (Bergisch Gladbach), Merve Çoban (Tübingen), Christina Daniels-Schneider (Langerwehe), Dr. Ricarda Gäbel (Bad Nenndorf), Katharina Grubert (Düsseldorf), Paula Mertens (Berlin), Benjamin Müllenmeister (Leverkusen), Dr. Marie-Luise Reinhard (Rüsselsheim), Luise Rißmann (Berlin), Eva von Scheven (Berlin), Melanie Schölzel (Nürnberg), Dirk Weidmann (Grebenstein), Stefanie Zimmermann (Berlin)

Beratung: Dr. Cathrin Boerckel (Stromberg)

Redaktion: Dr. Silke Anzinger, Theresia Lehner, Daniela Schmidt; Grammatik und App-Inhalte: Stefanie Ohmsen

Illustrationen: Yaroslav Schwarzstein (außer S. 14 u. r., S. 15 o., S. 21, S. 27, S. 28 l., S. 40 r., S. 43 u., S. 52 o. l., S. 53 o., S. 65, S. 78 o., S. 113 o., S. 118 o., S. 120, S. 124–128, S. 132 u., S. S. 132 u., S. 133 o./m., S. 134 o., S. u., S. 135 f., S. 137 u., S. 138, S. 139 o., S. 140–148, S. 152 u., S. 153, S. 162, S. 170 f., S. 176–179, S. 238 o. m.)
Karten: Klaus Kühner (Vorsatz, Nachsatz, S. 58); Detlev Seidensticker (S. 80)

Umschlaggestaltung und Layoutkonzept: Studio SYBERG, Berlin
Bildnachweis Cover: li.: bpk/Scala, re.: Shutterstock.com/Red Fox studio
Layout und technische Umsetzung: zweiband.media

Begleitmaterialien:

Schulbuch als E-Book	1100031835
Arbeitsheft	978-3-06-123200-9

Die Cornelsen-Lernen-App ist eine fakultative Ergänzung zu tibi, die die inhaltliche Arbeit begleitet und unterstützt. Als solche unterliegt sie nicht der Genehmigungspflicht.

www.cornelsen.de

1. Auflage, 1. Druck 2026

Alle Drucke dieser Auflage sind inhaltlich unverändert und können im Unterricht nebeneinander verwendet werden.

Druck: Livonia Print, Riga

ISBN 978-3-06-123195-8

PEFC
PEFC/12-31-006

PEFC zertifiziert
Dieses Produkt stammt aus nachhaltig bewirtschafteten Wäldern und kontrollierten Quellen.

www.pefc.de

Inhalt

Jetzt mit barrierefreiem Farbkonzept
Mehr Informationen auf *cornelsen.de/bf*

Latein lernen mit tibi

Die Lektion

Die Themen der Lektion entdecken

Als **Einstieg tauchst du** mit einem spannenden **Info-Text** direkt in die **antike Welt** ein.

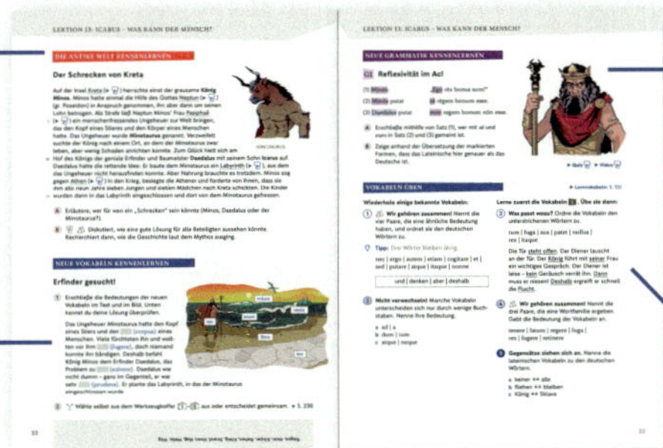

Als nächstes entdeckst du **ein Grammatik-Thema**. Ausführliche Erklärungen findest du in der **Begleitgrammatik** (▶ S. 154).

Nun lernst du **neue Vokabeln** kennen. Du kannst sie aus Text und Bild erschließen. Gemeinsam geht das noch besser – dabei hilft der **Werkzeugkoffer** hinten im Buch (▶ S. 236).

Die **Vokabeln** gibt es immer in drei Portionen (**Lernvokabeln** ▶ S. 124). Hier übst du **Vokabel-Portion I** und **wiederholst** bekannte Vokabeln.

Den lateinischen Text lesen

Die lateinischen **Lesetexte** erzählen **spannende** Geschichten aus der antiken Welt.

Die **drei Abschnitte I, II** und **III** entsprechen den Vokabel- und Grammatik-**Portionen**.

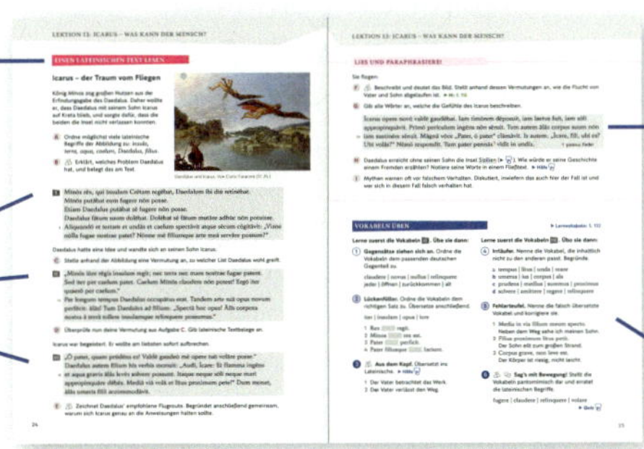

Am Ende steht immer ein Abschnitt, den du beim **Lesen verstehst** und mit eigenen Worten wiedergibst.

Hier findest du auch Übungen für die **Vokabel-Portionen II** und **III**.

Üben und mehr erfahren

Hier übst du alle **Grammatik**-Themen der Lektion gestuft: **Wähle eine Spalte** oder wechsle zwischen beiden!

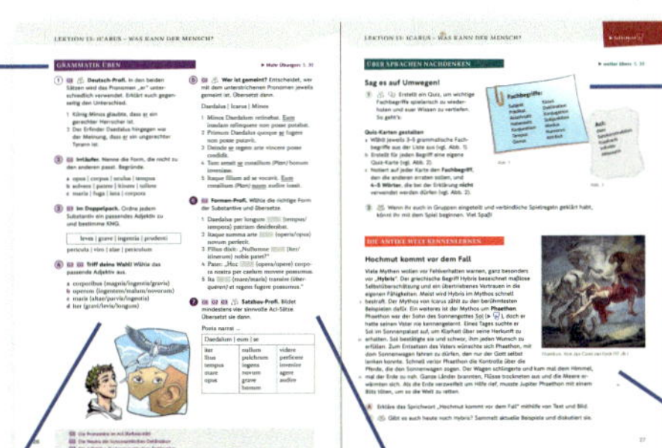

Sprachbildung: Hier denkst du über Latein, Deutsch und andere Sprachen nach. Das hilft dir beim Übersetzen.

links:
leichter und mittel

rechts:
mittel und anspruchsvoll

Im **Sachtext** am Ende erfährst du Wichtiges und Wissenswertes über die **antike Welt**.

Das Buch

Das Buch enthält im Hauptteil **9 Lektionen** (► S. 3–4) – plus Lektion 20 als **‚Bonusmaterial'**.
Zudem enthält es viele weitere Informationen, die du zum Lernen brauchst:

Mehr erfahren und Training: Entdecke die Extras:

Auftakt: Auf einer Doppelseite tauchst du in die Themen der nächsten drei Lektionen ein.

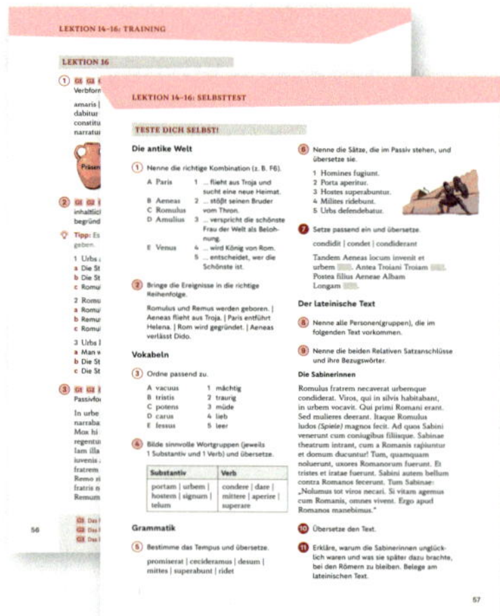

Training: Eine Extra-Seite Üben zu **jeder Lektion**! Immer nach drei Lektionen findest du sie und danach den großen **Selbsttest** (mit Lösungen ► S. 234).

Damals & Heute: Hier kommen **antike Persönlichkeiten** zu Wort. Und wir fragen uns: Und **heute**? Wie ist das für uns?

Alles, was du zum Lernen brauchst: Entdecke die Anhänge:

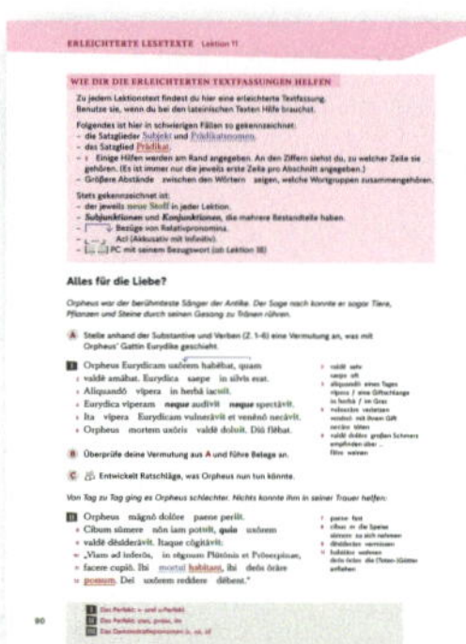

Erleichterte Fassungen der **Lesetexte:** Hier findest du mehr Hilfen und Tipps für die Übersetzung. Hier findest du auch **Links** zu den Texten auf **Lateinlex.de.**

M wie Methode. Hier erfährst du, wie du **effektiv lernst**, dich optimal auf Prüfungen vorbereitest und vieles mehr. **Querverweise** im Buch (► **M:** S. 108) führen dich direkt zur passenden Methode.

Die **Lernvokabeln** haben immer **drei Portionen** (**I**, **II**, **III**), passend zum Lektionstext und zu den Übungen. In der rechten Spalte findest du Tipps, Merkhilfen und Extra-Infos.

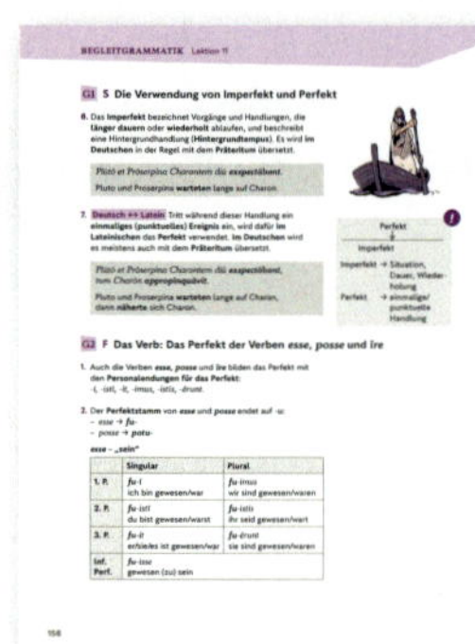

G wie Grammatik. Hier findest du Erklärungen zu allen Grammatik-Themen jeder Lektion. Die G-Schritte **G1**, **G2** usw. führen dich schnell zum gesuchten Thema.

Digital unterwegs? Entdecke die kostenlose Cornelsen Lernen App:

Zu deinem Buch erhältst du ein kostenloses digitales **Materialpaket.** Dieses Symbol im Buch zeigt dir, dass es digitale Inhalte gibt. →

Im Materialpaket findest du digitale **Hilfen** und **Lösungshinweise**, **Erklärvideos**, **Quiz** und **Selbsttests.**

Dein Materialpaket findest du hier:
go.cornelsen.de/aka586b

Siehst du eines dieser Symbole in deinem Buch, kannst du in deiner App über die Eingabe der Seitenzahl das entsprechende Material finden.

▶ Hier findest du eine Erklärung, ein Bild oder eine Info direkt zu einem schwierigen Wort.

Im **▶ Quiz** kannst du sofort testen, ob du die neue **Grammatik** verstanden hast. Oder schau sie dir im **▶ Video** an.

▶ Selbsttest
Die Antike Welt, Vokabeln, Grammatik, Der lateinische Text – am Ende jeder Lektion kannst du dein Wissen in allen Bereichen testen.

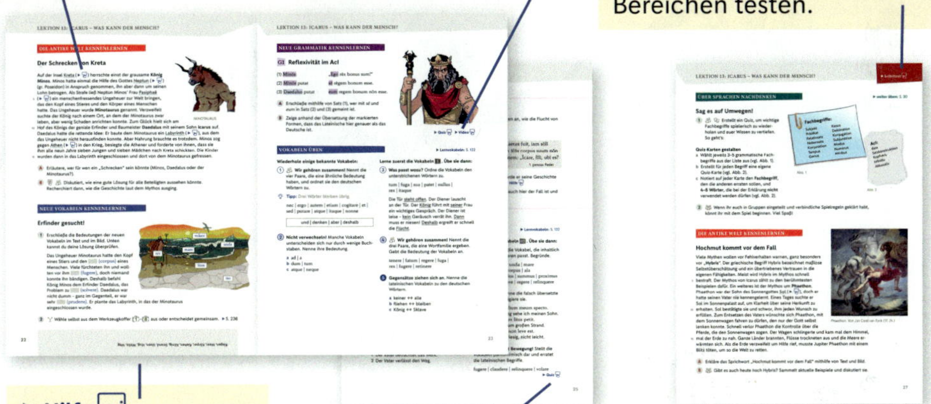

▶ Hilfe
Hier findest du Hilfe zu einer Aufgabe.

▶ Quiz
Festige deinen Wortschatz mit dem Vokabel-Quiz in jeder Lektion.

Aufgaben: Zeichen und Symbole

- Paararbeit: Arbeitet zu zweit.
- Gruppenarbeit: Arbeitet zu dritt oder viert.
- Gemeinsam: Geht arbeitsteilig vor und teilt eure Ergebnisse. Zeichnet z. B. Vokabeln, tauscht eure Zeichnungen dann untereinander und lasst die anderen die Wörter erraten.
- Wahlaufgabe: Hier kannst du zwischen zwei Aufgaben wählen.
- Extra-Aufgabe: Diese Aufgabe ist optional.
- Medienkompetenz

- Schreiben
- Zeichnen
- Szenisches Spiel
- Kreativ

Schwierigkeitsgrad

leicht ① ①

mittel ① ①

anspruchsvoll ① ①

GÖTTER, HELDEN, MYTHEN

In den nächsten drei Lektionen lernst du antike Mythen über Götter und Helden kennen. Du erfährst:

- wie der Sänger Orpheus einen Ort aufsuchte, den noch nie ein Lebender betreten hatte. ▶ S. 10
- wer der stärkste Superheld war. ▶ S. 16
- wie Daedalus die erste Flugmaschine gebaut haben soll. ▶ S. 22

1 Auf dieser Doppelseite seht ihr die zwölf olympischen Götter. Sie heißen so, weil man glaubte, dass sie auf dem Berg Olymp in Griechenland wohnten. Hinzu kommen die beiden Gottheiten der Unterwelt.

a Sechs der Götter kennt ihr schon. Ordnet ihnen mithilfe ihrer Attribute die Namen zu und nennt ihre Zuständigkeit.
b Ordnet auch den übrigen Göttern ihre Namen und Zuständigkeiten zu. Die Tabelle hilft euch dabei.

2 Wähle eine Gottheit aus, die dich besonders interessiert. Recherchiere mehr über sie und stelle sie der Lerngruppe vor.

Name	Attribut	Zuständigkeit
Jupiter	Blitz, Adler	Wetter; oberster Gott
Juno	Pfau	Ehe
Minerva	Eule, Helm	Weisheit, Krieg
Mars	Waffen	Krieg
Venus	Rose, Taube	Liebe
Neptun	Dreizack	Meer
Apollo	Leier, Bogen	Weissagung, Dichtung, Heilkunde
Diana	Bogen	Jagd
Ceres	Getreide	Erde, Ernte
Vulcanus	Amboss	Schmied
Merkur	Flügelhelm und -schuh	Handel, Götterbote
Vesta	Feuer	Herdfeuer
Pluto	Zweizack	Unterwelt
Proserpina	Granatapfel	Unterwelt

DIE ANTIKE WELT KENNENLERNEN

Der Abstieg in die Unterwelt

CERBERUS

Was kommt nach dem Tod? Auch die Römer stellten sich diese Frage. Sie glaubten an ein Leben nach dem Tod in der **Unterwelt**. Dorthin gelangte nach dem Tod des Körpers die Seele eines Menschen. Das ist der Teil des Menschen, den man nicht anfassen kann und der jeden einzigartig macht. In der Unterwelt herrschten der Gott **Pluto** (▶) und seine Ehefrau **Proserpina** (▶). Der Fluss Styx trennte die Ober- von der Unterwelt. Ihn überquerte die Seele mithilfe des Fährmanns (▶) **Charon**. Dafür musste sie eine Münze zahlen, die man den Toten bereits beim Begräbnis unter die Zunge legte. Außerdem musste die Seele an dem gefürchteten, dreiköpfigen Hund **Cerberus** vorbeikommen. Er bewachte den Eingang in das Totenreich und sorgte dafür, dass kein Lebender sich hineinschmuggeln und auch kein Toter wieder herauskommen konnte. In der Unterwelt selbst gab es mehrere Bereiche. Die meisten Seelen verweilten in den **asphodelischen Feldern** (▶). Dort gab es weder Trauer noch Schmerz, aber auch kein Glück. Die Seelen derjenigen, die besonders vorbildlich gelebt hatten, durften im **Elysium** ewig glücklich sein. In den **Tartarus** hingegen gelangten die Seelen derjenigen, die Schuld auf sich geladen hatten. Dort litten sie ewige Qualen.

A Erstelle eine Skizze (z. B. Zeichnung) der Unterwelt. Beschriftet dann gegenseitig die Bereiche der Unterwelt.

B Vergleicht das Unterweltsmodell der Antike mit den Jenseitsvorstellungen anderer Religionen (z. B. des Christentums oder des Islams).

NEUE VOKABELN KENNENLERNEN

Was kommt nach dem Tod?

1 Erschließe die Bedeutungen der neuen Vokabeln im Text und im Bild. Unten kannst du deine Lösung überprüfen.

Jeder Mensch muss am Ende seines Lebens ___ (perire) und ist dann ___ (mortuus). Nach antiker Vorstellung gelangt die Seele nach dem ___ (mors) in die Unterwelt. Der Weg dorthin ist nicht kurz, sondern ___ (longus): Er führt über den Fluss Styx und an Cerberus vorbei. In der Unterwelt herrscht ewige Finsternis (▶), denn dort scheint kein ___ (lux). Die Seelen von Verbrechern müssen im Tartarus schwere Qualen ___ (sustinere) und leiden dabei ___ (valde).

2 Wähle selbst aus dem Werkzeugkoffer 1–6 aus oder entscheidet gemeinsam. ▶ S. 236

Wald, Licht, tot, Tod, lang, ertragen, sehr, töten, sterben

NEUE GRAMMATIK KENNENLERNEN

G1 Das Perfekt

Plūtō: „Ubī est Charōn? Ego Charontem (*Akk. von* Charōn) vocāvī."

Prōserpina: „Audīvī: Tū Charontem vocāvistī."

Sed Charōn Plūtōnem nōn audīvit.

Posteā Charōn Prōserpinae et Plūtōnī appropinquat.

Dīcit: „Salvēte! Cūr vōs vocāvistis?"

Prōserpina: „Nōs vocāvimus, quia hominēs ad nōs dūcere dēbēs."

Tum Charōn hominēs, quī exspectāvērunt, ad Plūtōnem et Prōserpinam dūcit.

A Übersetze den Text und achte auf die Wiedergabe der markierten Verbformen.

B Das Perfekt hat eigene Personalendungen. Ordne sie den Personen zu.

C Lege eine Konjugationstabelle an und trage die Perfektformen von *vocare* mit Übersetzung ein. Ergänze die übrigen Formen. ▶ **Hilfe** ▶ **Quiz** ▶ **Video**

VOKABELN ÜBEN

▶ **Lernvokabeln:** S. 124

Wiederhole einige bekannte Vokabeln:

1 **Was gehört wohin?** Ordne die Vokabeln passend zu. ▶ **Hilfe**

ire | flere | viam facere | dolere | movere | adire | orationem audire | timere | coniugem amare | redire | spectare | animum movere

2 **Sag's mit Bewegung!** Stellt die Vokabeln pantomimisch dar und erratet die lateinischen Begriffe.

ducere | magnus | iacere | vulnerare | dolor | vipera

Lerne zuerst die Vokabeln I. Übe sie dann:

3 **Vokabel gesucht.** Nenne die Bedeutung der lateinischen Vokabeln.

1 ____ (*silva*) besteht aus Bäumen.
2 ____ (*vipera*) ist oft giftig.
3 Orpheus liebte die Musik ____ (*valde*).
4 Löwen können ihre Beute ____ (*necare*).

4 **Aus dem Kopf.** Nennt zu den unterstrichenen Wörtern die lateinischen Vokabeln in der Grundform. ▶ **Hilfe**

Eines Tages sah ich eine Schlange im Wald. Weder bewegte sie sich noch war sie zu hören. Sie lag im Gras und lauerte.

EINEN LATEINISCHEN TEXT LESEN

Alles für die Liebe?

Orpheus war der berühmteste Sänger der Antike. Der Sage nach konnte er sogar Tiere, Pflanzen und Steine durch seinen Gesang zu Tränen rühren.

Orpheus und Eurydike. Von Catherine Adelaide Sparkes (um 1900)

A Stelle anhand der Substantive und Verben (Z. 1–6) eine Vermutung an, was mit Orpheus' Gattin Eurydike geschieht.

I Orpheus Eurydicam uxōrem habēbat, quam valdē amābat. Eurydica saepe in silvīs erat. Aliquandō vīpera in herbā iacuit. Eurydica vīperam neque audīvit neque spectāvit. Ita vīpera Eurydicam vulnerāvit et venēnō necāvit. Orpheus mortem uxōris valdē doluit. Diū flēbat.

B Überprüfe deine Vermutung aus **A** und führe Belege an.

C Entwickelt Ratschläge, was Orpheus nun tun könnte.

Von Tag zu Tag ging es Orpheus schlechter. Nichts konnte ihm in seiner Trauer helfen:

II Orpheus māgnō dolōre paene periit. Cibum sūmere nōn iam potuit, quia uxōrem valdē dēsīderāvit. Itaque cōgitāvit: „Viam ad īnferōs, in rēgnum Plūtōnis et Prōserpinae, facere cupiō. Ibi mortuī habitant, ibi deōs ōrāre possum. Deī uxōrem reddere dēbent." Profectō Orpheus, quamquam timuit, rēgnum Plūtōnis adiit. Via longa et dūra fuit, sed tandem Orpheus apud mortuōs fuit.

Dort erklärte er den Göttern, warum er den Weg in die Unterwelt auf sich genommen hatte:

III „Causa viae est coniūnx: Eam dēsīderō. Mortem eius nōn sustineō. Sine eā vīvere nōn possum. Ō fātum dūrum! Tollite id, vōs ōrō: Reddite mihī uxōrem meam!"
Tum Plūtō: „Verba tua audīvimus. Deī dūrī sumus, sed arte tuā et amōre vestrō etiam nostrōs animōs movēre potuistī. Tibi licet uxōrem ad lūcem dūcere. Sed ea post tē īre dēbet. Tibi nōn licet ad eam spectāre, dum ad lūcem reditis."

D Weise am Text Orpheus' große Liebe zu Eurydike nach.

E Finde für *Tollite id* (Z. 13) eine treffende Übersetzung. Vergleicht dann und diskutiert, welche „angemessenem Deutsch" am nächsten kommt. ▶ **M:** S. 110 B

Überglücklich befolgte Orpheus die Anweisungen und machte sich auf den langen Weg Richtung Erdoberfläche.

LIES UND PARAPHRASIERE!

F Nennt die Textstelle, die beschreibt, dass Orpheus sich falsch verhält.

Iam lūcem sōlis spectāvērunt. Eurydica post coniugem iit, sed Orpheus eam nōn audīvit. Itaque Orpheus ad uxōrem spectāvit, quamquam id facere eī nōn licuit. Eurydica clāmāvit: „Vae! Fātum mē miseram iterum ad īnferōs vocat.“ Tum ex oculīs Orpheī abiit.

G Arbeitet aus dem Text heraus, aus welchem Grund Orpheus sich falsch verhält.

H Weise der Abbildung die passende Textstelle zu.

I Diskutiert, ob der Ausgang der Geschichte gerecht ist.

VOKABELN ÜBEN

▶ **Lernvokabeln:** S. 124

Lerne zuerst die Vokabeln II. Übe sie dann:

1 **Gegensätze ziehen sich an.** Ordne die Vokabeln passend zu.

reddere | vita | mors | sumere

a ___ (das Leben) ↔ ___ (der Tod)
b ___ (nehmen) ↔ ___ (zurückgeben)

2 **Fehlerteufel.** Nenne die Vokabel, die falsch übersetzt wurde, und korrigiere die Übersetzung.

1. In regno Plutonis mortui habitant. | Im Tempel des Pluto wohnen die Toten.
2. Homines perire debent. | Menschen müssen töten.
3. Orpheus mortem uxoris dolet. | Das Schicksal der Ehefrau schmerzt Orpheus.

3 **Aus dem Kopf.** Übersetzt ins Lateinische. ▶ **Hilfe**

1. Der Weg ist wirklich hart.
2. Obwohl sie leidet, weint sie nicht.
3. Er ist nicht bei der Ehefrau.

Lerne zuerst die Vokabeln III. Übe sie dann:

4 **Lückenfüller.** Ordne die Vokabeln passend zu.

uxor | venenum | vivis | lux | post | amor

1. ___ vitam mors venit.
2. Si non ___, mortuus es.
3. Si ___ sumis, id te necat.
4. ___ mulier, non vir est.
5. ___ solis clara est.
6. ___ parentum magnus est.

5 **Nicht verwechseln!** Manche Wörter unterscheiden sich nur durch wenige Buchstaben. Nenne ihre Bedeutungen.

a meus | deus **b** dum | tum
c reddere | redire **d** is | ita

6 MK **Fremdsprachen-Profi.** Nennt die Bedeutung der englischen Vokabeln, indem ihr auf ihren lateinischen Ursprung eingeht. Überprüft mit einem Wörterbuch.

art | fate | long | mortal | reign

7 Erstelle ein Sachfeld mit lateinischen Vokabeln zum Thema „Leben und Tod“. ▶ **Hilfe** ▶ **Quiz**

GRAMMATIK ÜBEN

▶ **Mehr Übungen:** S. 28

1 G1 **Ordnung muss sein.** Ordne die Perfektformen nach Person und Numerus. Übersetze sie dann. ▶ **Hilfe**

necavit | doluisti | iacui | debuisti | audivi | exspectavistis | pugnavimus | licuit | clamaverunt | temptavit | servavi | valuistis | docuimus

2 G1 G2 **Triff deine Wahl!** Setze die passende Form ein und übersetze dann die Sätze.

redisti | fuistis | potui | periit | oravi

1 „O dei magni, cur tam duri ___?
2 Cur Eurydica ___?
3 Quamquam multa temptavi et inferos ___, uxorem a morte servare non ___.
4 Tu, Eurydica, non ad me ___."

3 G1 G2 **Was gehört wohin?** Ordnet die Verbformen richtig zu und übersetzt abwechselnd.

rogo | eram | iacuimus | addebat | exspectabas | audivisti | spectaverunt | tollis | dolui | temptavisti | pereunt | timuit | veniebamus | isse | reddunt | adisti | servabam | rapuisse

4 G3 **Triff deine Wahl!** Wähle das Substantiv aus, das in KNG zur Form von *is, ea, id* passt.

a eius ___ (deus/uxoris/matri)
b ei ___ (monti/servi/regna)
c eum ___ (orationem/fatum/iuvenem)
d eorum ___ (animum/oculorum/mors)

5 G1 **Bring's zu Ende!** Setze die passenden Perfektendungen ein. Übersetze anschließend.

1 Orpheus: „Eurydicam valde amav___."
2 Vīpera Eurydicam veneno necav___.
3 Multi homines Plutonem et Proserpinam timu___.
4 Pluto ad Orpheum: „Cur tu ad inferos ire cupiv___?"
5 Orpheus: „Uxorem valde desiderav___."

6 G1 G2 **Perfekt gesucht.** Nenne und übersetze die versteckten Perfektformen.

7 G1 G3 **Irrläufer.** Nenne das Wort, das nicht in die Reihe passt. Begründe.

a pugnavit | sustinui | sumo | habuisti
b eos | eunt | eis | eorum | eius

8 G1 G2 G3 **Anders erzählt.** Ersetzt die unterstrichenen Substantive durch die passende Form von *is, ea, id*. Übersetzt anschließend den Text.

eis | ei | id | ea | is

Orpheus laetus erat. Orpheus uxorem pulchram habebat. Eurydicae in silvis esse placebat. Sed in silvis periculum erat. Eurydica periculum sentire non potuit: Nam viperam non spectavit. Vipera Eurydicam veneno necavit.

G1 Das Perfekt: v- und u-Perfekt
G2 Das Perfekt: *esse, posse, ire*
G3 Das Demonstrativpronomen *is, ea, id*

ÜBER SPRACHEN NACHDENKEN

▶ weiter üben: S. 28

Perfekt erklärt! Eine kleine Formenreise.

1 Übersetze die lateinischen Formen ins deutsche Perfekt und in eine weitere dir bekannte Sprache.

Lateinisch	Deutsch	Weitere Sprache
audiv-erunt		
fu-imus		
i-it		
potu-istis		

2 Beschreibe anhand von Aufgabe **1** die Bildung des lateinischen und deutschen Perfekts und vergleiche sie. Nutze dafür die Begriffe auf dem Zettel.

Personalendung
Hilfsverb haben/sein
Verbform
Personalpronomen
Partizip II (z. B. „gelaufen")
Perfektstamm

DIE ANTIKE WELT KENNENLERNEN

Das Urteil: Ewig im Tartarus!

Jeder fürchtete ihn: den Tartarus, wo die Verbrecher nach dem Tod ewige Strafen erlitten. Einer von ihnen war **Sisyphus**, der durch sein frevelhaftes (▶) Verhalten die Götter sehr zornig gemacht hatte. Sisyphus hatte einen mächtigen Gegner ausgetrickst, gegen den auf Dauer niemand gewinnen kann: Thanatos (▶), den Tod persönlich! Um nicht sterben zu müssen, machte Sisyphus Thanatos betrunken und fesselte ihn dann. Keine gute Idee! Das gefiel den Göttern nämlich ganz und gar nicht. Besonders der Kriegsgott Mars (▶) war wütend. Dadurch, dass der Tod gefesselt war, starb nämlich niemand mehr auf dem Schlachtfeld. Mars fand Thanatos, befreite ihn und übergab ihm Sisyphus. Der bekam nun seine gerechte Strafe: Sisyphus landete im Tartarus. Dort muss er einen großen Stein auf den Gipfel eines Berges rollen, der ihm immer dann wieder entgleitet, wenn er fast oben angekommen ist. Anschließend muss Sisyphus seine Arbeit wieder von Neuem beginnen. Was für eine Quälerei!

A Erkläre die Redewendung „Das ist ja eine Sisyphusarbeit!" und gib eine Beispielsituation an, in der du sie verwenden könntest.

B Informiert euch über Tantalus und erläutert sein Schicksal in der Unterwelt.

DIE ANTIKE WELT KENNENLERNEN

HERCULES

Hercules – „Superman“ der Antike

Der Held **Hercules** (gr. Herakles) war ein Sohn des Jupiter (gr. Zeus) und der sterblichen Alkmene (▶) und somit ein **Halbgott**. Er war unglaublich stark und erwürgte bereits als Baby zwei Schlangen, die ihn im Auftrag der eifersüchtigen Juno (gr. Hera) töten sollten. Später besiegte er viele Ungeheuer, vor denen sich die Griechen fürchteten. Kein Wunder, dass er in ganz Griechenland so bekannt und beliebt war!
Hercules hatte einen großen Wunsch: Er wollte so unsterblich werden wie sein Vater. Um das zu erreichen, musste er bei König Eurystheus (▶) **zwölf Arbeiten** ableisten. So hatte es das Orakel (▶) in Delphi ihm vorausgesagt. Eurystheus mochte Hercules nicht und stellte ihm Aufgaben, die als unlösbar galten, die Hercules aber dennoch bewältigte. Zuerst tötete er den eigentlich unbezwingbaren **Nemeischen Löwen** (▶). Von da an trug er das Fell des Löwen als sein Markenzeichen über den Schultern. Ein anderes Mal sollte er die **Äpfel der Hesperiden** (▶) aus ihrem von Drachen bewachten Garten am Rande der Welt stehlen. Auch diese Aufgabe meisterte er. Zuletzt sollte er sogar den **Cerberus** aus der Unterwelt entführen. Als er auch diese Aufgabe bewältigte, gab Eurystheus verzweifelt auf und die Weissagung des Orakels erfüllte sich: Hercules wurde unsterblich!

A Nenne die Attribute, mit denen Hercules auf der Abbildung oben dargestellt ist, und ordne sie seinen Arbeiten zu.

B ⊕ Informiert euch pro Gruppe über eine der zwölf Heldentaten (außer „Die Äpfel der Hesperiden“) und erstellt dazu eine kreative Präsentation. ▶ M: S. 120

NEUE VOKABELN KENNENLERNEN

Hercules und der Löwe

1 Erschließe die Bedeutungen der neuen Vokabeln im Text und im Bild. Unten kannst du deine Lösung überprüfen.

Der König rief Hercules zu sich: „Ich habe eine mühsame ___ (labor) für dich, die du für mich leisten sollst: Bring mir das Fell des Nemeischen Löwen!“ Hercules wusste, dass der Löwe nicht zahm, sondern sehr ___ (saevus) und gefährlich war. Trotzdem machte er sich auf die Suche. Der Löwe war sehr leicht zu ___ (invenire), denn er hatte eine Spur der Zerstörung hinterlassen. Der Held kämpfte gegen ihn und konnte ihn am Ende ___ (vincere), indem er ihn mit bloßen Händen tötete.

2 Wähle selbst aus dem Werkzeugkoffer 1 – 6 aus oder entscheidet gemeinsam. ▶ S. 236

Himmel, glauben, Arbeit, finden, besiegen, wild, Drache, Apfel, erzählen, Erde

NEUE GRAMMATIK KENNENLERNEN

G1 Die Zeitverhältnisse im AcI

(1) Māter **vidēt** Herculem cum vīperīs **pūgnāre**.

(2) Posteā māter **nārrat** Herculem cum vīperīs **pūgnāvisse**.

A In beiden Sätzen kommen zwei Handlungen vor. Benenne sie.

B Beschreibe den Unterschied im AcI zwischen Satz (1) und (2).

C Erkläre, welche Handlung vor welcher liegt.

▶ Quiz ▶ Video

VOKABELN ÜBEN

▶ Lernvokabeln: S. 126

Wiederhole einige bekannte Vokabeln:

1 **Was passt wozu?** Ordne die Vokabeln den passenden Bildern zu.

A deus **B** mons
C umerus **D** dolere

2 **Bedeutung gesucht.** Nenne die Bedeutung der unterstrichenen Vokabeln.

Poetae <u>dicebant</u> deos in monte habitare. <u>Aliquando</u> iuvenis deos <u>adire</u> voluit. Iuvenis viro appropinquavit et rogavit: „Ubi dei sunt?" Sed vir iuveni viam <u>ostendere</u> non potuit. Iuvenis id <u>valde</u> <u>doluit</u>. A monte abiit et domum <u>rediit</u>.

Lerne zuerst die Vokabeln I. Übe sie dann:

3 **Lückenfüller.** Ordnet die Vokabeln passend zu. Übersetzt dann die Sätze.

altus | caelo | narrat | labores

1 Hercules iuvenis multos ___ sustinet.
2 Poeta de Hercule ___.
3 Sol in ___ est.
4 Mons ___ est.

4 **Sag's mit Bildern!** Zeichnet die Vokabeln. Erratet sie dann gegenseitig und nennt die Bedeutung.

caelum | labor | narrare | terra | stare | discedere | scire | via

EINEN LATEINISCHEN TEXT LESEN

Hercules – Wer überlistet hier wen?

Auf der Suche nach den Äpfeln der Hesperiden gelangte Hercules an den Rand der Welt, wo er auf den Titan (▶) Atlas traf.

A Seht euch die Abbildung an und stellt Vermutungen über den Inhalt des ersten Abschnitts an. Belegt am Text.

I Atlās in terrā ut mōns altus stābat. Poētae nārrant Atlantem umerīs caelum sustinuisse. Etiam nārrant Iovem, summum deum, eum labōrem Atlantī imposuisse. Cōnstat onus[1] māgnum fuisse. Poētae dīcunt Atlantem miserum fuisse et valdē doluisse. Aliquandō Herculēs Atlantem adiit.

1 onus *n*: Last

B Der Göttervater Jupiter hat Atlas zu einer Arbeit verpflichtet. Belege am Text (Z. 1–7), wie der Titan diese Arbeit empfindet.

Hercules wusste, dass Atlas ihm helfen konnte. Aber würde er es auch wirklich tun?

C Arbeitet heraus, von welcher Gefahr Atlas dem Hercules berichtet und welchen „Aufgabentausch“ er vorschlägt.

II Herculēs ad eum accessit et dīxit: „Salvē, Atlās! Valēsne?“ Atlās respondit: „Nōn valeō. Iūppiter iussit mē caelum sustinēre. Cūr autem tū hūc vēnistī?“ Herculēs: „Pōma Hesperidum iam diū quaerō, sed adhūc ea nōn invēnī. Putō tē mihī viam ostendere posse.“ Atlās: „Possum! Sed sciō dracōnem saevum pōma custōdīre. Cōnstat eum iam multōs iuvenēs necāvisse. Sed egō dracōnem vincere et pōma eī ēripere possum. Tū autem tenē caelum!“

Genauso geschah es auch:

III Ergō hic caelum tenuit, ille īnsulās Hesperidum adiit. Cōnstat Atlantem profectō ad īnsulās pervēnisse et dracōnī pōma ēripuisse et ad Herculem redīsse. Huic, quī adhūc caelum tenuit, Atlās dīxit: „Illa pōma invēnī. Illud officium fēcī, sed hoc officium servāre nōn iam cupiō. Tandem līber esse cupiō!“ Tum pōma ante pedēs Herculis posuit et discessit.

Natürlich blieb es nicht dabei. Mit einer List überredete Hercules Atlas, nochmals – ganz kurz! – den Himmel zu halten, nahm dann schnell die Äpfel an sich und suchte das Weite.

D Welche listigen Worte hat Hercules wohl gefunden, um Atlas zu überzeugen? Verfasse einen möglichen Dialog zwischen den beiden. ▶ **Hilfe**

E Weist am Text nach, dass es sich hier um einen Mythos (▶) handelt.

LIES UND PARAPHRASIERE!

F Gib an, welche der zwölf Arbeiten in Z. 21–22 gemeint sind. Belege dies am Text.

G Nenne zwei Konnektoren in dem Satz Z. 23–24, die einen Gegensatz aufzeigen. Erkläre, worin der Gegensatz besteht, und paraphrasiere die Textstelle. ▶ **M:** S. 112 A

Poētae nārrant Herculī multōs labōres fuisse. Cum Hydrā dracōne pūgnāvit, leōnem[2] adiit, taurum temptāvit. Hōs cunctōs vīcit. Herculēs multa perīcula adiit; neque vītam āmīsit, sed semper victor fuit, quamquam ea perīcula summa erant. Itaque Herculī māgna glōria est. Etiam adhūc clārus est.

2 leō, leōnis *m*: Löwe

H Hercules zählt bis heute zu den berühmtesten Helden. Erläutert mögliche Gründe.

VOKABELN ÜBEN

▶ **Lernvokabeln:** S. 126

Lerne zuerst die Vokabeln II. Übe sie dann:

1 **Wir gehören zusammen!** Nennt die Bedeutung der Vokabeln.

Sprechen: iubere | narrare | respondere
Eigenschaften: saevus | altus | summus

2 **Lückenfüller.** Ordne die Vokabeln passend den Vergleichen zu.

mons | poma | terra | draco

a saevus ut
b altus ut
c magna ut
d rubra *(rot)* ut

3 **Gegensätze ziehen sich an.** Nenne die lateinischen Vokabeln zu den deutschen Wörtern. ▶ **Hilfe**

a suchen ↔ finden
b stehen ↔ rennen
c glauben ↔ wissen

Lerne zuerst die Vokabeln III. Übe sie dann:

4 **Was passt wozu?** Ordne die Vokabeln ihrer Bedeutung zu.

eripere | vincere | ille | ponere | pes
jener | rauben | der Fuß | legen | siegen

5 **Erklär's mir!** Umschreibt die Wendungen auf Deutsch, aber ohne ihre Bedeutung zu nennen. Erratet die lateinischen Begriffe.

viam ostendere | periculum adire | laborem imponere | officium facere | caelum tenere

6 **Nicht verwechseln!** Manche Vokabeln unterscheiden sich nur durch wenige Buchstaben. Nenne ihre Bedeutung. Übersetze die Sätze.

1 Hic iuvenis est.
2 Hic huc venit.
3 Iuvenem adhuc non video. ▶ **Quiz**

GRAMMATIK ÜBEN

▶ **Mehr Übungen:** S. 29

1 G1 **Was ist was?** Ordne den AcI jeweils die richtige Übersetzung zu. Begründe.

1 Scimus Herculem multa sustinere.
2 Scimus Herculem multa sustinuisse.
a Wir wissen, dass Hercules viel erträgt.
b Wir wissen, dass Hercules viel ertrug.

2 G2 **Was gehört wohin?** Ordnet die Formen richtig zu.

imperavit | tenes | temptamus | monuisti | petiverunt | eripio | imposuisse | movi | venit | ostendimus | dixistis | iusserunt | quaesivi | legunt | narrant | stetisti

3 G2 **Infinitive gesucht.** Nenne die Infinitive zu den Perfektformen und übersetze die Form.
Beispiel: vocavi → vocare; ich habe gerufen

timuerunt | amavimus | potuisti | eripui | iussit | invenistis | dixerunt | accessimus | amisit | fuisti | periit | ostenderunt

4 G3 **Formen-Profi.** Wähle die in KNG passende Form von *hic, haec, hoc* oder *ille, illa, illud* aus und übersetze.

a (illa/illae) terra
b (hunc/hoc) laborem
c (illius/illi) caeli
d (has/his) vias
e (illi/illo) dracones
f (hae/haec) officia
g (illius/illis) pomis
h (hos/hi) deos

5 G1 **Triff deine Wahl!** Entscheide, ob im AcI Vor- oder Gleichzeitigkeit vorliegt und begründe. Übersetze anschließend.

1 Herculem clarum esse scimus.
2 Eum filium dei fuisse constat.
3 Eum etiam leonem *(Löwe)* necavisse audivimus.
4 Romani credebant deos deasque esse.

6 G2 **Irrläufer.** Nenne die Form, die nicht in die Reihe passt. Begründe.

a petivit | potuit | placuit | perit
b fecimus | facit | fecerunt | fecistis
c vocare | sustinuisse | legisse | uxore

7 G2 G3 **Gegensätze ziehen sich an.** Übersetzt abwechselnd.

a hic clamavit ↔ ille tacuit
b hoc apportavi ↔ illud amisi
c haec verba audiverunt ↔ illa verba dixerunt
d illam quaesivisti ↔ hanc invenisti

8 G3 **Was passt wozu?** Ordne jedem Substantiv je eine passende Form von *hic* und *ille* zu. Übersetze die Verbindungen.

Tipp: Es gibt verschiedene Möglichkeiten.

caelo | regna | silvae | luci | uxoribus

haec | hoc | huic | huius | has | his | hae

illis | illi | illo | illae | illas | illius | illa

9 G1 G2 G3 **Satzbau-Profi.** Sortiert die Bausteine zu einem sinnvollen Satz mit AcI und übersetzt.

a poma | scimus | invenisse | Herculem
b illum | multa | constat | officia | fecisse
c itaque | illum | multi | virum | clarum | dicunt | esse

G1 Die Zeitverhältnisse im AcI
G2 Das Perfekt: weitere Verben
G3 Die Demonstrativpronomina *hic* und *ille*

▶ Selbsttest

ÜBER SPRACHEN NACHDENKEN

▶ weiter üben: S. 29

Was war wann? Entschlüssle das Zusammenspiel der Zeiten.

1 Erläutere, warum alle angegebenen Übersetzungen für die Sätze **1** und **2** korrekt sind. Die Fachbegriffe auf dem Zettel helfen dir dabei.

Prädikat | vorzeitig | Infinitiv | AcI | Zeitverhältnis | gleichzeitig | Ausgangssprache bzw. Zielsprache (▶ **M:** S. 110 B)

1 Poetae Atlantem valde doluisse narrant.	**2** Hercules Atlantem caelum tenere vidit.
Die Dichter erzählen, ... dass Atlas sehr litt. ... dass Atlas sehr gelitten hat. ... dass Atlas sehr gelitten habe.	Hercules sah, ... dass Atlas den Himmel getragen hat. ... dass Atlas den Himmel trug. ... dass Atlas den Himmel trägt.

2 Gib an, für welche Übersetzung du dich jeweils entscheiden würdest, und begründe.

DIE ANTIKE WELT KENNENLERNEN

Helden und ihre Mythen

Amazonen im Kampf. Griechische Vasenmalerei (4. Jh. v. Chr.)

In der Antike gibt es unzählige Geschichten über Heldinnen und Helden, über Götter, Halbgötter und auch Menschen, die mit Göttern Umgang hatten und übermenschliche Taten vollbrachten. Eine solche Erzählung nennt man **Mythos**. Manche Mythen versuchen Unbekanntes zu erklären (z. B. die Entstehung der Welt), einige enthalten ein Körnchen historische Wahrheit. Im Mythos vermischen sich Realität und Fantasie. Einige Helden waren so beliebt, dass sie nicht nur in der Literatur, sondern auch auf Wandmalereien, Mosaiken (▶) und als Statuen dargestellt wurden.
Solche Heldinnen waren auch die **Amazonen**, auf die Hercules bei der Erledigung seiner neunten Aufgabe trifft. Die Amazonen waren Kriegerinnen, die auf Pferden ritten und mit Pfeil und Bogen kämpften. Sie lebten nur unter Frauen und zogen ausschließlich Mädchen bei sich groß. Nur Helden wie Hercules konnten sich mit ihnen messen. Mythen um die Amazonen waren sehr beliebt und sind es bis heute: Man findet Darstellungen auf antiken Vasen, aber auch in modernen Abenteuerfilmen.

A Fasst zusammen, was in der Antike einen Helden ausmacht, und erklärt, was an den Amazonen heldenhaft ist.

B Zeichne Hercules, wie du ihn dir vorstellst, und beschreibe ihn kurz.

C Erläutert anhand von Beispielen, was heute für euch einen Helden ausmacht.

DIE ANTIKE WELT KENNENLERNEN

Der Schrecken von Kreta

MINOTAURUS

Auf der Insel Kreta (▶) herrschte einst der grausame **König Minos**. Minos hatte einmal die Hilfe des Gottes Neptun (▶) (gr. Poseidon) in Anspruch genommen, ihn aber dann um seinen Lohn betrogen. Als Strafe ließ Neptun Minos' Frau Pasiphaë (▶) ein menschenfressendes Ungeheuer zur Welt bringen, das den Kopf eines Stieres und den Körper eines Menschen hatte. Das Ungeheuer wurde **Minotaurus** genannt. Verzweifelt suchte der König nach einem Ort, an dem der Minotaurus zwar leben, aber wenig Schaden anrichten konnte. Zum Glück hielt sich am Hof des Königs der geniale Erfinder und Baumeister **Daedalus** mit seinem Sohn **Icarus** auf. Daedalus hatte die rettende Idee: Er baute dem Minotaurus ein Labyrinth (▶), aus dem das Ungeheuer nicht herausfinden konnte. Aber Nahrung brauchte es trotzdem. Minos zog gegen Athen (▶) in den Krieg, besiegte die Athener und forderte von ihnen, dass sie ihm alle neun Jahre sieben Jungen und sieben Mädchen nach Kreta schickten. Die Kinder wurden dann in das Labyrinth eingeschlossen und dort von dem Minotaurus gefressen.

A Erläutere, wer für wen ein „Schrecken" sein könnte (Minos, Daedalus oder der Minotaurus?).

B Diskutiert, wie eine gute Lösung für alle Beteiligten aussehen könnte. Recherchiert dann, wie die Geschichte laut dem Mythos ausging.

NEUE VOKABELN KENNENLERNEN

Erfinder gesucht!

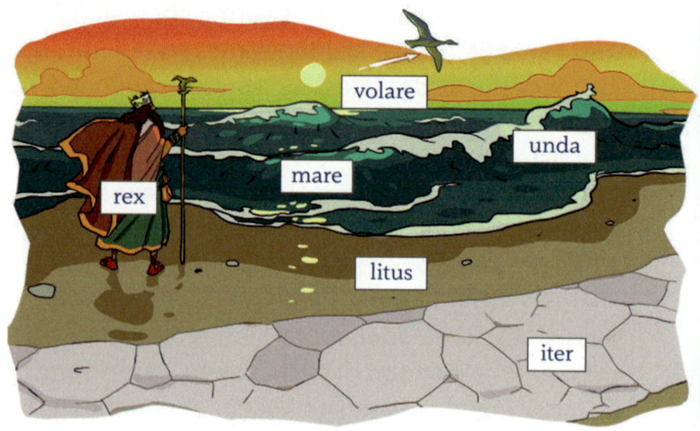

1 Erschließe die Bedeutungen der neuen Vokabeln im Text und im Bild. Unten kannst du deine Lösung überprüfen.

Das Ungeheuer Minotaurus hatte den Kopf eines Stiers und den ____ (corpus) eines Menschen. Viele fürchteten ihn und wollten vor ihm ____ (fugere), doch niemand konnte ihn bändigen. Deshalb befahl König Minos dem Erfinder Daedalus, das Problem zu ____ (solvere). Daedalus war nicht dumm – ganz im Gegenteil, er war sehr ____ (prudens). Er plante das Labyrinth, in das der Minotaurus eingeschlossen wurde.

2 Wähle selbst aus dem Werkzeugkoffer 1–6 aus oder entscheidet gemeinsam. ▶ S. 236

fliegen, Meer, Körper, fliehen, König, Strand, lösen, klug, Welle, Weg

NEUE GRAMMATIK KENNENLERNEN

G1 Reflexivität im AcI

(1) Mīnōs: „Ego rēx bonus sum!“

(2) Mīnōs putat sē rēgem bonum esse.

(3) Daedalus putat eum regem bonum nōn esse.

A Erschließe mithilfe von Satz (1), wer mit *sē* und *eum* in Satz (2) und (3) gemeint ist.

B Zeige anhand der Übersetzung der markierten Formen, dass das Lateinische hier genauer als das Deutsche ist.

▶ **Quiz** ▶ **Video**

VOKABELN ÜBEN

▶ **Lernvokabeln:** S. 132

Wiederhole einige bekannte Vokabeln:

1 **Wir gehören zusammen!** Nennt die vier Paare, die eine ähnliche Bedeutung haben, und ordnet sie den deutschen Wörtern zu.

Tipp: Drei Wörter bleiben übrig.

nec | ergo | autem | etiam | cogitare | et | sed | putare | atque | itaque | nonne

und | denken | aber | deshalb

2 **Nicht verwechseln!** Manche Vokabeln unterscheiden sich nur durch wenige Buchstaben. Nenne ihre Bedeutung.

a ad | a
b dum | tum
c atque | neque

Lerne zuerst die Vokabeln I. Übe sie dann:

3 **Was passt wozu?** Ordne die Vokabeln den unterstrichenen Wörtern zu.

tum | fuga | sua | patet | nullus | rex | itaque

Die Tür steht offen. Der Diener lauscht an der Tür. Der König führt mit seiner Frau ein wichtiges Gespräch. Der Diener ist leise – kein Geräusch verrät ihn. Dann muss er niesen! Deshalb ergreift er schnell die Flucht.

4 **Wir gehören zusammen!** Nennt die drei Paare, die eine Wortfamilie ergeben. Gebt die Bedeutung der Vokabeln an.

tenere | fatum | regere | fuga | rex | fugere | retinere

5 **Gegensätze ziehen sich an.** Nenne die lateinischen Vokabeln zu den deutschen Wörtern.

a keiner ↔ alle
b fliehen ↔ bleiben
c König ↔ Sklave

EINEN LATEINISCHEN TEXT LESEN

Icarus – der Traum vom Fliegen

König Minos zog großen Nutzen aus der Erfindungsgabe des Daedalus. Daher wollte er, dass Daedalus mit seinem Sohn Icarus auf Kreta blieb, und sorgte dafür, dass die beiden die Insel nicht verlassen konnten.

A Ordne möglichst viele lateinische Begriffe der Abbildung zu: *insula, terra, aqua, caelum, Daedalus, filius.*

B Erklärt, welches Problem Daedalus hat, und belegt das am Text.

Daedalus und Icarus. Von Carlo Saraceni (17. Jh.)

I Mīnōs rēx, quī īnsulam Crētam regēbat, Daedalum ibi diū retinēbat. Mīnōs putābat eum fugere nōn posse. Etiam Daedalus putābat sē fugere nōn posse. Daedalus fātum suum dolēbat. Dolēbat sē fātum mutāre adhūc nōn potuisse. Aliquandō et terram et undās et caelum spectāvit atque sēcum cōgitāvit: „Viane nūlla fugae nostrae patet? Nōnne mē fīliumque arte meā servāre possum?“

Daedalus hatte eine Idee und wandte sich an seinen Sohn Icarus:

C Stelle anhand der Abbildung eine Vermutung an, zu welcher List Daedalus wohl greift.

II „Mīnōs iūre rēgis īnsulam regit; nec terra nec mare nostrae fugae patent. Sed iter per caelum patet. Caelum Mīnōs claudere nōn potest! Ergō iter quaerō per caelum.“ Per longum tempus Daedalus occupātus erat. Tandem arte suā opus novum perfēcit: ālās! Tum Daedalus ad fīlium: „Spectā hoc opus! Ālīs corpora nostra ā terrā tollere īnsulamque relinquere possumus.“

D Überprüfe nun deine Vermutung aus Aufgabe **C**. Gib lateinische Textbelege an.

Icarus war begeistert. Er wollte am liebsten sofort aufbrechen.

III „Ō pater, quam prūdēns es! Valdē gaudeō mē opere tuō volāre posse.“ Daedalus autem fīlium hīs verbīs monuit: „Audī, Īcare: Et flamma ingēns et aqua gravis ālās levēs solvere possunt. Itaque neque sōlī neque marī appropinquāre dēbēs. Mediā viā volā et lītus proximum pete!“ Dum monet, ālās umerīs fīliī accommodāvit.

E Zeichnet Daedalus' empfohlene Flugroute. Begründet anschließend gemeinsam, warum sich Icarus genau an die Anweisungen halten sollte.

LIES UND PARAPHRASIERE!

Sie flogen:

F Beschreibt und deutet das Bild. Stellt anhand dessen Vermutungen an, wie die Flucht von Vater und Sohn abgelaufen ist. ▶ M: S. 116

G Gib alle Wörter an, welche die Gefühle des Icarus beschreiben.

Īcarus opere novō valdē gaudēbat. Iam timōrem dēposuit, iam laetus fuit, iam sōlī appropinquāvit. Prīmō perīculum ingēns nōn sēnsit. Tum autem ālās corpus suum nōn iam sustinēre sēnsit. Māgnā vōce „Pater, ō pater“ clāmāvit. Is autem: „Īcare, fīlī, ubī es? Ubī volās?“ Nēmō respondit. Tum pater pennās[1] vīdit in undīs.

1 penna: Feder

H Daedalus erreicht ohne seinen Sohn die Insel Sizilien (▶). Wie würde er seine Geschichte einem Fremden erzählen? Notiere seine Worte in einem Fließtext. ▶ Hilfe

I Mythen warnen oft vor falschem Verhalten. Diskutiert, inwiefern das auch hier der Fall ist und wer sich in diesem Fall falsch verhalten hat.

VOKABELN ÜBEN

▶ Lernvokabeln: S. 132

Lerne zuerst die Vokabeln II. Übe sie dann:

(1) **Gegensätze ziehen sich an.** Ordne die Vokabeln dem passenden deutschen Gegenteil zu.

claudere | novus | nullus | relinquere
jeder | öffnen | zurückkommen | alt

(2) **Lückenfüller.** Ordne die Vokabeln dem richtigen Satz zu. Übersetze anschließend.

iter | insulam | opus | iure

1 Rex ___ regit.
2 Minos ___ rex est.
3 Pater ___ perficit.
4 Pater filiusque ___ faciunt.

(3) **Aus dem Kopf.** Übersetzt ins Lateinische. ▶ Hilfe

1 Der Vater betrachtet das Werk.
2 Der Vater verlässt den Weg.

Lerne zuerst die Vokabeln III. Übe sie dann:

(4) **Irrläufer.** Nenne die Vokabel, die inhaltlich nicht zu den anderen passt. Begründe.

a tempus | litus | unda | mare
b umerus | ius | corpus | ala
c prudens | medius | summus | proximus
d solvere | amittere | regere | relinquere

(5) **Fehlerteufel.** Nenne die falsch übersetzte Vokabel und korrigiere sie.

1 Media in via filium meum specto.
Neben dem Weg sehe ich meinen Sohn.
2 Filius proximum litus petit.
Der Sohn eilt zum großen Strand.
3 Corpus grave, non leve est.
Der Körper ist riesig, nicht leicht.

(6) **Sag's mit Bewegung!** Stellt die Vokabeln pantomimisch dar und erratet die lateinischen Begriffe.

fugere | claudere | relinquere | volare

▶ Quiz

GRAMMATIK ÜBEN

▶ **Mehr Übungen:** S. 30

1 G1 **Deutsch-Profi.** In den beiden Sätzen wird das Pronomen „er" unterschiedlich verwendet. Erklärt euch gegenseitig den Unterschied.

1 König Minos glaubte, dass er ein gerechter Herrscher ist.
2 Der Erfinder Daedalus hingegen war der Meinung, dass er ein ungerechter Tyrann ist.

2 G2 **Irrläufer.** Nenne die Form, die nicht zu den anderen passt. Begründe.

a opus | corpus | oculus | tempus
b solvere | patere | itinere | tollere
c maria | fuga | iura | corpora

3 G3 **Im Doppelpack.** Ordne jedem Substantiv ein passendes Adjektiv zu und bestimme KNG.

leves | grave | ingentia | prudenti

pericula | viro | alae | periculum

4 G2 G3 **Triff deine Wahl!** Wähle das passende Adjektiv aus.

a corporibus (magnis/ingentis/gravis)
b operum (ingentem/malum/novorum)
c maris (altae/parvis/ingentis)
d iter (gravi/levis/longum)

5 G1 **Wer ist gemeint?** Entscheidet, wer mit dem unterstrichenen Pronomen jeweils gemeint ist. Übersetzt dann.

Daedalus | Icarus | Minos

1 Minos Daedalum retinebat. Eum insulam relinquere non posse putabat.
2 Primum Daedalus quoque se fugere non posse putavit.
3 Deinde se regem arte vincere posse credidit.
4 Tum sensit se consilium *(Plan)* bonum invenisse.
5 Itaque filium ad se vocavit. Eum consilium *(Plan)* suum audire iussit.

6 G2 **Formen-Profi.** Wähle die richtige Form der Substantive und übersetze.

1 Daedalus per longum ___ (tempus/tempora) patriam desiderabat.
2 Itaque summa arte ___ (operis/opus) novum perfecit.
3 Filius dixit: „Nullumne ___ (iter/itinerum) nobis patet?"
4 Pater: „Hoc ___ (opera/opere) corpora nostra per caelum movere possumus.
5 Ita ___ (mare/maris) transire *(überqueren)* et regem fugere possumus."

7 G1 G2 G3 **Satzbau-Profi.** Bildet mindestens vier sinnvolle AcI-Sätze. Übersetzt sie dann.

Poeta narrat ...

Daedalum | eum | se		
iter litus tempus mare opus	nullum pulchrum ingens novum grave bonum	videre perficere invenire agere audire

G1 Die Pronomina im AcI (Reflexivität)
G2 Die Neutra der konsonantischen Deklination
G3 Die Adjektive der konsonantischen Deklination

ÜBER SPRACHEN NACHDENKEN

▶ weiter üben: S. 30

Sag es auf Umwegen!

1 Erstellt ein Quiz, um wichtige Fachbegriffe spielerisch zu wiederholen und euer Wissen zu vertiefen. So geht's:

Quiz-Karten gestalten

a Wählt jeweils 3–5 grammatische Fachbegriffe aus der Liste aus (vgl. Abb. 1).
b Erstellt für jeden Begriff eine eigene Quiz-Karte (vgl. Abb. 2).
c Notiert auf jeder Karte den **Fachbegriff**, den die anderen erraten sollen, und **4–5 Wörter**, die bei der Erklärung **nicht** verwendet werden dürfen (vgl. Abb. 2).

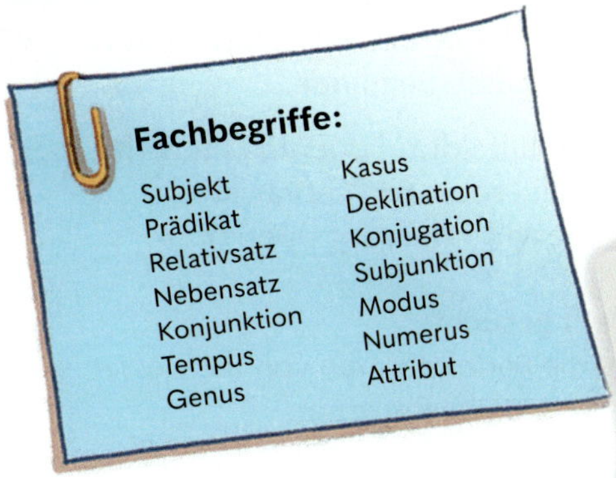

Abb. 1

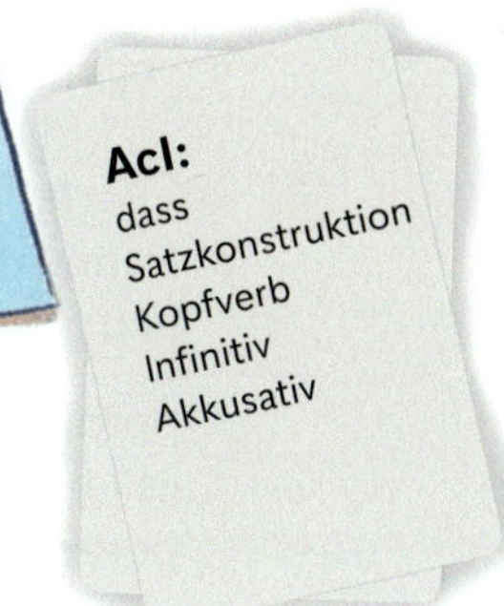

Abb. 2

2 Wenn ihr euch in Gruppen eingeteilt und verbindliche Spielregeln geklärt habt, könnt ihr mit dem Spiel beginnen. Viel Spaß!

DIE ANTIKE WELT KENNENLERNEN

Hochmut kommt vor dem Fall

Phaethon. Von Jan Carel van Eyck (17. Jh.)

Viele Mythen wollen vor Fehlverhalten warnen, ganz besonders vor „**Hybris**“. Der griechische Begriff Hybris bezeichnet maßlose Selbstüberschätzung und ein übertriebenes Vertrauen in die eigenen Fähigkeiten. Meist wird Hybris im Mythos schnell bestraft. Der Mythos von Icarus zählt zu den berühmtesten Beispielen dafür. Ein weiteres ist der Mythos um **Phaethon**. Phaethon war der Sohn des Sonnengottes Sol (▶), doch er hatte seinen Vater nie kennengelernt. Eines Tages suchte er Sol im Sonnenpalast auf, um Klarheit über seine Herkunft zu erhalten. Sol bestätigte sie und schwor, ihm jeden Wunsch zu erfüllen. Zum Entsetzen des Vaters wünschte sich Phaethon, mit dem Sonnenwagen fahren zu dürfen, den nur der Gott selbst lenken konnte. Schnell verlor Phaethon die Kontrolle über die Pferde, die den Sonnenwagen zogen. Der Wagen schlingerte und kam mal dem Himmel, mal der Erde zu nah. Ganze Länder brannten, Flüsse trockneten aus und die Meere erwärmten sich. Als die Erde verzweifelt um Hilfe rief, musste Jupiter Phaethon mit einem Blitz töten, um so die Welt zu retten.

A Erkläre das Sprichwort „Hochmut kommt vor dem Fall“ mithilfe von Text und Bild.

B Gibt es auch heute noch Hybris? Sammelt aktuelle Beispiele und diskutiert sie.

LEKTION 11

1 G1 **Irrläufer.** Nenne das Wort, das nicht zu den anderen passt. Begründe.

a debui | doluit | duri | docuisti | terruit
b scivit | soli | spectavi | servavisti
c voci | vocavi | valuerunt | petivit

2 G2 **Perfekt gesucht.**
a Nenne die Perfektformen von *ire, posse* und *esse* und übersetze sie.

potuit | ii | potes | fuisse | isti | is | es | fui | poterat | fuimus | post | potuerunt | eunt

b G3 Nennt die Wörter aus **a**, die auch Formen von *is, ea, id* sein können.

3 G3 **Im Doppelpack.**
a Ordnet die Formen von *is, ea, id* passend den Substantiven zu und übersetzt.

b Ergänzt zu den Verbindungen passende deutsche Sätze.
Beispiel: eis silvis → *diesen Wäldern* → in *diesen Wäldern* gehen wir spazieren.

4 G1 G2 G3 **Ordnung muss sein.** Bringt die Sätze in die richtige Reihenfolge und übersetzt sie.

A Postremo ea apud mortuos manere debuit.
B Tum is cum uxore ad lucem redire temptavit.
C Dei eum audiverunt.
D Eurydica, coniunx Orphei, periit.
E Tamen eam servare non potuit.
F Tum is Plutonem et Proserpinam adiit.
G Ei licuit uxorem ad lucem ducere.

5 G1 G2 **Fehlerteufel.** Finde die Fehler in der Übersetzung und korrigiere sie. Begründe.

1 Orpheus arte etiam animos deorum movere potuit. Orpheus kann mit seiner Kunst sogar die Götter bewegen.
2 Dum ad lucem redeunt, uxor post Orpheum ire debuit. – Während sie zum Tageslicht zurückkehrten, durfte seine Frau nicht hinter Orpheus gehen.

6 G1 G2 **Wahr oder falsch?** Übersetzt und entscheidet.

1 Orpheus uxorem mortuam desideravit.
2 Eurydica Sisyphum amavit.
3 Pluto et Proserpina equi fuerunt.
4 Sisyphus post mortem in Tartaro fuit.
5 Homines boni in Tartarum ire debuerunt. Ibi beati erant.

7 G2 G3 **Was gehört wohin?** Ordne die Formen richtig zu und bestimme sie.

Tipp: Manchmal gibt es zwei Möglichkeiten.

eo | iis | ea | ii | is | ei | it | id | eos | imus

ÜBER SPRACHEN NACHDENKEN

8 **Sprach-Profi.** Übersetze und erkläre den Unterschied zwischen dem Gebrauch des Perfekts und Imperfekts im Lateinischen.

1 Orpheus Eurydicam uxorem amabat.
2 Vipera Eurydicam subito necavit.

G1 Das Perfekt: v- und u-Perfekt
G2 Das Perfekt: *esse, posse, ire*
G3 Das Demonstrativpronomen *is, ea, id*

LEKTION 12

1 G1 **Triff deine Wahl!** Wähle die richtige Übersetzung aus und begründe.

1 Scimus Eurystheum Herculi multos labores imposuisse.
Wir wissen, dass Eurystheus dem Hercules viele Arbeiten ___ (auferlegt/auferlegt hat).
2 Poetae narrabant eum monstra *(Ungeheuer)* saeva necavisse.
Die Dichter erzählten, dass er wilde Ungeheuer ___ (tötet/getötet hatte).
3 Constat Herculem laboribus clarum esse.
Es steht fest, dass Hercules wegen der Arbeiten berühmt ___ (ist/war).

2 G1 **Was gehört wohin?** Ordnet die Verben richtig zu und übersetzt sie.

Tipp: Manche Verben sind doppeldeutig.

pervenit | vincimus | necat | legi | inveniunt | vicerunt | ostendimus | reddit | ponimus | sto | iussistis | tenuisti | respondimus | scimus | placuit | imposuisti | quaesiverunt

Charon

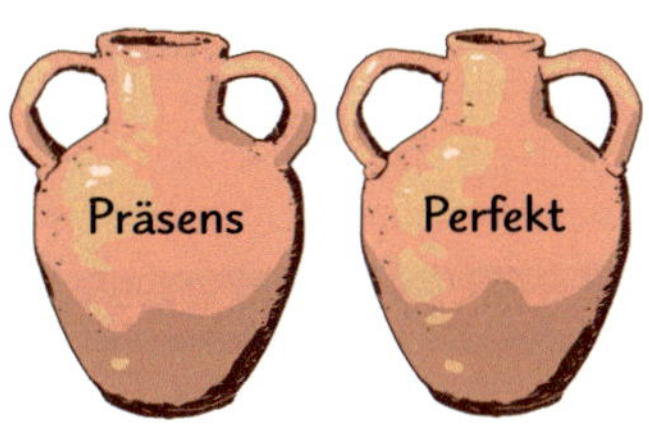

3 G3 **Irrläufer.** Nenne die Form, die nicht in die Reihe passt. Begründe.

a illam | hanc | illas | harum
b hi | haec | illae | illius
c hic | hunc | illos | hae
d illis | his | huic | illud

4 G1 **Tempus-Profi.** Gib jeden AcI an und bestimme das Zeitverhältnis. Übersetze.

1 Constat Herculem cum leone *(Löwe)* saevo pugnavisse. Scimus id primum laborem eius fuisse.
2 Poetae narraverunt Herculem leonem gladio vulnerare non potuisse.
3 Docuerunt quoque Herculem eum postremo duris manibus *(mit … Händen)* necavisse.
4 Multi putabant Herculem virum magnum esse.
5 Hercules autem scivit Eurystheum iam de novis *(neue)* laboribus cogitare.

5 G1 G2 G3 **Anders erzählt.** Nenne alle Perfektformen und gib jeden AcI an. Übersetze dann.

Aliquando Eurystheus iussit Herculem Cerberum apportare. Itaque is viam ad inferos quaesivit et invenit. Ad Charontem accessit et dixit: „Ubi est ille Cerberus? Scio eum hic esse.“ Charon respondit: „Ille regnum Plutonis custodit. Id semper custodiebat. Cur tu huc venisti? Cur me adisti? Nonne vivis? Tibi huic regno appropinquare non licet.“ Sed Hercules: „Scio iam Orpheum huc pervenisse et hoc regnum intravisse.“ Et profecto Cerberum cepit et ad lucem duxit.

ÜBER SPRACHEN NACHDENKEN

6 **Sprach-Profi.** Nenne jeweils das Zeitverhältnis und übersetze. Vergleicht dann eure Übersetzungen und achtet dabei vor allem auf die deutschen Tempora.

1 Hercules Atlantem caelum umeris <u>tenere</u> vidit.
2 Atlas draconem multos iuvenes <u>necavisse</u> dixit.

G1 Die Zeitverhältnisse im AcI
G2 Das Perfekt: weitere Verben
G3 Die Demonstrativpronomina *hic* und *ille*

LEKTION 13

(1) G1 **Pronomen-Profi.** Übersetze die Sätze. Erkläre den Unterschied im Gebrauch von *se* und *eum*.

Daedalus pater et Icarus filius volant.
1 Daedalus se volare gaudet.
2 Daedalus eum volare gaudet.

(2) G2 **Was gehört wohin?**
a Ordne passend zu.
b Bestimme dann Kasus und Numerus und gib die Bedeutung an.

fuga | fato | itinera | artibus | reges | operis | caeli | mari | temporum | iure | litora | verbi | pes | legibus | officii

(3) G2 G3 **Triff deine Wahl!** Wähle das in KNG passende Adjektiv aus.

a flammae (magnis/ingentis)
b filii (prudenti/boni)
c alarum (levium/medium)
d terra (nova/gravia)
e corporis (gravi/nostri)

(4) G1 G2 G3 **Ordnung muss sein.** Bringt die Sätze mithilfe der farbigen Wörter in die richtige Reihenfolge. Übersetzt dann.

Daedalus erzählt von der Flucht aus Kreta:
- **Postremo** filius se vitam amittere sensit.
- **Postea** Icarus audivit me se de media via docere.
- **Tum** arte mea alas feci.
- **Deinde** putavi iter per caelum fugae nostrae patere.
- **Primum** cogitavi me ex insula ingenti fugere non posse.

(5) G1 **Sinn oder Unsinn?** Nur jeweils eines der beiden Pronomina ergibt Sinn. Wählt aus und begründet.

1 Minos servum suum spectat.
Minos ___ (se/eum) regem esse scit.
2 Daedalus se filium ___ (suum/eius) amisisse dolet.

(6) G1 G2 G3 **Daedalus' Neffe Perdix.** Gib an, wer mit den **Pronomina** gemeint ist, und übersetze.

Daedalus fatum filii **sui** dolebat. Soror **eius** dolebat **se** Perdicem, filium **suum**, amisisse. Daedalus putabat **eum** opera ingentia perfecisse. Itaque **eum** interficere temptavit, quia Daedalo tanta invidia *(Neid)* fuit! Minerva dea irata iussit **eum** in Cretam abire. Daedalus ergo, dum ibi vitam agit, sensit **se** iure miserum esse. Minerva autem Perdicem servavit: Corpus **eius** mutavit. Ex eo tempore Perdix hoc est:

(7) G2 G3 **Im Doppelpack.** Nenne die Paare, die in KNG übereinstimmen.

undas | mare | itineribus | vir | puellarum | litori	gravis | proximo | ingentes | magnis | prudentium | altum

ÜBER SPRACHEN NACHDENKEN

8 **Sprach-Profi.** Übersetze die Sätze **1–3**. Ordne jeden Fachbegriff dem Satz zu, in dem das jeweilige grammatische Phänomen vorkommt, und begründe.

Attribut | Konjunktion | Subjunktion

1 Daedalus et Icarus volant.
2 Daedalus vir clarus erat.
3 Is filium monuit, quia eum amabat.

G1 Die Pronomina im AcI (Reflexivität)
G2 Die Neutra der konsonantischen Deklination
G3 Die Adjektive der konsonantischen Deklination

TESTE DICH SELBST!

Die antike Welt

(1) Nenne die richtige Kombination (z. B. F6).

A Minotaurus	1 Fährmann in der Unterwelt
B Cerberus	2 Baumeister auf Kreta
C Charon	3 berühmter Halbgott
D Hercules	4 dreiköpfiger Hund in der Unterwelt
E Daedalus	5 menschenfressendes Ungeheuer

(2) **a** Erkläre den Begriff Mythos.
b Fasse einen griechisch-römischen Mythos in 2–3 Sätzen mit eigenen Worten zusammen.

Vokabeln

(3) **Was gehört wohin?**
a Ordne jedem Substantiv ein passendes Adjektiv zu und übersetze die Begriffspaare.

A mare	1 summus
B litus	2 altum
C unda	3 gravis
D mons	4 proximum

b Ordne die Begriffspaare nun den Sachfeldern „Land" und „Meer" zu.

(4) Ergänze das passende Possessivpronomen und übersetze.

vestros | suum | meus | tuus | nostri

1 Filius regis gladium ____ quaerit.
2 Rex rogat: „Fili, ubi est ____ gladius?"
3 Filius regis: „____ gladius hic non est!"
4 Amicus filii: „____ gladii in taberna sunt."
5 Rex: „Fili et amice, ite in tabernam et ____ gladios sumite!"

(5) Nenne die vier Gegensatzpaare.

vivere | pervenire | invenire | ponere | relinquere | sumere | perire | quaerere

Grammatik

(6) Wähle das in KNG passende Pronomen aus und bestimme es.

a (huius | illud | ei) ____ corporis
b (hac | hoc | hunc) ____ caelo
c (horum | illis | ea) ____ pedibus

(7) Nenne jeweils das Wort, das nicht passt.

a patet | stat | posuit
b quaesiverunt | sumpserunt | necant
c viximus | rogamus | narravimus

(8) Gib bei jedem Satz das Zeitverhältnis des AcI zum Prädikat an. Übersetze dann.

1 Poetae narrant Daedalum alis per caelum fugisse.
2 Constat Herculem Hydram vicisse.
3 Homines putant viperas in silva vivere.

Der lateinische Text

(9) Nenne alle Personen und Orte.

(10) Stelle anhand des Textes Vermutungen zu Theseus' (▶) Reiseroute an und darüber, was er am Zielort tut.

Der Tod des Minotaurus
Die Athener mussten alle neun Jahre Kinder nach Kreta schicken, wo der Minotaurus sie fraß. Das wollte Theseus ändern.

Poetae narrant Theseum pericula ingentia adisse. Narrant eum aliquando Athenas *(nach Athen)* venisse. Ibi matres et patres valde fleverunt: „O fatum durum!" Theseo narraverunt se liberos suos in insulam Cretam mittere debere. Putaverunt Minotaurum saevum liberos necare. Itaque iuvenis Cretam adiit. Ariadna, filia regis, eum iuvit; sic Theseus Minotaurum necare et postea labyrinthum *(Labyrinth)* relinquere potuit.

(11) Gib die vier AcI an und übersetze.

EIN MANN, DER KEINER IST?

1 Verteilt die Bilder und Beschreibungen, die ihr über Hercules angefertigt habt (► S. 21, Aufgabe **B**), im Klassenraum. Macht einen (Galerie-)Rundgang. Sammelt Gemeinsamkeiten und Unterschiede und verwendet dabei möglichst viele Adjektive.

2 Auf den Bildern **A–C** ist ebenfalls Hercules zu sehen, und zwar beim Spinnen (►) von Wolle. Beschreibt die Bilder und vergleicht sie mit euren Bildern und Beschreibungen aus **1**.

Hercules und Königin Omphale

Hercules galt in der Antike als großer Held. Er war verheiratet mit Deianira, war seiner Frau aber nicht immer treu. Der Dichter Ovid (43 v. Chr. – 17 n. Chr.) formuliert in seinen *Heroides*, einer Sammlung erfundener Briefe von mythischen Frauen an ihre Männer, auch einen Brief von Deianira an Hercules. In diesem Brief wirft sie ihm seine neueste Liebschaft vor: Hercules diente nämlich der lydischen (►) Königin Omphale als Sklave, anfangs wegen einer von den Göttern auferlegten Strafe, später aus Liebe. Im folgenden Textauszug erfährst du, warum Deianira darüber ganz besonders empört war:

Hast du dich nicht geschämt, deine starken Arme mit Gold zu schmücken und dein wildes Haar unter einer Kopfbedeckung zu verstecken? Dabei würde dir doch ein Siegerkranz (►) besser stehen! Inzwischen heißt es, dass du mit Mädchen einen Wollkorb getragen hast und sogar Wollfäden mit deinen Händen gesponnen hast! Nach all deinen Siegen über verschiedene Ungeheuer trägst du jetzt ein Halsband wie ein Schwächling und zitterst vor der Peitsche deiner Herrin.

Erzähl ruhig von deinen Heldentaten – doch sie, Königin Omphale, ist die wahre Siegerin. Sie trägt nun das Löwenfell, das du einst erkämpft hast, und deine Keule, und sie herrscht über dich, wie du einst über das wilde Tier.

Drei Bilder, die Hercules beim Spinnen von Wolle zeigen: **A** Charles Gleyre (1862), **B** Lucas Cranach d. Ä. (um 1537), **C** Peter Paul Rubens (1606/07)

3 Lest nun den Infotext und den Auszug aus Deianiras Brief (▶ S. 32): Wie kommt Deianira zu ihrer empörten Reaktion?

a Legt eine Tabelle an. Sammelt darin Ausdrücke aus dem Brief, die in der Antike Stärke bzw. Schwäche anzeigen und für männlich bzw. weiblich stehen.
b Gebt dem Brief eine treffende Überschrift.
c Teilt euch in Gruppen je einem Bild (▶ S. 32) zu. Vergleicht dieses mit dem Brief und diskutiert, wie gut die Aussagen des Briefes im Bild wiederzuerkennen sind.
d Präsentiert eure Ergebnisse in der Lerngruppe. Beurteilt, zu welchem Bild der Brief am besten passt.
e Nehmt Stellung zu der Aussage: „Hätte Deianira den Brief veröffentlicht, hätte niemand mehr Hercules als Helden wahrgenommen."

4 Hercules wurde von Omphale gezwungen, sich so zu kleiden und zu schmücken, wie es in der Antike nur Frauen vorbehalten war. Dadurch sollte er ‚unmännlich' wirken. Heutzutage finden jedoch viele Menschen Akzeptanz, die sich unabhängig von ihrem biologischen Geschlecht kleiden oder schmücken. Die Gründe dafür können vielfältig sein:

A Mir wurde bei der Geburt das männliche Geschlecht zugeordnet, aber ich identifiziere mich als Frau. Gerne kaufe ich Kleidung in der Frauenabteilung, um als Frau wahrgenommen zu werden.

B Kleidung wird überbewertet. Ich identifiziere mich als non-binär, d. h. ich bin nicht zu 100% dem weiblichen oder männlichen Geschlecht zugehörig. Ich trage einfach Kleidung aus allen Abteilungen.

C Ich bin gerne ein cis-Junge (▶) und passe zu meinem biologischen Geschlecht, glaube ich. Trotzdem – oder deswegen? – trage ich gerne Kleider und lackiere manchmal meine Nägel. Für mich ist es befreiend, mit verschiedenen Geschlechtervorstellungen zu spielen.

a Arbeitet anhand der Aussagen heraus, warum manche Menschen sich anders kleiden, als es ihr biologisches Geschlecht nahelegt.
b Tauscht euch aus: Welche Faktoren spielen für euch bei der Wahl von Kleidung eine Rolle?

5 Stell dir vor, du findest Deianira in einem sozialen Netzwerk. Dort hat sie ihren Brief gepostet.

Darauf reagierst du unter Berücksichtigung der **Netiquette** mit **a** oder **b**:

a Schreibe einen Kommentar. Du kannst auch Bilder, Fotos oder andere Medien ergänzen.
b Verfasse eine längere Privatnachricht oder Sprachnachricht an Deianira.

Netiquette: Verzichte auf Hassrede, Beschimpfungen oder Beleidigungen. Achte auf eine freundliche und respektvolle Sprache.

WIE ROM BEGANN

Abb. 1: Troja. Rekonstruktionszeichnung von Peter Connolly (20. Jh.).

Abb. 3: Wölfin mit den Zwillingen Romulus und Remus. (Bronze, angeblich 5. Jh. v. Chr.; die Zwillinge wurden im 15. Jh. ergänzt).

In den nächsten drei Lektionen erfährst du mehr über die Vorgeschichte und die Ursprünge Roms. Du erfährst:

- was der Trojanische Krieg war und was ein Pferd damit zu tun hatte. ► S. 36
- wie Aeneas aus Troja nach Italien kam und welche Abenteuer er erlebte. ► S. 42
- wie Rom gegründet wurde und welche Rolle eine Wölfin dabei spielte. ► S. 48

Abb. 2: Aeneas mit Anchises, der die Penaten trägt, und Iulus. Marmorskulptur von Giovanni Lorenzo Bernini (1619).

1 Auf Abb. 1 siehst du eine Rekonstruktion des antiken Troja.

a Informiere dich anhand der Karte im Umschlag, wo Troja lag.
b Beschreibt die Stadt und notiert dabei, was euch im Vergleich zu einer heutigen Stadt besonders auffällt.

2 Abb. 2 zeigt Aeneas, den Stammvater der Römer, der mit seinem Sohn Iulus, seinem Vater Anchises und den Penaten (Hausgöttern) aus Troja entkommt.

a Beschreibt die Statue. Benennt die einzelnen Figuren und charakterisiert sie.
b Aeneas war für die Römer ein Held und Vorbild. Tauscht euch anhand der Statue darüber aus, in welcher Hinsicht er das wohl war. Zieht dabei den griechischen Helden Hercules zum Vergleich heran.

3 Abb. 3 (linke Seite) zeigt die berühmte Wölfin auf dem römischen Kapitol (das Original befindet sich heute im Museum).

a Viele Städte haben ein Wappentier, so wie Rom die Wölfin. Recherchiert, welche Wappentiere häufig sind und wofür sie stehen.
Stellt dann eine Vermutung an, was die Wölfin bedeutet haben könnte.
b Recherchiert, woher der Name „Rom“ der Sage nach kommt und was Forscher dazu sagen.
c Recherchiert, was Berlin mit einem Bären zu tun hat und was Forscher dazu sagen. Oder recherchiert zu dem Wappen eurer eigenen Stadt.

DIE ANTIKE WELT KENNENLERNEN

DISCORDIA

Ein Apfel mit großer Wirkung

Als die Götter einmal ein großes Fest feierten, wurde Discordia (gr. Eris), die Göttin des Streits, nicht eingeladen. Beleidigt warf sie einen goldenen Apfel mit der Aufschrift „Für die Schönste" in den Festsaal. Sofort entstand ein Streit zwischen den Göttinnen **Juno**, **Minerva** und **Venus**, denn jede von ihnen wollte die Schönste sein. Da sie sich nicht einigen konnten, sollte **Páris** (▶), ein Prinz von **Troja** (▶), das Urteil fällen. Jede Göttin bot ihm eine Belohnung an, falls er sich für sie entscheiden sollte: Juno versprach ihm Macht, Minerva Weisheit und Venus die schönste Frau der Welt. Páris entschied sich für Venus. Seine Entscheidung sollte jedoch zu einem Problem werden, denn die schönste Frau der Welt war **Helena** (▶), die bereits mit **Menelaus**, dem König von **Sparta** (▶), verheiratet war. Als Páris eines Tages nach Sparta kam, verliebten er und Helena sich ineinander und Páris nahm Helena heimlich mit nach Troja. Ihr gekränkter Ehemann Menelaus war außer sich vor Wut und forderte seine Frau zurück. Bei seiner Hochzeit hatten ihm alle griechischen Könige Beistand geschworen, und nun hielten sie Wort. So brachte Menelaus ein riesiges Heer zusammen und zog mit seinem Bruder **Agamemnon** (▶), dem listenreichen **Odysseus** (lat. Ulixes) (▶) und vielen anderen griechischen Helden in den Krieg gegen Troja. Der Krieg sollte zehn Jahre dauern.

A Stelle in einem Schaubild die Ereignisse dar, die zum Trojanischen Krieg führten.

B Ist Páris beneidenswert? Erläutert die Chancen und Gefahren seiner Aufgabe als Schiedsrichter. Diskutiert, welche Wahl ihr an seiner Stelle getroffen hättet.

NEUE VOKABELN KENNENLERNEN

Ärger in Griechenland

1 Erschließe die Bedeutungen der neuen Vokabeln im Text und im Bild. Unten kannst du deine Lösung überprüfen.

Menelaus kann es nicht glauben: Ein Mann aus der ___ (urbs) Troja hat seine Frau gestohlen! Der ___ (nomen) des Trojaners ist Páris. Wie konnte Páris mit Helena aus dem gut gesicherten Palast ___ (effugere)? ___ (antea) war Menelaus gut gelaunt, doch jetzt ist er wütend: Ab jetzt ist jeder Trojaner sein ___ (hostis) und kein Freund mehr! Er fasst den ___ (consilium), an alle griechischen Könige eine Nachricht zu ___ (mittere). Die ___ (Graeci) sollen ihm helfen, Helena zurückzuholen.

2 Wähle selbst aus dem Werkzeugkoffer 1–6 aus oder entscheidet gemeinsam. ▶ S. 236

schicken, entkommen, Stadt, Mauern, Feind, Soldat, Plan, Griechen, Name, Nacht, Tor, Waffen, zuvor

NEUE GRAMMATIK KENNENLERNEN

G1 Das Plusquamperfekt

(1) Menelāus Trōiam temptāvit;
nēmō Trōiam anteā temptāverat.

(2) Paris mē ē patriā dūxit;
nēmō mē anteā ē patriā dūxerat.

HELENA

A Übersetze und achte dabei besonders auf die Wiedergabe des Plusquamperfekts.

B Beschreibe, wie die neuen Formen zusammengesetzt sind. ▶ **Quiz** ▶ **Video**

VOKABELN ÜBEN

▶ **Lernvokabeln:** S. 134

Wiederhole einige bekannte Vokabeln:

1 **Was passt wozu?** Ordnet den unterstrichenen Vokabeln die passende Bedeutung zu.

aber | verteidigen | weil | obwohl | töten | Bürger | noch immer

Quamquam Graeci iam diu contra Troiam pugnabant, cives Troiani eos non timebant. Troia adhuc stabat, quia viri Troiam defendebant. Sed Graeci multos Troianos interfecerunt.

2 **Aus dem Kopf.** Übersetze ins Lateinische. ▶ **Hilfe**

1 Bis jetzt warten die Griechen.
2 Sie sehen nichts.
3 Irgendwann schlafen die Männer.

Lerne zuerst die Vokabeln I. Übe sie dann:

3 **Wir gehören zusammen!** Bilde Wendungen und ordne sie ihrer Übersetzung zu.

capere | mittere | amittere | valere

a vitam ___ **b** nihil ___
c urbem ___ **d** tela ___

nichts wert sein | Geschosse schleudern | die Stadt erobern | das Leben verlieren (sterben)

4 **Bedeutung gesucht.** Nenne die Bedeutung der unterstrichenen Vokabeln.

Troiani moenia decem annos defenderunt. Multi viri vitam amiserunt. Omnes fessi erant.

5 **Wort-Scanner.** Nennt die Vokabeln, die zum Sachfeld „Krieg" passen. Begründet.

moenia | annus | flamma | consilium | arma | decem | interficere | dolus | deesse | fessus | telum | rapere | aurum | defendere

EINEN LATEINISCHEN TEXT LESEN

Ein Pferd für Troja

Seit zehn Jahren belagern die Griechen nun schon Troja. Noch immer ist Helena in der Stadt. Weder Agamemnon noch Menelaus haben einen Plan.

Das trojanische Pferd.
Von Henri-Paul Motte (19. Jh.)

A Stelle anhand der Abbildung eine Vermutung über den Inhalt des lateinischen Textes an.

I Iam decem annōs Graecī urbem Trōiam capere temptāverant. Graecī tēla in moenia urbis mīserant, Trōiānī moenia dēfenderant. Et Trōiānī et Graecī multōs virōs interfēcerant: Omnēs fessī erant. Sed Trōia adhūc stābat. Aliquandō Ulixēs sēcum cōgitāvit: „Nihil valent arma, sī cōnsilium dēest. Urbem dolō capere dēbēmus."

Und Odysseus hat auch einen Plan: Er will ein riesiges Holzpferd bauen, in dem sich Soldaten verstecken können. Die Trojaner sollen glauben, die Griechen seien nach Hause gesegelt und hätten das Pferd als Geschenk für die trojanischen Götter zurückgelassen. So geschieht es auch.

B Übersetze den ersten Satz in Z. 10–11 mithilfe der Einrückmethode und der eingerückten Textfassung (▶ M: S. 114). Wende die Methode dann auf Z. 13–14 an.

II Itaque Graecī equum ingentem fēcērunt, quem nocte in lītore posuērunt. Equum anteā mīlitibus complēverant. Prīmā lūce Trōiānī, postquam equum in lītore vacuō vīdērunt, statim disputāvērunt: Aliī equum dōnum esse, aliī dolum esse cōgitāvērunt. Lāocoōn, sacerdōs Trōiānus, monuit: „Graecōs in patriam redīsse nōn putō. Errātis, sī Graecīs crēditis, quia Graecī hostēs sunt! Timeō Graecōs, etiamsī dōna dant."

Um die Befürchtung Laokoons zu überprüfen, stoßen die Trojaner eine Lanze in den Bauch des Pferdes. Doch nichts regt sich.

C Diskutiert, ob ihr das Pferd in die Stadt hineinlassen würdet.

III Quamquam Lāocoōn cīvēs monuerat, Trōiānī equum in urbem trāxērunt. Ut nox vēnit, mīlitēs Graecī equum relīquērunt. Cēterī Graecī ante portās urbis manēbant. Omnēs Trōiānī dormiēbant.

Postquam mīlitēs portās urbis aperuērunt, cunctī Graecī urbem cēpērunt, aurum rapuērunt, omnia incendērunt: Graecī, quia victōrēs erant, hominēs miserōs interfēcērunt. Ubīque flammae et clāmor! Multī Trōiānī vītam āmīsērunt. Ūnus autem eōrum cum patre et fīliō effūgit: Nōmen eī erat Aenēās.

D Beschreibe das Verhalten der Sieger und bewerte es.

E Ein Trojaner kann mit Vater und Sohn aus der brennenden Stadt fliehen. Formuliere seine Gedanken; gehe dabei auf seine Erlebnisse und mögliche Erwartungen ein. ▶ **Hilfe**

LIES UND PARAPHRASIERE!

F Obwohl siegreich, irrte der Grieche Odysseus weitere zehn Jahre über das Meer. Arbeitet heraus, was der Grund dafür war und was der Dichter Homer (▶) über ihn erzählt.

Graecī victōrēs urbem Trōiam relīquērunt. Ulixēs, quamquam statim in patriam redīre cupīvit, decem annōs per maria et terrās errābat. Nam Neptūnus eī īrātus erat. Eum multa perīcula adīsse et paene perīsse Homērus poēta nārrat.

G Recherchiere die Irrfahrten des Odysseus. Nenne drei „Stationen“ seiner Heimreise.

VOKABELN ÜBEN

▶ **Lernvokabeln:** S. 134

Lerne zuerst die Vokabeln II. Übe sie dann:

1 **Damals und heute.** Erkläre mithilfe der Abbildung, was ein antiker *miles* ist.

2 **Fremdwörter-Profi.** Erklärt die Begriffe, indem ihr auf ihre lateinische Herkunft eingeht.

1 Das urbane Leben gefällt mir.
2 Er unterrichtet in der Primarstufe.
3 Im Vakuum befindet sich gar nichts.

3 **Was passt wozu?** Ordne die Vokabeln zu.

deest | dolum | valent | etiamsi | alii ... alii

Graeci: „___ Troiam diu petimus, arma nostra nihil ___. ___ pugnant, ___ fessi sunt. Consilium nobis ___. Sed Ulixes semper ___ scit.“

Lerne zuerst die Vokabeln III. Übe sie dann:

4 **Gegensätze ziehen sich an.** Nenne die Bedeutung der Vokabeln.

a omnis ↔ nullus
b adesse ↔ deesse
c claudere ↔ aperire

5 **Was gehört wohin?** Ordne passend zu.

nocte | ubique | per urbem | statim | decem annos | in litore | prima luce | ut | ante portas | postquam | antea

Zeit	Ort	Richtung

6 **Sag's mit Bildern!** Zeichnet die Vokabeln. Erratet sie dann gegenseitig.

incendere | donum | effugere | unus | arma

▶ **Quiz**

GRAMMATIK ÜBEN

▶ **Mehr Übungen:** S. 54

① G1 **Was gehört wohin?** Ordne die Verbformen passend zu und übersetze.

valent | temptaverant | movet | movit | steterunt | cogitavit | defenderant | deest | interfecerat | miserant | scit

② G1 **Deutsch-Profi.** Erläutere anhand des folgenden Textes, wie das Plusquamperfekt im Deutschen gebildet und wofür es gebraucht wird.

Nachdem Odysseus im trojanischen Krieg gekämpft hatte, wollte er in seine Heimat Ithaka zurückkehren. Als er dort angekommen war, musste er sich als wahrer König Ithakas beweisen.

③ G2 **Ordnung muss sein.** Ordne die Subjunktionen den Sinnrichtungen zu.

quia | quamquam | ut | si | postquam | etiamsi

temporal	**kausal**
konditional	**konzessiv**

④ G2 **Trefft eure Wahl!** Entscheidet, bei welchen der „kleinen" Wörter es sich um Subjunktionen handelt.

⑤ G1 **Bring's zu Ende!** Bildet aus den Puzzleteilen Verbformen im Plusquamperfekt und übersetzt sie abwechselnd.

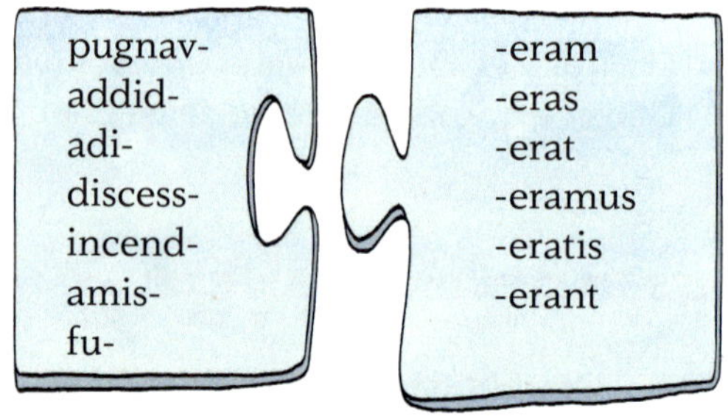

❻ G2 **Satzbau-Profi.** Bilde mithilfe der Subjunktionen sinnvolle Satzgefüge.

quamquam | quia | ut | etiamsi | postquam

Aeneas Troiam reliquit, ...

a ▭ Graeci urbem incenderunt.
b ▭ patriam amabat.
c ▭ patrem et filium servare cupivit.
d ▭ potuit.

⑦ G1 G2 **Triff deine Wahl!** Übersetze die Sätze und gib die Sinnrichtung der Nebensätze an.

1 Quamquam sacerdos eos monuerat, Troiani equum non timuerunt.
2 Milites, postquam equum reliquerunt, urbem incenderunt.
3 Etiamsi Troiani multos annos urbem defenderant, postremo eam amiserunt.

❽ G1 G2 **Sinn oder Unsinn?** Wähle die passende Subjunktion und übersetze.

1 (Quia/Quamquam) Troiani sacerdotem non audiverant, urbem amiserunt.
2 (Si/Ut) Graeci nocte portas aperuerunt, ceteri milites Troiam intraverunt.
3 (Etiamsi/Quia) Ulixes consilium ceperat, Graeci Troiam ceperunt.

G1 Das Plusquamperfekt
G2 Die Adverbialsätze

▶ Selbsttest

ÜBER SPRACHEN NACHDENKEN

▶ **weiter üben:** S. 54

Ein Weg durch die Zeiten

1 Du kennst nun alle Tempora der Vergangenheit in der lateinischen Sprache. Ordne den Satzanfängen die jeweils passenden Teilsätze zu, sodass sich korrekte Aussagen über die **lateinischen** Tempora ergeben:

A Das Imperfekt wird verwendet, um über ...
B Das Perfekt wird verwendet, um über ...
C Das Plusquamperfekt wird verwendet, um über ...

1 Ereignisse zu berichten, die noch vor anderen Ereignissen in der Vergangenheit liegen.
2 Ereignisse in der Vergangenheit zu berichten, die einmalig sind.
3 Ereignisse in der Vergangenheit zu berichten, die andauern oder wiederholt passieren.

2 Belege jede dieser Aussagen anhand einer Textstelle aus dem Lektionstext.

3 Auch in anderen Sprachen haben Zeitformen unterschiedliche Funktionen. Erklärt mithilfe von **3a** und **b** für das engl. *Simple present* und *Present progressive*.

a Water boils at 100°C. **b** „Look! The water is boiling!"

DIE ANTIKE WELT KENNENLERNEN

Die Ausgrabung Trojas unter Heinrich Schliemann (19. Jh.)

Mythos Troja

Odysseus, Laokoon, die schöne Helena und alle anderen Figuren aus der Erzählung vom Trojanischen Krieg hat es in Wirklichkeit nicht gegeben. Sie sind Figuren des Dichters **Homer**, der zwischen 750 und 650 v. Chr. gelebt haben soll und als Autor von zwei großen Epen (▶) gilt: der *Ilias* (**Epos** über den Trojanischen Krieg) und der *Odyssee* (Epos über die Irrfahrten des Odysseus). Doch haben die Mythen trotzdem einen wahren Kern? Hat es Troja und den Trojanischen Krieg wirklich gegeben? Lange Zeit glaubte man, alles sei nur erfunden. Aber mithilfe von sehr genauen Ortsbeschreibungen aus Homers *Ilias* begann der **Archäologe** (▶) Heinrich **Schliemann** (▶) 1869 mit Ausgrabungen an einem Hügel in der heutigen Türkei (Hisarlık Tepe) und stieß dort auf Überreste einer antiken Siedlung, die er für Troja hielt. Doch in den verschiedenen Gesteinsschichten des Hügels fand man auch Spuren anderer Siedlungen, die innerhalb eines Zeitraums von 3500 Jahren dort entstanden waren. Fest steht, dass an dieser Stelle eine Stadt mehrfach zerstört und wieder aufgebaut wurde. Die Forscher sind sich heute noch immer nicht einig, ob es das Troja aus Homers Epos wirklich gegeben hat.

A Erkläre, warum es nicht sicher ist, ob es Homers Troja wirklich gegeben hat.

B Mythen enthalten unabhängig von den historischen Fakten Wahrheiten, z. B. über menschliches Verhalten. Diskutiert, inwiefern das auf den Troja-Mythos zutrifft.

C Recherchiere und erkläre, was man heute unter einem „Trojaner" versteht.

DIE ANTIKE WELT KENNENLERNEN

AENEAS

Aeneas – Flucht und Neuanfang

Bei der Zerstörung Trojas kamen viele Menschen um. Doch **Aeneas** gelang die Flucht aus der brennenden Stadt. Er war ein Sohn der Göttin Venus. Mit seinem Vater, seinem Sohn Iulus – seine Frau Creúsa starb noch in Troja – und anderen Flüchtenden begab er sich auf die lange Suche nach einer neuen Heimat. Dabei standen ihm abenteuerliche Irrfahrten bevor. Er wollte die Suche mehrfach aufgeben, doch göttliche Zeichen bewegten ihn zur Weiterfahrt. Als es ihn und seine Mannschaft nach **Karthago** (►) an der Küste Nordafrikas verschlug, traf er auf die dort herrschende **Königin Dido** und die beiden verliebten sich. Aeneas blieb zunächst in Karthago, doch die Götter hatten eine andere Zukunft für ihn vorgesehen und Merkur (►) forderte ihn zur Weiterfahrt auf. Also verließ Aeneas Dido und segelte nach Italien. Dort angekommen, befragte er die berühmte Seherin Sibylle (►) nach seiner Zukunft. Sie sagte ihm Schwierigkeiten voraus und ermöglichte ihm einen **Besuch in der Unterwelt**, wo er mit seinem mittlerweile verstorbenen Vater sprechen konnte. Schließlich führte ihn seine Suche in die Gegend des zukünftigen Rom. Durch göttliche Zeichen erkannte Aeneas, dass dieser Ort seine neue Heimat sein musste. Aber das brachte ihn in Konflikt mit dem dortigen Fürsten Turnus und es kam zu erbitterten Kämpfen. Am Ende siegte Aeneas, wurde König von Latium (►) und gab so den Trojanern eine neue Heimat.

A Nenne die verschiedenen Stationen von Aeneas' Reise.

B Aeneas wird oft als ein Held betrachtet, der mehr seiner Pflicht als seinen eigenen Wünschen folgt. Erläutert anhand des obigen Sachtextes, inwiefern das zutrifft.

NEUE VOKABELN KENNENLERNEN

Fliehen oder bleiben?

1 Erschließe die Bedeutungen der neuen Vokabeln im Text und im Bild. Unten kannst du deine Lösung überprüfen.

Die Griechen sind in der Stadt! Kurze Zeit kämpft Aeneas noch gegen sie, aber ___ (mox) gibt er auf. Er kann die vielen Feinde nicht ___ (superare). Also läuft er nach Hause und ruft: „Vater! Iulus! Creúsa! Wir müssen fliehen! Kommt mit mir!" Aber sein Vater weigert sich: „Mein Sohn, ich kann deinem Befehl nicht ___ (parere). Ich sterbe lieber! Troja ist meine Stadt, die Trojaner sind mein ___ (populus)." Doch da schicken die ___ (superi) ein Wunderzeichen vom Himmel. Das überzeugt seinen Vater und sie fliehen gemeinsam.

2 Wähle selbst aus dem Werkzeugkoffer 1–6 aus oder entscheidet gemeinsam. ► S. 236

Erinnerung, Fluss, gehorchen, besiegen, Volk, bald, Brust, Schatten, Götter

NEUE GRAMMATIK KENNENLERNEN

G1 Das Futur I

Aenēās:

Nunc ...	Sed mox ...
(1) ... per mare errāmus.	... nōn iam per mare errābimus.
... patriam nōn habēmus.	... patriam habēbimus.
(2) ... Italiam nōn invenimus.	... Italiam inveniēmus.
... fugimus.	... nōn iam fugiēmus.
(3) ... miserī sumus.	... nōn iam miserī erimus.

A Die markierten Formen stehen im Futur I. Übersetze die Sätze.

B Die Verben gehören zu unterschiedlichen Konjugationen. Leite eine Regel für die Bildung des Futur I für jede Konjugation ab.

C Die Formen von *esse* im Futur I lauten: *erunt, erō, erimus, eritis, eris, erit.* Bringe die Formen in die richtige Reihenfolge.

▶ Quiz ▶ Video

VOKABELN ÜBEN

▶ **Lernvokabeln:** S. 136

Wiederhole einige bekannte Vokabeln:

1 **Erzähl mir was!** Erzählt auf Deutsch die Geschichte vom Untergang Trojas nach. Verwendet dabei folgende Vokabeln:

Troia urbs | ardere | amor | uxor | pater | effugere | iratus | hostis | periculum

2 **Deutsch-Profi.** Übersetze und achte dabei auf die passende Bedeutung der unterstrichenen Vokabeln.

1 Troiani equum <u>movent</u>. – Donum animum deae <u>movet</u>.
2 Sol <u>clarus</u> est. – Aeneas <u>clarus</u> est.
3 Graeci hostes <u>petunt</u>. – Graeci patriam <u>petunt</u>.
4 Aeneas: „Creusa est <u>coniunx</u> mea.“ – Creusa: „Aeneas est <u>coniunx</u> meus.“

Lerne zuerst die Vokabeln I. Übe sie dann:

3 **Wörterschlange.** Hier sind Vokabeln versteckt. Nenne und übersetze möglichst viele.

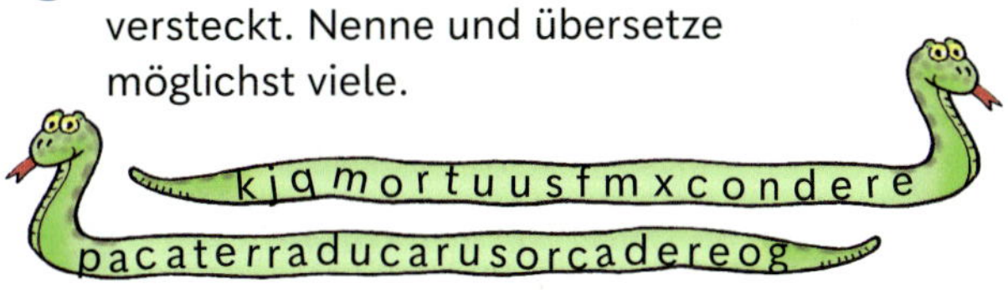

4 **Lückenfüller.** Ordnet die Vokabeln passend zu. Übersetzt anschließend.

autem | cum | tandem | nam

1 Puerum amo, ____ filius meus est.
2 ____ uxor mea venit! Iam diu maneo.
3 Filium quaero, ____ is ex umbra aedificii accedit.
4 Ego hic maneo. Vos ____ effugite!

EINEN LATEINISCHEN TEXT LESEN

Stationen einer Flucht

Station Troja. Nach vergeblichem Kampf flieht Aeneas mit seiner Familie aus Troja. Auf dem Weg verschwindet aber Aeneas' Frau Creusa. Um sie zu finden, kehrt er in die Stadt zurück:

Aeneas flieht aus Troja. Von P. G. Batoni (18. Jh.)

A Creusa erscheint dem besorgten Aeneas als Schatten und prophezeit (▶ Hilfe) ihm sein Schicksal. Weise mit fünf Beispielen aus dem Text nach, dass sie über die Zukunft spricht.

I Trōia ārdēbat. Summō in perīculō Aenēās uxōrem quaerēbat, cum umbra Creūsae ad eum accessit: „Abī, cāre coniūnx“, inquit, „ūnā cum patre tuō et fīliō nostrō! Mihī tēcum īre nōn licet, nam mortua sum. Tibi dīcō: Trōia cadet, vōs autem effugiētis. Tibi prōmittō: Novam patriam inveniētis. Urbem condēs. Rēgnum clārum māgnumque tibi erit. Valē!“ Aenēās umbram Creūsae tenēre temptāvit, sed illa discessit.

B Benenne die Personen auf der Abbildung und erkläre, welche Situation dargestellt ist.

Station Karthago. Aeneas hofft zunächst, in Karthago und in seiner Liebe zu Dido eine neue Heimat gefunden zu haben, doch auf Befehl der Götter bereitet er schweren Herzens seine Abreise vor. Als Dido ihn deshalb zur Rede stellt, rechtfertigt er sich:

C Arbeite aus dem Text heraus, was Aeneas, was Dido und was die Götter (*superi*) wollen (*velle*) oder nicht wollen (*nolle*). Belege am Text; lege dazu eine Tabelle an.

II Aenēās: „Nōlō tē relinquere, Dīdō! Certē et tū mē abīre nōn vīs. Sed fātum mē cōgit, ergō Ītaliam petam.“ Dīdō īrāta respondit: „Quid dīcis? Superī tē abīre volunt? Volō amōrem nostrum tē tenēre!“ Verba Dīdōnis animum Aenēae mōvērunt, tamen Aenēās dīxit: „Nōluī abīre ē patriā, Ītaliam petere nōlō. Tōtō pectore tē amō. Sed Iovī pārēre dēbeō.“ Dīdō: „Sī vīs, pete Ītaliam, improbe! Sed memoriā tenē: Carthāgō semper hostis populī vestrī erit!“

D MK Formuliert den Dialog in Z. 8–14 so um, wie er heute stattfinden könnte, <u>oder</u> lasst ihn von einer KI schreiben und beurteilt das Ergebnis. ▶ M: S. 122

Station Italien. Nach der Landung in Italien steigt Aeneas in die Unterwelt hinab, um seinen verstorbenen Vater Anchises wiederzusehen. Dieser prophezeit Überraschendes:

III Tandem Aenēās patrem convēnit. Quī haec nūntiāvit: „Mox ad Tiberim flūmen perveniēs. Ibi nova perīcula erunt. Quae omnia superābis. Sed māiōra[1] deī prōmittunt. Gentem potentem condēs: gentem Rōmānam. Quae clārōs virōs habēbit: Rōmulum, Caesarem, Augustum. Quī Rōmānī per multa saecula tōtum orbem terrārum regent.“

1 māiōra (*Akk. Pl.*): Größeres

E Vergleiche Anchises' Prophezeiungen mit denen Creusas (Aufgabe **A**).

F Lege ein Social-Media-Profil zu Aeneas an: Was würde er posten? Von welchen Stationen würde er berichten? Wie würde er sich selbst darstellen?

LIES UND PARAPHRASIERE!

G Die Vorhersagen von Creusa und Anchises treffen ein wie prophezeit. Belege dies am Text.

Profectō Aenēās ad Tiberim flūmen pervēnit. Ibi nova perīcula sustinuit: Prīmum Trōiānī cum Latīnīs diū dē rēgnō pūgnābant. Postrēmō Aenēās cum Turnō rēge pūgnāvit. Quem Aenēās vīcit et rēgnum condidit. Quod eī et Creūsa uxor prōmīserat et Anchīsēs pater nūntiāverat.

H Erstelle ein Tempusrelief für Z. 22–23 anhand des begonnenen Beispiels hier: ▶ **M:** S. 113 B

I Aeneas oder Hercules? Diskutiert, wer von beiden der größere Held ist.

VOKABELN ÜBEN

▶ **Lernvokabeln:** S. 136

Lerne zuerst die Vokabeln II. Übe sie dann:

1 **Bedeutung gesucht.** Nenne die Bedeutung der unterstrichenen Wendungen.

1 Iulus: „Summo in periculo fuimus.
2 Una cum patre urbem reliqui.
3 Prima luce ad litus accessimus.
4 Pater me toto pectore amat.
5 Matrem memoria tenebo.“

2 **Aus dem Kopf.** Nennt die jeweils passende Vokabel. ▶ **Hilfe**)

Gegenteile	gleiche Bedeutung
salve! ↔ umbra ↔ nolle ↔ imperare ↔	improbus ≈ superi ≈

Lerne zuerst die Vokabeln III. Übe sie dann:

3 **Nicht verwechseln!** Manche Vokabeln unterscheiden sich nur durch wenige Buchstaben. Ordne ihnen die Bedeutungen zu.

endlich | die Nacht | hell | verlieren | bald | warum | versprechen | als | dennoch | lieb

a cum – cur
b carus – clarus
c tamen – tandem
d mox – nox
e promittere – amittere

4 **Irrläufer.** Nenne die Vokabel, die aufgrund ihrer Bedeutung nicht passt. Begründe.

a saeculum | populus | gens | vir
b superare | potens | flumen | vincere
c cogere | nuntiare | nolle | debere

▶ **Quiz**

GRAMMATIK ÜBEN

▶ **Mehr Übungen:** S. 55

1 G1 **Was gehört wohin?** Ordne die Verbformen passend zu und übersetze sie.

moveo | habebo | timebit | putant | stabit | gaudebunt | ibo | rogabit | licet | tempto | valebitis | manemus | tenebimus | peribit

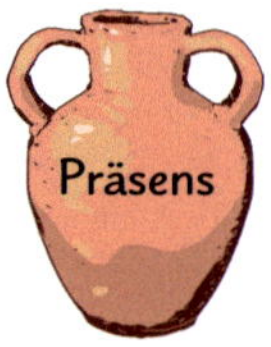

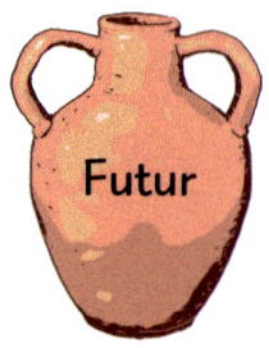

2 G1 **Triff deine Wahl!** Nenne die Futurformen.

sum | eram | erit | fui | ero | es | erunt

3 G1 **Was passt wozu?** Ergänzt abwechselnd die passende Form und übersetzt.

manebunt | erunt | relinquemus | capient | facient

1 Ulixes: „Nos Troiam non ___.
2 Nam milites nostri in litore ___.
3 Ibi equum magnum ___.
4 Milites, qui in equo ___, Troiam ___."

4 G2 **Ordnung muss sein.** Ordne die Formen nach Tempus, Person und Numerus. Ergänze die fehlenden Formen und übersetze. ▶ **Hilfe**

a vis | voluerunt | voluit | vultis | volui
b nolui | nolo | noluisti | nolumus | non vis | noluit

5 G3 **Fehlerteufel.** Nennt die Form, die falsch übersetzt wurde, und korrigiert die Übersetzung. Gebt das Bezugswort des Relativpronomens an.

1 Iulus urbem condidit. Quam viri clari rexerunt. – Iulus gründete eine Stadt. Ihn lenkten berühmte Männer.
2 Ut nox venit, superi Aeneam monuerunt. Quibus postea gratias egit. Als die Nacht hereinbrach, warnten die Götter Aeneas. Dieser dankte später.

6 G1 **Was gehört wohin?** Ordne die Verbformen passend zu und übersetze sie.

claudet | solvimus | relinquam | fugient | condunt | dicit | regent | veniemus | promittet | accedit | petes | audiam

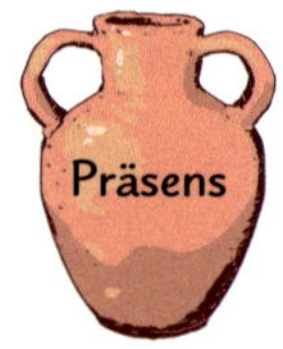

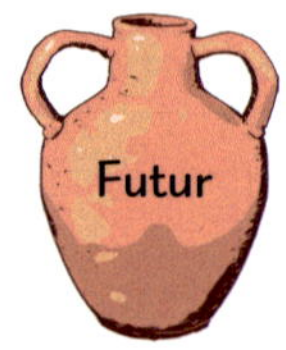

7 G2 **Satzbau-Profi.** Bildet fünf sinnvolle Sätze, die alle unterschiedlich beginnen. Übersetzt sie gegenseitig.

Milites		dormire		volunt
Nocte		iter facere		(non) vult
Domi	+	fugere	+	nolumus
Prima luce		abire		(non) vis
Aeneas		urbem capere		volo

8 G1 G2 G3 **Anders erzählt.** Ergänze im Futur und übersetze.

Dido: „Aeneas novam patriam ___ (invenit/inveniet) et urbem ___ (condet/condit). Quam viri clari ___ (habebunt/habent). Me autem Aeneas ___ (relinquet/relinquit). Me non ___ (rogabit/rogat): ‚Tune mecum esse vis?' Superi me beatam esse nolunt. Quibus Aeneas semper ___ (paret/parebit)."

9 G1 G2 G3 **Lückenfüller.** Setze passend zum Bezugswort ein und übersetze.

qui | quae | quo

1 Milites Troiani prima luce ad moenia currunt. ___ defendere volunt.
2 E moenibus litus vacuum spectant. In ___ equum magnum vident.
3 Troiani hostes non vident. ___ in equo manent; mox urbem incendent.

G1 Das Futur I
G2 *velle* und *nolle*
G3 Der Relative Satzanschluss

ÜBER SPRACHEN NACHDENKEN

▶ **weiter üben:** S. 55

Registerwechsel

1 Ordne die Wörter den Registern „Standardsprache“ und „Umgangssprache“ zu. Benenne dann das Register in der 3. Zeile und gib seine Merkmale an. ▶ **M:** S. 111 C

ins Gras beißen | klein | sterben | ein Schwatz bzw. Schnack | ein Gespräch | mickrig

Standardsprache			
Umgangssprache			
	zugrunde gehen	eine Unterredung	unbedeutend

2 Lest die folgende Übersetzung der Sätze aus dem Lektionstext (Z. 6–7) und beschreibt ihre Wirkung (z. B. durch Satzstruktur und Wortwahl). Erläutert, welches sprachliche Register verwendet wird, und belegt mit drei Beispielen. ▶ **M:** S. 111 C

„Eine Stadt wirst du gründen, glorreich und mächtig,
ein Reich wird zuteil dir, erhaben und prächtig.
Lebwohl!“ – Aeneas streckt nach Creusa die Hand,
doch der Schatten Creusas allmählich verschwand.

DIE ANTIKE WELT KENNENLERNEN

Vergil zwischen den Musen für Drama und Geschichte. Mosaik (1. Jh. v. Chr.)

Göttliche Römer

Wie die Erzählung um den Trojanischen Krieg ist auch die Geschichte um Aeneas und seine Suche nach einer neuen Heimat ein Mythos. In der heute bekannten Form stammt sie von dem römischen Dichter **Vergil** (▶). Vergil schrieb zur Zeit des ersten römischen Kaisers **Augustus** (▶) (Ende des 1. Jh. v. Chr.) und machte Aeneas zum Helden seines Epos *Aeneis*. Vergil orientierte sich dabei bewusst an **Homer**, denn die Aeneis sollte für die Römer das werden, was *Ilias* und *Odyssee* für die Griechen waren: ein Nationalepos, das die Identität (▶) der Römer begründet.
Dazu passt das, was Aeneas in der Unterwelt prophezeit wird: Er soll der Stammvater des zukünftigen Volkes der Römer werden. Das bedeutet, dass die Römer sich nicht nur als Nachfahren der Trojaner sahen, sondern sich sogar eine göttliche Abstammung zuschrieben, da Aeneas ein Sohn der Venus war. Als direkte Nachkommen des Aeneas galten **Romulus**, der sagenhafte Gründer Roms, aber auch die berühmten Staatsmänner **Iulius Caesar** (▶) und Kaiser **Augustus**. Zu dieser Prophezeiung gehört auch ein Auftrag an das römische Volk, das Römische Reich zu beherrschen, „die Unterworfenen zu schonen und die Hochmütigen niederzukämpfen“.

A Erläutere, inwiefern die Aeneis für die Römer identitätsstiftend sein konnte.

B Stellt zusammen, wodurch heute Nationalität oder nationale Identität zum Ausdruck kommen kann. Diskutiert, wie wichtig dies heute noch ist.

DIE ANTIKE WELT KENNENLERNEN

Eine Gründung mit Hindernissen

Mit der Ankunft der **Trojaner** in Italien war der Weg für die Gründung Roms geebnet, die Aeneas selbst aber nicht mehr erlebt haben kann. Denn Rom soll im Jahre **753 v. Chr.** gegründet worden sein, also ca. 400 Jahre nach der Zerstörung Trojas. Was in diesem Zeitraum geschah, ist nicht überliefert. Römische Historiker (▶) und Dichter versuchten, diese Lücke zu schließen, und es entstand die Sage um die **Gründung Roms**: Demnach gründete Aeneas' Sohn Iulus die Stadt Alba Longa (▶). Mehrere Jahrhunderte später regierte hier **König Numitor**, dessen jüngerer Bruder Amulius ihn um den Thron beneidete: Er wollte selbst König werden. Eines Tages stieß Amulius seinen Bruder Numitor vom Thron. Um seine Macht zu sichern, bestimmte er, dass Numitors Tochter **Rhea Silvia** ihr Leben als Vestalin (▶) verbringen sollte. So wollte er sicherstellen, dass Rhea Silvia und somit auch sein Bruder Numitor ohne Nachkommen blieben. Rhea Silvia wurde jedoch vom Kriegsgott Mars schwanger und bekam Zwillinge: **Romulus und Remus**, von denen einer später Rom gründen sollte. Zuvor aber fasste Amulius einen Plan, um die Gefahr, die von Numitors Enkeln für ihn ausging, von sich abzuwenden.

A Erweitert den angefangenen Stammbaum und stellt damit die Beziehungen zwischen den im Text erwähnten Personen dar. Verwendet passende lateinische Begriffe (z. B. *frater, pater* ...).

B Stellt Vermutungen an, welchen Einfluss die mythische Vorgeschichte und die Beteiligung des Gottes Mars auf Roms Geschichte haben könnten.

NEUE VOKABELN KENNENLERNEN

Plötzlich schwanger

1 Erschließe die Bedeutungen der neuen Vokabeln im Text und im Bild. Unten kannst du deine Lösung überprüfen.

Rhea Silvia ist nicht fröhlich, sondern ___ (tristis). Denn sie ist schwanger, was sie als Vestalin nicht sein darf. Ihre Schwangerschaft ist ein schweres ___ (crimen), für das sie bestraft werden kann. Sicher darf sie ihre Kinder nicht behalten und nicht ___ (educare). Sie hat auch keinen sicheren ___ (locus), um sie zu verstecken. Von Amulius, der seinen eigenen ___ (frater) vertrieben hat, darf sie keine Gnade erwarten.

2 Wähle selbst aus dem Werkzeugkoffer 1–6 aus oder entscheidet gemeinsam. ▶ S. 236

traurig, lachen, erziehen, Vogel, Wölfin, Verbrechen, Ort, Bruder, Hirte

NEUE GRAMMATIK KENNENLERNEN

G1 Das Präsens Passiv

Rhēa Silvia Amulium timet.

Cīvēs mē timent.
Cīvēs rēgēs semper timent.

Amulius ā Rhēā Silviā timē-tur.
Amulius wird von Rhea Silvia gefürchtet.

Ā cīvibus time-or.
Rēgēs ā cīvibus semper time-ntur.

A Erschließe mithilfe der Sätze links die Übersetzung der Sätze rechts.

B Beschreibe das neue grammatische Phänomen.

C Ordne die neuen Personalendungen nach Person und Numerus.

D Erschließe mithilfe des Satzes links, welche Form bei *timērī* vorliegt und wie diese zu übersetzen ist:

Amulius: „Volō cīvēs mē timēre! Volō ā cīvibus timē-rī!"

▶ **Quiz** ▶ **Video**

VOKABELN ÜBEN

▶ **Lernvokabeln:** S. 139

Wiederhole einige bekannte Vokabeln:

1 **Lückenfüller.** Ordnet die Vokabeln passend zu. Übersetzt dann.

apud | in | ex | per | de

Hostes ___ urbe Troia sunt. Aeneas ___ patria sua timet. Aeneas una cum patre et filio ___ urbe fugit. Pater et filius ___ Aeneam sunt. Ii ___ multos annos fugiunt.

2 **Rätselwörter.** Ergänze die fehlenden Buchstaben.

a lateinisch für „Fluss": f _ u _ _ n

b anderes Wort für „et": _ t q _ _

c lateinisch für „Herrschaft": r _ g _ u _

d Gegenteil von „iubere": _ a _ e _ e

Lerne zuerst die Vokabeln I . Übe sie dann:

3 **Triff deine Wahl!** Wähle die passende Bedeutung. Begründe.

dass | der, die, das

1 Regnum, <u>quod</u> rex tenet, magnum est.
2 Rex gaudet, <u>quod</u> servi parent.
3 Caelum, <u>quod</u> rex videt, clarum est.

4 **Bedeutung gesucht.** Nenne die Bedeutung der unterstrichenen Vokabeln.

Rex malus liberos <u>necari</u> vult. <u>At</u> servi liberos non necant. Servi eos <u>exponunt</u>.

5 **Erklär's mir!** Umschreibt die Vokabeln auf Deutsch, aber ohne ihre Bedeutung zu nennen. Erratet die lateinischen Begriffe.

invidia | constituere | crimen | tristis | flumen | eripere

EINEN LATEINISCHEN TEXT LESEN

Ein verhängnisvoller Mauersprung

Kaum hat Rhea Silvia die Zwillinge Romulus und Remus zur Welt gebracht, überlegt Amulius schon fieberhaft, wie er sie loswerden kann. Denn eines Tages könnten sie ihm gefährlich werden ...

A Die Passivformen beschreiben, a) dass Menschen von Gefühlen bewegt werden und b) was mit den Zwillingen geschehen soll. Belegt dies am Text (Z. 1–7) und ordnet zu.

Romulus und Remus. Von G. Cesari (um 1600)

I Amūlius: „Frāter iūre ā mē timētur. Certē animus eius invidiā movētur. Ergō etiam Rōmulus et Rēmus iūre ā mē timentur. Etiamsī līberī sunt, hostēs sunt." Itaque Amūlius cōnstituit puerōs necārī. Servō dīxit: „Necesse est puerōs ā tē mātrī ēripī. Iubeō puerōs ā tē in flūmen mittī." Servus fortūnam līberōrum valdē doluit. Sēcum cōgitāvit: ‚Vae! Quam miserī puerī sunt, nam mātrī ēripiuntur et expōnuntur. Moveor illō crīmine, quod līberī in flūmen mittuntur.' Trīstis fuit. At tamen pāruit.

Doch die Babys ertrinken nicht: Stattdessen treibt der Korb, in dem sie liegen, ans Ufer.

B Ordne der Abbildung möglichst viele lateinische Begriffe aus Z. 8–12 zu.

II Lupa ex montibus, quī prope erant, Tiberī flūminī appropinquāvit. Clāmor enim ibi audiēbātur. Lupa puerōs invēnit et ē flūmine trāxit. Diū frātrēs ā lupā alēbantur; hōc modō servābantur. Aliquandō Faustulus pāstor puerōs apud lupam vīdit et sēcum dūxit. Deinde Rōmulus et Rēmus per multōs annōs ab eō atque ab uxōre eius ēdūcābantur.

C Belege am Text (Z. 8–12), wer auf welche Weise zur Rettung der Zwillinge beiträgt.

Romulus und Remus wachsen zu jungen Männern heran und erfahren eines Tages von ihrer Abstammung. Gemeinsam stoßen sie Amulius vom Thron und geben ihrem Großvater Numitor die Herrschaft zurück. Anschließend wollen die beiden eine eigene Stadt gründen. Doch wer von beiden soll der Stadt den Namen geben und über sie herrschen?

III Frātrēs cōnstituērunt: „Deī dēcernere dēbent!" Itaque alter frāter Aventīnum montem petīvit, alter Palātīnum. Uterque suō locō sīgnum deōrum exspectāvit. Rēmus prīmus rīsit et clāmāvit: „Vidēte! Sex avēs! Victor sum! Hī montēs atque hī agrī ā mē regentur!" At Rōmulus paulō post ad caelum ostendit et respondit: „Vidēte! Duodecim avēs! Ergō haec omnia ā mē regentur! Ā Rēmō nōn superābor! Urbs, quae mox ā mē condētur, moenibus meīs circumdābitur. Quae ex meō nōmine ‚Rōma' appellābitur."

D Präsentiert diese Szene (Z. 14, *Uterque* ... – Z. 19) kreativ. Entscheidet euch für eine geeignete Präsentationsform. ▶ **M:** S. 120

LIES UND PARAPHRASIERE!

Remus gibt wütend und enttäuscht nach. Doch der Zorn über die Niederlage und der Neid auf den Bruder lassen ihn nicht ruhen ...

E Die Stadtmauern (*moenia*) spielen eine wichtige Rolle für das Handeln und das Ende des Remus. Arbeite dies aus dem Text (Z. 20–23) heraus.

Iam urbs nova moenibus circumdābātur. At Rēmus frāter, quī invidiā movēbātur, ad moenia accessit et vocāvit: „Hahae, quam parva tua moenia sunt!“ Et Rēmus, postquam opus frātris rīsit, moenia trānsiluit[1]. Rōmulus īrātus frātrem petīvit et interfēcit.

1 trānsiluit: er sprang über ...

F Diskutiert, was beide Brüder hätten tun können, um eine Lösung des Konflikts ohne Blutvergießen (▶) zu finden.

VOKABELN ÜBEN

▶ **Lernvokabeln:** S. 139

Lerne zuerst die Vokabeln II. Übe sie dann:

1 **Wir gehören zusammen!** Nenne die Bedeutung der Vokabeln.

a **Personen**: frater | pastor | puer | uxor
b **Gefühle**: tristis | invidia | dolere | miser

2 **Bedeutung gesucht.** Nenne die Bedeutung der unterstrichenen Vokabeln.

Pastor lupam timet. At lupae appropinquat et liberos secum ducit. Liberi fratres sunt. Pastor fratres alit. Hoc modo eos servat.

3 **Fremdsprachen-Profi.** Nennt die Bedeutung der englischen Vokabeln, indem ihr auf den lateinischen Ursprung eingeht. Überprüft mit einem Wörterbuch.

education | criminal | fortunately

Lerne zuerst die Vokabeln III. Übe sie dann:

4 **Irrläufer.** Nenne die Vokabel, die nicht zu den anderen passt. Begründe.

a paulo post | aliquando | sex | deinde
b decernere | iubere | parere | circumdare
c enim | alter | uterque | ille

5 **Fremdwörter-Profi.** Erklärt die unterstrichenen Begriffe, indem ihr auf ihren lateinischen Ursprung eingeht.

1 Er gab uns ein Signal: Es ging los!
2 Sie arbeitet bei einer lokalen Zeitung.
3 Das Exponat ist in der Ausstellung.
4 Ich appelliere an dein Mitgefühl.

6 **Sag's mit Bildern!** Zeichnet die Vokabeln. Erratet sie dann gegenseitig und nennt die Bedeutung.

ager | avis | duodecim | ridere | lupa | tristis

▶ **Quiz**

GRAMMATIK ÜBEN

▶ **Mehr Übungen:** S. 56

1 G1 **Wörterschlange.** Hier sind vier Verbformen versteckt. Nenne und übersetze sie.

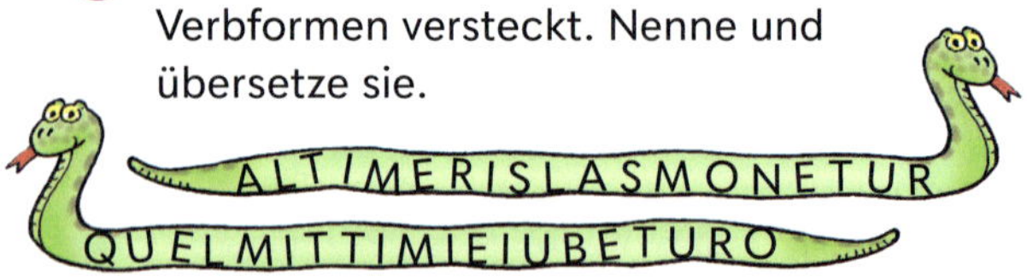

2 G1 **Was gehört wohin?** Ordne die Verbformen passend zu und übersetze sie.

moveor | rogare | vocari | constituit | exponitur | ostendimur | mittitis | peti | ducitur | trahuntur | vides | exspectaris | debemus | dolui | spectamini | rapi

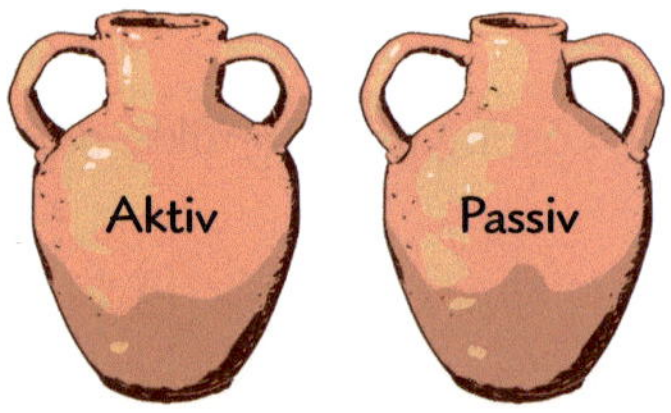

3 G2 **Ordnung muss sein.** Ergänzt die fehlenden Personalendungen und bringt die Verbformen in die richtige Reihenfolge. Übersetzt sie dann. ▶ **Hilfe**

a amabantur | amabar | amabatur | amabamur | amaba___ | amabaris
b timebantur | timebamur | timebaris | timebar | timebamini | timeba___

4 G1 G2 G3 **Lückenfüller.** Ergänze die deutschen Sätze, indem du die Formen in Klammern übersetzt.

1 Romulus und Remus ___ zuerst von einer Wölfin ___ (alebantur).
2 Dann ___ sie von einem Hirten und seiner Frau ___ (educabantur).
3 Jetzt ___ Amulius von Angst ___ (movetur).
4 Denn jetzt ___ seinem Bruder Numitor der Thron ___ (redditur).
5 Bald ___ eine Stadt ___ ___ (condetur).

5 G1 **Satzbau-Profi.** Bildet mindestens fünf sinnvolle AcI-Sätze. Übersetzt sie dann.

Rex | servus | mater	
constituit ...	
servum pueros liberos	servari exponi necari vocari matri eripi

6 G1 G2 **Infinitiv gesucht.** Nenne den Infinitiv Aktiv der Verben und übersetze die Formen.

vincebar | ponitur | inveniebantur | servaris | superabamur | mittimini | relinquebatur | eripiuntur | quaerebaris | ducor | amari | terretur

7 G1 G2 G3 **Triff deine Wahl!** Nenne jeweils die richtige Übersetzung und begründe.

Tipp: Es kann mehrere richtige Lösungen geben.

1 Roma moenibus circumdabatur.
a Rom wird von Mauern umgeben werden.
b Rom wurde von Mauern umgeben.

2 Remus a Romulo necabitur.
a Remus wird von Romulus getötet werden.
b Remus wird von Romulus getötet.
c Romulus wird Remus töten.

8 G1 G2 G3 **Irrläufer.** Nenne das Tempus, das nicht zu den anderen passt. Begründe.

Tipp: Achte auf die Futurformen.

a relinquetur | mittetur | monetur
b terrebuntur | eripientur | docentur

G1 Das Passiv Präsens
G2 Das Passiv Imperfekt
G3 Das Passiv Futur I

▶ Selbsttest

ÜBER SPRACHEN NACHDENKEN

▶ weiter üben: S. 56

Alles wird gut werden! – „Werden“ richtig verwenden

1 Ordne jeder Verbform die passende Übersetzung zu. Achte dabei auf die Tempora und die richtige Verwendung des deutschen Hilfsverbs „werden“.

1	appellatur	**P**	er wird ansprechen
2	appellabit	**E**	ihr werdet schicken
3	appellabitur	**T**	er wird angesprochen werden
4	mittemini	**O**	er wird angesprochen
5	mittimini	**I**	ihr werdet geschickt werden
6	mittetis	**M**	ihr werdet geschickt

Tipp: Die Lösungsbuchstaben ergeben in der richtigen Reihenfolge das lateinische Wort für „ausgezeichnet“.

2 Beschreibt anhand der Sätze **a–c**, wie die jeweiligen Tempora im Deutschen gebildet werden. Die Fachbegriffe auf dem Zettel helfen euch.

a Futur I Aktiv: Sie werden nach Rom fliegen.
b Präsens Passiv: Sie werden nach Rom geflogen.
c Futur I Passiv: Sie werden nach Rom geflogen werden.

Infinitiv Präsens Aktiv
Partizip II
Form des Hilfsverbs „werden“
Infinitiv Präsens Passiv

3 Bilde für **2a**, **b** und **c** jeweils einen eigenen Beispielsatz im Deutschen.

DIE ANTIKE WELT KENNENLERNEN

Wie entstand Rom wirklich?

„Sieben, fünf, drei: Rom schlüpft aus dem Ei“ lautet der Merksatz zu Roms mythischem Gründungsjahr. Archäologische Forschungen zeigen jedoch, dass es bereits im 10. Jh. v. Chr. erste Siedlungen auf den Hügeln Roms gab. Mit der Zeit wuchsen sie zu einer Stadt zusammen, die schon im 7. Jh. v. Chr. mit Mauern befestigt war.
Zu dieser Zeit herrschte das Volk der **Etrusker** (▶) über Mittelitalien. Etrusker und Römer kämpften jahrhundertelang um Macht und Einfluss. Schließlich verloren die Etrusker ihre Macht, ihr kultureller Einfluss aber blieb. Die Römer übernahmen von ihnen beispielsweise den purpurfarbenen Königsmantel, die Vogelschau (*auspicium*) und die Eingeweideschau (▶) bei Opfertieren (*haruspicium*). Auch die römische Schrift, das römische Namenssystem und die urbanen (▶) Strukturen der Stadt Rom gehen auf die Etrusker zurück. Sogar die berühmten Gladiatorenkämpfe stammen ursprünglich aus Begräbnisritualen der Etrusker.

Etruskische Krieger

A Erläutere und bewerte die Folgen des Kontakts der Römer mit den Etruskern.

B Nicht nur die Römer wurden von anderen Kulturen geprägt. Stellt Beispiele für kulturelle Vielfalt heute zusammen (z. B. in den Bereichen Musik, Feiertage, Essen, Mode) und diskutiert die positiven und/oder negativen Folgen kultureller Einflüsse.

LEKTION 14

1 G1 **Plusquamperfekt-Profi.** Nennt die Formen im Plusquamperfekt und übersetzt sie.

aperueram | erravit | regis | reliqueramus | misimus | quaesiverant | posuisti | vivo | redierat | addere | viceras

2 G1 G2 **Trefft eure Wahl!** Wählt für die Lücken die passende Subjunktion und übersetzt.

etiamsi | postquam | quia

1 Neptunus Ulixi iratus erat, ___ ille Polyphemum, filium eius, necaverat.
2 Ulixes, ___ per multos annos per maria et terras erravit, tandem Neptunum effugit et in patriam pervenit.
3 Uxor, ___ Ulixem amabat, eum primo non cognovit *(erkannte)*.

Der Zyklop Polyphem.

3 G1 G2 **Sinn oder Unsinn?** Nur eine der beiden Subjunktionen ergibt Sinn. Nenne sie und begründe deine Wahl. Übersetze dann.

1 Aeneas e patria fugit, ...
... quia Graeci Troiam incenderant.
... quamquam Graeci Troiam incenderant.
2 Troiani novam patriam quaesiverunt,
... etiamsi omnia amiserunt.
... postquam omnia amiserunt.
3 Ulixes patriam desiderabat,
... dum per maria errat.
... postquam per maria erravit.
4 Paris Helenam amavit,
... ut eam vidit.
... si eam vidit.

4 G1 **Lückenfüller.** Wähle die richtige Endung und übersetze.

-eramus | -eras | -erant | -erat (2)

Aeneas diu per maria errabat. Urbem, uxorem, patriam amis___, quia Graeci Troiam dolo cep___. Secum cogitavit: „Quamquam Laocoon nos monu___, nos ei non credid___. O Laocoon! Quamquam tu verum *(die Wahrheit)* dix___, nos prudentes non fuimus."

5 G1 G2 **Bring's zu Ende!** Verbinde die Satzteile sinnvoll miteinander und übersetze.

A Graeci Troiam ceperunt, ...
B Aeneas patriam novam quaesivit, ...
C Iterum multa bella erant, ...

1 ... postquam omnia amisit.
2 ... ut Troiani in Italiam venerunt.
3 ... quia Ulixes consilium ceperat.

6 G1 G2 **Odysseus in der Höhle.** Gebt die Adverbialsätze an und übersetzt dann.

Ulixes e spelunca *(Höhle)* Polyphemi abire non potuit, quia Polyphemus eam clauserat. Postquam ille amicos eius necavit, Ulixes de vita sua timuit. Sed dolum invenit: Filio Neptuni vinum dedit. Mox is fessus erat. Ut dormivit, Ulixes eius oculum effodit *(stach ... aus)*. Postea effugit, quia Polyphemus eum videre non potuit.

ÜBER SPRACHEN NACHDENKEN

7 **Sprach-Profi.** Ergänze und übersetze. Begründe deine Wahl.

Quia Troiani equum in urbem ___ (trahebant/traxerant/traxerunt), Graeci Troiam ceperunt.

G1 Das Plusquamperfekt
G2 Die Adverbialsätze

LEKTION 15

1 G1 **Triff deine Wahl!** Nenne jeweils das Verb, das nicht im Futur I steht. Bestimme dessen Tempus.

a habebit | abibit | timebo | movebam | habebunt
b solvent | placent | relinquam | agetis | fugient

2 G1 G2 **Futur-Profi.**
a Nenne den Infinitiv und übersetze die Form.

superabis | regam | pervenietis | faciam | nolam | condent | errabit | audiemus | voles | monebunt

b Bildet mit den übersetzten Formen sinnvolle deutsche Sätze.

3 G1 G2 **Erzähl mir was!** Schreibt eine kurze deutsche Geschichte über Didos und Aeneas' Abschied, in der folgende Verbformen vorkommen.

Tipp: Übersetze zunächst die Formen. Stelle dann das Verb an die passende Stelle im deutschen Satz.
Beispiel: *„Du* pares *immer den Göttern. Dabei* venerunt *sie bisher nicht zu Hilfe."*

arsit | amavisti | volebam | inveniam | ero | condam | venerunt | regent | nolo | pares

4 G2 G3 **Relativer Satzanschluss gesucht.** Finde den passenden Satzanschluss zum lateinischen Satz. Begründe.

1 Ut urbs arsit, Troiani fugerunt. ___ (Cuius/Quibuscum) patriam novam Aeneas invenire voluit.
2 Aeneas Creusam uxorem quaesivit. ___ (Cuius/Cui) umbra ad eum accessit.

5 G1 G2 **Lückenfüller.** Setze die Verben passend ein und übersetze.

erit | invenietis | reget | pervenies | condet

Umbra Anchisae patris ad filium accessit: „Te de fato docere volo: Tu cum Iulo filio in Latium ___. Vos illo loco novam patriam ___. Iulus ibi urbem ___. Gens vestra postea magna et clara et potens ___. Ea gens multa per saecula totum orbem terrarum ___."

6 G1 G2 G3 **Ordnung muss sein.** Bringt die Sätze mithilfe der unterstrichenen Konnektoren in die richtige Reihenfolge. Übersetzt sie dann.

Sibylla Aeneae nuntiavit:

A Postremo rex Troianorum Latinorumque eris. Sic gentem Romanam condes.
B Deinde ad Tiberim flumen pervenietis.
C Tandem Turnum vinces.
D Ibi Latini habitant. Quorum imperator Turnus est.
E Itaque de regno diu pugnabitis.
F Tum Turnus regnum suum defendere volet.
G Primo patris umbram adibis.

ÜBER SPRACHEN NACHDENKEN

7 **Sprach-Profi.** Zeigt, welche Wirkung unterschiedliche Sprachregister (▶ M: S. 111 C) haben können.

a Übertragt Z. 6–7 aus dem Lesetext (▶ S. 44) in heutige Jugendsprache. Ihr könnt dabei auch den Satzbau anpassen, um den Ton und Stil passend zu gestalten.
b Vergleicht eure Übersetzung mit derjenigen auf ▶ S. 47 (Aufgabe 2).

G1 Das Futur I
G2 *velle* und *nolle*
G3 Der Relative Satzanschluss

LEKTION 16

1 G1 G2 G3 **Was gehört wohin?** Ordne die Verbformen richtig zu und übersetze sie.

amaris | timemini | appellabamur | dabitur | cupientur | servabuntur | constituitur | inveniemur | mittemini | narratur | legitur | teneris | iubetur

2 G1 G2 G3 **Deutsch-Profi.** Wähle die inhaltlich richtigen Übersetzungen und begründe.

Tipp: Es kann mehrere richtige Lösungen geben.

1 Urbs a Romulo conditur.
a Die Stadt wurde von Romulus gegründet.
b Die Stadt wird von Romulus gegründet.
c Romulus gründet eine Stadt.

2 Romulus a Remo ridebatur.
a Romulus wird von Remus verspottet.
b Remus verspottete Romulus.
c Romulus wurde von Remus verspottet.

3 Urbs Roma appellabitur.
a Man wird die Stadt Rom nennen.
b Die Stadt wird Rom genannt.
c Die Stadt wird Rom genannt werden.

3 G1 G2 G3 **Anders erzählt.** Nennt die Passivformen und übersetzt den Text.

In urbe Alba Longa haec in foro narrabantur: „Audite! Dei decreverunt: Mox hi montes et hi agri a Romulo regentur. Urbs nova ab eo condetur. Iam illa moenibus circumdatur.“ Subito iuvenis accessit et clamavit: „Vae! Frater fratrem interfecit! Moenia Romuli a Remo ridebantur. Romulus invidiam fratris non sustinuit. Meis oculis vidi Remum a fratre irato necari!“

4 G1 G2 G3 **Im Doppelpack.** Nennt die sieben Paare aus Aktiv- und Passivform, die in Tempus, Person und Numerus übereinstimmen. Übersetzt sie.

alebamur | audiar | petent | relinques | desiderabaris | decernitur | educabas | vincemur | ridebamus | moveberis | vocabimus | timebuntur | ridebo | dat

5 G2 G3 **Rom ohne Frauen?** Bestimme alle Tempora und übersetze.

Urbs Roma a Romulo regebatur. Sed in urbe nullae mulieres erant. Itaque Romulus constituit: „Mulieres et puellae Sabinae (▶) a nobis capientur et rapientur. Sabinae a patribus fratribusque suis servari non poterunt.“ Sic agebatur. Postea Sabini mulieres liberare *(befreien)* voluerunt. Sed eae dixerunt se Romae vivere velle.

6 G1 G3 **Der letzte König.** Bestimme die Passivformen und übersetze.

Tarquinius Superbus rex Romanorum erat. Populus eum non amabat. Unus e Romanis dixit: „Rex ab omnibus timetur, pecunia nostra ab eo rapitur, cives necantur. Etiam nos fortasse interficiemur! Itaque dico: Rex urbem relinquere debet! Ex urbe a nobis mittetur!“

ÜBER SPRACHEN NACHDENKEN

7 **Sprach-Profi.** Nennt in den Sätzen **1–3** alle Bestandteile des Prädikats und ordnet die Bestimmungen passend zu.

Futur Aktiv | Futur Passiv | Präsens Passiv

1 Die Zwillinge werden gerettet.
2 Die Brüder werden sich heftig streiten.
3 Einer von beiden wird bei diesem Streit getötet werden.

G1 Das Passiv Präsens
G2 Das Passiv Imperfekt
G3 Das Passiv Futur I

TESTE DICH SELBST!

Die antike Welt

1 Nenne die richtige Kombination (z. B. F6).

A Paris
B Aeneas
C Romulus
D Amulius
E Venus

1 ... flieht aus Troja und sucht eine neue Heimat.
2 ... stößt seinen Bruder vom Thron.
3 ... verspricht die schönste Frau der Welt als Belohnung.
4 ... wird König von Rom.
5 ... entscheidet, wer die Schönste ist.

2 Bringe die Ereignisse in die richtige Reihenfolge.

Romulus und Remus werden geboren. | Aeneas flieht aus Troja. | Paris entführt Helena. | Rom wird gegründet. | Aeneas verlässt Dido.

Vokabeln

3 Ordne passend zu.

A vacuus
B tristis
C potens
D carus
E fessus

1 mächtig
2 traurig
3 müde
4 lieb
5 leer

4 Bilde sinnvolle Wortgruppen (jeweils 1 Substantiv und 1 Verb) und übersetze.

Substantiv	Verb
portam | urbem | hostem | signum | telum	condere | dare | mittere | aperire | superare

Grammatik

5 Bestimme das Tempus und übersetze.

promiserat | cecideramus | desum | mittes | superabunt | ridet

6 Nenne die Sätze, die im Passiv stehen, und übersetze sie.

1 Homines fugiunt.
2 Porta aperitur.
3 Hostes superabuntur.
4 Milites ridebunt.
5 Urbs defendebatur.

7 Setze passend ein und übersetze.

condidit | condet | condiderant

Tandem Aeneas locum invenit et urbem ___. Antea Troiani Troiam ___. Postea filius Aeneae Albam Longam ___.

Der lateinische Text

8 Nenne alle Personen(gruppen), die im folgenden Text vorkommen.

9 Nenne die beiden Relativen Satzanschlüsse und ihre Bezugswörter.

Die Sabinerinnen

Romulus fratrem necaverat urbemque condiderat. Viros, qui in silvis habitabant, in urbem vocavit. Qui primi Romani erant. Sed mulieres deerant. Itaque Romulus ludos *(Spiele)* magnos fecit. Ad quos Sabini venerunt cum coniugibus filiisque. Sabinae theatrum intrant, cum a Romanis rapiuntur et domum ducuntur! Tum, quamquam noluerunt, uxores Romanorum fuerunt. Et tristes et iratae fuerunt. Sabini autem bellum contra Romanos fecerunt. Tum Sabinae: „Nolumus tot viros necari. Si vitam agemus cum Romanis, omnes vivent. Ergo apud Romanos manebimus.“

10 Übersetze den Text.

11 Erkläre, warum die Sabinerinnen unglücklich waren und was sie später dazu brachte, bei den Römern zu bleiben. Belege am lateinischen Text.

WEGE INS UNGEWISSE

Aeneas auf der Flucht

Laut Vergils Aeneis (▶ S. 47) verbrachten Aeneas und die Trojaner sieben Jahre auf der Flucht und suchten vergeblich nach einem Land, wo sie bleiben und in Sicherheit leben konnten. Dann gerieten sie in einen Seesturm, der sie nach Karthago trieb.

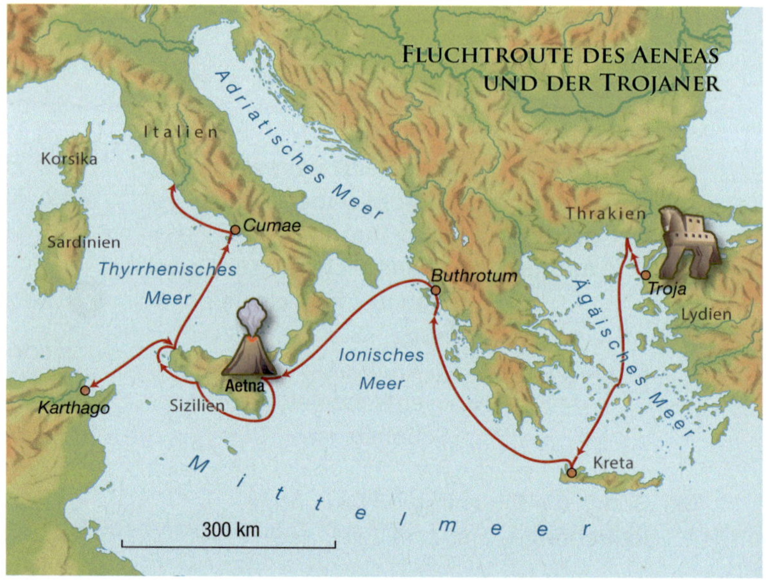

1 Beschreibe den Fluchtweg mithilfe der Karte.

2 Nenne Herausforderungen, denen sich die Trojaner auf ihrer Flucht vermutlich zu stellen hatten.

3 Endlich kommen die Trojaner in Karthago an. Sie wollen sich dort ausruhen, um anschließend Jupiters Auftrag zu folgen und nach Italien zu reisen.

a Sammelt mögliche Gedanken und Gefühle der Trojaner, während sie sich dem Hafen Karthagos näherten.

b Entwerft ein Rollenspiel zu folgender Szene: Die Trojaner begegnen zum ersten Mal den Karthagern.

> Gestaltet euer Rollenspiel aus:
> - Wann und wo begegnen sie ihnen?
> - Sprechen die Trojaner womöglich mit einem Akzent oder in einer anderen Sprache?
> - Sprechen alle das aus, was sie sich denken? Tauschen sich manche nur untereinander aus?

c Präsentiert eure Ergebnisse. Überlegt, welche Bedenken, Hoffnungen und Gefühle besonders zum Ausdruck gebracht wurden.

Nachdem die Trojaner um Asyl (▶) gebeten haben, antwortet Königin Dido:

„Habt keine Angst, Trojaner, und macht euch keine Sorgen! Mein Reich lasse ich streng von Wachen beschützen, aber nicht gegen euch. Wir Karthager haben schon so viel von eurer Tapferkeit und eurem Krieg gehört!
Wir sind nicht kaltherzig – wenn ihr weiterfahrt, um eure neue Heimat zu suchen, werde ich euch Schutz bieten und mit finanziellen Mitteln unterstützen.
Oder wollt ihr sogar hier bei uns bleiben? Dann seid willkommen! Trojaner und Karthager werde ich alle gleichbehandeln."

4 Stell dir vor, du hättest Didos Rede live miterlebt.

a Verfasse nun für die Schülerzeitung eine Zusammenfassung ihrer Rede in eigenen Worten, die so beginnt: „Dido, die Königin Karthagos, hat letzte Woche die angekommenen Geflüchteten aus Troja begrüßt …" ▶ **Hilfe**

b Stellt eure in **3a–c** gesammelten Gedanken und Gefühle Didos Rede gegenüber. Inwiefern wird Dido möglichen Bedenken, Hoffnungen und Gefühlen der Trojaner gerecht? Belegt eure Ergebnisse.

5 Aeneas musste im Mythos aus Troja fliehen und fand lange Zeit keine neue Heimat. Erst in Karthago wurde ihm Zuflucht geboten. Ein ähnliches Schicksal teilen auch heutzutage noch viele Menschen.

a MK Recherchiert im Internet heutige Fluchtgründe und präsentiert sie.

b Vergleicht eure Ergebnisse aus **5a** mit den Gründen für Aeneas' Flucht.

c Im Kasten unten sind Probleme und Hürden für geflüchtete Menschen heute aufgeführt. Ordnet diese den Aussagen in den Sprechblasen zu.

Tipp: Es sind mehrere Zuordnungen möglich.

> Vorurteile gegenüber Geflüchteten | Sprache | mangelnde Digitalisierung (▶) | Behördengänge (▶) | Amtsdeutsch (▶) | Verlust von Bezugspersonen

A Mir gefällt in Deutschland, dass viele Menschen sehr hilfsbereit sind. Unsere Nachbarin hat mir und meiner Familie erklärt, wie wir einen Internetvertrag abschließen können, nachdem wir keine Anleitung auf Arabisch gefunden haben.

B Anträge zu stellen ist kompliziert und dauert. Wir beantragen gerade einen Behindertenausweis für meinen kranken Opa. Die Briefe, die wir bekommen, sind auf Deutsch und schwer zu verstehen. Wir brauchen immer jemanden, der sie uns übersetzt.

C Wie's mir in Deutschland gefällt? Eigentlich gut. Meine Freunde vermisse ich aber sehr. Was ich unpraktisch finde: Hier muss ich oft auf ein Amt gehen, in der Ukraine konnte ich alle Anträge online stellen.

D Viele Deutsche sind freundlich. Aber wenn mich Leute anstarren, weil ich anders aussehe als sie, habe ich ein komisches Gefühl. Einmal hat mir eine Frau zugerufen: „Hau ab, geh nach Hause! Es gibt schon genug Ausländer hier." Das hat mir Angst gemacht.

d Tragt zusammen, welche Hürden es im Schulalltag für geflüchtete Jugendliche geben kann und wie Mitschülerinnen und Mitschüler unterstützen können.

DIE RÖMISCHE REPUBLIK

Abb. 1: Hannibal und seine Truppen überqueren die Alpen. Von Kurt Miller (2008).

Abb. 3: Die Ermordung des Diktators Caesar. Buchillustration (19. Jh.)

In den nächsten vier Lektionen erfährst du mehr über die römische Republik – vom Beginn bis zum Ende. Du erfährst:

- **wie in der Republik die Macht verteilt wurde und wie die Bürger um ihre Rechte kämpften.** **▶ S. 62**
- **wie Hannibal Rom bedrohte und Rom sich immer mehr ausdehnte.** **▶ S. 68**
- **wie die Republik in die Krise geriet und wie Cicero sie retten wollte.** **▶ S. 74**
- **wer Caesar war und wie er Diktator wurde.** **▶ S. 80**

Abb. 2: Ein Redner in republikanischer Zeit („L'arringatore", 2. Jh. v. Chr.).

1 Der Hauptfeind des wachsenden Rom war die Stadt Karthago in Nordafrika.

a Du kennst Karthago bereits aus Lektion 15. Lies Z. 13–14 auf ▶ S. 44 noch einmal und erkläre, wie damit die spätere Feindschaft zwischen Rom und Karthago begründet wird.
b Der karthagische Feldherr Hannibal brachte Rom schwer in Bedrängnis. Betrachtet Abb. 1 und recherchiert, wie Hannibal nach Italien kam.

2 Nicht nur Krieg und Militär waren in Rom wichtig. Abb. 2 zeigt, welche Kunst im politischen Leben Roms besonders zählte.

Stellt zusammen, welche Möglichkeiten ein Politiker heute hat, um mit den Bürgern ins Gespräch zu kommen. Erläutert auf dieser Basis die Bedeutung der Redekunst in Rom.

3 Romulus herrschte als König, doch später wurde Rom eine Republik.

a Auf Abb. 3 seht ihr das Kürzel SPQR: SENATUS *(Senat)* POPULUSQUE ROMANUS. Übersetzt dies und erklärt, auf welchen beiden Säulen die Macht in der Republik beruhte.
b Abb. 3 zeigt einen Mord. Beschreibt das Bild und erschließt dabei möglichst viele Informationen über das Opfer, die Täter, die Waffe und die Motive der Tat.
c Überprüft anhand von Recherche, ob ihr richtig liegt.

DIE ANTIKE WELT KENNENLERNEN

Die Anfänge der römischen Republik

ZWEI KONSULN

Nach der Gründung Roms regierten etwa 200 Jahre lang **sieben Könige** die Stadt. Der letzte von ihnen, **Tarquinius Superbus**, soll so grausam gewesen sein, dass er aus Rom vertrieben wurde. Danach wurde im Jahre 509 v. Chr. die **römische Republik** (▶) (lat. *res publica*) gegründet. Anstelle eines Königs gab es nun **zwei Konsuln**, die sich das höchste Amt teilten. Sie wurden jährlich neu gewählt und regierten zu zweit. So wollte man sicherstellen, dass nicht eine einzelne Person zu viel Macht ausüben konnte.
Eine wichtige Rolle spielte auch der **Senat** (▶). Alle seine Mitglieder gehörten damals zu dem gesellschaftlichen Stand (▶) der **Patrizier** (lat. *patricii*). Diese bildeten die einflussreiche und wohlhabende Oberschicht, den Adel. Die einfachen Bürger, die **Plebejer** (lat. *plebeii*), fühlten sich jedoch von den adeligen Patriziern unterdrückt und verlangten für ihren Stand mehr Mitbestimmungsrechte. Sie traten auch energisch dafür ein: Aus Protest verließen sie Rom und verweigerten den Militärdienst. So zwangen sie die Patrizier zu Zugeständnissen. Unter anderem durften die Plebejer ab jetzt einen **Volkstribun** (▶) wählen, der sie im Senat vertrat.

A Die Auseinandersetzungen zwischen Patriziern und Plebejern werden als „Ständekämpfe" bezeichnet. Erkläre den Begriff.

B Erläutert in der Lerngruppe, was in unserer Gesellschaft zu Unzufriedenheit führen kann und wie Bürgerinnen und Bürger darauf aufmerksam machen könnten.

NEUE VOKABELN KENNENLERNEN

Genug ist genug!

1 Erschließe die Bedeutungen der neuen Vokabeln im Text und im Bild. Unten kannst du deine Lösung überprüfen.

Plebejer: „Wir müssen ständig Krieg führen, dabei wünschen wir uns ___ (pax)! Aber die Patrizier erhören unser Flehen (▶) und unsere dringenden ___ (preces) nicht: Wir wollen uns doch nur um unsere Felder kümmern dürfen. Wir ernähren schließlich die ganze ___ (res publica) und alle Bürger, die in ihr leben. Nicht nur die einfachen Plebejer, auch die reichen und ___ (nobiles) Patrizier müssen essen! Sogar ein ___ (consul)! Die Patrizier denken falsch. Deshalb wollen wir sie durch einen Streik ___ (flectere)."

2 Wähle selbst aus dem Werkzeugkoffer [1]–[6] aus oder entscheidet gemeinsam. ▶ S. 236

Anführer, Frieden, Lager, adelig, Konsul, Bitten, Träne, Republik, umstimmen

NEUE GRAMMATIK KENNENLERNEN

G1 Das Perfekt Passiv

Rēx audītus est.	Der König ist gehört worden.
Vōx rēgis audīta est.	Die Stimme des Königs ist gehört worden.
Verbum rēgis audītum est.	Das Wort des Königs ist gehört worden.

A Benenne jeweils im deutschen und im lateinischen Satz alle Bestandteile des Prädikats. Zeige, dass das Perfekt Passiv im Lateinischen und im Deutschen ähnlich gebildet wird.

B Die markierten Verbformen werden als Partizipien (▶) bezeichnet. Beschreibe die Merkmale des Partizips (anhand der deutschen und lateinischen Sätze).

C Begründe, warum sich die Endung des Partizips in den lateinischen Sätzen ändert.

Tipp: Dein Wissen über Adjektive hilft dir dabei.

▶ **Quiz** ▶ **Video**

VOKABELN ÜBEN

▶ **Lernvokabeln:** S. 141

Wiederhole einige bekannte Vokabeln:

1 **Nicht verwechseln!** Manche Vokabeln unterscheiden sich nur durch wenige Buchstaben. Nennt ihre Bedeutung.

a ad | at | atque | autem
b ceteri | certe | contra | cuncti | cum
c hic | hīc | huc
d qui | quia | quid | quis

2 **Gegensätze ziehen sich an.** Nenne die lateinischen Vokabeln.

a klein ↔ groß
b wenige ↔ viele
c wollen ↔ nicht wollen
d keiner ↔ alle

Lerne zuerst die Vokabeln I. Übe sie dann:

3 **Was passt wozu?** Nenne die Kombinationen (z. B. H8).

A exilium	**1** gern
B libenter	**2** der Verbündete
C socius	**3** bedrängen
D consul	**4** die Verbannung
E castra	**5** der Konsul
F premere	**6** das Lager

4 **Bedeutung gesucht.** Erklärt die Bedeutungsunterschiede.

1 Milites animum ducis flectere non possunt. Via se flectit.

2 Elephantus gravis est. Rex vir gravis est.

EINEN LATEINISCHEN TEXT LESEN

Coriolan – wem schuldet man Treue?

Der Patrizier Gnaeus Marcius Coriolanus hat Corioli, die Stadt der Volsker (▶), erobert und damit Rom gerettet. Um ihn zu ehren, verleihen ihm die Römer seinen Beinamen. Aber weil er sich gegen die Plebejer stellt, verbannen ihn die Volkstribune aus Rom. Sein Zorn über dieses Unrecht ist grenzenlos.

Coriolan. Gemälde von Nicolas Poussin (17. Jh.)

A Erstellt ein Sachfeld „Militär und Politik" für Z. 1–6.

I Coriolānus, postquam in exilium missus est, Volscōs adiit et eōrum socius esse voluit. Libenter ā Volscīs acceptus est, etiam dux ab eīs factus est. Coriolānus paulō post mīlitēs Volscōrum contrā Rōmam, patriam suam, dūxit atque castra prope Rōmam posuit. Ita urbs valdē pressa est. Rōmānī virōs gravēs ad Coriolānum mīsērunt: senātōres, cōnsulēs, sacerdōtēs. Tamen animus eius flexus nōn est.

Die Römer wissen keinen Rat mehr. Da haben die Frauen der Stadt eine Idee:

B Gib an, an welche beiden Personen die Frauen sich wenden. Arbeite aus Z. 8–10 heraus, welche Aufforderungen (Imperativformen!) die Frauen an die beiden richten.

II Multae fēminae nōbilēs convocātae sunt. Quae et mātrem et uxōrem Coriolānī multīs cum lacrimīs rogāvērunt: „Spem vix habēmus. Rēs pūblica māgnō in perīculō est. Sed vōbīs fidem habēmus. Contendite in castra Coriolānī et pācem petīte! Tū, Veturia, flecte animum fīliī! Tū, Volumnia, ades Veturiae!" Māter uxorque precibus mōtae sunt. Post paucōs diēs omnēs ūnā castrīs Coriolānī appropinquāvērunt, sed ibi ā mīlitibus receptae nōn sunt.

Es scheint, als könnten auch die Frauen nichts erreichen. Als Coriolan aber erfährt, dass unter den Frauen seine Mutter ist, tritt er selbst vor die Tore des Lagers:

C Stellt Vermutungen an, auf welche Weise Veturia ihren Sohn davon überzeugen könnte, den Kampf gegen Rom zu beenden. Überprüft diese dann am Text.

III Coriolānus mātrem salūtāre voluit. Quae autem fīlium prohibuit et īrāta clāmāvit: „Utrum māter tua sum an hostis? Tūne audēs bellum contrā Rōmam, patriam tuam, parāre? Ego hūc vēnī, quia ā tōtā cīvitāte rogāta eram. Certē sciō: In exilium missus es, quamquam cīvitās virtūte tuā servāta erat et tibi etiam nōmen ‚Coriolānus' datum erat. Tamen memoriā tenē intrā moenia urbis mātrem, coniugem, līberōs esse! Itaque tōtō pectore tē ōrō: Fac fīnem huius bellī!"

D Nennt anhand der Methodenseite mindestens drei Stilmittel, die Veturia in ihrer Rede verwendet, und erläutert ihre Wirkung. ▶ **M:** S. 118

E Vergleiche den Text mit der Abbildung und erläutere die Unterschiede. ▶ **M:** S. 116

LIES UND PARAPHRASIERE!

F Arbeite heraus, ob Veturia mit ihrem Appell an ihren Sohn Erfolg hatte: Belege am Text, ob Coriolan den Kampf fortführt oder die Belagerung Roms aufgibt.

Verbīs mātris animus Coriolānī tandem flexus est. Dux Volscōrum multīs cum lacrimīs mātrem, uxōrem, līberōs adiit. Tum castra ab urbe movērī iussit. Ita pāx in cīvitāte Rōmānā facta est. Coriolānus autem ā Volscīs īrātīs necātus est.

G Coriolans Geschichte endet tragisch. Seht euch noch einmal den Lesetext an und diskutiert in der Lerngruppe folgende Aussage: „Coriolan hat sein Schicksal verdient!“

VOKABELN ÜBEN

▶ **Lernvokabeln:** S. 141

Lerne zuerst die Vokabeln II. Übe sie dann:

1 Was passt wozu? Ordne die Ausdrücke den passenden Sätzen zu.

in exilium mittere | in castra mittere | fidem habere | spem habere | cives premere

1 „Geh zu den Soldaten in das Lager!“
2 „Er übernimmt die Leitung, er kann das.“
3 „Du Verbrecher, verlasse den Staat!“
4 „Ha, lange halten die Bürger dem Druck nicht mehr stand!“
5 „Noch ist nichts verloren, kämpft!“

2 Aus dem Kopf. Nenne zu den unterstrichenen Wörtern die lateinischen Vokabeln in der Grundform. ▶ **Hilfe**

An diesem Tag feiert der Staat sein Jubiläum. Viele Besucher freuen sich, manche haben Tränen in den Augen. Auch adlige Männer und Frauen nehmen gern teil. Kaum jemand verpasst die Festlichkeiten.

Lerne zuerst die Vokabeln III. Übe sie dann:

3 Wörterschlange. Hier sind fünf Vokabeln versteckt. Nenne und übersetze sie.

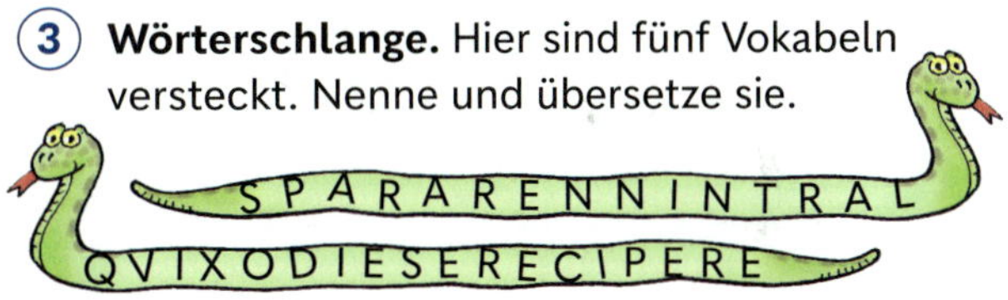

4 Was gehört wohin? Ordne passend zu.

dux | nobilis | rogare | civitas | audere | preces | fides | salutare | virtus | convocare | socius | iratus | coniunx

Personen	Charakter	Sprechen

5 Erzähl mir was! Schreibt eine kurze deutsche Geschichte, in der folgende Vokabeln vorkommen.

dux | convocare | contendere | utrum ... an ... | prohibere | finis

▶ **Quiz**

GRAMMATIK ÜBEN

▶ **Mehr Übungen:** S. 84

(1) G1 **Grundform gesucht.** Nenne den Infinitiv und übersetze die Form nach dem Beispiel.

Beispiel: *vocatus est* → *vocare*; er ist gerufen worden

amatus est | spectatus est | superatus est | servata est | rogati sunt | mutati sunt | monitus est | audita est | habitum est | accepta est | factum est | missum esse |

(2) G1 **Im Doppelpack.** Ordnet die Subjekte passenden Prädikaten zu und übersetzt die Verbindungen.

Tipp: Es gibt verschiedene Möglichkeiten.

Subjekte	Prädikate
animus | dux | mulieres | socius | castra | urbs | milites | homines	posita sunt | pressa est | territus est | motus est | missi sunt | acceptus est | vocatae sunt | salutati sunt

(3) G2 **Was ist das?**

a Nenne jeweils die Lernform und übersetze diese:

res | diei | spe | dierum | spem | diebus

b Bestimme dann die Formen.

Tipp: Einige Formen sind mehrdeutig.

(4) G1 G3 **Deutsch-Profi.** Übersetze den Satz aus dem Lesetext und erkläre, wie das Perfekt Passiv und das Plusquamperfekt Passiv im Deutschen gebildet werden.

In exilium missus es, quamquam civitas virtute tua servata erat et tibi etiam nomen ‚Coriolanus' datum erat.

(5) G1 **Formenprofi.** Nenne den Infinitiv und die deutsche Bedeutung der Partizipien.

appellatum | flexum | motum | pressum | acceptum | constitutum | missum

(6) G1 **Passiv gesucht.** Nennt jeweils die Passiv-Form und übersetzt die Sätze abwechselnd.

1 Coriolanus in exilium missus est.
2 Tum a Volscis acceptus est.
3 Dux ab eis factus est.
4 Patria a Coriolano pressa est.
5 Consules ad eum missi sunt.
6 At animus ducis flexus non est.

(7) G2 **Lückenfüller.** Setze passend ein und übersetze.

res | dies | spem | fidem

1 Post multos ___ venit.
2 ___ tibi habeo.
3 ___ magnam habemus.
4 ___ publica servatur.

(8) G1 G3 **Bring's zu Ende!** Wähle aus und übersetze.

Coriolanus in exilium miss___ (-um/-us) erat. Tum Volsci ab eo contra Romam duct___ (-i/-am) erant. A viris animus eius mot___ (-i/-us) non erat. Sed urbs a feminis servat___ (-a/-is) est. Postremo Coriolanus a matre sua precibus petit___ (-is/-us) est. Tum pacem ab eo fact___ (-o/-am) esse constat.

(9) G1 G3 **Satzbau-Profi.** Bildet mindestens fünf sinnvolle Sätze und übersetzt sie.

Civitas	missi	sunt.
Animus	posita	non erat.
Viri	factus	erant.
Finis belli	servata	est.
Castra	motus	erat.

G1 Das Passiv Perfekt
G2 Die e-Deklination
G3 Das Passiv Plusquamperfekt

▶ Selbsttest

ÜBER SPRACHEN NACHDENKEN

▶ weiter üben: S. 84

Werde Übersetzungsprofi!

Um gute Übersetzungen anzufertigen, musst du den Inhalt nicht nur genau verstehen, sondern auch passende Formulierungen finden – besonders beim Passiv! ▶ BG: L16 G3 S

1 Übersetze die lateinischen Sätze unten zweimal: einmal mit Passiv, einmal ohne.

	Mit Passiv	**Mit „man", „sich" oder Aktivsatz**
Coriolanus in exilium missus est.	Coriolan wurde ins Exil geschickt.	Man schickte Coriolan ins Exil.
Mulieres convocantur.		
Civitas a Veturia servata est.		

2 Denke abschließend noch einmal über deine Übersetzungen nach:

a Welche Übersetzung fiel dir leichter? Begründe deine Antwort.
b Welche Übersetzung klingt für dich schöner? Begründe deine Antwort.

DIE ANTIKE WELT KENNENLERNEN

Wer macht Politik im alten Rom?

Außer den **Konsuln** gab es in Rom noch weitere **Amtsträger (Magistrate)**. Sie wurden von der Volksversammlung gewählt. Jedes Amt wurde mehrfach besetzt, sodass die Beamten Einfluss aufeinander nehmen und sich gegenseitig kontrollieren konnten. Jedes Amt durfte man nur **ein Jahr lang** und in der Regel auch nur einmal ausüben. Nach jeder Amtszeit gab es eine Wartefrist, bis man in ein höheres Amt gewählt werden konnte. Doch schon mit dem ersten Amt wurde man **Senator** und blieb es sein Leben lang. Die Stufen der „Ämterlaufbahn" (***cursus honorum***) waren streng festgelegt (vgl. Abb.). In der **Anfangszeit** der Republik durften ausschließlich junge Patrizier die Ämterlaufbahn einschlagen. Plebejer konnten lediglich Volkstribun werden, was der Stufe des Ädilen (▶) entsprach. Frauen durften keine politische Karriere verfolgen und auch nicht wählen. Sie konnten nur über ihre Männer und Söhne indirekt Einfluss auf das politische Geschehen nehmen, indem sie sie berieten oder sich am Wahlkampf beteiligten.

A Ein junger Römer träumt davon, eines Tages Konsul zu werden. Erkläre ihm die Besonderheiten der politischen Laufbahn in Rom.

B Nennt weitere Beispiele, bei denen einzelne Gruppen a) in der Vergangenheit und b) heute politisch oder gesellschaftlich ausgeschlossen wurden oder werden.

DIE ANTIKE WELT KENNENLERNEN

Roms großer Rivale

HANNIBAL

Rom galt bald als einflussreiche Großmacht (▶) und dehnte im 3. Jh. v. Chr. seine Gebiete über Italien bis nach Sizilien aus. Dort gerieten die Römer in Konflikt mit einer anderen Großmacht: **Karthago**. Die mächtige Handelsstadt in Nordafrika kontrollierte den westlichen Mittelmeerraum (▶). Im Kampf um die Vorherrschaft kam es zu drei großen Kriegen, die man als **Punische Kriege** bezeichnet, weil die Karthager auch Punier genannt werden.
Rom gewann den ersten Krieg, doch der Konflikt brach erneut aus. Im Zweiten Punischen Krieg (218–201 v. Chr.) traf Rom auf den berühmten **karthagischen** Feldherrn **Hannibal**. Während die Römer Kriegsschiffe aus Karthago erwarteten, überquerte Hannibal von Spanien aus mit Kriegselefanten die Alpen, erreichte Norditalien und bedrohte Rom selbst. Rom verlor mehrere Schlachten und erlitt bei **Cannae** (▶) seine bis dahin größte Niederlage, bei der zehntausende Römer zu Tode kamen. In den Folgejahren blieb Hannibal in Italien und richtete Verwüstungen an, konnte aber Rom nicht besiegen. Mehrere Jahre lang gab es keinen klaren Sieger. Schließlich verlagerte der **römische** Feldherr **Scipio** den Krieg nach Nordafrika. Nun wünschte Hannibal Frieden, doch Scipio wollte den Sieg und schlug Hannibal in der Schlacht bei **Zama** (▶). Danach musste Karthago zu römischen Bedingungen Frieden schließen.

A Beschreibt den Verlauf der Auseinandersetzungen zwischen Rom und Karthago anhand der Karten im Buch (im Umschlag).

B Die Redewendung „*Hannibal ante portas* – Hannibal vor den Toren!" wird heute verwendet, wenn eine akute Gefahr droht. Erkläre den Ausspruch mithilfe des Textes.

NEUE VOKABELN KENNENLERNEN

Der Schwur

1 Erschließe die Bedeutungen der neuen Vokabeln in Text und Tabelle. Unten kannst du deine Lösung überprüfen.

Als Hannibal neun Jahre alt war, verlangte sein Vater: „Schwöre den Römern ewige Feindschaft! Du musst gegen sie ___ ___ (bellum gerere). Du wirst unser ___ (imperium) vergrößern. Im Schwertkampf zeigst du schon großes ___ (ingenium), wie dein Lehrer berichtet. Aber als Feldherr brauchst du nicht nur Muskel-___ (vis), sondern auch Verstand. Wenn du an dir arbeitest, wirst du bald ein noch besserer Anführer sein ___ (quam) ich!"

Verb	*Substantiv*	*Adjektiv*
cupere	cupiditas	
sperare	spes	
	libertas	liber, -a, -um
salutare	salus	
vincere	victoria	

2 Wähle selbst aus dem Werkzeugkoffer 1–6 aus oder entscheidet gemeinsam. ▶ S. 236

führen, hoffen, als, Gier, Reich, Freiheit, Talent, Wohlergehen, Kraft, Sieg

NEUE GRAMMATIK KENNENLERNEN

G1 Das Participium Coniunctum (PC) mit dem PPP

Rōmānī superātī sunt.

Videō Rōmānōs superātōs.

A Übersetze die beiden Sätze oben.

B Beschreibe die unterschiedliche Verwendung des Partizips in beiden Sätzen.

C Übersetze die beiden folgenden Sätze und finde für (2) unterschiedliche Übersetzungsmöglichkeiten.

(1) Rōmānī ab Hannibale superātī sunt.
(2) Rōmānī ab Hannibale superātī hostēs timent.

▶ **Quiz** ▶ **Video**

VOKABELN ÜBEN

▶ **Lernvokabeln:** S. 148

Wiederhole einige bekannte Vokabeln:

1 **Fehlerteufel.** Nenne die vier falsch übersetzten Vokabeln und korrigiere sie.

Cives pacem petunt. Paulo post milites hostes superant. Tum in patriam redeunt. Populus de militibus interfectis cogitat.

Die Götter wünschen sich Frieden. Wenig später besiegen die Soldaten die Bürger. Dann kehren sie in ihr Lager zurück. Das Volk denkt an die verletzten Soldaten.

2 **Lückenfüller.** Ordnet die Vokabeln passend zu und übersetzt.

tenent | capiunt | habent | petunt

1 Milites pugnam exspectant: Arma ___.
2 Feminae pacem ___.
3 Milites sibi fidem ___.
4 Homines mortuos memoriā ___.

Lerne zuerst die Vokabeln I. Übe sie dann:

3 **Bedeutung gesucht.** Erklärt bei den unterstrichenen Vokabeln jeweils den Bedeutungsunterschied.

1 Milites bellum <u>gerunt</u>. Gladios <u>gerunt</u>.
2 Dux periculo in timorem <u>adductus est</u>. Tamen classem ad hostes <u>adducit</u>.
3 Milites <u>salutem</u> dicunt. <u>Salutem</u> petunt.

4 **Sag's mit Bewegung!** Stellt die Vokabeln pantomimisch dar und erratet die lateinischen Begriffe.

desperare | gerere | movere | rursus | timor | adducere | cogitare | preces

5 **Aus dem Kopf.** Übersetze ins Lateinische. ▶ **Hilfe**

Der Anführer besetzt das Reich.

EINEN LATEINISCHEN TEXT LESEN

Schließe Frieden, Scipio!

Scipio und Hannibal. Liebig-Bild (20. Jh.)

Die Schlacht bei Zama in Nordafrika steht bevor – da will Hannibal Friedensverhandlungen. Scipio lässt sich auf ein Gespräch ein. Nun treffen sich die beiden zu zweit, nur in Begleitung von Dolmetschern (▶).

A Erstellt ein Sachfeld zum Thema „Frieden und Krieg“ mit Begriffen aus dem Text (Z. 1–7).

I Hannibal: „Ego pācem petō: pācem ā populīs nostrīs valdē dēsīderātam. Ego precibus Carthāginiēnsium adductus in patriam rediī, quia tū ā Rōmānīs missus Āfricam occupās. Nōn tū, Scīpiō, sed ego auxiliō deōrum saepe victor eram hōc in bellō iam diū gestō. Rōmānī ingeniō meō ad Cannās superātī paene dē salūte dēspērāvērunt. Cōgitā dē Rōmā imperiō meō paene expūgnātā! Certē memoriā tenēs mīlitēs vulnerātōs, ducēs interfectōs, classēs āmissās. Num rūrsus fortūnam temptāre vīs?“

B Um Scipio zu Friedensverhandlungen zu bewegen, nutzt Hannibal Argumente. So sagt er z. B., dass er und sein Heer die Römer schon in vielen Kämpfen besiegt und sogar fast Rom eingenommen hätten. Belege dies am Text (Z. 1–7).

Als Scipio schweigt, ergänzt Hannibal:

II „Iuvenis es, Scīpiō: Cupiditāte victōriae mōtus et spē glōriae adductus agis. Hispānia ā nōbīs expūgnāta iterum in potestāte tuā est. Victōriae nūper in Āfricā partae tē movent. Nōn modō tuās vīrēs, sed etiam vim fortūnae respice! Cōnsiliō nōbīs opus est. Ratiō enim plūs valet quam fortūna. Crēde mihī: Pāx certa plūs valet quam victōria spērāta.“

C Erkläre mit eigenen Worten, was Hannibal meint, wenn er zu Scipio sagt: *Non modo tuas vires, sed etiam vim fortunae respice!* (Z. 10). Gib ein Beispiel für *fortuna*.

D Versetzt euch in die Rolle Scipios, der keinen Frieden will. Sammelt Hannibals Argumente, teilt sie unter euch auf und überlegt, was Scipio erwidern könnte.

III Ad haec Scīpiō respondit: „Neque maiōres nostrī prīmum bellum iniērunt neque nōs hoc bellum iniimus. Deī testēs sunt: Vōs initium huius bellī fēcistis! Deī dē victōriā dēcernent. Tē mē monēre necesse nōn est: Vim fortūnae nōn īgnōrō. Pācem nunc petis, Hannibal, timōre mortis impulsus. Sed vōbīs Carthāginiēnsibus fidem nōn habeō, quoniam pācem neque servāvistis neque servābitis. Cīvibus meīs et lībertātī populī Rōmānī prōvidēre dēbeō. Ergō arma capiēmus!”

E Arbeitet aus Z. 13–19 heraus, warum Scipio Hannibals Friedensangebot ablehnt. Überprüft, inwiefern Scipios Argumente sich mit euren Überlegungen aus **D** decken.

LIES UND PARAPHRASIERE!

F Fasse die Ereignisse nach dem Gespräch zusammen und erkläre den Beinamen *Africanus*.

Paulō post ducēs tam clārī iussērunt mīlitēs arma rūrsus capere. Mīlitēs spē victōriae impulsī diū pūgnāvērunt. Carthāginiēnsēs tandem ā Rōmānīs victī sunt. Rōmānī in Ītaliam rediērunt. Gaudiō tantae victōriae mōtī Scīpiōnem „Āfricānum" appellāvērunt.

G Stellt die Szene zwischen den beiden Feldherren und ihren Dolmetschern nach. Berücksichtigt ihre Emotionen und die Rolle der Dolmetscher.

H Analysiert, wie die beiden Männer auf dem Bild charakterisiert sind, und bewertet dies.
▶ **M:** S. 116

VOKABELN ÜBEN

▶ **Lernvokabeln:** S. 148

Lerne zuerst die Vokabeln II. Übe sie dann:

1 **Was gehört wohin?** Ordne passend zu.
▶ **Hilfe**

bellum | vis | auxilium | ratio | occupare | potestas | expugnare | cogitare | imperium

Stärke **Kampf** **Denken**

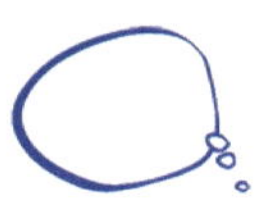

2 **Stimmt ihr zu?** Übersetzt und diskutiert, ob ihr der Aussage zustimmt.

1 Amor plus valet quam potestas.
2 Vis plus valet quam ratio.
3 Ingenium plus valet quam fortuna.
4 Preces plus valent quam spes.

3 **Rätselwörter.** Ergänzt die fehlenden Buchstaben.

a die Kraft: ▢ i ▢
b neulich: n ▢ p ▢ r
c sicher: c ▢ r ▢ u ▢
d hervorbringen: p ▢ ▢ e ▢ e

Lerne zuerst die Vokabeln III. Übe sie dann:

4 **Gegensätze ziehen sich an.** Ordne die Vokabeln dem deutschen Gegenteil zu.

sperare | initium | libertas | maiores

die Sklaverei | die Nachkommen | verzweifeln | das Ende

5 **Wir gehören zusammen!** Nenne die vier Paare, die zu einer Wortfamilie gehören. Gib ihre Bedeutung an.

initium | cupere | victoria | potestas | vincere | posse | inire | cupiditas

6 **Fremdwörter-Profi.** Erklärt die unterstrichenen Begriffe, indem ihr auf den lateinischen Ursprung eingeht.

Sie ist ein <u>Genie</u>. Obwohl es Hilfen gibt, <u>ignoriert</u> sie diese. Ohne einen <u>Impuls</u> vom Prüfer und ganz <u>rational</u> löst sie alle Aufgaben. <u>Respekt</u>!

▶ **Quiz**

GRAMMATIK ÜBEN

▶ **Mehr Übungen:** S. 85

① G1 **Formenprofi.** Führe die Partizipien auf den Infinitiv Präsens zurück und übersetze die Partizipien.

Beispiel: *vocatum* → *vocare*; gerufen

a paratum | acceptum | motum | gestum | ductum | expugnatum | prohibitum
b receptum | datum | dictum | victum

② G1 **Was passt wozu?** Ordne die Partizipien den in KNG passenden Substantiven zu und übersetze.

Substantive	Partizipien
auxilio | castra | bellis | urbi | milites | spem	posita | amissam | occupatae | gestis | superati | petito

③ G1 **Deutsch-Profi.** Wendet alle Übersetzungsmöglichkeiten auf den folgenden Satz mit PC an. Erläutert dann, welche Übersetzung am besten passt.

Pax a Carthaginiensibus valde desiderata Scipioni non placuit. ▶ **BG:** L18 G1 Nr. 3

④ G2 **Genitive gesucht.**
a Nenne die Genitive. Gib die Lernform und die Bedeutung an.

classi | belli | libertati | salutis | vis | pacis | locum | consuli | castrorum | rei | virtutum

b Erkläre anhand des Bildes die unterschiedlichen Übersetzungsmöglichkeiten für *timor Hannibalis*.

⑤ G1 **Was ist das?** Ordne die Sätze passend zu und übersetze sie.

1 Ego ad castra adductus sum.
2 Auxilium speratum iam video.
3 Res paratae sunt.
4 Mulieres receptae gaudent.
5 Socii iniuria moti sunt.
6 Urbes expugnatae sunt.
7 Bella gesta sunt.
8 Timore adducti pugnamus.

❻ G1 **Trefft eure Wahl!** Ordnet jedem PC eine passende Sinnrichtung zu und übersetzt dann. Achtet auf das Zeitverhältnis. ▶ **BG:** L18 G1 Nr. 4

Temporalsatz | Konzessivsatz | Kausalsatz | Relativsatz

1 Hannibal precibus Carthaginiensium adductus in patriam rediit.
2 Scipio a Romanis in Africam missus terram Carthaginiensium occupavit.
3 Pacem toto pectore cupitam Hannibal tamen facere non potest.
4 Milites gravibus verbis ducis moti magna virtute pugnaverunt.

⑦ G2 **Sinn oder Unsinn?** Übersetze und gib an, ob ein Subjekts- oder Objektsgenitiv oder beides vorliegt.

a spes Romanorum
b timor mortis
c timor Hannibalis
d amor patris
e cupiditas victoriae
f spes salutis
g cupiditas Scipionis

G1 Das PC mit PPP
G2 Der Objektsgenitiv

▶ Selbsttest

ÜBER SPRACHEN NACHDENKEN

▶ **weiter üben:** S. 85

Eindeutig mehrdeutig

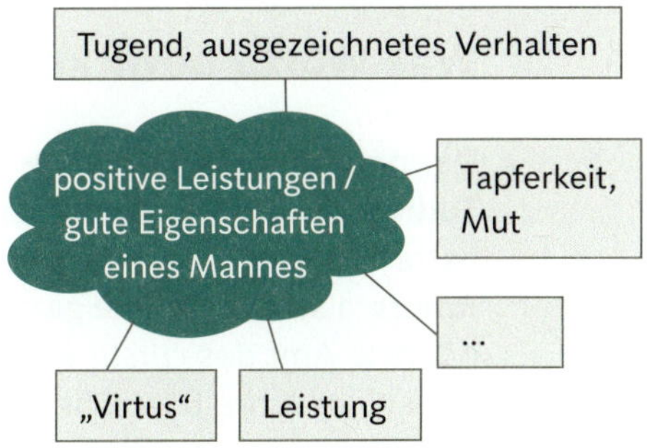

Bedeutungs-Mindmap: *virtus* ▶ **M:** S. 111 D

1 Wähle die jeweils passende(n) Bedeutung(en) von *virtus* aus. Begründe, wenn mehrere Bedeutungen möglich sind.

1 Die Soldaten kämpften mit ___ (magna virtute).
2 Aeneas war nicht nur ein Kriegsheld, sondern zeichnete sich in jeder Hinsicht durch ___ (virtute) aus.
3 Von einem Senator erwarteten die Römer ___ (virtutes) wie Anstand und Unbestechlichkeit (▶), aber auch Redetalent.

2 Auch das Deutsche kennt Wörter, die mehrere Bedeutungen haben. Setze in die Lücken der jeweiligen Kästchen ein und dasselbe Adjektiv ein und erläutere, wie sich die Bedeutungen dieses Adjektivs in den Sätzen jeweils unterscheiden.

1 Der Koffer ist aber ___! **2** Die Aufgabe war mir zu ___. **3** Das ist für uns eine ___ Zeit.

DIE ANTIKE WELT KENNENLERNEN

Wann ist groß zu groß?

Seit Gründung der Republik dehnten die Römer ihr Reich immer weiter aus und vergrößerten ihren Machtbereich. Man bezeichnet dies als **Expansion** (▶). Die drei Punischen Kriege spielten dabei eine entscheidende Rolle. Der Sieg im **Zweiten Punischen Krieg** sicherte Rom zunächst die Vorherrschaft im westlichen Mittelmeer. Rom besaß nun **Provinzen** in Spanien (Hispania) und Südgallien (▶). Der **Dritte Punische Krieg** endete 146 v. Chr. mit der kompletten Zerstörung der großen Rivalin Karthago. In der Folge entstand die römische Provinz Africa. Bald kontrollierte Rom auch das östliche Mittelmeer, Griechenland (Provinz Macedonia) und Teile Asiens (Provinz Asia). Im Zuge der Expansion unterwarfen die Römer die einheimische Bevölkerung und beuteten die Provinzen aus, was Rom großen Reichtum einbrachte. Zugleich beeinflusste der Kontakt mit fremden Kulturen, insbesondere der Griechen, Kultur und Sitten der Römer. Andererseits stellten die Verwaltung der Provinzen und die vielen Kriege die Römer vor große Herausforderungen. Viele Kleinbauern mussten im Militär dienen und konnten durch die lange Abwesenheit ihre Arbeit nicht verrichten. Sie mussten ihre Höfe verkaufen und verarmten. Die **Krise in Rom** ließ nicht lange auf sich warten.

Die Römer als Eroberer: Gefangennahme eines „Barbaren". Trajanssäule (2. Jh.)

A Erschließt den Sachtext und formuliert am Ende drei Multiple-Choice-Fragen als Quiz für die Lerngruppe.

B Erklärt, wer die Nutznießer und Opfer der römischen Expansion sind. Diskutiert, welche Konflikte und Probleme euch besonders schwerwiegend erscheinen.

DIE ANTIKE WELT KENNENLERNEN

CICERO

Was Worte bewirken können

Der berühmteste Redner (▶) der späten Republik war **Marcus Tullius Cicero**. Cicero entstammte nicht dem Adel, sondern hatte sich den Weg nach oben hart erarbeitet. Er war ein ***homo novus***, also ein „Aufsteiger“, der als erster in seiner Familie das höchste Amt des *cursus honorum* erreichte: das Konsulat. Als Konsul im Jahre 63 v. Chr. hatte Cicero die Gelegenheit, seine Fähigkeiten zu beweisen: Er deckte die **Verschwörung des Catilina** gegen den Staat auf und seine **Reden gegen Catilina** gelten als rhetorisches (▶) Meisterwerk. Die Umstände des Umsturzversuchs sind jedoch umstritten. Die meisten Informationen gehen auf Cicero zurück und sind daher nicht objektiv (▶). Was war geschehen? Lucius Sergius Catilina, ein verarmter Adeliger, hatte sich mehrfach erfolglos um das Konsulat beworben. Er griff schließlich zu anderen Mitteln, um die Macht an sich zu reißen, und plante unterstützt von Unzufriedenen einen gewaltsamen Umsturz. Um die Stadt in seine Gewalt zu bekommen, wollte er u. a. den Konsul **Cicero** ermorden lassen. Cicero hatte bereits von Catilinas Plänen erfahren und der Mordversuch scheiterte. Cicero hatte zwar keine Beweise gegen Catilina, aber nach dem gescheiterten Attentat (▶) ließ er den Senat zusammentreten und hielt die erste von vier Reden gegen Catilina. Sie war so eindrucksvoll, dass Catilina Rom verließ und ins nördliche Italien nach Etrurien floh.

A Vergleiche den politischen Werdegang Ciceros mit dem von Catilina.

B Erläutert anhand von aktuellen Beispielen, was eine subjektive von einer objektiven Berichterstattung unterscheidet.

NEUE VOKABELN KENNENLERNEN

Verschwörung gegen Cicero

1 Erschließe die Bedeutungen der neuen Vokabeln im Text und im Bild. Unten kannst du deine Lösung überprüfen.

Catilina zu seinen Mitverschwörern: „Cicero muss sterben. Ihr werdet den ____ (caedes) an ihm ausführen. Aber Cicero wird gut bewacht. Also müsst ihr ihn in eine ____ (insidiae) locken. Dazu besucht ihr ihn unter einem Vorwand. In euren Gewändern versteckt ihr ____ (clam) – also ohne dass es jemand bemerkt – Waffen. Und dann tötet ihr ihn! Seid unbesorgt: Niemand kann euch ____ (accusare) oder verurteilen. Denn dieser Mord ist kein ____ (scelus), sondern eine notwendige Tat, damit Rom eine bessere Zukunft hat.“

2 Wähle selbst aus dem Werkzeugkoffer 1–6 aus oder entscheidet gemeinsam. ▶ S. 236

Haus, Mord, Mund, Verbrechen, Falle, herausgehen, sitzen, anklagen, heimlich

NEUE GRAMMATIK KENNENLERNEN

G1 Das PC mit dem Partizip Präsens Aktiv (PPA)

(1) Hīc stat Cicerō Catilīnam accūsāns.

(2) Catilīna ā Cicerōne accūsātus fugit.

A In Satz (2) begegnet dir das schon bekannte Participium coniunctum mit einem PPP. Übersetze den Satz.

B In Satz (1) lernst du ein weiteres Partizip kennen – das Partizip Präsens Aktiv. Beschreibe die Unterschiede zum PPP.

C Übersetze Satz (1).

D Beschreibe anhand der Beispiele, wie das neue Partizip gebildet und dekliniert wird.

amīcus iuvāns | amīca iuvāns | verbum iuvāns |
amīcī iuvantēs | amīcae iuvantēs | verba iuvantia

▶ **Quiz** ▶ **Video**

VOKABELN ÜBEN

▶ **Lernvokabeln:** S. 151

Wiederhole einige bekannte Vokabeln:

1 **Im Senat.** Ordne die Vokabeln zu.

quid | atque | adhuc | nihil | paulo post

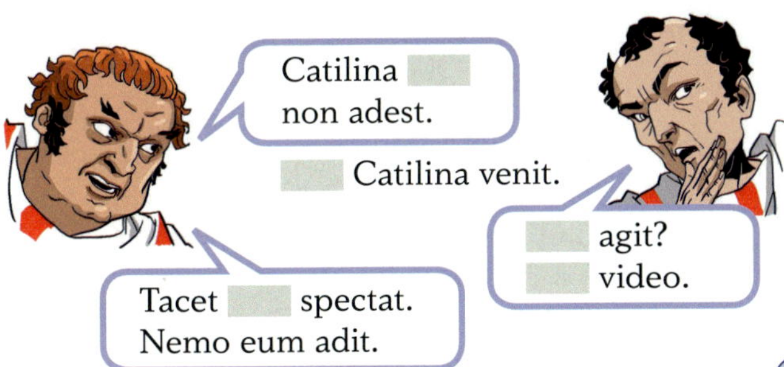

2 **Gegensätze ziehen sich an.** Bildet zu mindestens vier Begriffen aus dem Text das lateinische Gegenteil. ▶ **Hilfe**

Lux adhuc clara et bona est. Tempus est abire. Cicero templum relinquit et forum intrat. Huc multi conveniunt. Clamant et gaudent. Sed Catilina de consiliis suis cogitat: „Cicero nihil scit. Neque vitam suam neque rem publicam servabit."

Lerne zuerst die Vokabeln I. Übe sie dann:

3 **Was passt wozu?** Ordne die Vokabeln den unterstrichenen Wörtern zu.

Ein Senator denkt: „Ich sehe Catilina an der Senatssitzung teilnehmen. Er sitzt aber nicht zwischen den anderen, denn keiner will neben ihm sitzen. Ich kann das verstehen. Hat er nicht einen Mord begangen?"

4 **Deutsch-Profi.**

a Formuliert eine moderne Übersetzung für Ciceros Ausruf.

Cicero: „O tempora, o mores!"

b Diskutiert, welche Anlässe es heute für diesen Ausruf geben könnte.

EINEN LATEINISCHEN TEXT LESEN

Was tun mit einem Staatsfeind?

Nach dem gescheiterten Attentat gegen Cicero kommt Catilina in den Senat, als wüsste er von nichts. Doch Cicero greift ihn sofort mit einer Rede heftig an.

Cicero klagt Catilina an. Von C. Maccari (1889)

A Beschreibe das Gemälde. Erläutere, wie die Szenerie auf dich wirkt. Berücksichtige dabei auch den Bildaufbau. ▶ M: S. 116

B Cicero konfrontiert Catilina mit schwerwiegenden Vorwürfen. Belege dies mit drei Beispielen aus Z. 1–3.

I „Ō tempora, ō mōrēs! Quid audēs, Catilīna? Tū dē sceleribus cōgitāns atque caedem parāns hīc inter nōs sedēs? Nocte amīcōs convocāns īnsidiās parās. Lūce clārā autem pūblicō cōnsiliō interes bonam mentem simulāns? Hīc sedent virī bonī cōnsilia tua intellegentēs, hīc sedent cōnsulēs facinora tua nōn īgnōrantēs. Oportet tē, Catilīna, ad mortem dūcī!“

Doch dies kann Cicero nicht umsetzen, ihm fehlen Beweise. Er fährt fort:

II „Ō dī immortālēs! Tamen adhūc hīc sedēs, adhūc vīvis! Nōnne timor populī, nōnne ōra atque vultūs senātōrum tē movent? Tacent. Sed tacentēs clāmant; tacentēs tē accūsant. Abī, Catilīna! Fuge! Crēde mihī: Nihil clam agere, nihil parāre, nihil cōgitāre potes! Rem pūblicam cūrā meā servābō. Domōs nostrās nōn incendēs, lībertātem nōbīs nōn eripiēs, rēgnum tibi numquam parābis. Ego omnia audiēns, omnia vidēns, omnia sentiēns rem pūblicam servābō. Ergō exī ē senātū, Catilīna! Relinque urbem! Portae patent.“

C Weist nach, dass Cicero das Stilmittel Trikolon in Z. 8–11 mehrfach einsetzt, und erläutert die Wirkung. ▶ M: S. 118

Ciceros Worte haben Erfolg:

III Nihil respondēns Catilīna ē senātū exiit. Paucōs sociōs sēcum dūcēns Rōmam relīquit et castra sua in Etrūriā posita petīvit. Sīc patēbat eum hostem esse. Tum senātōrēs dē sociīs Catilīnae poenam maximam dēcrēvērunt: poenam mortis. Itaque Cicerō eōs interficī iussit. Quod iūdicium iūstum fuisse bonī virī probāvērunt. Paulō post Cicerō exercitum ad castra Catilīnae mīsit. Ibi pūgnātum est. Catilīna pūgnāns interfectus est.

LIES UND PARAPHRASIERE!

D Arbeite aus Z. 19–24 heraus, welche positive und welche negative Folge Ciceros Eingreifen für ihn persönlich hatte.

Rōmānī Cicerōnī nōmen „pater patriae“ dedērunt. Sīc eī grātiās egērunt, quod virtūte cūrāque suā rem pūblicam servāverat. Sed post paucōs annōs Clōdius, tribūnus plēbis[1], invidiā mōtus Cicerōnem accūsāvit. Clōdius dīxit sociōs Catilīnae iūdiciō nōn iūstō interfectōs esse. Cicerō eum timēns in exilium iit.

1 tribūnus plēbis: Volkstribun

E Diskutiert, ob sich folgendes Zitat auch auf Ciceros Rede übertragen lässt: „Drei Dinge zählen in einer Rede: Wer etwas sagt, wie er es sagt und was er sagt – und zwar genau in dieser Reihenfolge.“ (John Morley, Politiker, 1838–1923)

F Recherchiert nach Beispielen, bei welchen sich Personen gegen den Staat bzw. ein politisches System aufgelehnt haben. Nehmt Stellung dazu, wann ein solches Vorgehen gerechtfertigt sein kann und wann nicht.

VOKABELN ÜBEN

▶ **Lernvokabeln:** S. 151

Lerne zuerst die Vokabeln II. Übe sie dann:

1 **Fremdwörter-Profi.** Erklärt mithilfe der Vokabeln die unterstrichenen Fremdwörter.

cura | mens | simulare

1 Die Kur tut nach meiner Operation gut.
2 Die mentale Belastung ist groß.
3 Die Computer-Simulation ist realistisch.

2 **Nicht verwechseln!** Manche Vokabeln unterscheiden sich nur durch wenige Buchstaben. Nenne ihre Bedeutung.

a os | vos
b clam | clamor
c mos | mors
d domus | dominus

3 **Fremdsprachen-Profi.** Nennt die Bedeutung der englischen Vokabeln, indem ihr auf ihren lateinischen Ursprung eingeht. Überprüft mit einem Wörterbuch.

accusation | exit | immortality

Lerne zuerst die Vokabeln III. Übe sie dann:

4 **Wort-Scanner.** Nennt die Vokabeln, die zum Sachfeld „Verbrechen“ passen. Begründet.

accusare | os | caedes | poena | facinus | insidiae | exercitus | iustus | clam | scelus | regnum | probare | iudicium | mors | urbs

5 **Gegensätze ziehen sich an.** Ordne den Vokabeln ihren Gegensatz zu.

numquam | nocte | poena | multi

a luce clara ↔ ___ **b** semper ↔ ___
c scelus ↔ ___ **d** pauci ↔ ___

6 **Bedeutung gesucht.** Nenne die Bedeutung der unterstrichenen Vokabeln.

Cicero Catilinam accusat: „Oportet te urbem relinquere.“ Senatus tacet. Vultus senatorum Catilinam non movent. Postea Catilina castra ponit et exercitum parat. Senatus poenam maximam decernit.

▶ **Quiz**

GRAMMATIK ÜBEN

▶ **Mehr Übungen:** S. 86

1 G1 **Partizipien gesucht.** Hier sind vier PPA versteckt. Nenne sie.

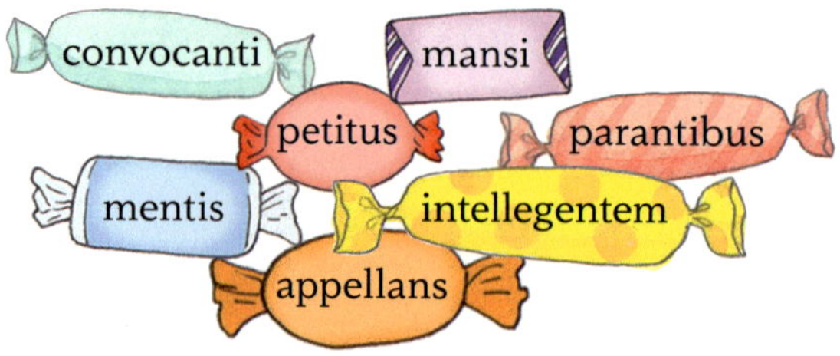

2 G1 **Was passt wozu?** Ordnet den Substantiven in Inhalt und KNG passende Partizipien zu und übersetzt nach der Anleitung. ▶ **BG:** L18 G1 Nr. 6 a–e

Tipp: Es gibt verschiedene Möglichkeiten.

Substantive	Partizipien
populus | classem | pueros | homines | consul | viri | orationem	audientes | dicens | pugnantem | venientes | timens | spectantes | sedens | moventem | accusantes

3 G1 G2 **Deutsch-Profi.** Wendet alle Übersetzungsmöglichkeiten auf den folgenden Satz mit PPA an. Begründet dann, welche Übersetzung die sinnvollste ist. ▶ **BG:** L19 G1 Nr. 5

Senator tacens sententiam suam vultu ostendit.

4 G2 **Was ist das?** Bestimme die Formen nach KNG und übersetze sie.

Tipp: Einige Formen sind mehrdeutig.

senatui | domibus | vultu | exercituum | poenarum | curae | mente | insidiis

5 G1 **Nicht verwechseln!**

a Gib die PPA an und nenne den Infinitiv und die Bedeutung.

Tipp: Eine Form ist zweideutig.

intellegens | ingentium | potenti | parentes | ducentes | monent | sentis | sedenti | simulantibus | montes | parantis | genti | gerenti | cogitantium | prudentibus

b Bestimme die PPA.

6 G1 G2 **Trefft eure Wahl!**

a Gebt in jedem Satz das PPA und sein Bezugswort an.

b Gebt jeweils die am besten passende Sinnrichtung an; übersetzt entsprechend.

▶ **BG:** L19 G1 Nr. 6

1 Cicero Catilinam in senatu sedentem accusat.
2 Is scelera parans publico consilio interest.
3 Cicero: „Sententiam senatorum tacentium non ignoro.“
4 Senatores cogitant: „Catilinae ex urbe exeunti amici deerunt.“
5 Cicero sperat: „Omnia intellegens ego rem publicam servabo.“

7 G1 G2 **PC-Profi.**

a Schreibe die sechs PC mit Bezugswort heraus und übersetze sie.

b Übersetze den Text; achte dabei auf das Zeitverhältnis und die Sinnrichtung.

Catilina urbem relinquens a senatoribus tamen timebatur. Is enim amicos suos secum ducens exercitum in Etruria exspectantem petivit. Deinde senatus ceteros socios eius in urbe manentes damnavit *(verturteilte)*. Tum milites a consule in Etruriam missi Catilinam vicerunt. Populus consuli gratias egit. Cicero pater patriae appellatus tamen postea in exilium missus est.

G1 Das PC mit PPA
G2 Die u-Deklination

ÜBER SPRACHEN NACHDENKEN

▶ **weiter üben:** S. 86

Partizipien im Griff – So machst du den Text verständlich!

1 Die folgenden lateinischen Sätze wurden auf unterschiedliche Weise übersetzt.

a Beschreibe, worin der Unterschied in den jeweiligen Übersetzungen besteht.
b Gib an und begründe, welche Übersetzung du jeweils wählen würdest.

Nocte Catilina amicos convocans insidias parat.
1 Catilina bereitet nachts, seine Freunde zusammenrufend, einen Hinterhalt vor.
2 Catilina, der seine Freunde zusammenruft, bereitet nachts einen Hinterhalt vor.
3 Catilina ruft seine Freunde zusammen und bereitet nachts einen Hinterhalt vor.

Tacens Catilina e senatu exiit.
1 Schweigend ging Catilina aus dem Senat (heraus).
2 Catilina, der schwieg, ging aus dem Senat (heraus).
3 Während er schwieg, ging Catilina aus dem Senat (heraus).

DIE ANTIKE WELT KENNENLERNEN

Die Republik in der Krise

Der Tod des Ti. Gracchus. Von Angus McBride (20. Jh.)

Zur Zeit **Ciceros** war die Blütezeit der römischen Republik längst vergangen. Zwar ging die **Expansion** des römischen Reiches mit den Feldherren **Pompeius** (▶) und **Caesar** (▶) weiter. Aber gerade die Ausdehnung des Römischen Reichs und der Reichtum, der dadurch nach Rom floss, führten zu **sozialen Konflikten**: Während wenige immer reicher wurden, wurden viele immer ärmer. Rom befand sich in einer Krise, viele Bürger waren unzufrieden. Der **Volkstribun** (▶) **Tiberius Gracchus** brachte als erster Reformvorschläge in den Senat ein, die den verarmten Kleinbauern helfen sollten. Er wollte Land aus staatlichem Besitz umverteilen lassen. Doch er wurde bald von seinen politischen Gegnern ermordet. Innerhalb der römischen Oberschicht entwickelten sich in der Folge zwei politische Gruppen: die **Optimaten** und die **Popularen**. Die Optimaten wollten, dass der Senat wie bisher alle wichtigen politischen Entscheidungen traf. Die Popularen hingegen wollten die Macht des Senats einschränken und ihre Ziele mit dem Einfluss des Volkes erreichen. Sie versuchten, ihre Interessen in der Volksversammlung durchzusetzen, und arbeiteten dabei mit den Volkstribunen zusammen. Der Konflikt zwischen Optimaten und Popularen führte schließlich zu langjährigen Bürgerkriegen.

A Wähle eine Person aus der Lektion aus, die du interessant findest. Erarbeite 3–5 Interviewfragen an diese Person und lasse sie von einer KI beantworten. ▶ **M:** S. 122.

B Der Begriff „Republik“ stammt von *res publica* („öffentliche Sache“). Diskutiert, inwiefern der Begriff auf die Staatsform der römischen Republik zutrifft.

DIE ANTIKE WELT KENNENLERNEN

Gaius Iulius Caesar – Aufstieg und Fall eines Diktators

Eine zentrale Persönlichkeit in den krisenhaften Zeiten des 1. Jahrhunderts v. Chr. war der berühmte Feldherr Gaius Iulius **Caesar**. Er wurde 100 v. Chr. als Sohn einer alten Patrizierfamilie, der Julier, geboren und erhielt eine gute Erziehung und Bildung in Literatur, Redekunst, Politik und Militär. Er absolvierte den ***cursus honorum*** (▶ S. 67), musste aber durchaus um Anerkennung kämpfen und machte sich dabei viele Feinde, besonders bei den Optimaten. Um seine Macht zu steigern, schloss er sich mit dem berühmten Feldherrn Gnaeus **Pompeius** Magnus und dem überaus reichen Marcus Licinius **Crassus** in einem Drei-Männer-Bündnis (***Triumvirat***) zusammen und wurde im Jahre 59 v. Chr. **Konsul**.

Danach erhielt er als **Prokonsul** die **Provinz Gallien**, die damals nur das heutige Südfrankreich sowie Norditalien umfasste. Von 58 v. Chr. bis 51. v. Chr. führte Caesar einen Eroberungskrieg in Gallien (***bellum Gallicum***), das er gänzlich unterwarf. Während sein Ruhm und seine Beliebtheit beim Volk immer größer wurden, wurde er dem **Senat** zunehmend gefährlich. Auch Pompeius wandte sich von ihm ab und unterstützte stattdessen den Senat, der Caesars Macht eindämmen und um jeden Preis ein zweites Konsulat Caesars verhindern wollte.

Als Caesar aufgefordert wurde, seine Armee zu entlassen, sah er sich vor der Wahl, sich entweder dem Senat zu unterwerfen oder Krieg gegen Rom selbst zu führen. Caesar wählte das zweite. Er marschierte in Italien ein, siegte und errang die Alleinherrschaft. Nun ließ er sich zum **Diktator** (***dictator***) auf Lebenszeit ernennen, was vielen Senatoren missfiel. Einige fanden sich zu einer Verschwörung zusammen und ermordeten ihn an den **Iden des März** (15. März 44 v. Chr.). Unter ihnen war Marcus Iunius **Brutus**, einer seiner Freunde, den Caesar im Sterben noch erkannt haben soll.

A Erstelle einen Zeitstrahl mit den wichtigsten Ereignissen aus Caesars Leben.

B MK Erkläre anhand von Recherche, was einen römischen *dictator* von dem unterscheidet, was man heute unter einem Diktator versteht.

EINEN LATEINISCHEN TEXT LESEN

Caesar

Tipp: Die Bildergeschichte enthält politische Begriffe, die du dir mithilfe von ▶ S. 80 sowie deiner Vorkenntnisse leicht selbst erschließen oder im Namenverzeichnis nachschlagen kannst. Du erkennst sie an der blauen Farbe.

Schon als junger Mann stieg Caesar in die Politik ein:

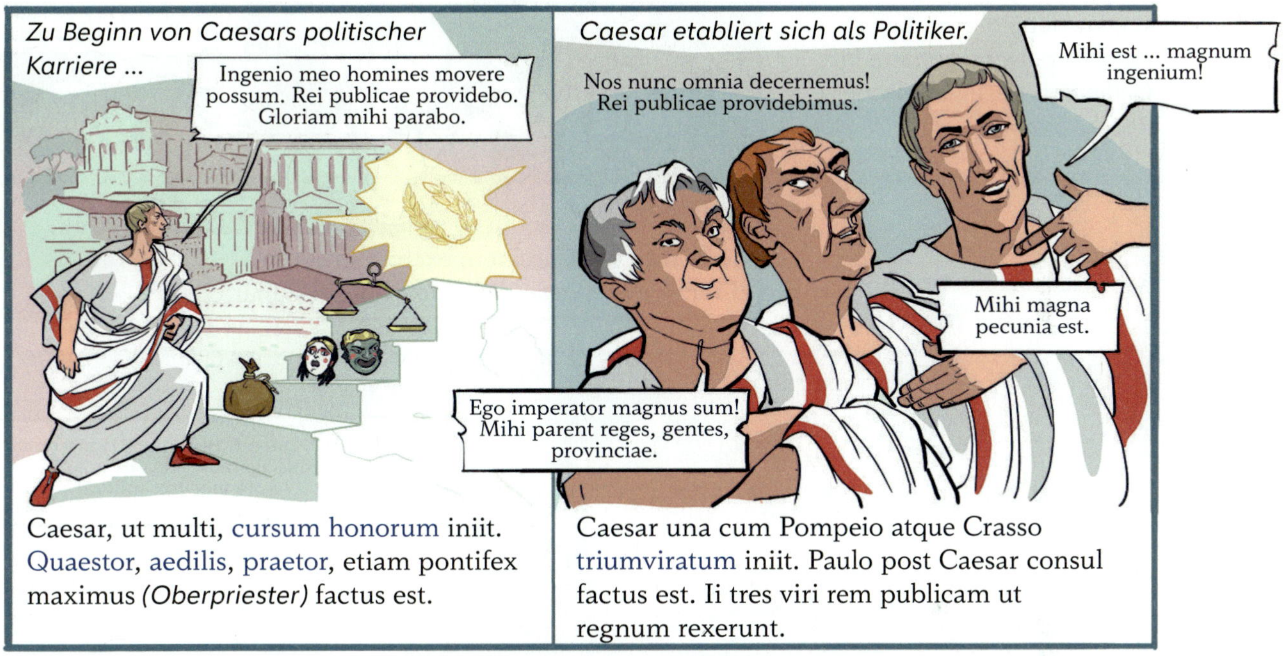

Direkt nach seinem Konsulat bekam Caesar die Provinz, die er haben wollte: Gallien. Das war für ihn die perfekte Gelegenheit, Krieg zu führen und weite Gebiete zu erobern. So konnte er sich Geld, Ruhm und damit auch Macht in Rom verschaffen.

Doch Caesars Eroberungen gaben in Rom Anlass zur Sorge. Die größte Angst seiner Gegner im Senat war, dass Caesar ein zweites Mal Konsul werden könnte. Das wollten sie um jeden Preis verhindern. Sie planten daher, ihn anzuklagen, sobald er zurück in Rom wäre. Denn er hatte in Gallien oft gegen römisches Recht verstoßen.

Senatus iussit Caesarem exercitum suum dimittere *(entlassen)* et sine armis in Italiam redire.

Rubico flumen finis erat inter Galliam provinciam et Italiam patriam. Sed Caesar flumen cum exercitu suo transiit *(überquerte)*. Italiam cum militibus intrans bellum contra Pompeium atque contra patriam suam iniit.

1 Der Würfel ist geworfen!

Durch die Überschreitung des Rubicon mit seinen Truppen verstieß Caesar gegen das Gesetz, da Feldherren verpflichtet waren, ihre Truppen vor dem Betreten Italiens zu entlassen. Damit begann Caesar einen Bürgerkrieg gegen den römischen Senat, der Pompeius damit beauftragte, Caesar aufzuhalten. Caesar aber marschierte gegen Rom und übernahm dort die Macht.

Dann verfolgte Caesar Pompeius mit seinen Truppen und besiegte ihn schließlich in Griechenland. Mit dem Sieg über Pompeius wurde Caesar der mächtigste Mann im römischen Reich. Er ließ sich für zehn Jahre, dann auf Lebenszeit zum Diktator ernennen, obwohl dieses Amt auf ein halbes Jahr begrenzt war und nur in Notzeiten vergeben werden durfte.

Die Angst vor einer erneuten Königsherrschaft saß tief. Denn die Römer hatten ihren letzten König vor Jahrhunderten gestürzt, da dieser gewaltsam und ungerecht geherrscht hatte. Niemals wieder sollte es in Rom einen König geben. Aus diesem Grund begann eine Gruppe von Senatoren Caesars Ermordung zu planen.

A Caesar – Held oder Verbrecher? Sammelt Argumente für beide Seiten, auch anhand von Recherche. Erstellt dann einen Podcast mit Caesar, Brutus und einem Moderator. ▶ M: S. 121

LEKTION 17

1 G1 **Im Doppelpack.** Ordne die Subjekte passenden Prädikaten zu und übersetze.
▶ Hilfe

A Pax	**1** vocati sunt.
B Homines	**2** posita sunt.
C Bellum	**3** scriptae sunt.
D Patria	**4** auditae sunt.
E Litterae	**5** pressa est.
F Mulieres	**6** paratum est.
G Castra	**7** facta est.

2 G1 G3 **Plusquamperfekt-Profi.** Ergänze im Plusquamperfekt. Übersetze dann entsprechend.

1 Coriolanus in exilium missus est, quamquam civitas virtute eius ___ (servatur/servata erat).
2 Viri graves ad Coriolanum missi sunt, quia Romani timore capti ___ (erant/sunt).
3 Mulieres primo a castris prohibitae ___ (erant/erat). Tum intrare licuit.

3 G1 G2 G3 **Anders erzählt.** Ein Volsker berichtet, wie der verbannte Coriolan ihn als ersten aufsuchte. Bestimmt Tempus und Genus Verbi (Aktiv/Passiv) der unterstrichenen Prädikate und übersetzt.

Unus e Volscis narrat: „Coriolanus in exilium missus erat. Ille me adiit, quia fidem mihi habuit. Ut intravit, vidi animum eius motum esse. Tum a me rogatus est: ‚Quid vis?' Ab illo responsum est: ‚Ego spes vestra sum! Quamquam urbs vestra a me capta est, nunc vobiscum bellum contra rem publicam Romanam paro …'"

4 G1 **Lückenfüller.**

a Wähle aus und übersetze.

Volscus narrat: „Hoc a Coriolano nobis promissum ___ (est/sumus): ‚Etiamsi vos a me victi ___ (sunt/estis), mox nos omnes una urbem Romam capiemus.'"

b Setze passend ein und übersetze.

auditae sunt | iussum est | motus est | interfectus est | posita sunt

Volscus narrat: „Prope Romam castra ___. Tum autem a Coriolano feminae ___. Qui precibus lacrimisque earum ___. Tum ab urbe Roma discedere nobis ___. Irati fuimus. Itaque Romanus ille iure a nobis ___!"

5 G1 G2 G3 **Erzähl mir was!** Schreibt eine kurze deutsche Geschichte aus der Sicht von Coriolans Frau Volumnia über den Gang der Frauen ins Volskerlager. Verwendet dabei folgende lateinische Teilsätze:

Tipp: Unterscheidet dabei zunächst Plusquamperfekt und Perfekt.

pax petita erat | spem vix habuerant | rogatae eramus | matri ac mihi fides habita est | contendimus | prohibitae sumus | receptae sumus | mater salutata est | ego salutata sum

ÜBER SPRACHEN NACHDENKEN

6 **Sprach-Profi.**

a Übersetze den Satz ohne Passiv (▶ BG: L16 G3 S). Vergleicht dann eure Ergebnisse in der Lerngruppe.

Coriolanus verbis matris flexus est.

b Wählt drei Passiv-Sätze aus **4a** und **b** und übersetzt auch sie ohne Passiv.

G1 Das Passiv Perfekt
G2 Die e-Deklination
G3 Das Passiv Plusquamperfekt

LEKTION 18

1 G1 **PPP-Scanner.** Wähle die Partizipien aus und bestimme sie nach KNG. Nenne dann den jeweiligen Infinitiv und übersetze ihn.

spectatus | salutis | docta | pressus | motos | dicta | appellatas | civitas | paratum | constitutum | mutatus | exspectatae | tantus | fatum

2 G2 **Sinn oder Unsinn?** Übersetzt die lateinischen Ausdrücke und entscheidet, ob ein Subjekts- oder Objektsgenitiv vorliegt.

1 Timor Hannibalis war bei vielen Römern groß.
2 Hannibal wurde von odio *(Hass)* Romanorum angetrieben.
3 Nach der Schlacht bei Cannae war spes victoriae im römischen Lager gering.
4 Aber oratio Scipionis konnte das Heer wieder zum Kampf bewegen.

3 G1 G2 **Anders erzählt.** Ergänzt eine passende Subjunktion und begründet.

Tipp: Es gibt mehrere Möglichkeiten.

obwohl | weil | als | nachdem

1 Hannibal in Africam a Scipione occupatam redire debuit.
Hannibal musste nach Africa zurückkehren, ___ es von Scipio besetzt war.
2 Uxores de viris interfectis cogitabant.
Die Frauen dachten an die Männer, ___ diese getötet worden waren.
3 Milites Romani a Carthaginiensibus victi non desperaverunt.
Die römischen Soldaten verzweifelten nicht, ___ sie von den Karthagern besiegt worden waren.

4 G1 **Trefft eure Wahl!** Entscheidet, ob die Partizipien eher als Attribut oder als Adverbiale zu übersetzen sind. Übersetzt entsprechend.

1 Romani elephantos *(Elefanten)* ab Hannibale in Italiam ductos timebant.
2 Scipio timore civium motus arma cepit et bellum gessit.
3 Sed antea Romani apud Cannas superati paene desperaverant.
4 Postea Hannibal virtute ac fortuna Romanorum adductus pacem petivit.
5 Gens Romana ab Hannibale saepe victa postremo Carthaginem expugnavit.

5 G1 G2 **PC-Profi.** Nenne die fünf PC und ihr Bezugswort. Übersetze dann.

Hamilcar, pater Hannibalis, a multis imperator clarus appellatus est. Aliquando bellum contra Romanos paravit. Hannibal puer a patre vocatus accessit. Pater cupiditate belli impulsus dixit: „Multas iniurias a Romanis factas doleo. Ille populus est improbus. Semper hostis eius gentis esse debes. Id promitte!“ Filius amore patris adductus paruit et haec respondit: „Certe semper cum Romanis pugnabo. Nullo tempore amicus eorum ero.“ Dei testes officii a Hannibale promissi fuerunt.

ÜBER SPRACHEN NACHDENKEN

6 **Sprach-Profi.** Übersetze und wähle dabei die jeweils passende Bedeutung von *consilium* aus.

1 Senatores ad consilium publicum conveniunt.
2 Senatores bonum consilium capiunt.

G1 Das PC mit PPP
G2 Der Objektsgenitiv

LEKTION 19

1 G1 **Was gehört wohin?** Wähle die Partizipien aus, ordne sie zu und nenne den Infinitiv.

Tipp: Vier Wörter sind keine Partizipien.

occupans | raptus | ineuntem | initium | intellegentes | dicentium | recipientibus | simulanti | dolentes | ductum | acceptae | gesta | mentis | sententia | erranti | vitam

2 G1 **Trefft eure Wahl!**

a Wählt passende Übersetzungen und begründet eure Wahl.

Tipp: Es gibt mehrere richtige Lösungen.

Multi senatores Ciceroni Catilinam verbis gravibus petenti fidem habebant.

Viele Senatoren vertrauten Cicero, ___ *(als | weil | obwohl | indem | nachdem)* er Catilina mit heftigen Worten ___ *(angriff | angegriffen hatte).*

b Ordne die Subjunktionen aus **a** den Sinnrichtungen zu:

konzessiv | temporal (2) | modal | kausal

3 G1 G2 **Anders erzählt.** Bestimme die PPA und ihre Bezugswörter. Übersetze dann.

1 Ciceroni magnum ingenium bonique mores erant. Saepe multas orationes habens rem publicam defendit.
2 Senatus populusque Romanus mentem bonam Ciceronis intellegens et consilia eius probans eum consulem esse voluit.
3 Sed sceleratos accusans Cicero sibi magna pericula paravit.

4 G1 **PPA-Profi.** Übersetzt zunächst mit allen Sinnrichtungen. ▶ BG: L19 G1 Nr. 6 Wählt dann die sinnvollen aus und begründet.

Cicero orationem longam de re publica habens a multis libenter auditur.

5 G1 G2 **Satzbau-Profi.** Wählt das passende Partizip und übersetzt mit Adverbialsatz.

1 Cicero senatum convocat ...
a ... pericula ___ (sensus | sentiens).
b ... timore Catilinae ___ (territus | terrens).
c ... scelera ___ (provisus | providens).

2 Cicero timet Catilinam ...
d ... ex urbe ___ (mittentem | missum).
e ... urbem ___ (relinquentem | relictum).
f ... insidias ___ (parantem | paratum).

6 G1 G2 **Cicero gegen Verres.** Bestimme die PC und ihr Zeitverhältnis zum Prädikat. Übersetze dann.

Unus e senatoribus a Cicerone accusatis Verres (▶) erat. Qui Siciliam insulam regens pecuniam, aurum, opera pulchra rapuerat. Cupiditate adductus ingentem copiam rerum sibi sumpserat. Domos, templa, aedificia vacua reliquerat. Tum Cicero Verrem accusavit. Qui autem iudicium non exspectans in exilium discessit. Cicero multas orationes iam paratas in foro habere non potuit. Itaque librum scribens scelera Verris aperuit.

ÜBER SPRACHEN NACHDENKEN

7 **Sprach-Profi.** Formuliere eine flüssigere Übersetzung als die unten angegebene.

Ciceronem orationem habentem video.
Ich sehe den eine Rede haltenden Cicero.

G1 Das PC mit PPA
G2 Die u-Deklination

TESTE DICH SELBST!

Die antike Welt

1 Ordne die Personen den Ereignissen zu.

A Cicero	1 ... überquert die Alpen.
B Tarquinius Superbus	2 ... hält als Konsul eine Rede gegen Catilina.
C Hannibal	3 ... besiegt die Karthager.
D Scipio	4 ... ist ein Reformer.
E Tiberius Gracchus	5 ... wird als König aus Rom vertrieben.

2 Erkläre die Begriffe in 1–2 Sätzen.

res publica | *cursus honorum* | Optimaten | Volkstribun | Senator | Konsul

Vokabeln

3 Stelle alle Vokabeln zusammen, die Personen(gruppen) bezeichnen, und nenne ihre deutsche Bedeutung.

Socii senatum adierunt et auxilium petiverunt. Multi senatores consilio interfuerunt. Dux exercitui victoriam promisit. Iam maiores bella gerebant.

4 Ordne die Vokabeln den Sachfeldern zu und begründe.

cura | castra | civitas | exercitus | fides | iudicium | pax | poena | virtus |

Krieg & Frieden	Staat & Recht	gute Eigenschaften

Grammatik

5 Ordne passend zu. Nenne die Grundform.

pugnantes | intellecta sunt | victus | dicenti | accepti erant | veniens | datis

PPP	PPA	Perf. Pass.	Plqupf. Pass.

6 Ordne die Formen der e- oder u-Deklination zu. Bestimme sie und gib die Grundform an.

spei | fide | vultu | domui | diebus | senatum | exercituum

7 Nenne in **1** und **2** jeweils das Partizip sowie sein Bezugswort und bestimme es. Übersetze die Sätze dann.

1 Cicero curā rei publicae adductus Catilinam accusavit.
2 Catilina poenam timens Romam reliquit.

Der lateinische Text

8 Nenne das im Text vorherrschende Sachfeld (Armut & Verzweiflung oder Krieg & Frieden) und belege mit mindestens drei Textstellen.

9 Nenne die beiden PPA, die fünf PPP und die jeweiligen Bezugswörter.

Die Rede Catilinas

Catilina apud socios suos hanc orationem habuit: „Res publica summo in periculo est. Pauci potentes magnam pecuniam habent; multi homines nihil habentes vitam tristem agunt. Pecunia miseris rapta nobilibus datur. De salute desperantes spem paene nullam habent. Ego autem non invidiā motus haec dico. Haec dico amore rei publicae impulsus! Rem publicam a nobilibus pressam doleo, libertatem amissam doleo. Sed, quamquam omnia nobis desunt, virtus non deest. Vobis fidem habeo; spem habeo in vobis. Ciceronem consulem interfici oportet, tum res publica servabitur!“

10 Übersetze den Text.

11 Nenne ein Argument, mit dem Catilina die schwierige politische Situation (*Res publica summo in periculo est*) begründet. Belege am Text.

ICH WILL, ICH KANN, ICH WERDE

Berufe unter der Lupe

In dieser Sequenz habt ihr viele berühmte Römer kennengelernt: Coriolan, Retter Roms und Verräter (►) zugleich, den siegreichen Feldherrn Scipio und Cicero, einen der berühmtesten Römer überhaupt, der nicht nur Politiker, sondern auch Redner war.
Doch nicht alle Römer waren Feldherren, Politiker oder Redner. Auch in Rom mussten Haare geschnitten, Schuhe hergestellt und Häuser gebaut werden. Doch welche Fähigkeiten braucht(e) man damals und heute, um eine Tätigkeit – sei es als Politiker, Friseur oder Architekt – erfolgreich ausüben zu können? Um diese Frage soll es auf diesen beiden Seiten gehen.

1 Das Kolosseum – ein architektonisches Meisterwerk.

a Beschreibe das abgebildete Kolosseum, Roms berühmte Arena für Gladiatoren- und Tierkämpfe.
b Recherchiert im Internet zum Aufbau des Gebäudes und zum historischen Bauprozess des Kolosseums.
c Sammelt Anforderungen, die ein Architekt oder eine Architektin aus eurer Sicht erfüllen muss, um ein Gebäude wie das Kolosseum bauen lassen zu können.

2 Welche Anforderungen ein Architekt aus antiker Sicht erfüllen musste. Aus dem 1. Jh. v. Chr. ist uns ein genaues Anforderungsprofil (►) an Architekten überliefert: Marcus Vitruvius Pollio (Vitruv), selbst Architekt und Ingenieur, verfasste ein Fachbuch über die Kunst und Wissenschaft des Bauens: *De Architectura*. Gleich zu Beginn fordert er:

> Ein Architekt muss vielseitig gebildet sein, sich in Praxis und Theorie auskennen: Er sollte sich mit Geometrie (►) auskennen, zeichnen können, den Philosophen (►) gut zugehört haben und zudem Kenntnisse in Musik, Medizin und Rechtsprechung besitzen.

Kurz danach führt Vitruv die letzten Punkte genauer aus:

> Ein Architekt soll angenehm im Umgang, fair und – was am wichtigsten ist – nicht habgierig sein. Man soll also nicht nach Gefälligkeiten und Geschenken gieren, sondern seinen guten Ruf bewahren. Denn das gibt die Philosophie vor. Die Wissenschaft der Medizin muss er kennen, da ohne solche Kenntnisse (unter anderem zu gesunden oder ungesunden Gegenden) keine gesunde Wohnung gebaut werden kann. Er soll auch die Rechtsvorschriften kennen, also worauf man z. B. hinsichtlich der Abwasserentsorgung achten muss.

a Erstelle eine Tabelle zu theoretischen und praktischen sowie persönlich-sozialen Fähigkeiten („Softskills“). Ordne die im Text genannten Aspekte darin ein.
b Vergleicht die Anforderungen bei Vitruv mit euren Ergebnissen aus **1c**.
c Beurteile die Anforderungen bei Vitruv:
- Welche Anforderungen haben dich überrascht?
- Welche Anforderungen hältst du für sinnvoll, welche nicht?

3 Welche Anforderungen ein Architekt oder eine Architektin heute erfüllen muss.

a Recherchiert im Internet aktuelle Stellenbeschreibungen für Architektinnen und Architekten. Vergleicht diese Anforderungsprofile mit dem von Vitruv (▶ **2**).
b Diskutiert in der Lerngruppe, inwiefern sich der Beruf der Architekten seit der Antike verändert hat. Berücksichtigt dabei technologische, gesellschaftliche und kulturelle Entwicklungen.

4 Dein Wunschberuf: Anforderungen und dein Weg dorthin.

a Recherchiere im Internet zu einem Beruf, für den du dich interessierst. Formuliere ein Anforderungsprofil für diesen Beruf.
b Präsentiert eure Anforderungsprofile in Kleingruppen.
c Überprüft eure Anforderungsprofile gegenseitig und verbessert sie gemeinsam. Überlegt, was ihr euch an den Berufen besonders positiv und negativ vorstellt.
d Überlegt in Kleingruppen und stellt eure für euch wichtigsten Erkenntnisse in der Lerngruppe vor:
- Welchen Anforderungen könnt ihr schon gerecht werden, welchen eher weniger?
- Wie könnt ihr schon jetzt darauf hinarbeiten, ihnen gerecht zu werden?
- Gibt es verschiedene Bereiche in dem Berufsfeld, für die ihr euch interessiert? Wenn ja, worauf könntet ihr euch spezialisieren und wie könntet ihr das angehen?
- Könnt ihr euch vorstellen, in diesem Beruf dauerhaft zu arbeiten? Begründet.

5 ⊕ Baut gemeinsam ein Gebäude!

a Überlegt euch in Kleingruppen ein kleines Bauprojekt, das ihr nur gemeinsam in die Tat umsetzen könnt (z. B. den Bau eines Gebäudes aus Butterkeksen und Zuckerguss oder aus Lebkuchen).
b Tragt zusammen, welche Materialien und Werkzeuge ihr hierfür benötigt.
c Formuliert für jeden Arbeitsschritt ein kurzes Anforderungsprofil.
Beispiel: Schritt 1 = passendes Material auswählen für a) Klebstoff, b) ... **Anforderungen**: a) Klebstoff auswählen: recherchieren, welches Material sich als Klebstoff eignet; b) ...
d Teilt euch die Arbeitsschritte nach euren individuellen Stärken und Softskills auf.
e Baut nun gemeinsam euer Gebäude und schickt der Redaktion Fotos davon – viel Spaß dabei!

WIE DIR DIE ERLEICHTERTEN TEXTFASSUNGEN HELFEN

Zu jedem Lektionstext findest du hier eine erleichterte Textfassung. Benutze sie, wenn du bei den lateinischen Texten Hilfe brauchst.

Folgendes ist hier in schwierigen Fällen so gekennzeichnet:
- die Satzglieder Subjekt und Prädikatsnomen.
- das Satzglied Prädikat.
- 5 Einige Hilfen werden am Rand angegeben. An den Ziffern siehst du, zu welcher Zeile sie gehören. (Es ist immer nur die jeweils erste Zeile pro Abschnitt angegeben.)
- Größere Abstände zwischen den Wörtern zeigen, welche Wortgruppen zusammengehören.

Stets gekennzeichnet ist:
- der jeweils **neue Stoff** in jeder Lektion.
- ***Subjunktionen*** und ***Konjunktionen***, die mehrere Bestandteile haben.
- ⌈ ↓ Bezüge von Relativpronomina.
- ⌊ ... ⌋ AcI (Akkusativ mit Infinitiv).
- [... ...] PC mit seinem Bezugswort *(ab Lektion 18)*

Alles für die Liebe?

Orpheus war der berühmteste Sänger der Antike. Der Sage nach konnte er sogar Tiere, Pflanzen und Steine durch seinen Gesang zu Tränen rühren.

A Stelle anhand der Substantive und Verben (Z. 1–6) eine Vermutung an, was mit Orpheus' Gattin Eurydike geschieht.

I Orpheus Eurydicam uxōrem habēbat, quam valdē amābat. Eurydica saepe in silvīs erat. Aliquandō vīpera in herbā iac**uit**. Eurydica vīperam ***neque*** audī**vit** ***neque*** spectā**vit**. Ita vīpera Eurydicam vulnerā**vit** et venēnō necā**vit**. Orpheus mortem uxōris valdē dol**uit**. Diū flēbat.

2 valdē sehr
saepe oft
3 aliquandō eines Tages
vīpera *f* eine Giftschlange
in herbā *f* im Gras
5 vulnerāre verletzen
venēnō mit ihrem Gift
necāre töten
6 valdē dolēre großen Schmerz empfinden über ...
flēre weinen

B Überprüfe deine Vermutung aus **A** und führe Belege an.

C Entwickelt Ratschläge, was Orpheus nun tun könnte.

Von Tag zu Tag ging es Orpheus schlechter. Nichts konnte ihm in seiner Trauer helfen:

II Orpheus māgnō dolōre paene peri**it**. Cibum sūmere nōn iam pot**uit**, ***quia*** uxōrem valdē dēsīderā**vit**. Itaque cōgitā**vit**: „Viam ad īnferōs, in rēgnum Plūtōnis et Prōserpinae, facere cupiō. Ibi mortuī habitant, ibi deōs ōrāre possum. Deī uxōrem reddere dēbent."

7 paene fast
8 cibus *m* die Speise
sūmere zu sich nehmen
9 dēsīderāre vermissen
11 habitāre wohnen
deōs ōrāre die (Toten-)Götter anflehen

I Das Perfekt: v- und u-Perfekt
II Das Perfekt: *esse, posse, ire*
III Das Demonstrativpronomen *is, ea, id*

Profectō Orpheus, ***quamquam*** timuit, rēgnum Plūtōnis ad**iit**. Via longa et dūra **fuit**, sed tandem Orpheus apud mortuōs **fuit**.

13 profectō tatsächlich
timuit *Subjekt ist Orpheus*
14 adīre rēgnum ... ins Königreich ... gehen

Dort erklärte er den Göttern, warum er den Weg in die Unterwelt auf sich genommen hatte:

III „Causa viae est coniūnx: **Eam** dēsīderō. Mortem **eius** nōn sustineō. Sine **eā** vīvere nōn possum. Ō fātum dūrum! Tollite **id**, vōs ōrō: Reddite mihī uxōrem meam!“ Tum Plūtō: „Verba tua audī**vimus.** Deī dūrī sumus, sed arte tuā et amōre vestrō etiam nostrōs animōs movēre **potuistī**. Tibi licet uxōrem ad lūcem dūcere. Sed **ea** post tē īre dēbet. Tibi nōn licet ad **eam** spectāre, ***dum*** ad lūcem reditis.“

16 causa viae *übersetze:* der Grund meiner Reise
eam *gemeint ist die Ehefrau*
dēsīderāre *siehe oben*
17 mortem eius ihren Tod
ea *gemeint ist die Ehefrau*
18 tollite *Imperativ Pl. von* tollere
ōrāre bitten
reddite *Imperativ Pl. von* reddere
19 Tum Plūtō *übersetze:* Darauf sagte Pluto
21 tibi licet du darfst
22 ad lūcem dūcere zum Tageslicht (= *die Welt der Lebenden*) führen
post hinter

D Weise am Text Orpheus’ große Liebe zu Eurydike nach.

E Finde für *Tollite id* (Z. 18) eine treffende Übersetzung. Vergleicht dann und diskutiert, welche „angemessenem Deutsch“ am nächsten kommt. ▶ **M:** S. 110 B

Überglücklich befolgte Orpheus die Anweisungen und führte Eurydike nach oben.

LIES UND PARAPHRASIERE!

F Nennt die Textstelle, die beschreibt, dass Orpheus sich falsch verhält.

Iam lūcem sōlis spectāvērunt. Eurydica post coniugem iit, sed Orpheus eam nōn audīvit. Itaque Orpheus ad uxōrem spectāvit, ***quamquam*** id facere eī nōn licuit. Eurydica clāmāvit: „Vae! Fātum mē miseram iterum ad īnferōs vocat.“ Tum ex oculīs Orpheī abiit.

24 lūx sōlis das Sonnenlicht
26 eī nōn licuit ihm war es nicht erlaubt
27 Vae! Oh nein!
28 iterum wieder
ad īnferōs in die Unterwelt

G Arbeitet aus dem Text heraus, aus welchem Grund Orpheus sich falsch verhält.

H Weise der Abbildung (▶ S. 12) die passende Textstelle zu.

I Diskutiert, ob der Ausgang der Geschichte gerecht ist.

WENN DU ES LIEBER DIGITAL MAGST

Auf **LateinLex** findest du unter *tibi* die Lektionstexte in unterschiedlichen Schwierigkeitsgraden. Gehe auf **www.lateinlex.de** und gib für **Lesetext 11** den **Kurzlink** ein: **d2e1**
Oder gib direkt in den Browser ein: **lateinlex.de/d2e1**

Hercules – Wer überlistet hier wen?

Auf der Suche nach den Äpfeln der Hesperiden gelangte Hercules an den Rand der Welt, wo er auf den Titan Atlas traf.

A Seht euch die Abbildung (▶ S. 18) an und stellt Vermutungen über den Inhalt des ersten Abschnitts an. Belegt am Text.

I Atlās in terrā ut mōns altus stābat. Poētae **nārrant** ⌊Atlantem umerīs caelum sustinu**isse**⌋. Etiam **nārrant** ⌊Iovem, summum deum, eum labōrem Atlantī imposu**isse**⌋. **Cōnstat** ⌊onus māgnum fu**isse**⌋. Poētae **dīcunt** ⌊Atlantem miserum fu**isse** et valdē dolu**isse**⌋. Aliquandō Herculēs Atlantem adiit.

1 ut wie
poētae *m Pl.* die Dichter
2 umerīs auf seinen Schultern
sustinuisse *übersetze:* getragen hat
3 Iovem Jupiter *(Akk.)*
4 Atlantī Atlas *(Dat.)*
imposuisse *übersetze:* auferlegt hat
5 cōnstat es steht fest
onus *n* die Last *(Akk.)*
6 poētae *m Pl. siehe oben*
miser esse elend sein
7 valdē dolēre starke Schmerzen haben
aliquandō eines Tages
adīre besuchen

B Der Göttervater Jupiter hat Atlas zu einer Arbeit verpflichtet. Belege am Text (Z. 1–7), wie der Titan diese Arbeit empfindet.

Hercules wusste, dass Atlas ihm helfen konnte. Aber würde er es auch wirklich tun?

C Arbeitet heraus, von welcher Gefahr Atlas dem Hercules berichtet und welchen „Aufgabentausch“ er vorschlägt.

II Herculēs ad eum **accessit** et **dīxit**: „Salvē, Atlās! Valēs-ne?“ Atlās respondit: „Nōn valeō. Iūppiter **iussit** ⌊mē caelum sustin**ēre**⌋. Cūr autem tū hūc **vēnistī**?“ Herculēs: „Pōma Hesperidum iam diū quaerō, sed adhūc ea nōn **invēnī**. Putō ⌊tē mihī viam ostendere posse⌋.“ Atlās: „Possum! Sed sciō ⌊dracōnem saevum pōma custōdīre⌋. **Cōnstat** ⌊eum iam multōs iuvenēs necāvisse⌋. Sed egō dracōnem vincere et pōma eī ēripere possum. Tū autem tenē caelum!“

8 ad eum accēdere zu ihm kommen
salvē! hallo!; Guten Tag!
10 nōn valeō mir geht es nicht gut
Iūppiter *m* Jupiter
11 mē ... sustinēre *übersetze:* dass ich ... halten soll
12 pōma die Äpfel *(Akk. Pl.)*
13 ea *Akk. Pl. gemeint sind die Äpfel*
15 dracō *m* ein Drache
16 pōma *siehe oben*
custōdīre bewachen
cōnstat es steht fest
eum *gemeint ist der Drache*
18 eī ihm
19 tenē *Imperativ Sg. von* tenēre

I Die Zeitverhältnisse im AcI
II Das Perfekt: weitere Verben
III Die Demonstrativpronomina *hic* und *ille*

Genauso geschah es auch:

III Ergō **hic** caelum tenuit, **ille** īnsulās Hesperidum adiit. **Cōnstat** ⌊Atlantem profectō ad īnsulās **pervēnisse** et dracōnī pōma ēripu**isse** et ad Herculem red**īsse**⌋. **Huic**, quī adhūc caelum tenuit, Atlās dīxit: „**Illa** pōma **invēnī**. **Illud** officium **fēcī**, sed **hoc** officium servāre nōn iam cupiō. Tandem līber esse cupiō!“ Tum pōma ante pedēs Herculis **posuit** et **discessit**.

20 īnsula *f* die Insel
adīre *siehe oben*
21 cōnstat es steht fest
pervenīre ad zu (etwas) gelangen
22 dracōnī dem Drachen *(Dat.)*
pōma die Äpfel *(Akk. Pl.)*
ēripuisse *übersetze:* entrissen hat
redīsse *übersetze:* zurückgekehrt ist
23 huic diesem (= Hercules)
pōma *siehe oben*
25 līber esse frei sein
26 pōma *siehe oben*
posuit et discessit *Subjekt ist Atlas*
discēdere weggehen

Natürlich blieb es nicht dabei. Mit einer List überredete Hercules Atlas, nochmals – ganz kurz! – den Himmel zu halten, nahm dann schnell die Äpfel an sich und suchte das Weite.

D Welche listigen Worte hat Hercules wohl gefunden, um Atlas zu überzeugen? Verfasse einen möglichen Dialog zwischen den beiden.

E Weist am Text nach, dass es sich hier um einen Mythos handelt.

LIES UND PARAPHRASIERE!

F Gib an, welche der zwölf Arbeiten in Z. 27–28 gemeint sind. Belege dies am Text.

G Nenne zwei Konnektoren in dem Satz Z. 29–31, die einen Gegensatz aufzeigen. Erkläre, worin der Gegensatz besteht, und paraphrasiere die Textstelle. ▶ **M:** S. 112 A

Poētae nārrant ⌊Herculī multōs labōres fuisse⌋. Cum Hydrā dracōne pūgnāvit, leōnem adiit, taurum temptāvit. Hōs cunctōs vīcit. Herculēs multa perīcula adiit; neque vītam āmīsit, sed semper victor fuit, ***quamquam*** ea perīcula summa erant. Itaque Herculī māgna glōria est. Etiam adhūc clārus est.

27 poētae *m Pl.* die Dichter
Herculī multōs labōres fuisse *übersetze:* dass Hercules viele Arbeiten hatte
28 Hydra dracō die Schlange Hydra
pūgnāvit *Subjekt ist Hercules*
leō, leōnis *m* ein Löwe
taurus *m* ein Stier
29 multa perīcula adīre große Gefahren auf sich nehmen
31 Herculī māgna glōria est Hercules' Ruhm ist groß
32 clārus berühmt *(Subjekt ist Hercules)*

H Hercules zählt bis heute zu den berühmtesten Helden. Erläutert mögliche Gründe.

WENN DU ES LIEBER DIGITAL MAGST

Auf **LateinLex** findest du unter *tibi* die Lektionstexte in unterschiedlichen Schwierigkeitsgraden. Gehe auf **www.lateinlex.de** und gib für **Lesetext 12** den **Kurzlink** ein: **d2e2**
Oder gib direkt in den Browser ein: **lateinlex.de/d2e2**

Icarus – der Traum vom Fliegen

König Minos zog großen Nutzen aus der Erfindungsgabe des Daedalus. Daher wollte er, dass Daedalus mit seinem Sohn Icarus auf Kreta blieb, und sorgte dafür, dass die beiden die Insel nicht verlassen konnten.

A Ordne möglichst viele lateinische Begriffe der Abbildung (▶ S. 24) zu: *insula, terra, aqua, caelum, Daedalus, filius.*

B Erklärt, welches Problem Daedalus hat, und belegt das am Text.

I
Mīnōs rēx, quī īnsulam Crētam regēbat,
Daedalum ibi diū retinēbat.
Mīnōs putābat ⌊**eum** fugere nōn posse⌋.
Etiam Daedalus putābat ⌊**sē** fugere nōn posse⌋.
Daedalus fātum suum dolēbat.
Dolēbat ⌊**sē** fātum mutāre adhūc nōn potuisse⌋.
Aliquandō ***et*** terram ***et*** undās ***et*** caelum spectāvit
atque sēcum cōgitāvit:
„Via-ne nūlla fugae nostrae patet?
Nōnne mē fīliumque arte meā servāre possum?

1 īnsula *f* die Insel
2 retinēre zurückhalten
5 fātum suum dolēre Schmerz über sein Schicksal empfinden
7 aliquandō eines Tages
unda *f* die Welle
8 sēcum cōgitāre im Stillen denken
9 via fugae nostrae der Weg für unsere Flucht
patet *übersetze:* steht offen

Daedalus hatte eine Idee und wandte sich an seinen Sohn Icarus:

C Stelle anhand der Abbildung (▶ S. 24) eine Vermutung an, zu welcher List Daedalus wohl greift.

II
„Mīnōs **iūre** rēgis īnsulam regit;
nec terra ***nec*** **mare** nostrae fugae patent.
Sed **iter** per caelum patet.
Caelum Mīnōs claudere nōn potest!
Ergō **iter** quaerō per caelum."
Per longum **tempus** Daedalus occupātus erat.
Tandem arte suā **opus** novum perfēcit: ālās!
Tum Daedalus ad fīlium: „Spectā hoc **opus**!
Alīs **corpora** nostra ā terrā tollere īnsulamque
relinquere possumus."

11 īnsula *f* die Insel
12 patēre offenstehen
14 caelum claudere den Himmel versperren
15 per longum tempus für lange Zeit
occupātus beschäftigt
17 perficere vollenden
āla *f* der Flügel
18 spectā *Imperativ Sg. von* spectāre
āla *siehe oben*
19 īnsula *siehe oben*

D Überprüfe nun deine Vermutung aus Aufgabe **C**. Gib lateinische Textbelege an.

I Die Pronomina im AcI (Reflexivität)
II Die Neutra der konsonantischen Deklination
III Die Adjektive der konsonantischen Deklination

Icarus war begeistert. Er wollte am liebsten sofort aufbrechen.

III „Ō pater, quam **prūdēns** es!
Valdē gaudeō ⌊**mē** **opere** tuō volāre posse⌋ .“
Daedalus autem fīlium hīs verbīs monuit: „Audī, Īcare:
Et flamma **ingēns** ***et*** aqua **gravis** ālās **levēs** solvere possunt.
Itaque ***neque*** sōlī ***neque*** **marī** appropinquāre dēbēs.
Mediā viā volā et **lītus** proximum pete!“
Dum monet, ālās umerīs fīliī accommodāvit.

21 quam prūdēns wie klug
22 volāre fliegen
23 audī *Imperativ Sg. von* audīre
24 āla *f* der Flügel
levis leicht
25 appropinquāre nahe kommen
dēbēs *übersetze:* du darfst
26 volā *Imperativ Sg. von* volāre (= fliegen)
pete *Imperativ Sg. von* petere
27 āla *siehe oben*
umerīs accomodāre an die Schultern anpassen

E Zeichnet Daedalus’ empfohlene Flugroute. Begründet anschließend gemeinsam, warum sich Icarus genau an die Anweisungen halten sollte.

LIES UND PARAPHRASIERE!

Sie flogen:

F Beschreibt und deutet das Bild (▶ S. 24). Stellt anhand dessen Vermutungen an, wie die Flucht von Vater und Sohn abgelaufen ist. ▶ **M:** S. 116

G Gib alle Wörter an, welche die Gefühle des Icarus beschreiben.

Īcarus opere novō valdē gaudēbat. Iam timōrem dēposuit,
iam laetus fuit, iam sōlī appropinquāvit.
Prīmō perīculum ingēns nōn sēnsit.
Tum autem ⌊ālās corpus suum nōn iam sustinēre⌋ sēnsit.
Māgnā vōce „Pater, ō pater“ clāmāvit.
Is autem: „Īcare, fīlī, ubī es? Ubī volās?“ Nēmō respondit.
Tum pater pennās in undīs vīdit.

28 opere novō gaudēbat er freute sich über sein neues Werk
timōrem dēpōnere die Angst verlieren
29 sōlī appropinquāre sich der Sonne nähern
31 āla *f* der Flügel
32 clāmāvit *Subjekt ist Icarus*
33 is *gemeint ist Daedalus*
volāre fliegen
34 penna *f* die Feder
unda *f* die Welle

H Daedalus erreicht ohne seinen Sohn die Insel Sizilien. Wie würde er seine Geschichte einem Fremden erzählen? Notiere seine Worte in einem Fließtext.

I Mythen warnen oft auch vor falschem Verhalten. Diskutiert, inwiefern das hier der Fall ist und wer sich in diesem Fall falsch verhalten hat.

WENN DU ES LIEBER DIGITAL MAGST

Auf **LateinLex** findest du unter *tibi* die Lektionstexte in unterschiedlichen Schwierigkeitsgraden.
Gehe auf **www.lateinlex.de** und gib für **Lesetext 13** den **Kurzlink** ein: **d2e3**
Oder gib direkt in den Browser ein: **lateinlex.de/d2e3**

Ein Pferd für Troja

Seit zehn Jahren belagern die Griechen nun schon Troja. Noch immer ist Helena in der Stadt. Weder Agamemnon noch Menelaus haben einen Plan.

A Stelle anhand der Abbildung (▶ S. 38) eine Vermutung über den Inhalt des lateinischen Textes an.

I Iam decem annōs Graecī urbem Trōiam capere temptāv**erant**. Graecī tēla in moenia urbis mīs**erant**, Trōiānī moenia dēfend**erant**. ***Et*** Trōiānī ***et*** Graecī multōs virōs interfēc**erant**: Omnēs fessī erant. Sed Trōia adhūc stābat. Aliquandō Ulixēs sēcum cōgitāvit: „Nihil valent arma, ***sī*** cōnsilium dēest. Urbem dolō capere dēbēmus."

1 decem annōs zehn Jahre lang
Graecī *m Pl.* die Griechen
2 tēla mittere Geschosse schleudern
3 Trōiānī *m Pl.* die Trojaner
dēfendere verteidigen
4 fessus müde
6 aliquandō eines Tages
Ulixēs Odysseus
sēcum cōgitāre im Stillen denken
nihil valent arma *übersetze:* die Waffen nützen nichts
7 dēesse fehlen

Und Odysseus hat auch einen Plan: Er will ein riesiges Holzpferd bauen, in dem sich Soldaten verstecken können. Die Trojaner sollen glauben, die Griechen seien nach Hause gesegelt und hätten das Pferd als Geschenk für die trojanischen Götter zurückgelassen. So geschieht es auch.

B Informiere dich über die Einrückmethode und übersetze Z. 11–12 mithilfe der eingerückten Textfassung (▶ M: S. 114). Wende die Methode dann auf Z. 16–17 an.

II Itaque Graecī equum ingentem fēcērunt, quem nocte in lītore posuērunt. Equum anteā mīlitibus complēv**erant**. Prīmā lūce Trōiānī, ***postquam*** equum in lītore vacuō vīdērunt, statim disputāvērunt: Aliī ⌊equum dōnum esse⌋, aliī ⌊dolum esse⌋ cōgitāvērunt. Lāocoōn, sacerdōs Trōiānus, monuit: „⌊Graecōs in patriam redīsse⌋ nōn putō. Errātis, ***sī*** Graecīs crēditis, ***quia*** Graecī hostēs sunt! Timeō Graecōs, ***etiamsī*** dōna dant."

8 Graecī *m Pl.* die Griechen
9 nocte nachts
10 mīlitibus complere mit Soldaten füllen
11 prīmā lūce am frühen Morgen
Trōiānī *m Pl.* die Trojaner
12 in lītore vacuō am leeren Strand
viderunt *übersetze:* gesehen hatten *(Vorzeitigkeit im Deutschen!)*
disputāre diskutieren
13 dōnum *n* ein Geschenk
dolum esse = equum dolum esse
14 Lāocoōn *m* Laokoon
sacerdōs Trōiānus ein trojanischer Priester
17 etiamsī auch wenn
dōnum *siehe oben*
dant *Subjekt sind die Griechen*

Um die Befürchtung Laokoons zu überprüfen, stoßen die Trojaner eine Lanze in den Bauch des Pferdes. Doch nichts regt sich.

C Diskutiert, ob ihr das Pferd in die Stadt hineinlassen würdet.

I Das Plusquamperfekt
II Die Adverbialsätze

III ***Quamquam*** Laocoōn cīvēs monu**erat**, Trōiānī equum in urbem trāxērunt. ***Ut*** nox vēnit, mīlitēs Graecī equum relīquērunt. Cēterī Graecī ante portās urbis manēbant. Omnēs Trōiānī dormiēbant. ***Postquam*** mīlitēs portās urbis aperuērunt, cunctī Graecī urbem cēpērunt, aurum rapuērunt, omnia incendērunt: Graecī, ***quia*** victōrēs erant, hominēs miserōs interfēcērunt. Ubīque flammae et clāmor! Multī Trōiānī vītam āmīsērunt. Ūnus autem eōrum cum patre et fīliō effūgit: Nōmen eī erat Aenēās.

18 Trōiānī *m Pl.* die Trojaner
19 mīlitēs Graecī *m Pl.* die griechischen Soldaten
20 cēterī Graecī *m Pl.* die übrigen Griechen
porta urbis das Stadttor
21 dormīre schlafen
22 aperīre öffnen
cunctī Graecī *m Pl.* alle Griechen
23 omnia incendere alles anzünden
25 ubīque überall
vītam āmittere sterben
26 ūnus ... eōrum einer von ihnen (= den Trojanern)
effūgit entkam

D Beschreibe das Verhalten der Sieger und bewerte es.

E Ein Trojaner kann mit Vater und Sohn aus der brennenden Stadt fliehen. Formuliere seine Gedanken; gehe dabei auf seine Erlebnisse und mögliche Erwartungen ein.

LIES UND PARAPHRASIERE!

F Obwohl siegreich, irrte der Grieche Odysseus weitere zehn Jahre über das Meer. Arbeitet heraus, was der Grund dafür war und was der Dichter Homer über ihn erzählt.

Graecī victōrēs urbem Trōiam relīquērunt. Ulixēs, ***quamquam*** statim in patriam redīre cupīvit, decem annōs per maria et terrās errābat. Nam Neptūnus eī īrātus erat. ⌊Eum multa perīcula adīsse et paene perīsse⌋ Homērus poēta nārrat.

28 Graecī victōrēs ... relīquērunt *übersetze:* die Griechen verließen ... als Sieger
29 Ulixēs *m* Odysseus
30 decem annōs zehn Jahre lang
31 eī īrātus wütend auf ihn (= Odysseus)
eum *gemeint ist Odysseus*
adīre auf sich nehmen
paene fast
32 poēta *m* der Dichter

G Recherchiere die Irrfahrten des Odysseus. Nenne drei „Stationen“ seiner Heimreise.

WENN DU ES LIEBER DIGITAL MAGST

Auf **LateinLex** findest du unter *tibi* die Lektionstexte in unterschiedlichen Schwierigkeitsgraden. Gehe auf **www.lateinlex.de** und gib für **Lesetext 14** den **Kurzlink** ein: **d2e4**
Oder gib direkt in den Browser ein: **lateinlex.de/d2e4**

Stationen einer Flucht

Station Troja*. Nach vergeblichem Kampf flieht Aeneas mit seiner Familie aus Troja. Auf dem Weg verschwindet aber Aeneas' Frau Creusa. Um sie zu finden, kehrt er in die Stadt zurück:*

A Creusa erscheint dem besorgten Aeneas als Schatten und prophezeit ihm sein Schicksal. Weise mit fünf Beispielen aus dem Text nach, dass sie über die Zukunft spricht.

I Trōia ārdēbat. Summō in perīculō Aenēās uxōrem quaerēbat, ***cum*** umbra Creūsae ad eum accessit: „Abī, cāre coniūnx", inquit, „ūnā cum patre tuō et fīliō nostrō! Mihī tēcum īre nōn licet, nam mortua sum. Tibi dīcō: Trōia cad**et**, vōs autem effugi**ētis**. Tibi prōmittō: Novam patriam inveni**ētis**. Urbem cond**ēs**: Rēgnum clārum māgnumque tibi **erit**. Valē!" Aenēās umbram Creūsae tenēre temptavit, sed illa discessit.

1 ārdēre brennen
summō in perīculō in größter Gefahr
2 umbra *f übersetze:* der Geist
3 abī *Imperativ Sg. von* abīre
cāre coniūnx *Vokativ von* cārus coniūnx
ūnā cum zusammen mit
4 mihī nōn licet mir ist es nicht erlaubt
5 cadere untergehen
effugere entkommen
6 prōmittere versprechen
7 condere gründen
clārus berühmt
7–8 rēgnum ... tibi erit *übersetze:* du wirst ein ... Königreich besitzen
8 Valē! Leb wohl!
9 illa *gemeint ist Creusa*

B Benenne die Personen in der Abbildung (▶ S. 44) und erkläre, welche Situation dargestellt ist.

Station Karthago*. Aeneas hofft zunächst, in Karthago und in seiner Liebe zu Dido eine neue Heimat gefunden zu haben, doch auf Befehl der Götter bereitet er schweren Herzens seine Abreise vor. Als Dido ihn deshalb zur Rede stellt, rechtfertigt er sich:*

C Arbeite aus dem Text heraus, was Aeneas, was Dido und was die Götter (*superi*) wollen (*velle*) oder nicht wollen (*nolle*). Belege am Text; lege dazu eine Tabelle an.

II Aenēās: „**Nōlō** tē relinquere, Dīdō! Certē et tū ⌊mē abīre⌋ **nōn vīs**. Sed fātum mē cōgit, ergō Ītaliam pet**am**." Dīdō īrāta respondit: „Quid dīcis? Superī ⌊tē abīre⌋ **volunt**? **Volō** ⌊amōrem nostrum tē tenēre⌋ !" Verba Dīdōnis animum Aenēae mōvērunt, tamen Aenēās dīxit: „**Nōluī** abīre ē patriā, Ītaliam petere **nōlō**. Tōtō pectore tē amō. Sed Iovī pārēre dēbeō." Dīdō: „***Sī*** vīs, pete Ītaliam, improbe! Sed memoriā tenē: Carthāgō semper hostis populī vestrī **erit**!"

10 et tū auch du
12 īrāta wütend
14 animum Aenēae mōvērunt bewegten Aeneas sehr
16 tōtō pectore von ganzem Herzen
Iovī pārēre (dem) Jupiter gehorchen
17 improbe *übersetze:* du Schurke
17–18 memoriā tenē denk daran

D Formuliert den Dialog in Z. 10–18 so um, wie er heute stattfinden könnte, oder lasst ihn von einer KI schreiben und beurteilt das Ergebnis. ▶ M: S. 122

I Das Futur I
II *velle* und *nolle*
III Der Relative Satzanschluss

Station Italien*. Nach der Landung in Italien erhält Aeneas die Möglichkeit, in die Unterwelt hinabzusteigen, wo er seinen verstorbenen Vater wiedersehen will. Dieser prophezeit Überraschendes.*

III Tandem Aenēās patrem convēnit. **Quī** haec nūntiāvit: „Mox ad Tiberim flūmen perven**iēs**. Ibi nova perīcula **erunt**. **Quae** omnia superā**bis**. Sed māiōra deī prōmittunt. Gentem potentem cond**es**: gentem Rōmānam. **Quae** clārōs virōs habē**bit**: Rōmulum, Caesarem, Augustum. **Quī** Rōmānī per multa saecula tōtum orbem terrārum reg**ent**."

19 patrem convenīre den Vater treffen
haec folgendes *(Akk.)*
eī *gemeint ist Aeneas*
nūntiāre verkünden
20 mox bald
ad Tiberim flūmen pervenīre zum Fluss Tiber gelangen
22 māiōra *n Pl.* Größeres *(Akk.)*
prōmittere versprechen
23 condere den Grundstein legen für
clārus, -a, -um berühmt
24 quī Rōmānī diese Römer
25 per multa saecula viele Jahrhunderte lang

E Vergleiche Anchises' Prophezeiungen denen Creusas (Aufgabe **A**).

F Lege ein Social-Media-Profil zu Aeneas an: Was würde er posten? Von welchen Stationen würde er berichten? Wie würde er sich selbst darstellen?

LIES UND PARAPHRASIERE!

G Die Vorhersagen von Creusa und Anchises treffen ein wie prophezeit. Belege dies am Text.

Profectō Aenēās ad Tiberim flūmen pervēnit. Ibi nova perīcula sustinuit: Prīmum Trōiānī cum Latīnīs diū dē rēgnō pūgnābant. Postrēmō Aenēās cum Turnō rēge pūgnāvit. Quem Aenēās vīcit et rēgnum condidit. Quod eī ***et*** Creūsa uxor prōmīserat ***et*** Anchīsēs pater nūntiāverat.

26 profectō tatsächlich
28 prīmum zuerst
Trōiānī *m Pl.* die Trojaner
Latīnī *m Pl.* die Latiner
dē rēgnō pūgnāre um die Königsherrschaft kämpfen
30 condidit er hat gegründet
30–31 eī ... Creūsa uxor prōmīserat hatte ihm ... seine Frau Creusa versprochen
31 nūntiāre verkünden

H Erstelle ein Tempusrelief für Z. 29–31 anhand des begonnenen Beispiels hier: ▶ **M:** S. 113 B

I Aeneas oder Hercules? Diskutiert, wer von beiden der größere Held ist.

WENN DU ES LIEBER DIGITAL MAGST

Auf **LateinLex** findest du unter *tibi* die Lektionstexte in unterschiedlichen Schwierigkeitsgraden.
Gehe auf **www.lateinlex.de** und gib für **Lesetext 15** den **Kurzlink** ein: **d2e5**
Oder gib direkt in den Browser ein: **lateinlex.de/d2e5**

Ein verhängnisvoller Mauersprung

Kaum hat Rhea Silvia die Zwillinge Romulus und Remus zur Welt gebracht, überlegt Amulius schon fieberhaft, wie er sie loswerden kann. Denn eines Tages könnten sie ihm gefährlich werden …

A Stellt anhand der Passivformen Vermutungen an, was nach dem Willen des Amulius mit den Zwillingen geschehen soll.

I Amūlius: „Frāter iūre ā mē timē**tur**. Certē animus eius invidiā movē**tur**. Ergō etiam Rōmulus et Rēmus iūre ā mē timen**tur**. Etiamsī līberī sunt, hostēs sunt.“ Itaque Amūlius cōnstituit ⌊puerōs necā**rī**⌋. Servō dīxit: „Necesse est ⌊puerōs ā tē mātrī **ēripī**⌋. Iubeō ⌊puerōs ā tē in flūmen **mittī**⌋.“ Servus fortūnam līberōrum valdē doluit. Sēcum cōgitāvit: ‚Vae! Quam miserī puerī sunt, nam mātrī ēripiu**ntur** et expōnu**ntur**. Move**or** illō crīmine, ***quod*** līberī in flūmen mittu**ntur**.‘ Trīstis fuit. At tamen pāruit.

1 iūre zu Recht
certē sicherlich
2 invidia *f* Neid
animus eius movētur er (=der Bruder) wird bewegt
4 etiamsī auch wenn
5 necārī getötet werden
6 necesse est es ist nötig
mātrī ēripī der Mutter entrissen werden
7 mittī *hier:* geworfen werden
8 fortūnam … valdē doluit *übersetze:* empfand großen Schmerz wegen des Schicksals …
sēcum cōgitāre im Stillen denken
9 Vae! Oh nein!
Quam miserī …! Wie arm …!
10 expōnī ausgesetzt werden
10–11 moveor illō crīmine, quod jenes Verbrechen erschüttert mich, dass
12 trīstis traurig
pārēre gehorchen

die Babys ertrinken nicht: Stattdessen treibt der Korb, in dem sie liegen, ans Ufer.

B Ordne der Abbildung (► S. 50) möglichst viele lateinische Begriffe aus Z. 13–20 zu.

II Lupa ex montibus, quī prope erant, Tiberī flūminī appropinquāvit. Clāmor enim ibi audiē**bātur**. Lupa puerōs invēnit et ē flūmine trāxit. Diū frātrēs ā lupā alē**bantur**; hōc modō servā**bantur**. Aliquandō Faustulus pāstor puerōs apud lupam vīdit et sēcum dūxit. Deinde Rōmulus et Rēmus per multōs annōs ab eō atque ab uxōre eius ēdūcā**bantur**.

13 lupa *f* eine Wölfin
13–14 Tiberī flūminī appropinquāre sich dem Fluss Tiber nähern
14 clāmor audiēbātur *übersetze:* war Lärm zu hören
16 alēbantur sie wurden ernährt
17 aliquandō eines Tages
pāstor *m* der Hirte
lupa *siehe oben*
18 sēcum dūxit *übersetze:* nahm sie mit
19 per multōs annōs viele Jahre lang
eō; eius *gemeint ist der Hirte Faustulus*
20 ēdūcāre erziehen

C Belege am Text (Z. 13–20), wer auf welche Weise zur Rettung der Zwillinge beiträgt.

Romulus und Remus wachsen zu jungen Männern heran und erfahren eines Tages von ihrer Abstammung. Gemeinsam stoßen sie Amulius vom Thron und geben ihrem Großvater Numitor die Herrschaft zurück. Anschließend wollen die beiden eine eigene Stadt gründen. Doch wer von beiden soll der Stadt den Namen geben und über sie herrschen?

I Das Passiv Präsens
II Das Passiv Imperfekt
III Das Passiv Futur I

III Frātrēs cōnstituērunt: „Deī dēcernere dēbent!“ Itaque alter frāter Aventīnum montem petīvit, alter Palātīnum. Uterque suō locō sīgnum deōrum exspectāvit. Rēmus prīmus rīsit et clāmāvit: „Vidēte! Sex avēs! Victor sum! Hī montēs atque hī agrī ā mē reg**entur**!“ At Rōmulus paulō post ad caelum ostendit et respondit: „Vidēte! Duodecim avēs! Ergō haec omnia ā mē reg**entur**! Ā Rēmō nōn superā**bor**! Urbs, quae mox ā mē condē**tur**, moenibus meīs circumdā**bitur**. Quae ex meō nōmine ‚Rōma‘ appellā**bitur**.“

21 dēcernere entscheiden
22 Aventīnum montem petīvit eilte zum Berg Aventin
23 Palātīnum = Palātīnum montem petīvit
24 uterque suō locō jeder ... an seinem Platz
25 prīmus rīsit lachte als erster
sex avēs sechs Vögel
28 duodecim avēs zwölf Vögel
haec omnia *gemeint ist das Land ringsum*
30 mox bald
condētur gegründet werden wird
moenia *n Pl.* Mauern
31 circumdābitur wird ... umgeben werden
ex meō nōmine nach meinem Namen

D Präsentiert diese Szene (Z. 24–31) kreativ. Entscheidet euch für eine geeignete Präsentationsform. ▶ **M:** S. 120

LIES UND PARAPHRASIERE!

Remus gibt wütend und enttäuscht nach. Doch der Zorn über die Niederlage und der Neid auf den Bruder lassen ihn nicht ruhen …

E Die Stadtmauern (*moenia*) spielen eine wichtige Rolle für das Handeln und das Ende des Remus. Arbeite dies aus dem Text (Z. 32–36) heraus.

Iam urbs nova moenibus circumdābātur. At Rēmus frāter, quī invidiā movēbātur, ad moenia accessit et vocāvit: „Hahae, quam parva tua moenia sunt!“ Et Rēmus, ***postquam*** opus frātris rīsit, moenia trānsiluit. Rōmulus īrātus frātrem petīvit et interfēcit.

32 moenia *n Pl.* Mauern
circumdare umgeben
33 invidiā movēbātur *übersetze:* von Neid angetrieben wurde
34 hahae haha!
quam parva wie klein
35 opus ... risit er (= Remus) lachte über das Werk ...
trānsiluit er sprang über ...
36 īrātus zornig

F Diskutiert, was beide Brüder hätten tun können, um eine Lösung des Konflikts ohne Blutvergießen zu finden.

WENN DU ES LIEBER DIGITAL MAGST

Auf **LateinLex** findest du unter *tibi* die Lektionstexte in unterschiedlichen Schwierigkeitsgraden. Gehe auf **www.lateinlex.de** und gib für **Lesetext 16** den **Kurzlink** ein: **d2e6**
Oder gib direkt in den Browser ein: **lateinlex.de/d2e6**

Coriolan – wem schuldet man Treue?

Der Patrizier Gnaeus Marcius Coriolanus hat Corioli, die Stadt der Volsker, erobert und damit Rom gerettet. Um ihn zu ehren, verleihen ihm die Römer seinen Beinamen. Aber weil er sich gegen die Plebejer stellt, verbannen ihn die Volkstribune aus Rom. Sein Zorn über dieses Unrecht ist grenzenlos.

A Erstellt ein Sachfeld „Militär und Politik“ für Z. 1–10.

I Coriolānus, ***postquam*** in exilium **missus est**, Volscōs adiit et eōrum socius esse voluit. Libenter ā Volscīs **acceptus est**, etiam dux ab eīs **factus est**. Coriolānus paulō post mīlitēs Volscōrum contrā Rōmam, patriam suam, dūxit atque castra prope Rōmam posuit. Ita urbs valdē **pressa est**. Rōmānī virōs gravēs ad Coriolānum mīsērunt: senātōres, cōnsulēs, sacerdōtēs. Tamen animus eius **flexus** nōn **est**.

1 postquam in exilium missus est nachdem er ins Exil geschickt worden war
2 Volscī die Volsker
eōrum *gemeint sind die Volsker*
3 libenter gern
3–4 dux ab eīs factus est *übersetze:* er (= Coriolan) wurde von ihnen zum Anführer gemacht
5 patria sua seine eigene Heimat
8 virī gravēs bedeutende Männer
9 senātōr ein Senator
sacerdōs *m* ein Priester
10 animus eius flexus nōn est *übersetze:* er ließ sich nicht umstimmen

Die Römer wissen keinen Rat mehr. Da haben die Frauen der Stadt eine Idee:

B Gib an, an welche beiden Personen die Frauen sich wenden. Arbeite aus Z. 13–17 heraus, welche Aufforderungen die Frauen an die beiden richten.

Tipp: Achte auf Imperativformen!

II Multae fēminae nōbilēs **convocātae sunt**. Quae ***et*** mātrem ***et*** uxōrem Coriolānī multīs cum lacrimīs rogāvērunt: „**Spem** vix habēmus. **Rēs** pūblica mägnō in perīculō est. Sed vōbīs **fidem** habēmus. Contendite in castra Coriolānī et pācem petīte! Tū, Veturia, flecte animum fīliī! Tū, Volumnia, ades Veturiae!“ Māter uxorque precibus **mōtae sunt**. Post paucōs **diēs** omnēs ūnā castrīs Coriolānī appropinquāvērunt, sed ibi ā mīlitibus **receptae** nōn **sunt**.

11 convocāre zusammenrufen
12 multīs cum lacrimīs unter vielen Tränen
13 vix kaum (noch)
14 māgnō in perīculō = in māgnō perīculō
vōbīs fidem habēmus *übersetze:* wir vertrauen euch
15 contendere eilen
16 animum fīliī flectere den Sohn umstimmen
17 ades *Imperativ von* adesse
precēs *Pl.* die Bitten
18 post paucōs diēs wenige Tage später
ūnā zusammen
19 appropinquāre sich nähern

I Das Passiv Perfekt
II Die e-Deklination
III Das Passiv Plusquamperfekt

Es scheint, als könnten auch die Frauen nichts erreichen. Als Coriolan aber erfährt, dass unter den Frauen seine Mutter ist, tritt er selbst vor die Tore des Lagers:

C Stellt Vermutungen an, auf welche Weise Veturia ihren Sohn davon überzeugen könnte, den Kampf gegen Rom zu beenden. Überprüft diese dann am Text.

III Coriolānus mātrem salūtāre voluit. Quae autem fīlium prohibuit et īrāta clāmāvit: „Utrum māter tua sum an hostis? Tū-ne audēs bellum contrā Rōmam, patriam tuam, parāre? Ego hūc vēnī, ***quia*** ā tōtā cīvitāte **rogāta eram**. Certē sciō: In exilium **missus es**, ***quamquam*** cīvitās virtūte tuā **servāta erat** et tibi etiam nōmen ‚Coriolānus' **datum erat**. Tamen memoriā tenē ⌊intrā moenia urbis mātrem, coniugem, līberōs esse⌋! Itaque tōtō pectore tē ōrō: Fac fīnem huius bellī!"

21 salūtāre grüßen
quae *gemeint ist die Mutter*
22 īrāta zornig
23 utrum ... sum an ...? Bin ich ... oder ...?
24 patria tua deine eigene Heimat
25 tōta cīvitās die gesamte Bürgerschaft
26 exilium *n* die Verbannung
28 memoriā tenē ...! denke daran ...!
moenia *n Pl.* die Mauern
30 tōtō pectore aus tiefstem Herzen
ōrāre bitten
fac Imperativ *von* facere
huius *Gen. Sg. von* hic, haec, hoc

D Nennt anhand der Methodenseite mindestens drei Stilmittel, die Veturia in ihrer Rede verwendet, und erläutert ihre Wirkung. ▶ **M:** S. 118

E Vergleicht den Text mit der Abbildung (▶ S. 64) und erläutert die Unterschiede. ▶ **M:** S. 116

LIES UND PARAPHRASIERE!

F Arbeite heraus, mit ihrem Appell an ihren Sohn Erfolg hatte: Belege am Text, ob Coriolan den Kampf fortführt oder die Belagerung Roms aufgibt.

Verbīs mātris animus Coriolānī tandem flexus est. Dux Volscōrum multīs cum lacrimīs mātrem, uxōrem, līberōs adiit. Tum ⌊castra ab urbe movērī⌋ iussit. Ita pāx in cīvitāte Rōmānā facta est. Coriolānus autem ā Volscīs īrātīs necātus est.

31 animus Coriolānī flexus est *übersetze:* Coriolan ließ sich umstimmen
32 dux Volscōrum *gemeint ist Coriolan*
multīs cum lacrimīs *siehe oben*
33 castra ... movēre das Lager ... entfernen
35 īrātus zornig

G Coriolans Geschichte endet tragisch. Seht euch noch einmal den Lesetext an und nehmt Stellung zu folgender Aussage: „Coriolan hat sein Schicksal verdient!"

WENN DU ES LIEBER DIGITAL MAGST

Auf **LateinLex** findest du unter *tibi* die Lektionstexte in unterschiedlichen Schwierigkeitsgraden.
Gehe auf **www.lateinlex.de** und gib für **Lesetext 17** den **Kurzlink** ein: **d2e7**
Oder gib direkt in den Browser ein: **lateinlex.de/d2e7**

Schließe Frieden, Scipio!

Hannibal fordert Friedensverhandlungen und hat Scipio um ein Gespräch gebeten. Als dieser zugestimmt hat, treffen sich die beiden zu zweit – unbewaffnet, auf einem freien Feld, nur in Begleitung von Dolmetschern (▶). Hannibal eröffnet das Gespräch und sagt:

A Erstellt ein Sachfeld zum Thema „Frieden und Krieg“ mit Begriffen aus dem Text (Z. 1–12).

I Hannibal: „Ego pācem petō: [pācem ā populīs nostrīs valdē **dēsīderātam**]. [Ego precibus Carthāginiēnsium **adductus**] in patriam rediī, ***quia*** [tū ā Rōmānīs **missus**] Āfricam occupās. Nōn tū, Scīpiō, sed ego auxiliō deōrum saepe victor eram hōc in [bellō iam diū **gestō**]. [Rōmānī ingeniō meō ad Cannās **superātī**] paene dē salūte dēspērāvērunt. Cōgitā dē [Rōmā imperiō meō paene **expūgnātā**]! Certē memoriā tenēs [mīlitēs **vulnerātōs**], [ducēs **interfectōs**], [classēs **āmissās**]. Num rūrsus fortūnam temptāre vīs?

2 dēsīderāre ersehnen
3 precibus Carthāginiēnsium adductus auf Bitten der Karthager
6 hōc in bellō = in hōc bellō
7 ad Cannās bei Cannae
8 dē salūte dēspērāre die Hoffnung auf Rettung verlieren
9 Cōgitā dē ...! Denke an ...!
paene fast
expūgnāre erobern
10 memoriā tenēs du erinnerst dich
12 fortūnam temptāre das Schicksal herausfordern

B Um Scipio zu Friedensverhandlungen zu bewegen, nutzt Hannibal Argumente. So sagt er z. B., dass er und sein Heer die Römer schon in vielen Kämpfen besiegt und sogar fast Rom eingenommen hätten. Belege dies am Text (Z. 1–12).

Als Scipio schweigt, ergänzt Hannibal:

II „Iuvenis es, Scīpiō: [Cupiditāte **victōriae** **mōtus** et spē **glōriae** **adductus**] agis. [Hispānia ā nōbīs **expūgnāta**] iterum in potestāte tuā est. [Victōriae nūper in Āfricā **partae**] tē movent. Nōn modō tuās vīrēs, sed etiam vim fortūnae respice! Cōnsiliō nōbīs opus est. Ratiō enim plūs valet quam fortūna. Crēde mihī: Pāx certa plūs valet quam [victōria **spērāta**].“

13 cupiditās victōriae die Gier nach einem Sieg
13–14 mōtus; adductus *Bezugswort steckt im Verb: du (= Scipio)*
15 Hispānia ā nōbīs expūgnāta das von uns eroberte Hispanien
iterum wiederum
17 nūper neulich
partae *PPP von* parere: erwerben
18–19 vim fortūnae respicere die Macht des Schicksals bedenken
19 cōnsiliō nōbīs opus est wir brauchen einen Plan
20 plūs valet quam *übersetze:* ist mehr wert als
22 spērāre hoffen

C Erkläre mit eigenen Worten, was Hannibal meint, wenn er zu Scipio sagt: *Non modo tuas vires, sed etiam vim fortunae respice!* (Z. 18–19). Gib ein Beispiel für *fortuna*.

I Das PC mit PPP
II Der Objektsgenitiv

D Versetzt euch in die Rolle Scipios, der keinen Frieden will. Sammelt Hannibals Argumente, teilt sie unter euch auf und überlegt, was Scipio erwidern könnte.

III Ad haec Scīpiō respondit: „***Neque*** maiōres nostrī prīmum bellum iniērunt ***neque*** nōs hoc bellum iniimus. Deī testēs sunt: Vōs initium huius bellī fēcistis! Deī dē victōriā dēcernent. ⌞Tē mē monēre⌟ necesse nōn est: Vim fortūnae nōn īgnōrō. Pācem nunc petis, [Hannibal, timōre **mortis** **impulsus**]. Sed vōbīs Carthāginiēnsibus fidem nōn habeō, ***quoniam*** pācem ***neque*** servāvistis ***neque*** servābitis. Cīvibus meīs et lībertātī populī Rōmānī prōvidēre dēbeō. Ergō arma capiēmus!“

24 inīre beginnen
26 testis ein Zeuge
initium *n* der Beginn
27 dēcernere dē … über … entscheiden
28 necesse est es ist nötig
nōn īgnōrāre gut kennen
29 timōre mortis impulsus aus Todesangst
30 vōbīs Carthāginiēnsibus euch Karthagern
fidem nōn habeō traue ich nicht
32 cīvibus meīs … prōvidēre für meine Mitbürger … sorgen

E Arbeitet aus Z. 24–33 heraus, warum Scipio Hannibals Friedensangebot ablehnt. Überprüft, inwiefern Scipios Argumente sich mit euren Überlegungen aus **D** decken.

LIES UND PARAPHRASIERE!

F Fasse die Ereignisse nach dem Gespräch zusammen und erkläre den Beinamen Africanus.

Paulō post ducēs tam clārī iussērunt ⌞mīlitēs arma rūrsus capere⌟. [Mīlitēs spē victōriae impulsī] diū pūgnāvērunt. Carthāginiēnsēs tandem ā Rōmānīs victī sunt. Rōmānī in Ītaliam rediērunt et [gaudiō tantae victōriae mōtī] Scīpiōnem posteā „Āfricānum“ appellāvērunt.

34 ducēs tam clārī so berühmte Anführer
36 spē victōriae impulsī in der Hoffnung auf Sieg
39 mōtī *Bezugswort ist* Rōmānī

G Stellt die Szene zwischen den beiden Feldherren und ihren Dolmetschern nach. Berücksichtigt ihre Emotionen und die Rolle der Dolmetscher.

H Analysiert, wie die beiden Männer auf dem Bild (▶ S. 70) charakterisiert sind, und bewertet dies. ▶ **M:** S. 116

WENN DU ES LIEBER DIGITAL MAGST

Auf **LateinLex** findest du unter *tibi* die Lektionstexte in unterschiedlichen Schwierigkeitsgraden.
Gehe auf **www.lateinlex.de** und gib für **Lesetext 18** den **Kurzlink** ein: **d2e8**
Oder gib direkt in den Browser ein: **lateinlex.de/d2e8**

Was tun mit einem Staatsfeind?

Nach dem gescheiterten Attentat gegen Cicero kommt Catilina in den Senat, als wüsste er von nichts. Doch Cicero greift ihn sofort mit einer Rede heftig an.

A Beschreibe das Gemälde (▶ S. 76). Erläutere, wie die Szenerie auf dich wirkt. Berücksichtige dabei auch den Bildaufbau. ▶ **M:** S. 116

B Cicero konfrontiert Catilina mit schwerwiegenden Vorwürfen. Belege dies mit drei Beispielen aus Z. 1–4.

I „Ō tempora, ō mōrēs! Quid audēs, Catilīna? [Tū dē sceleribus **cōgitāns** atque caedem **parāns**] hīc inter nōs sedēs? Nocte [amīcōs **convocāns**] īnsidiās parās. Lūce clārā autem pūblicō cōnsiliō interes [bonam mentem **simulāns**]? Hīc sedent [virī bonī cōnsilia tua **intellegentēs**], hīc sedent [cōnsulēs facinora tua nōn **īgnōrantēs**]. Oportet ⌊tē, Catilīna, ad mortem dūcī⌋!“

1 Quid audēs? *übersetze:* Wie kannst du es wagen?
2 Tū ... cōgitāns atque ... *übersetze:* Obwohl du über ... nachdenkst und ...
caedēs *f* ein Mord
3 sedēre sitzen
convocāns ... parās *übersetze:* rufst du ... zusammen und planst ...
īnsidiae *f Pl.* ein Anschlag
5 clārus, -a, -um hell
pūblicō cōnsiliō interes du nimmst an einer öffentlichen Beratung teil
6 simulāns *übersetze:* und täuschst ... vor
8 nōn īgnōrāre genau kennen
9 oportet *+AcI* es ist nötig, dass ...
ad mortem dūcī zur Hinrichtung geführt werden

Doch dies kann Cicero nicht umsetzen, ihm fehlen Beweise. Er fährt fort:

II „Ō dī immortālēs! Tamen adhūc hīc sedēs, adhūc vīvis! Nōnne timor populī, nōnne ōra atque vultūs senātōrum tē movent? Tacent. Sed [**tacentēs**] clāmant; [**tacentēs**] tē accūsant. Abī, Catilīna! Fuge! Crēde mihī: Nihil clam agere, nihil parāre, nihil cōgitāre potes! Rem pūblicam cūrā meā servābō. **Domōs** nostrās nōn incendēs, lībertātem nōbīs nōn eripiēs, rēgnum tibi numquam parābis. [Ego omnia **audiēns**, omnia **vidēns**, omnia **sentiēns**] rem pūblicam servābō. Ergō exī ē **senātū**, Catilīna! Relinque urbem! Portae patent.“

10 hīc hier
sedēre sitzen
13 senātor der Senator
tacēre schweigen
14 tacentēs *übersetze:* indem sie schweigen *(Bezugswort steckt im Verb: sie = die Senatoren)*
accūsāre anklagen
15 clam heimlich
17 cūrā meā *(Ablativ)*
18 incendere anzünden
21 ergō also
exī ē ... geh hinaus aus ...
22 porta das Tor
patēre offenstehen

C Weist nach, dass Cicero das Stilmittel Trikolon in Z. 15–20 mehrfach einsetzt, und erläutert die Wirkung. ▶ **M:** S. 118

I Das PC mit PPA
II Die u-Deklination

Ciceros Worte haben Erfolg:

III [Nihil **respondēns** Catilīna] ē **senātū** exiit. [Paucōs sociōs sēcum **dūcēns**] Rōmam relīquit et [castra sua in Etrūriā posita] petīvit. Sīc patēbat ⌞eum hostem esse⌟. Tum senātōrēs dē sociīs Catilīnae poenam maximam dēcrēvērunt: poenam mortis. Itaque Cicerō ⌞eōs interficī⌟ iussit. ⌞Quod iūdicium iūstum fuisse⌟ bonī virī probāvērunt. Paulō post Cicerō exercitum ad castra Catilīnae mīsit. Ibi pūgnātum est. [Catilīna **pūgnāns**] interfectus est.

23 exīre ē hinausgehen aus
24 dūcēns *Bezugswort steckt im Verb: er (= Catilina)*
25 in Etrūriā in Etrurien
26 patēbat *übersetze:* war es offensichtlich, dass ...
27 senātor der Senator
28 dēcernere, *Perf.* dēcrēvī beschließen
poena mortis die Todesstrafe
eōs interficī *übersetze:* dass diese (= Catilinas Gefährten) getötet werden
29 quod iūdicium dieses Urteil
iūstus, -a, -um gerecht
probāre anerkennen

LIES UND PARAPHRASIERE!

D Arbeite aus Z. 32–37 heraus, welche positive und welche negative Folge Ciceros Eingreifen für ihn persönlich hatte.

Rōmānī Cicerōnī nōmen „pater patriae" dedērunt. Sīc eī grātiās egērunt, ***quod*** virtūte cūrāque suā rem pūblicam servāverat. Sed post paucōs annōs [Clōdius, tribūnus plēbis, invidiā mōtus] Cicerōnem accūsāvit. Clōdius dīxit ⌞sociōs Catilīnae iūdiciō nōn iūstō interfectōs esse⌟. [Cicerō eum timēns] in exilium iit.

33 eī grātiās egērunt sie dankten ihm
quod weil
34 post paucōs annōs nach wenigen Jahren
35 tribūnus plēbis *m* der Volkstribun
invidia *f* Neid
mōtus *Bezugswort ist Clodius*
accūsāre anklagen
36 nōn iūstus, -a, -um ungerecht
37 exilium *n* die Verbannung

E Diskutiert, ob sich folgendes Zitat auch auf Ciceros Rede übertragen lässt: „Drei Dinge zählen in einer Rede: Wer etwas sagt, wie er es sagt und was er sagt – und zwar genau in dieser Reihenfolge." (John Morley, Politiker, 1838–1923).

F Recherchiert nach Beispielen, bei welchen sich Personen gegen den Staat bzw. ein politisches System aufgelehnt haben. Nehmt Stellung dazu, wann ein solches Vorgehen gerechtfertigt sein kann und wann nicht.

WENN DU ES LIEBER DIGITAL MAGST

Auf **LateinLex** findest du unter *tibi* die Lektionstexte in unterschiedlichen Schwierigkeitsgraden.
Gehe auf **www.lateinlex.de** und gib für **Lesetext 19** den **Kurzlink** ein: **d2e9**
Oder gib direkt in den Browser ein: **lateinlex.de/d2e9**

M Operatoren richtig nutzen

Operatoren in **Arbeitsaufträgen** sagen dir, was bei einer **Aufgabe** zu tun ist. Hier findest du eine Übersicht über die wichtigsten Operatoren.

Lies die Aufgabenstellung immer genau, damit du die Aufgabe richtig bearbeitest und nicht zu viel oder zu wenig machst.

	Operator	Aufgabe	Lösungsansatz
I	**beschreiben**	Beschreibe das Bild. 	*Auf dem Bild sind Marcus und Cornelia zu sehen. Cornelia sitzt da und sieht fröhlich aus, Marcus liegt im Gras und schläft. …*
	bestimmen	Bestimme die Formen. filii | gaudet	*filii: Nominativ Plural maskulinum* *gaudet: 3. Person Singular*
	nennen/ angeben	Nenne das Gegensatzpaar. hell | groß | hübsch | dunkel	*hell – dunkel*
	zuordnen	Ordne die Wörter passend zu. rennen | Blume | grün | schnell **Natur – Bewegung**	***Natur:** Blume, grün* ***Bewegung:** rennen, schnell*
	belegen	Erkläre, wie es Flavia geht, und belege das am Text (▶ L2).	*Flavia hat Schmerzen (dolet, Z. 15) und weint (flet, Z. 15).*
	wiedergeben	Gib wieder, wie die Römer den Göttern opferten. (▶ L7)	*Die Römer opferten den Göttern, wenn … , indem sie …*
	darstellen	Stelle in einem Schaubild die Ereignisse dar, die zum Trojanischen Krieg führten. (▶ L14)	Streit um den goldenen Apfel ▶ Paris wird Schiedsrichter ▶ …
	nachweisen/ zeigen	Weise am Lektionstext 12 nach, dass es sich hier um einen Mythos handelt.	*In antiken Mythen geht es meist um Helden, Halbgötter oder Götter; so auch in dieser Geschichte, denn Hercules ist ein Halbgott. Auch sein Handeln weist auf einen Mythos hin: …*
II	**erklären**	Erkläre den Begriff *familia*.	*Zu einer römischen familia gehörten alle Menschen, die in einem Haushalt lebten …*
	erschließen	Erschließe die Bedeutung der Vokabel aus der Abbildung. 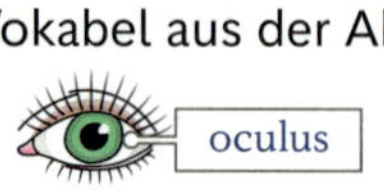	*oculus = Auge*
	herausarbeiten	Arbeite heraus, wer was tut, um Flavia zu helfen. (▶ L2)	*Marcus und Cornelia holen Wein und Wasser, Delia ….*

	Operator	Aufgabe	Lösungsansatz
II	**Vermutungen anstellen**	Stelle Vermutungen an, was mit Marcus passiert sein könnte. (▶ L1)	*Ich weiß: Es gab ein Gewitter. Ich vermute: Marcus ist weggelaufen, um Schutz zu suchen.*
	untersuchen/ analysieren	Untersuche die Verwendung der Tempora: *Eurydica saepe in silvis erat. Aliquando vipera in herba iacuit.* (▶ S. 12, Z. 2–3)	*Das **Imperfekt** (erat) wird verwendet, um auszudrücken, dass Eurydike **immer wieder** in den Wäldern war. Dagegen steht im zweiten Satz ...*
	zusammen-stellen	Stelle eine Sammlung berühmter lateinischer Zitate zusammen, die noch heute verwendet werden.	*1. Dum vita est, spes est. (Solange man lebt, gibt es Hoffnung.) 2. Tempus fugit. (Die Zeit vergeht wie im Flug.) ...*
	erläutern	Hercules zählt bis heute zu den berühmtesten Helden. Erläutere mögliche Gründe. (▶ L12)	*Hercules war so ruhmreich, weil er viele unmöglich erscheinende Aufgaben gelöst hat, zum Beispiel ... Berühmt ist Hercules auch für seine übermenschliche Kraft, die er einsetzt, als ...*
III	**begründen**	Nenne die Vokabel, die nicht zu den anderen passt. Begründe. liberi | semper | domina | serva	*„Semper" passt nicht in die Reihe, weil ...*
	paraphrasieren (= mit eigenen Worten wiedergeben)	Lies und paraphrasiere! (z. B. ▶ L1)	*Marcus ruft nach Delia. Er teilt ihr mit, dass er und Audax ...*
	vergleichen	Vergleiche die römische *familia* mit einer heutigen Familie. (▶ L1)	*Eine Gemeinsamkeit ist ... Ein Unterschied zwischen beiden ist ...*
	deuten/ interpretieren	Deute die Moral (▶) der Geschichte von Daedalus und Icarus. Was kann man aus Icarus' Schicksal lernen?	*Icarus' Ende steht einerseits dafür, dass man nicht übermütig werden sollte und dass Selbstüberschätzung gefährlich sein kann. Andererseits ...*
	Stellung nehmen	Nimm Stellung zu Remus' Verhalten, während die neue Stadt entsteht.	*Remus verhält sich aus meiner Sicht falsch, wenn er sich über Romulus' Bemühungen lustig macht, weil ...*
	diskutieren	Diskutiere, ob das Verhalten von Romulus gerechtfertigt ist.	*Auf der einen Seite ist seine Wut nachvollziehbar, weil ... Auf der anderen Seite ist Totschlag (▶) als Reaktion auf eine Beleidigung nicht gerechtfertigt, weil ...*

M Dein Weg zur gelungenen Übersetzung

Du findest das Übersetzen manchmal ganz schön schwierig und deine Übersetzungen oft holprig? Damit bist du nicht allein!

Der Begriff **Übersetzung** meint: einen **Text** aus einer **Ausgangssprache** (z. B. Latein) so in eine andere Sprache (**Zielsprache**, z. B. Deutsch) zu übertragen, dass Menschen, die nur die Zielsprache sprechen, den Text verstehen können.

A Der Denkprozess beim Übersetzen

Bestimmt hast du auch schon gemerkt, dass das Übersetzen ein echter (und manchmal anstrengender) Denkprozess ist. Es reicht nicht, lateinische Wörter durch deutsche zu ersetzen. Vielmehr musst du **Schritt für Schritt** entscheiden, wie du den **Sinn** des Originals am besten wiedergibst:

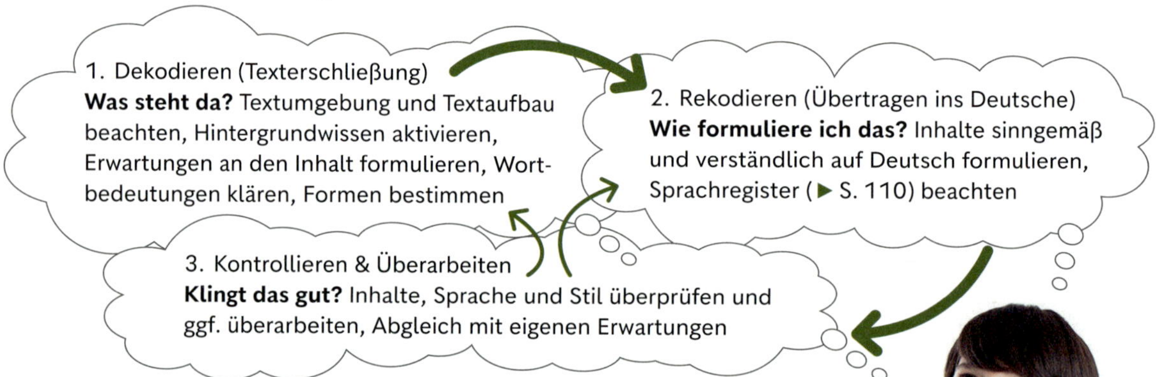

1 Beschreibt das Schaubild mit eigenen Worten. Erläutert dabei, welche Schritte es gibt und wie sie zusammenhängen. Erklärt auch die Bedeutung der Pfeile. Was zeigen sie an? Warum führen manche Pfeile zurück zu einem vorherigen Schritt?

B Die Balance zwischen Ausgangs- und Zielsprache

Wichtig ist nicht nur, den lateinischen Text zu verstehen, sondern ihn auch im Deutschen sprachlich richtig und inhaltlich treffend wiederzugeben. Diese Art der Wiedergabe nennt man **angemessenes Deutsch**. Die Herausforderung beim Übersetzen für dich ist, die richtige Balance zu finden zwischen **1.** einer **genauen Übersetzung**, die sich am lateinischen Text orientiert und manchmal Satzbau oder Wortwahl berücksichtigt (**Ausgangssprachenorientierung**), und **2.** einer verständlichen und **leserfreundlichen Übersetzung**, die sich an der deutschen Sprache orientiert (**Zielsprachenorientierung**).

Tipp: Besprecht mit eurem Lehrer oder eurer Lehrerin, wie ausgangssprachenorientiert bzw. zielsprachenorientiert eure Übersetzungen ausfallen dürfen.

2 Sieh dir die beiden Übersetzungen **A** und **B** des lateinischen Satzes an. Erläutere, welche Übersetzung ausgangssprachen- und welche zielsprachenorientiert ist, und welche von beiden du für die gelungenere Übersetzung hältst.

Orpheus cibum sumere non iam potuit. (▶ L11, Z. 7–8, leicht verändert)

A Orpheus konnte nichts mehr essen.
B Orpheus konnte keine Speise mehr zu sich nehmen.

C Das Sprachregister – wie man miteinander spricht oder schreibt

Doch was genau „angemessenes Deutsch“ ist, kann sich je nach Situation unterscheiden. Mit dem Begriff **‚Sprachregister‘** meint man die Art, wie man spricht (oder schreibt) – je nachdem, wer zuhört. Mit deiner Lehrerin oder deinem Lehrer redest du anders als mit deinen Freunden. So unterscheidet man zum Beispiel zwischen Standardsprache, gehobener Sprache, Umgangssprache, Jugendsprache, poetischer Sprache und weiteren Registern.
Auch beim Übersetzen ist es wichtig, das passende Sprachregister zu wählen. Du solltest nicht nur passende deutsche Wörter finden, sondern auch überlegen, wie dein Text bei deinen Lesern ankommt. Manchmal gibt es mehrere Möglichkeiten – dann entscheidet das Sprachregister darüber, wie klar, spannend oder passend dein Text wirkt.

Standardsprache	**gehobene Sprache**	**Umgangssprache**	**Jugendsprache**	**poetische Sprache**
Das Kleid ist *schön.*	Das Kleid *besticht durch seine Schönheit.*	Das Kleid sieht *echt gut* aus.	Das Kleid ist *voll nice*!	Das Kleid ist *bezaubernd schön.*

Hinweis: In Klassenarbeiten wird in der Regel **Standardsprache** von dir verlangt.

D Polysemie – wenn ein Wort mehrere Bedeutungen hat

Manche Wörter haben mehrere Bedeutungen. Das nennt man **Polysemie** (Adj.: **polysem**). Der Begriff kommt aus dem Griechischen und heißt so viel wie mehrdeutig.

Beispiel: Das Wort **„Krone“** kann eine **Königskrone** meinen, aber auch eine **Baumkrone** oder sogar eine **Zahnkrone**. Alle Bedeutungen hängen mit dem Bild „etwas oben darauf Sitzendes“ zusammen. Sie haben also einen gemeinsamen Kern.

So ist es auch im Lateinischen: Ein Wort kann in verschiedenen Texten Unterschiedliches bedeuten, aber die Bedeutungen gehören trotzdem zusammen. Beim Übersetzen musst du also genau überlegen, welche Bedeutung gerade passt.

Bedeutungs-Mindmap

Die Vokabel *virtus* wird auf ► S. 73 als Bedeutungs-Mindmap dargestellt. Eine solche Mindmap kann dir helfen, ein polysemes Wort besser zu verstehen. In der Mitte steht der Bedeutungskern, rundherum verschiedene, vom Kern abgeleitete Bedeutungen.

Hinweis: Meistens brauchst du eine der abgeleiteten Bedeutungen, um das Wort in einem Satz zu übersetzen. Das „...“ in der Mindmap auf S. 73 zeigt, dass es manchmal weitere passende Bedeutungen gibt. Wenn dir eine solche Bedeutung einfällt, die nicht im Lernwortschatz steht, die aber zum Bedeutungskern und zum Satz passt, darfst du sie verwenden.

M Einen Text verstehen – schon vor dem Übersetzen

Schon bevor du einen lateinischen Text übersetzt, kannst du ihn untersuchen und ein erstes Textverständnis aufbauen. In Band 1 hast du bereits erfahren, wie du Schritt für Schritt an einen lateinischen Text herangehst (▶ tibi 1: S. 116–117). Im Folgenden lernst du, wie dich Konnektoren und Tempusrelief (▶ S. 113) dabei unterstützen können.

A Konnektoren (Satzverknüpfungen)

Manche Texte kannst du besser verstehen als andere. Woran liegt es, wenn ein Text verständlicher ist als ein anderer? Oft liegt es an den **Konnektoren**. Denn sie dienen dazu, Sätze oder Teilsätze besser miteinander zu verbinden.

Konnektoren gehören zu den Wortarten **(Zeit-) Adverb, Konjunktion** und **Subjunktion**. Konnektoren im Deutschen sind: aber, und, sofort, weil, ...

1 Lies die Texte **A** und **B**.

a Vergleiche sie und gib an,
- welchen Text du spannender findest und
- welchen du besser verstehen kannst.

Begründe deine Entscheidung.

b Nennt alle vorkommenden Konnektoren.

Text A	Text B
Juno wollte Hercules töten lassen. Sie war eifersüchtig. Hercules war das uneheliche Kind ihres Mannes Jupiter. Sie schickte zwei Schlangen ins Kinderzimmer. Hercules erwürgte sie.	Juno wollte Hercules töten lassen, weil sie eifersüchtig war. Denn Hercules war das uneheliche Kind ihres Mannes Jupiter. Sie schickte deshalb zwei Schlangen ins Kinderzimmer. Hercules aber erwürgte sie sofort.

Es gibt **unterschiedliche Arten** von **Konnektoren** je nach der Art des Zusammenhangs zwischen Sätzen oder Teilsätzen (z. B. zeitlich, kausal, ...):

Im Lateinischen gehören Konnektoren oft zu den **unveränderlichen „kleinen" Wörtern. Lerne sie gut!** Mit ihrer Hilfe kannst du Texte schneller verstehen und leichter übersetzen. Überprüfe in **2** und **3**, welche du schon gut kannst.

2 **Was gehört wohin?** Ordne die lateinischen Konnektoren passend den fünf Amphoren oben zu und nenne ihre deutsche Bedeutung.

Beispiel: *ac* ist ein Konnektor, der eine Verbindung herstellt. *ac* bedeutet „und".

autem | nam | quia | sed | iam | aliquando | nunc | iterum | et | diu | primo | tum | quamquam | itaque | subito | atque | etiam | ergo | postremo | saepe | tandem

3 **Hercules' zweite Arbeit.** Wähle jeweils den passenden Konnektor aus.

Hercules kämpfte *tum/nam* auch mit der Schlange Hydra. *Iterum/Sed* die Schlange war schwer zu bekämpfen, *quia/quamquam* sie so viele Köpfe hatte. Hercules schlug ihr der Reihe nach die Köpfe ab. Sobald er *autem/diu* einen abgeschlagen hatte, wuchsen *ergo/subito* zwei Köpfe nach. *Quia/Quamquam* die Hydra fast unbesiegbar war, hatte Hercules *itaque/postremo* Erfolg: Damit der Schlange keinen neuen Köpfe nachwachsen konnten, nutzte er Feuer *atque/aliquando* besiegte sie so.

B Tempusrelief

In vielen Texten gibt es nicht nur eine Zeitform, sondern mehrere. Wenn du genau auf den Tempusgebrauch achtest, kannst du dem Inhalt auf die Spur kommen.

Ein **Tempusrelief** erstellst du, indem du die **Struktur der Tempuswechsel** herausarbeitest. So verrät dir ein Wechsel in die (Vor-)Vergangenheit, dass ein Ereignis schon länger zurückliegt. Ein Futur zeigt dagegen, dass etwas erst noch passieren wird oder geplant ist.

Ein Relief (▶) ist etwas, bei dem unterschiedliche Strukturen sichtbar werden.

Als Maria sich die Tempora im folgenden lat. Satz genau ansieht, hat sie diese Gedanken:

Soll das trojanische Pferd in die Stadt?
Quamquam Laocoon cives monuerat, Troiani equum in urbem traxerunt.
(▶ L14, Z. 15)

Aber wie erstellst du nun ein Tempusrelief?
Ganz einfach: Du notierst die vorkommenden Zeitformen und bestimmst das Tempus all dieser Formen.

4 Erstelle ein Tempusrelief zum lateinischen Satz oben (*Quamquam* ...).

Ein Tempusrelief kannst du aber auch **nach dem Übersetzen** erstellen. Oft geht es dann darum, nicht nur die Tempora, sondern auch **ihre Funktion** herauszuarbeiten:

Beispielaufgabe: Erstelle ein Tempusrelief für Z. 20–23 aus dem Lektionstext 15 und erläutere, wie die Tempusformen zu den inhaltlichen Aussagen passen.

Primum Troiani cum Latinis diu de regno pugnabant. Postremo Aeneas cum Turno rege pugnavit. ...

Lösung:

Imperf. *pugnabant*:	Mit dem Imperfekt wird betont, dass der Kampf zwischen den Trojanern und Latinern lange gedauert hat.
Perf. *pugnavit*:	Das Perfekt *pugnavit* weist auf eine einmalige Kampfhandlung hin, nämlich den Kampf zwischen Aeneas und Turnus.

...

M Übersetzungsmethoden: Die Einrückmethode

Die Einrückmethode eignet sich besonders **für lateinische Texte mit mehreren Nebensätzen**. Durch das **Einrücken der Nebensätze** verschaffst du dir einen guten Überblick über die komplexe Satzstruktur des gesamten Textes. Gehe dabei so vor:

1 Lies den Text und **schreibe** alle Wörter, die einen **Nebensatz einleiten** (Subjunktionen, Relativpronomina), **heraus** oder **markiere** sie.

> Auch Fragewörter können Nebensätze einleiten. Mehr dazu lernst du in L24.

Beispiel: Lesetext 14, Z. 10–11

Prima luce Troiani, postquam equum in litore vacuo viderunt, statim disputaverunt ...

2 Starte am Satzanfang: Handelt es sich um einen **Hauptsatz**, notierst du ihn **ganz links**, handelt es sich um einen **Nebensatz**, **rückst** du ihn **ein**. Gehe bei allen weiteren Teilsätzen nach dem gleichen Prinzip vor.

Tipp: Wenn es einen **AcI** gibt, **klammere** ihn **ein**.

> Sobald du PC + Abl. abs. (► L18/19 + L21/22) kennst, klammere auch sie ein.

Prima luce Troiani,
        postquam equum in litore vacuo viderunt,
statim disputaverunt.
Alii [equum donum esse], alii [dolum esse] cogitaverunt.

3 Wenn von einem Nebensatz (NeS 1. Grades) ein weiterer Nebensatz (NeS 2. Grades) abhängt, rücke ihn noch weiter nach rechts ein.

	NeS 1. Grades	*NeS 2. Grades*
Troiani,		
	postquam equum,	
		qui in litore erat,
	viderunt,	
disputaverunt.		

Wenn es mehrere Nebensätze gibt, ist manchmal schwer zu erkennen, wo ein Nebensatz beginnt und wo er endet. **Merke dir: Jeder Nebensatz ...**

... wird durch eine **Subjunktion** oder ein **Relativpronomen geöffnet** (hier: *postquam/qui*).

... muss durch ein **Prädikat** wieder **geschlossen** werden. Erst dann ist er vollständig. Fehlt das Prädikat, befindet es sich im nächsten Teilsatz, der ohne Subjunktion oder Relativpronomen eingeleitet wurde. Das Prädikat zum Nebensatz 1. Grades (*postquam equum ...*) folgt hier zum Beispiel erst im übernächsten Teilsatz (*viderunt*).

M Übersetzungscheckliste

Einen lateinischen Text zu übersetzen und dabei auf alles zu achten, ist manchmal gar nicht so einfach. Die folgende Checkliste kann als roter Faden dienen und dir dabei helfen, den Überblick beim Übersetzen zu behalten.

Die Übersetzung vorbereiten

Bevor du mit dem Übersetzen beginnst, solltest du Folgendes beachten:

1. Die **Überschrift** und den deutschen **Einleitungstext** sorgfältig lesen.
2. Den lateinischen Text **vollständig lesen**. Notiere dabei auffällige **Namen, Konstruktionen** oder **Schlagwörter**. Wenn der Text als ausgedrucktes Blatt oder digital vorliegt, kannst du diese auch (farblich) **markieren**.
3. **Vokabelangaben berücksichtigen** und ggf. unbekannte Vokabeln nachschlagen.
4. *Wenn möglich:* Ergebnisse der Erschließung als Hilfe neben den lateinischen Text legen.

Indem du Satzglieder und Konstruktionen jeweils mit derselben Farbe markierst, erhältst du einen visuellen Überblick über den lateinischen Text.

Den lateinischen Text übersetzen

Beim Übersetzen solltest du Satz für Satz vorgehen:

5. Erst den **Hauptsatz** von den (wenn vorhanden) **Nebensätzen** unterscheiden und mit dem Hauptsatz beginnen.
6. Wenn du nach der Konstruktionsmethode vorgehst: Erst das **Prädikat** übersetzen.
   → Achte dabei auf **Person, Numerus** und **Tempus**.
7. Dann das **Subjekt** (Wer?) übersetzen.
8. Dann die **übrigen Satzglieder** übersetzen (z. B. mithilfe von W-Fragen).
   → Achte dabei auf die **Kasusendungen**.
9. **„Kleine Wörter“** nicht vergessen.
10. Bei **Adjektiven** auf die **KNG**-Kongruenz mit dem Substantiv achten.

Beim schrittweisen Übersetzen helfen dir die Übersetzungsmethoden (▶ S. 114; tibi 1: S. 119–120).

Meine Übersetzung überprüfen

Nach dem Übersetzen solltest du Satz für Satz prüfen:

11. Habe ich jedes Wort übersetzt?
12. Ergibt meine deutsche Übersetzung einen sinnvollen Text? Gibt es weitere Wortbedeutungen, die besser passen?
13. Stimmt meine Übersetzung mit den Erschließungsergebnissen überein? ▶ tibi 1: S. 116–117

Durch **Abhaken** der einzelnen Wörter im lateinischen Text kannst du überprüfen, dass du kein Wort vergessen hast. Das solltest du bei **Klassenarbeiten immer** tun.

M Abbildungen deuten

Du kennst bereits einige antike Mythen. Zahlreiche Künstlerinnen und Künstler haben Mythen und Geschichten wie die von Daedalus und Icarus bildlich dargestellt. Abbildungen können dir einen leichteren Zugang zum Text ermöglichen oder dir bei der Textinterpretation helfen. Aber wie kannst du die Abbildungen richtig verstehen und sie für dein Textverständnis nutzen?

Gehe dazu in drei Schritten vor:

1. **Beschreibe** genau, was du auf der Abbildung siehst. (Zunächst nur beschreiben, nicht deuten!)
2. Suche nach Anhaltspunkten, **wer oder was** abgebildet sein könnte.
3. **Vertiefe** deine Beobachtungen und **deute** die Abbildung nun.

Hilfreiche Fragen: Was erkennst du? Was kommt dir bekannt vor?

Zur Vertiefung: Was weißt du über die Personen/Gegenstände? Warum sind die Personen/Gegenstände so dargestellt?

Beispiel: Beschreibung und Deutung in drei Schritten

Ikarus und sein Vater Daedalus fliegen. Kupferstich von Albrecht Dürer (1493)

1. Zu sehen sind **zwei** unterschiedlich alte **Personen** mit Flügeln, die über einem Meer **fliegen**. Wasservögel begleiten sie. Im Hintergrund sind **Gebäude** mit Türmen zu erkennen, im vorderen Teil links und rechts das **Ufer** mit Bäumen bzw. Felsen.
2. Dass die beiden Personen Flügel tragen und über ein Gewässer fliegen, deutet auf **Daedalus** und **Icarus** hin.
3. Die beiden sind offenbar auf der Flucht aus Kreta, wo König Minos sie zuvor festgehalten hatte. Wenn man sie genauer betrachtet, fällt Folgendes auf: Während Daedalus sicher fliegt, ...

Bei der Beschreibung und Deutung von Bildern hilft es, folgende Punkte zu beachten:

Du wirst nicht immer zu allen Punkten etwas sagen können. Achte auf das, was in der Aufgabenstellung verlangt wird.

A Art der Abbildung: z. B. Wandgemälde, Mosaik, Statue

B Details: Welche Motive werden dargestellt? Wie werden die abgebildeten Personen charakterisiert (Gestik, Mimik, Körperhaltung, Kleidung, Attribute, Stellung zu anderen Personen)?

C Komposition: Wie sind die Bildbereiche aufgeteilt? Was ist im Vordergrund bzw. Hintergrund dargestellt? Aus welcher Perspektive betrachtet man das Dargestellte?

D Zeichenstil: Wie realistisch ist die Abbildung (detailgetreu, unscharf, abstrakt)?

E Entstehungszeit: Zu welcher Stilepoche (z. B. Antike, Barock (▶), Klassizismus (▶)) gehört das Bild? Bezieht sich der Maler bei der Darstellung auf seine eigene Zeit (z. B. Kleidung, Architektur)

F Text-Bild-Vergleich: Welche Motive stimmen mit dem Text überein oder werden weggelassen? Welche Stelle im Text, welche Details, welche Motive setzt der Maler um?

Jetzt bist du an der Reihe!

1 Vervollständige die Deutung zum Bild auf der linken Seite (Schritt **3**.).

2 Im Text fragt Daedalus: *„Icare, fili, ubi es? Ubi volas?“* (▶ S. 25, Z. 20–21) und erblickt kurz darauf die Federn im Meer. Teilt euch in Gruppen jeweils einem der beiden Bilder (▶ S. 116 und ▶ S. 24) zu. Erläutert, inwiefern beide Bilder vom Text abweichen und welche Gründe es dafür geben könnte.

3 ⊕ Vergleicht, mit welchen unterschiedlichen Mitteln die beiden Maler die Aufmerksamkeit auf das entscheidende Geschehen (= Icarus’ Sturz) lenken.

Tipp: Berücksichtigt dabei auch die Komposition.

4 Beschreibe und deute das Bild von Anthonis van Dyck. Orientiere dich dabei an der Beschreibung und Deutung auf ▶ S. 116.

a Erläutere, welche Situation aus dem Daedalus- und Icarus-Mythos hier dargestellt ist, und belege mit dem Lektionstext.

b ⊕ Im Mythos von Daedalus und Icarus geht es auch darum, vor zu großer Sorglosigkeit zu warnen. Diskutiert, ob der Maler dieses Thema auch in seinem Bild aufgreift.

Icarus. Von Anthonis van Dyck (um 1620)

M Stilmittel erkennen

Mit Worten malen ...

Stilmittel sind sprachliche Techniken, durch die Aussagen eine besondere Wirkung erhalten. Stilmittel heben bestimmte Informationen hervor, lassen Aussagen lebendiger und einprägsamer erscheinen und erzeugen Bilder in den Köpfen der Lesenden. In der Literatur, der Rhetorik (Redekunst) und auch in der Werbung kommen sie häufig vor.

Im Folgenden findest du einige Stilmittel, die dir in Texten oft begegnen.

Stilmittel	Beispiel	Wirkung
Alliteration Wiederholung des ersten Buchstabens in aufeinanderfolgenden Wörtern	*Dei decernere debent!* (▶ L16) Die Götter müssen entscheiden!	Durch die sprachlich auffällige Wiederholung des „d" wird betont, dass es die Götter sind, die eine Entscheidung herbeiführen müssen.
Anapher Wiederholung eines Wortes oder einer Wortgruppe am Anfang aufeinanderfolgender Sätze oder Satzteile	*Tibi dico: „…".* *Tibi promitto: „…".* (▶ L15) Dir sage ich: „…" Dir verspreche ich: „…"	Aeneas wird hier von Creusa eindringlich angesprochen. Durch die Wiederholung von *„tibi"* sichert sie sich seine Aufmerksamkeit.
Antithese Gegenüberstellung zweier gegensätzlicher Begriffe, Gedanken oder Aussagen	*Troia cadet, vos autem effugietis.* (▶ L15) Troja wird fallen, ihr aber werdet entkommen.	Stellt in einer Situation einen starken Gegensatz her: Troja wird untergehen, Aeneas aber wird mit seinem Vater und Sohn fliehen.
Asyndeton *(mit Trikolon und Parallelismus)* Aneinanderreihung ohne Verknüpfung	*Graeci urbem ceperunt,* *aurum rapuerunt,* *omnia incenderunt.* (▶ L14) Die Griechen nahmen die Stadt ein, raubten das Gold, setzten alles in Brand.	Erhöht die Geschwindigkeit: Die Griechen handeln bei der Eroberung Trojas schnell: Die Ereignisse folgen Schlag auf Schlag.
Chiasmus *(mit Antithese)* Überkreuzstellung von Satzteilen (A-B-B-A)	Aeneas: *„Nolui abire e patria, Italiam petere nolo."* (▶ L15) Aeneas sprach: „Ich wollte meine Heimat nicht verlassen, will nicht nach Italien ziehen."	Betont den zweifachen Unwillen des Aeneas. Die Formen von *nolle* rahmen die Aussage ein.
Ellipse Auslassung des Prädikats	*Ubique flammae et clamor!* (▶ L14) Überall Flammen und Geschrei!	Verstärkung der Dramatik: Kurz und knapp wird das Wesentliche zum Ausdruck gebracht.

Stilmittel	Beispiel	Wirkung
Hyperbel Übertreibung	*Ego omnia audiens, omnia videns, omnia sentiens* ...(▶ L19) Ich, der alles hört, alles sieht, alles merkt ...	Cicero will sicher nicht sagen, dass er „alles" weiß. Mit der Übertreibung betont er aber nachdrücklich, dass Catilina sich nicht vor ihm verstecken kann.
Klimax *(oft mit Trikolon und Parallelismus)* inhaltliche Steigerung in einer mehrgliedrigen Aufzählung	*Graeci urbem ceperunt, aurum rapuerunt, omnia incenderunt.* (▶ L14) Die Griechen nahmen die Stadt ein, raubten das Gold, setzten alles in Brand.	Der letzte der drei Teilsätze bildet den Höhepunkt der Zerstörung Trojas und umfasst alles (*omnia*). Dadurch, dass die Brandstiftung am Ende steht, wird sie besonders betont.
Metapher bildhafter Ausdruck; übertragene Bedeutung eines Wortes	*O fatum durum!* (▶ L11) O hartes Schicksal!	Das Schicksal ist nicht wörtlich „hart" wie ein Stein, aber es lässt sich ebensowenig umstimmen oder beeindrucken. Die Metapher veranschaulicht dies.
Trikolon dreigliedriger Ausdruck	*Cum Hydra pugnavit, leonem adiit, taurum temptavit.* (▶ L12) Er kämpfte mit der Hydra,nahm es mit einem Löwen auf, griff einen Stier an.	Durch das Anführen dreier Beispiele für Hercules' Leistungen wird dessen Stärke hervorgehoben und gewissermaßen verdreifacht.
Parallelismus *(mit Anapher und Trikolon)* gleiche Struktur mehrerer Satzteile/ Sätze (A-A-B-B)	*Iam timorem deposuit, iam laetus fuit, iam soli appropinquavit.* (▶ L13) Schon legte er seine Angst ab, schon war er froh, schon näherte er sich der Sonne.	Betont wird die logische Folge der ablaufenden Handlungen: Icarus verliert seine Angst und freut sich über die Gabe, fliegen zu können. Dabei nähert er sich wie von selbst der Sonne.
rhetorische Frage Frage, auf die keine Antwort erwartet wird, da die Antwort klar ist	*Quid dicis?* (▶ L15) Was sagst du?	Natürlich hat Dido gehört, was Aeneas ihr gesagt hat. Mit der rhetorischen Frage bringt sie ihre Fassungslosigkeit zum Ausdruck.

1 Teste dich selbst!

a Erkennst du die folgenden Stilmittel? Ordne passend zu.
b Übersetze und versuche, das Stilmittel auch im Deutschen wiederzugeben. In welchen Fällen ist das möglich, in welchen nicht?

A Ubi amici, socii, homines?
B Nihil audio, nihil video, nihil sentio.
C Hostes appropinquant, fugiunt cives.
D Coriolanus certe celeriter consilium capiet.
E Vitamne amittere cupis?

1 Chiasmus
2 Asyndeton mit Ellipse
3 rhetorische Frage
4 Alliteration
5 Parallelismus mit Anapher

M Von Plakat bis Podcast – Präsentieren heute

In dieser Übersicht erhältst du einen Einblick in viele verschiedene Präsentationsmöglichkeiten. Die Übersicht ist in analoge (▶) und digitale (▶) Methoden unterteilt. Der Unterschied liegt vor allem in den Hilfsmitteln, die du für die Erstellung der Präsentation verwendest (z. B. Papier, Stifte, Computerprogramme, Aufnahmegeräte). Lass dich inspirieren und entdecke, welche Präsentationsform am besten zu deinem Thema und deinem Publikum passt!

Bezüglich der Präsentationsvorbereitung stellen sich vor allem folgende Fragen:
- Für wen präsentiere ich?
- Möchte ich schriftlich oder mündlich präsentieren?
- Möchte ich sachlich oder emotional präsentieren?
- Möchte ich analog oder digital präsentieren?

Zur Vorbereitung einer Präsentation gehört oft eine Recherche (▶ tibi 1: S. 124). Auch wenn du oft mit nur wenigen Klicks viele Seiten Text zu einem Thema erhältst, ist es wichtig, sie sinnvoll auszuwählen und gründlich zu prüfen.

Achte darauf, ob es in der Aufgabe schon klare Vorgaben gibt (z. B. digital, mündlich, ...)!

Fürs Auge

Das Auge lernt mit! Wenn ein Produkt zu einem Sach- oder Lektionstext optisch ansprechend gestaltet ist, zieht es unsere Aufmerksamkeit sofort an. Bunte Farben, kreative Grafiken und ansprechende Layouts machen das Lernen nicht nur spannender, sondern helfen uns auch, die Inhalte besser zu verstehen und zu behalten.

analog	digital
– Schaubild (z. B. Mindmap, Diagramm) – Plakat – Lapbook – Comic	– Schaubild (z. B. Mindmap, Diagramm) – Plakat – Erklärvideo

Das Lapbook
Bei einem Lapbook handelt es sich um ein Plakat, das durch verschiedene interaktive Elemente wie Klappen und Taschen ergänzt wird. Diese originelle Form der Präsentation fördert nicht nur die Kreativität beim Erstellen des Produkts, sondern weckt auch die Neugier und das Interesse der Adressaten.

Interaktiv

Kreativität, Spaß und Spannung sind wichtig für unseren Lernprozess! Bei diesen Methoden könnt ihr euch bewegen, in eine Rolle schlüpfen oder knifflige Rätsel erstellen. Lasst eurem Einfallsreichtum freien Lauf, um die Unterrichtsinhalte auf unterhaltsame und einprägsame Weise darzustellen.

analog	digital
– szenisches Lesen – Standbild – Rollenspiel – Gamification	– Hörspiel – Fotostory – Filmaufnahme/-trailer – Gamification

Die Gamification
Bei Gamification (von engl. „game“ – das Spiel) geht es darum, die Neugier und das Interesse an neuen Lerninhalten durch spielerisches Lernen zu wecken. Zu den Möglichkeiten der Gamification zählen unter anderem Quizze, Karten- und Brettspiele, Lernapps sowie Escape Rooms und Schatzsuchen.

Kreatives Schreiben

Kreatives Schreiben erweckt unsere Fantasie zum Leben! Es erlaubt uns, Geschichten zu erzählen, mit Worten zu spielen und unsere eigenen Gedanken besser zu verstehen und auszudrücken. Durch kreatives Schreiben können wir aber auch in die Gedanken und Gefühle anderer eintauchen.

analog	digital
– Monolog oder Dialog – Interview – Brief oder Tagebuch – Song oder Gedicht	– Webseite – Podcast – (Fake-)Post für die sozialen Medien – Nachrichtensendung

Der Podcast
Podcasts sind Audioaufzeichnungen, die viele Themen abdecken, darunter Bildung, Politik, Unterhaltung. Sie bieten außerdem die Möglichkeit, sowohl Expertenmeinungen als auch persönliche Erfahrungen zu hören.

M KI für die Schule nutzen

Künstliche Intelligenz

Künstliche Intelligenz (Abkürzung „KI") ist die Fähigkeit einer Maschine, menschliche Fähigkeiten wie logisches Denken, Lernen, Planen, Problemlösung und Kreativität nachzuahmen, ohne sie tatsächlich zu besitzen. Die KI reagiert – z. B. in einem **Chatbot** – auf **Prompts** der Nutzerinnen und Nutzer, empfängt Daten und verarbeitet sie. KI-Systeme sind in der Lage, aus Erfahrungen zu lernen, indem sie Muster und Zusammenhänge erkennen.

1 Tauscht euch über eigene Erfahrungen mit KI und Chatbots aus.

2 Formuliert einen Prompt zum Thema Vokabellernstrategien. Gebt den Prompt bei einem KI-System ein. Vergleicht eure Ergebnisse und überarbeitet eure Prompts, wenn ihr genauere odere bessere Ergebnisse erhalten wollt.

Der Chatbot: Der Chatbot ist ein Dialog-System, das in verschiedenen Sprachen z. B. Fragen beantworten, Texte zusammenfassen oder bewerten, Gedichte schreiben oder Quizfragen erstellen kann.

Der Prompt (das Prompting): Ein Prompt ist eine Anfrage oder Anweisung, die ein Nutzer oder eine Nutzerin an eine KI stellt. Beim Prompting solltest du so präzise wie möglich formulieren, um aussagekräftige und hilfreiche Antworten zu erhalten.

CHECKLISTE Ein sicherer und bewusster Umgang mit KI

Habe ich ...

- ☑ **Datenschutz beachtet?** Gib einer KI niemals persönliche Daten wie deinen Namen, dein Alter oder deine Wohnadresse preis!
- ☑ **die Antworten der KI geprüft?** KIs sind nicht perfekt. Denn sie geben nur eine Antwort oder Lösung, die *wahrscheinlich* richtig ist. Es kann also inhaltlich und sprachlich immer noch zu Fehlern und Ungenauigkeiten kommen. Hier bist du gefragt: Die Qualität einer KI-Antwort musst du z. B. durch eigene Recherchen immer kritisch prüfen und bei Bedarf korrigieren!
- ☑ **meine KI-Nutzung nachgewiesen?** Künstliche Intelligenz ist keine Quelle. Trotzdem kann man KI für bestimmte Aufgaben verwenden, z. B. um Ideen für die Gliederung eines Referats zu sammeln, Feedback zu einer Interpretationsaufgabe zu erhalten oder um einen Songtext zu erstellen. Wenn du eine KI für Aufgaben verwendest bzw. verwenden darfst, musst du das angeben, z. B. so:

  „Bei der Herstellung dieses Textes/Bildes wurde [Name des KI-gestützten Werkzeugs] am [Datum] eingesetzt. Mit folgenden Prompts habe ich die KI gesteuert: 1. [erster Prompt], 2. [ggf. ein weiterer Prompt]" Diesen Text / dieses Bild generierte die KI auf meine Anfrage: „ [Text der KI]" / [Bild der KI]."

Einsatz im Lateinunterricht

Auch im Lateinunterricht kann man künstliche Intelligenz sinnvoll nutzen. Sie sollte dir aber nicht die komplette Arbeit (z. B. beim Übersetzen) abnehmen, sondern dir dabei helfen, Fähigkeiten wie Textverständnis und Interpretationsvermögen zu verbessern.

3 Hier siehst du, wie du einen KI-Chatbot als **Lern-Coach** nutzen kannst.

a Erkläre, wie es der Schülerin (S) gelingt, den KI-Chatbot als Lern-Coach zu nutzen.

S Es geht um folgenden Satz, zu dem ich dir Fragen stellen möchte. Bitte gib auf keinen Fall eine Übersetzung an, sondern antworte nur auf meine Fragen. Der lateinische Satz lautet: **Summo in periculo Aeneas uxorem quaerebat, cum umbra Creusae eum accessit.**

KI Alles klar, ich bin bereit. Stell mir einfach deine erste Frage zu dem Satz.

S Wo befindet sich der Hauptsatz? Sag mir nur, wo der Hauptsatz ist.

KI Der Hauptsatz ist „Summo in periculo Aeneas uxorem quaerebat".

S Ich glaube, „Aeneas" ist Subjekt, „quaerebat" Prädikat und „periculo" Objekt. Stimmt das? Sag mir nur, ob ich richtig liege.

KI Fast richtig – „Aeneas" ist das Subjekt, „quaerebat" ist das Prädikat, aber „periculo" ist kein Objekt, sondern eine Ablativangabe.

S Ok, dann ist „uxorem" das Objekt im Akkusativ, oder? Antworte nur mit Ja oder Nein.

KI Ja.

S Passt hier die Übersetzung „Aeneas fragte seine Frau"?

KI Nein, die Übersetzung „Aeneas fragte seine Frau" passt nicht. Das Verb „quaerebat" kommt von „quaerere", was hier im Sinne von „suchen" zu verstehen ist, nicht „fragen". ...

Bei der Herstellung dieses Textes wurde Chat-GPT am 12.05.2025 eingesetzt.

b Weise eine KI an, dir als Lern-Coach die grammatische Struktur des folgenden lateinischen Satzes zu erklären, ohne dir die Übersetzung zu verraten. ▶ Hilfe

Romani per multa saecula totum orbem terrarum regent. (▶ S. 45, Z. 19)

KI kann auch in anderen Bereichen des Lateinunterrichts nützlich sein. Probiert die folgenden Aufgaben aus, überarbeitet eure Prompts und – ganz wichtig – überprüft die Antworten der KI immer, z. B. mithilfe eures Hintergrundwissens, der Lektionstexte usw.

4 Lasst eine KI Vokabelübungen zu den Vokabeln eurer aktuellen Lektion erstellen.

5 Lasst euch von einer KI ein Bild generieren, das zeigt, wie Aeneas in der Fluchtnacht ein letztes Mal auf Creusa trifft. Nutzt dazu euer Wissen über diese Begegnung und die nächtliche Situation in Troja (▶ L15). ▶ Hilfe
Diskutiert in der Lerngruppe, inwieweit die Ergebnisse gelungen sind.

LERNVOKABELN

Lektion 11

I	**uxor**	uxōris *f*	**eine/die (Ehe-)Frau**
	valdē	*Adv.*	**sehr**
	Orpheus Eurydicam valdē amābat.		Orpheus liebte Eurydike sehr.
	silva	silvae *f*	**ein/der Wald**
	aliquandō	*Adv.*	**eines Tages, irgendwann einmal**
	Aliquandō Eurydica in silvā erat.		Eines Tages war Eurydike im Wald.
	venēnum	venēnī *n*	**ein/das Gift**
	necāre	necō, necāvī	**töten**
	Vīpera venēnō necāre potest.		Eine Schlange kann durch ihr Gift töten.
	mors	mortis *f*	**ein/der Tod**
II	**perīre**	pereō, periī	**sterben**
	Eurydica venēnō vīperae periit.		Eurydike starb durch das Gift der Schlange.
	sūmere	sūmō	1. **nehmen** 2. **zu sich nehmen**
	cibum sūmere		Nahrung zu sich nehmen
	īnferī	īnferōrum *m Pl.*	**die Unterirdischen, die Unterwelt**
	ad īnferōs īre		in die Unterwelt gehen
	rēgnum	rēgnī *n*	1. **ein/das Königreich** 2. **eine/die (Königs-) Herrschaft**
	mortuus **mortuus**	-a, -um mortuī *m*	**tot** **ein Toter/der Tote**
	– Eurydica mortua erat. – rēgnum mortuōrum		– Eurydike war tot. – das Reich der Toten

Eurydica: In den Mythen begegnen dir oft unbekannte Namen. Wenn du nicht weißt, wie sie dekliniert oder übersetzt werden, schlage sie im Namenverzeichnis nach.

silva:

necavi: Ab jetzt wird bei Verben das Perfekt (1. P. Sg.) mit angegeben (zunächst nur v- und u-Perfekt sowie das von *ire*). Lerne das Perfekt immer mit, damit du es im lateinischen Text wiedererkennst.

perire: vgl. *per:* durch + *ire:* gehen

sumere: Wenn man etwas **konsumiert**, nimmt man etwas zu sich.

reddere	reddō	**zurückgeben**
Plūtō Orpheō uxōrem reddit.		Pluto gibt Orpheus seine Frau zurück.
profectō	*Adv.*	**tatsächlich, wirklich**
quamquam	*Subjunktion*	**obwohl**
Orpheus rēgnum mortuōrum adiit, quamquam timuit.		Orpheus begab sich ins Reich der Toten, obwohl er Angst hatte.
longus	-a, -um	**lang**
via longa		der lange Weg
dūrus	-a, -um	1. **hart** 2. **hartherzig**
Deī dūrī sunt.		Die Götter sind hartherzig.
apud	*Präp. + Akk.*	**bei**
Orpheus apud mortuōs erat.		Orpheus war bei den Toten.
III **causa**	causae *f*	1. **ein/der Grund, eine/die Ursache** 2. **eine/die Angelegenheit**
Venēnum causa mortis erat.		Gift war der Grund für den Tod.
is	ea, id	1. **er, sie, es** *(Personalpronomen)* 2. **dieser/diese/dieses** *(Demonstrativpronomen)*
Eurydica uxor Orpheī erat. Ea venēnō vīperae periit.		Eurydike war Orpheus' Frau. Sie/Diese starb durch das Gift einer Schlange.
sustinēre	sustineō, sustinuī	**ertragen, aushalten**
Orpheus dolōrem nōn sustinuit.		Orpheus hielt den Schmerz nicht aus.
vīvere	vīvō	**leben**
fātum	fātī *n*	**ein/das Schicksal**
Orpheus fātum dolēbat.		Orpheus empfand Schmerz über sein Schicksal.

reddere: *re-dare* → *reddere* → zurück-geben

longus: long = lang

durus:

causa: **kausal** = einen Grund angebend

is: Du kannst aus dem Satzzusammenhang erschließen, ob du *is, ea, id* als **Personalpronomen** oder als **Demonstrativpronomen** übersetzen solltest. Oft ist beides möglich.

fatum: **fatal** ist das deutsche Wort für schicksalhaft.

meus	-a, -um	**mein**
tuus	-a, -um	**dein**
noster	nostra, nostrum	**unser**
vester	vestra, vestrum	**euer**
ars	artis *f*	**eine/die Kunst**
Ars Orpheī clāra erat.		Die Kunst des Orpheus war berühmt.
amor	amōris *m*	**(die) Liebe**
lūx	lūcis *f*	**ein/das (Tages-)Licht**
post	*Präp. + Akk.*	**hinter, nach**
Eurydica post coniugem iit.		Eurydike ging hinter ihrem Mann.
dum	*Subjunktion*	**während**
Orpheō nōn licuit ad uxōrem spectāre, dum ad lūcem redit.		Orpheus war es nicht erlaubt, zu seiner Frau zu sehen, während er zum Tageslicht zurückkehrte.

meus, tuus, noster, vester sind Possessivpronomina. Sie zeigen an, dass ein Besitzverhältnis vorliegt. Bsp.: *regnum meum* = mein Reich

ars: art = Kunst

post: Eine **post**mortale Verletzung hat sich erst nach dem Tod ereignet.

Die Subjunktion dum steht oft mit dem **Präsens**, auch wenn der Hauptsatz im Perfekt steht. **Im Deutschen** übersetzt man aber mit Perfekt bzw. **Präteritum**.

Lektion 12

I	**terra**	terrae *f*	1. **eine/die Erde** 2. **ein/das Land**
	altus	-a, -um	1. **hoch** 2. **tief**
	– mōns altus – aqua alta		– ein hoher Berg – das tiefe Wasser
	stāre	stō, stetī	**stehen**
	poēta	poētae *m*	**ein/der Dichter**
	Homērus poēta clārus erat.		Homer war ein berühmter Dichter.
	nārrāre	nārrō, nārrāvī	**erzählen**
	caelum	caelī *n*	**ein/der Himmel**
	Sōl in caelō est.		Die Sonne steht am Himmel.
	summus	-a, -um	**der, die, das höchste**
	Iūppiter summus deōrum erat.		Jupiter war der höchste der Götter.

terra: Ein **Terrarium** ist ein Glaskasten, in dem Tiere gehalten werden, die an Land leben, z. B. Echsen.

altus:

mons altus

aqua alta

stare: Ein **Stativ** ist ein Hilfsmittel, auf dem z. B. eine Kamera stehen kann.

poeta: **poetisch** = dichterisch

labor	labōris *m*	1. **eine/die Arbeit** 2. **eine/die Mühe, Anstrengung**
impōnere	impōnō, imposuī	1. **auferlegen, aufbürden** 2. **etwas auf etwas legen**
– Iūppiter Atlantī labōrem imposuit.		– Jupiter bürdete Atlas die Arbeit auf.
– Servus frūmentum vehiculō impōnit.		– Der Sklave lädt (*wörtlich:* legt) Getreide auf den Wagen.
II **iubēre**	iubeō, iussī + *Akk.*	**befehlen, anordnen**
Dominus servum labōrāre iubet.		Der Herr befiehlt dem Sklaven zu arbeiten.
hūc	*Adv.*	**hierher**
Venī hūc!		Komm hierher!
pōma	pōmōrum *n Pl.*	**(die) Äpfel, (das) Obst**
pōma Hesperidum		die Äpfel der Hesperiden
quaerere	quaerō, quaesīvī	1. **suchen** 2. **fragen**
– Pōma quaerō. – Quaerō: Ubi sunt?		– Ich suche die Äpfel. – Ich frage: Wo sind sie?
adhūc	*Adv.*	**bis jetzt, noch immer**
Pōma adhūc quaerō.		Ich suche die Äpfel noch immer.
invenīre	inveniō, invēnī	1. **finden** 2. **erfinden**
Tandem pōma invēnī.		Endlich habe ich die Äpfel gefunden.
putāre	putō, putāvī	**glauben, meinen**
Tē amīcam bonam esse putō.		Ich meine, dass du eine gute Freundin bist.
dracō	dracōnis *m*	**ein/der Drache; eine/die (große) Schlange**
saevus	-a, -um	1. **wild** 2. **wütend** 3. **grausam**
drāco saevus		ein wütender Drache

labor: Ein **Labor** ist ein Raum, in dem gearbeitet wird.

laborare = sich mit *labor* abmühen

Im Lateinischen steht bei iubere ein **Akkusativ**, im Deutschen steht „befehlen" mit **Dativ**.

poma:

quaerere: question = Frage

invenire: vgl. *in* + *venire*

draco: dragon = Drache

draco saevus:

vincere	vincō, vīcī	**siegen, besiegen, überwinden**
Gladiātor vīcit.		Der Gladiator hat gesiegt.
ēripere	ēripiō, ēripuī	**entreißen**
Vīpera Eurydicae vītam ēripuit.		Eine Schlange entriss Eurydike das Leben.
tenēre	teneō, tenuī	1. **halten** 2. **festhalten**
Gladiātor gladium tenet.		Der Gladiator hält ein Schwert.
III **hic**	haec, hoc	**dieser, diese, dieses**
Hic dolor māgnus est.		Dieser Schmerz ist groß.
ille	illa, illud	**jener, jene, jenes**
Hic rogat, ille respondet.		Dieser fragt, jener antwortet.
pervenīre	perveniō, pervēnī	**gelangen (zu/in)**
Orpheus in rēgnum mortuōrum pervēnit.		Orpheus gelangte ins Reich der Toten.
officium	officiī *n*	1. **eine/die Pflicht, Verpflichtung** 2. **eine/die Aufgabe**
officium facere/ officium servāre		eine Pflicht erfüllen; eine Aufgabe erledigen
pēs	pedis *m*	**ein/der Fuß**
pōnere	pōnō, posuī	**setzen, stellen, legen**

vincere: vgl.
victor = ein/der Sieger,
victoria = ein/der Sieg

eripere: vgl.
e(x): aus ... heraus
+ *rapere:* rauben

pervenire: vgl.
per: durch
+ *venire:* kommen

officium: Im **Home Office** erledigt man seine Aufgaben zuhause.

pes:

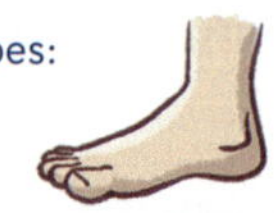

pes: Ein **Pedal** bedient man mit dem Fuß.

ponere: Eine **Position** ist ein Ort, an den etwas gesetzt, gestellt oder gelegt wurde.

Die Stammformen bekannter Verben

Du kennst bereits einige Verben aus den bisherigen Lektionen. Diese Verben bilden natürlich ebenfalls ein Perfekt. Im Folgenden findest du sämtliche bekannten Verben, die ein unregelmäßiges Perfekt bilden.

Nutze diese Liste zum Nachlernen der Perfektformen oder einfach zum Nachschlagen.

Die **Verben** sind in der **Lernform** angegeben.
▶ **BG:** L12 G2
Man nennt diese Formen auch **Stammformen.**

Verben der a-Konjugation bilden in der Regel das v-Perfekt:

vocāre	vocō	vocāvī	rufen

Verben der e-Konjugation bilden in der Regel das u-Perfekt:

monēre	moneō	monuī	ermahnen, mahnen

Verben der i-Konjugation bilden in der Regel das v-Perfekt:

audīre	audiō	audīvī	hören

Alle anderen Verben mit unregelmäßigen Stammformen, die du bis L11 gelernt hast, findest du hier. Die Farben zeigen die Art der Perfektbildung:

v-Perfekt | u-Perfekt | s-Perfekt | Reduplikationsperfekt | Dehnungsperfekt | Perfekt ohne Veränderung | unregelmäßige Verben

Infinitiv	1. P. Sg. Präsens	1. P. Sg. Perfekt	Übersetzung
abesse	absum	āfuī	nicht da sein, abwesend sein
abīre	abeō	abiī	weggehen
accēdere	accēdō	accessī	herankommen, herantreten
addere	addō	addidī	hinzufügen
adesse	adsum	adfuī/affuī	da sein, (+ Dat.) helfen
adīre	adeō	adiī	1. hingehen, herangehen 2. (an jemanden) herantreten, sich wenden (an)
agere	agō	ēgī	1. machen, tun 2. (ver)handeln
āmittere	āmittō	āmīsī	verlieren
ārdēre	ārdeō	ārsī	brennen

capere	capiō	cēpī	1. (er)fassen, nehmen, ergreifen 2. erobern, einnehmen
cōnstat	–	cōnstitit	es steht fest
convenīre	conveniō	convēnī	1. zusammenkommen 2. (jemanden) treffen
corrumpere	corrumpō	corrūpī	bestechen
crēdere	crēdō	crēdidī	glauben, meinen
cupere	cupiō	cupīvī	1. wollen, haben wollen 2. wünschen
currere	currō	cucurrī	laufen, rennen
dare	dō	dedī	geben
dēfendere	dēfendō	dēfendī	verteidigen
dēpōnere	dēpōnō	dēposuī	ablegen
dīcere	dīcō	dīxī	sagen, sprechen
discēdere	discēdō	discessī	weggehen
discere	discō	didicī	lernen
dūcere	dūcō	dūxī	führen
emere	emō	ēmī	kaufen
esse	sum	fuī	sein
facere	faciō	fēcī	machen, tun
flēre	fleō	flēvī	weinen
incipere	incipere	**coepī**	anfangen, beginnen
interficere	interficiō	interfēcī	töten
īre	eō	iī	gehen
iuvāre	iuvō	iūvī	helfen, unterstützen
legere	legō	lēgī	lesen
manēre	maneō	mānsī	1. bleiben 2. warten (auf), erwarten
minuere	minuō	minuī	verkleinern, verringern
movēre	moveō	mōvī	bewegen
ostendere	ostendō	ostendī	zeigen, erklären
pellere	pellō	pepulī	schlagen
perīre	pereō	periī	sterben

petere	petō	petīvī	1. (einen Ort) aufsuchen, eilen (nach/zu) 2. haben wollen 3. bitten (um), verlangen 4. angreifen
posse	possum	potuī	können
rapere	rapiō	rapuī	rauben, wegreißen
reddere	reddō	reddidī	zurückgeben
redīre	redeō	rediī	zurückgehen, zurückkehren
respondēre	respondeō	respondī	antworten
scrībere	scrībō	scrīpsī	schreiben
sentīre	sentiō	sēnsī	1. fühlen, wahrnehmen 2. meinen
sūmere	sūmō	sūmpsī	1. nehmen 2. zu sich nehmen
sustinēre	sustineō	sustinuī	ertragen, aushalten
tangere	tangō	tetigī	berühren, anfassen
tollere	tollō	**sustulī**	1. hochheben 2. beseitigen, töten
trahere	trahō	trāxī	ziehen, schleppen
vendere	vendō	vendidī	verkaufen
venīre	veniō	vēnī	kommen
vidēre	videō	vīdī	sehen
vīvere	vīvō	vīxī	leben

Lektion 13

I **rēx**	rēgis *m*	**ein/der König**
regere	regō, rēxī	**herrschen (über), lenken**
Mīnōs rēx īnsulam Crētam regēbat.		König Minos herrschte über die Insel Kreta.
fugere	fugiō, fūgī + *Akk.*	1. **fliehen (vor),** 2. **flüchten**
Daedalus rēgem fugere cupiēbat.		Daedalus wollte vor dem König fliehen.
suus	-a, -um	**sein, ihr**
– Mīnōs īnsulam suam regēbat. – Māter līberōs suōs vocat.		– Minos herrschte über seine Insel. – Die Mutter ruft ihre Kinder.
mūtāre	mūtō, mūtāvī	**verändern**
unda	undae *f*	**eine/die Welle**
sēcum cōgitāre		**im Stillen denken**
nūllus	-a, -um *Gen.*: nūllīus, *Dat.*: nūllī	**keiner/keine/kein**
fuga	fugae *f*	**eine/die Flucht**
patēre	pateō, patuī	**offen stehen**
Nūlla via patet.		Kein Weg steht offen.
-que		**und**
Daedalus Īcarusque		Daedalus und Icarus
II **iūs**	iūris *n*	**ein/das Recht**
– Mīnōs iūre rēgis imperābat. – Mīnōs iūre rēx fuit.		– Minos herrschte mit dem Recht des Königs. – Minos war zu Recht König.
mare	maris *n*	**ein/das Meer**
iter	itíneris *n*	1. **ein/der Weg** 2. **eine/die Reise**
iter facere		eine Reise machen
claudere	claudō, clausī	**schließen, verschließen**
tempus	temporis *n*	**eine/die Zeit**

rex: 

regere: **regieren** = herrschen

fugere: steht im Lateinischen mit Akkusativ, die Übersetzung „fliehen vor" steht mit Dativ.

unda: 

nullus: Die Zahl Null bezeichnet, dass keine Menge vorhanden ist.

-que: Beachte, dass das *-que* zwar angehängt ist, im Deutschen aber vor dem Wort stehen muss, an dem *-que* hängt.

ius: Eine **Juristin** oder ein **Jurist** beschäftigt sich mit dem Recht.

mare: maritim = das Meer betreffend → Eine **maritime** Lage ist eine Lage am Meer.

claudere: Eine **Klausur** ist eine Prüfung, die in einem geschlossenen Raum stattfindet.

tempus: Das **Tempus** ist die Zeitstufe bei einem Prädikat.

opus	operis *n*	1. **ein/das Werk** 2. **eine/die Arbeit**
novus	-a, -um	**neu**
perficere	perficiō, perfēcī	1. **vollenden** 2. **beenden**
Daedalus opus novum perfēcit.		Daedalus vollendete ein neues Werk.
āla	ālae *f*	**ein/der Flügel**
corpus	corporis *n*	**ein/der Körper**
relinquere	relinquō, relīquī	1. **verlassen** 2. **zurücklassen**
Daedalus īnsulam relinquere cupīvit.		Daedalus wollte die Insel verlassen.
III **prūdēns**	prūdēns, prūdēns *Gen.*: prūdentis	**klug**
Daedalus prūdēns ālās fēcit.		Der kluge Daedalus baute Flügel.
volāre	volō, volāvī	**fliegen**
Ālīs Īcarus volāre potuit.		Mit Flügeln konnte Icarus fliegen.
ingēns	ingēns, ingēns *Gen.*: ingentis	1. **gewaltig** 2. **sehr groß, riesig**
gravis	gravis, grave *Gen.*: gravis	1. **schwer** 2. **wichtig, bedeutend**
levis	levis, leve *Gen.*: levis	**leicht**
solvere	solvō, solvī	**lösen, auflösen**
Sōl ālās solvit.		Die Sonne löste die Flügel auf.
medius	-a, -um	1. **der, die, das mittlere** 2. **mitten, in der Mitte**
– mediā viā – mediā in viā	*Abl.* in + *Abl.*	– auf dem mittleren Weg – mitten auf dem Weg
lītus	lītoris *n*	1. **ein/der Strand** 2. **eine/die Küste**
proximus	-a, -um	**der, die, das nächste**
Daedalus lītus proximum petit.		Daedalus will die nächste Küste erreichen.
accommodāre	accommodō, accommodāvī	**anpassen**

perficere: **perfekt** = vollendet, vollkommen

ala:

prudens: Die Adjektive der 3. Deklination werden immer mit den drei Genera (*m f n*) angegeben, auch wenn diese identisch sind.

gravis: levis:

media via:

media in via:

litus:

Lektion 14

I **decem**	*nicht deklinierbar*	**zehn**
annus	annī *m*	**ein/das Jahr**
– decem annōs – annō proximō	*Akk.* *Abl.*	– zehn Jahre lang – im nächsten Jahr
Graecus **Graecus**	Graecī *m* -a, -um	**ein/der Grieche** **griechisch**
urbs	urbis *f*	**eine/die Stadt,** **eine/die Hauptstadt**
tēlum	tēlī *n*	**ein/das Geschoss,** **ein/das Wurfgeschoss**
moenia	moenium *n Pl.*	**eine/die Mauer,** **eine/die Stadtmauer**
mittere	mittō, mīsī	1. **schicken** 2. **werfen, schleudern**
– Māter līberōs ad patrem mittit. – Graecī tēla in moenia mīsērunt.		– Die Mutter schickt die Kinder zum Vater. – Die Griechen schleuderten Geschosse auf die Mauern.
omnis	omnis, omne *Gen.:* omnis	**jeder** *im Plural:* **alle**
– omnis homō – omnēs Graecī		– jeder Mensch – alle Griechen
omnia	*n Pl.*	**alles**
fessus	-a, -um	**müde**
Omnēs fessī erant.		Alle waren müde.
valēre	valeō, valuī	1. **Kraft haben** 2. **wirksam sein, nützen**
Gladiī nihil valent.		Schwerter nützen nichts.
arma	armōrum *n Pl.*	**(die) Waffen**
Tēla atque gladiī arma sunt.		Geschosse und Schwerter sind Waffen.
cōnsilium	cōnsiliī *n*	1. **ein/der Plan** 2. **eine/die Beratung** 3. **ein/der Beschluss**
cōnsilium capere		einen Plan fassen

decem: Der **Dezember** war im römischen Kalender der zehnte Monat im Jahr. Das Jahr begann damals im März.

annus: **Zeitangaben im Akkusativ** geben eine zeitliche Ausdehnung an. Hilfsfrage: „Wie lange?" **Zeitangaben im Ablativ** geben einen Zeitpunkt an. Hilfsfrage: „Wann?"

Graeci: Auch unbekannte Namen von Völkern kannst du im Namenverzeichnis nachschlagen.

urbs: **urban** = städtisch, großstädtisch

telum:

moenia:

fessus:

Du kennst valere schon in der Bedeutung „gesund sein, gutgehen" (▶ **tibi 1:** L2, S. 130). Das passt aber nicht immer.

arma:

dēesse	dēsum, dēfuī	**fehlen, abwesend sein**
Cōnsilium Graecīs dēfuit.		Den Griechen fehlte ein Plan.
dolus	dolī *m*	**eine/die List, ein/der Betrug**
Graecī dolō Trōiam capere cupiēbant.		Durch eine List wollten die Griechen Troja einnehmen.
II **nox**	noctis *f*	**eine/die Nacht**
nocte	*Abl.*	in der Nacht
anteā	*Adv.*	**früher, vorher**
mīles	mīlitis *m*	**ein/der Soldat**
complēre	compleō, complēvī	**füllen, erfüllen**
prīmus	-a, -um	**der, die, das erste**
– prīmā lūce		– bei Tagesanbruch (*wörtlich:* beim ersten Licht)
– prīmā nocte		– 1. in der ersten Nacht 2. bei Anbruch der Nacht
postquam	*Subjunktion*	**nachdem**
Graecī equum ingentem fēcērunt, postquam Trōiam frūstrā petīvērunt.		Die Griechen bauten ein riesiges Pferd, nachdem sie Troja vergeblich angegriffen hatten.
vacuus	-a, -um	**leer, frei**
statim	*Adv.*	**sofort**
aliī ... aliī ...		**die einen ... die anderen ...**
dōnum	dōnī *n*	**ein/das Geschenk**
Trōiānī equum dōnum esse putāvērunt.		Die Trojaner glaubten, dass das Pferd ein Geschenk war.
errāre	errō, errāvī	**umherirren, sich irren**
hostis	hostis *m*	**ein/der Feind**
etiamsī	*Subjunktion*	**auch wenn**

miles: Zum **Militär** gehören Soldaten.

complere: „**Komplett**" bedeutet „gefüllt, erfüllt".

primus: Das Fremdwort „**primär**" bedeutet „zuerst".

Die Subjunktion postquam steht **immer** mit dem **Perfekt**, „nachdem" **im Deutschen** aber meist mit **Plusquamperfekt**.

vacuus: Ein **Vakuum** ist ein (luft-)leerer Raum.

donum:

errare: *Errare humanum est* = „Irren ist menschlich" lautet ein bekanntes Sprichwort.

III	**ut**	*Subjunktion*	1. **sobald** 2. **als**
	Ut nox vēnit, Graecī equum relīquērunt.		Als die Nacht kam, verließen die Griechen das Pferd.
	cēterī	-ae, -a	**die übrigen**
	cētera	cēterōrum *n Pl.*	**das Übrige**
	porta	portae *f*	**ein/das Tor, eine/die Tür**
	aperīre	aperiō, aperuī	**öffnen**
	Trōiānī portās urbis aperuērunt.		Die Trojaner öffneten die Tore der Stadt.
	incendere	incendō, incendī	**anzünden**
	Graecī urbem incendērunt.		Die Griechen zündeten die Stadt an.
	ubīque	*Adv.*	**überall**
	ūnus	-a, -um *Gen.:* ūnīus *Dat.:* ūnī	**einzig, allein**
	effugere	effugiō, effūgī *+ Akk.*	**entfliehen, entkommen**
	Hominēs flammās effūgērunt.		Die Menschen entkamen den Flammen.
	nōmen	nōminis *n*	**ein/der Name**
	Mihī nōmen est ...		Ich heiße ... (*wörtlich:* „Mir ist der Name ...)

ut: Prüfe genau, welche Bedeutung die passende ist. *Ut* kann auch mit „wie“ übersetzt werden, z. B.: *Senator ut Claudius iniuriam facit*: Ein Senator wie Claudius tut Unrecht.

porta:

incendere:

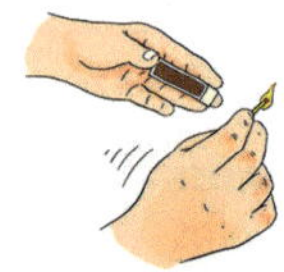

effugere steht im Lateinischen mit Akkusativ, „entkommen“ im Deutschen aber mit Dativ.

effugere: vgl. *e(x)*: aus ... heraus + *fugere*: fliehen

Lektion 15

I	**cum**	*Subjunktion*	**als (plötzlich)**
	– Aenēās uxōrem quaerēbat, cum ea adfuit.		– Aeneas suchte seine Frau, als sie (plötzlich) da war.
	– Aenēās Trōiam cum patre fīliōque relīquit.	*Präp. + Abl.*	– Aeneas verließ Troja mit seinem Vater und seinem Sohn.
	umbra	umbrae *f*	**ein/der Schatten**
	cārus	-a, -um	**lieb, wert**
	ūnā	*Adv.*	**zusammen (mit)**
	ūnā cum amīcīs		zusammen mit Freunden

cum bezeichnet man als „multifunktionales Wort“, da es sehr verschiedene Bedeutungen haben kann. Unterscheide jetzt:
cum + *Abl.* = mit
cum *im Nebensatz* = als (plötzlich)

una: Ob *una* in einem Text „zusammen“ bedeutet oder eine Form von *unus* ist, erkennst du aus dem Zusammenhang.

cadere	cadō, cécidī	**fallen, untergehen**
Graecī Trōiam cēpērunt. Sīc urbs cécidit.		Die Griechen nahmen Troja ein. So ging die Stadt unter.
prōmittere	prōmittō, prōmīsī	**versprechen**
condere	condō, condidī	**gründen**
Aenēās urbem condidit.		Aeneas gründete eine Stadt.
Valē!		**Auf Wiedersehen!**
Valē, cāre amīce!		Auf Wiedersehen, mein lieber Freund!
II **velle** **nōlle**	volō, voluī nōlō, nōluī	**wollen** **nicht wollen**
– Aenēās in patriā manēre voluit. – Aenēās: „Trōiam relinquere nōlō."		– Aeneas wollte in seiner Heimat bleiben. – Aeneas: „Ich will Troja nicht verlassen."
cōgere	cōgō, coēgī	**zwingen**
Fātum Aenēam coēgit Trōiam relinquere.		Das Schicksal zwang Aeneas, Troja zu verlassen.
superī	superōrum *m Pl.*	**(die) Götter**
tamen	*Adv.*	**trotzdem, dennoch**
Aenēās apud Didōnem manēre voluit. Tamen discessit.		Aeneas wollte bei Dido bleiben. Dennoch ging er weg.
tōtus	-a, -um *Gen.*: tōtīus, *Dat.*: tōtī	**ganz, vollständig**
pectus	pectoris *n*	1. **eine/die Brust** 2. **ein/das Herz**
tōtō pectore		von ganzem Herzen
pārēre	pāreō, pāruī	**gehorchen**
Aenēās fātō pāruit.		Aeneas gehorchte dem Schicksal.
improbus	-a, -um	**schlecht, böse**

promittere: to promise = versprechen

Vale! vgl. *valere* = gesund sein

velle und nolle zählen zu den unregelmäßigen Verben.
► **BG:** L15 G2 F

totus: total = ganz, völlig

toto pectore:

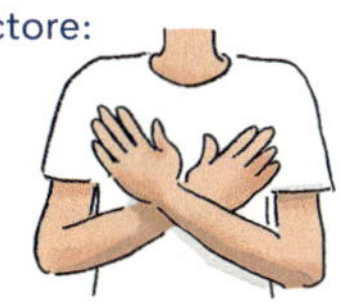

improbus:

memoria	memoriae *f*	1. **ein/das Gedächtnis** 2. **eine/die Erinnerung**
memoriā tenēre		im Gedächtnis behalten, in Erinnerung behalten
populus	populī *m*	**ein/das Volk**
populus Rōmānus		das römische Volk
III **nūntiāre**	nūntiō, nūntiāvī	**melden, verkünden**
Anchīsēs fīliō multa nūntiāvit.		Anchises verkündete seinem Sohn viel.
mox	*Adv.*	**bald**
Aenēās mox in Ītaliam perveniet.		Aeneas wird bald nach Italien kommen.
flūmen	flūminis *n*	**ein/der Fluss**
Tiberis flūmen est.		Der Tiber ist ein Fluss.
superāre	superō, superāvī	**besiegen**
gēns	gentis *f*	1. **ein/das Volk** 2. **eine/die Familie, ein/der Stamm**
– gēns Rōmāna – gēns Iūlia		– das römische Volk – die (Groß-)Familie der Julier
potēns	potēns, potēns *Gen.*: potentis	**mächtig**
Populus Rōmānus potēns erat.		Das römische Volk war mächtig.
saeculum	saeculī *n*	**ein/das Jahrhundert**
per multa saecula		viele Jahrhunderte lang, über viele Jahrhunderte hinweg
orbis	orbis *m*	**ein/der Kreis**
orbis terrārum		der Erdkreis, die bewohnte Welt

memoria: Beim Spiel „**Memory**“ muss man Bilder im Gedächtnis behalten.

populus: people = Volk

flumen:

gens: Der **Gentil**name bezeichnet die *gens*, zu der ein Römer gehört. Denke z. B. an Cornelius und Cornelia in Band 1. Zur *gens Iulia* gehört z. B. Iulius Caesar.

potens: vgl. *posse* = können

orbis:

orbis terrarum:

Lektion 16

I **invidia**	invidiae *f*	**(der) Neid**
Invidia animum frātris movēbat.		Neid bewegte den Bruder (*wörtlich:* Neid bewegte den Sinn des Bruders).
cōnstituere	cōnstituō, cōnstituī	1. **beschließen** 2. **etwas festsetzen**
fortūna	fortūnae *f*	1. **ein/das Schicksal** 2. **ein/das Glück** 3. **ein/das Unglück**
Servus fortūnam līberōrum doluit.		Der Sklave war traurig über das Schicksal der Kinder.
expōnere	expōnō, exposuī	1. **aussetzen** 2. **ausstellen**
Rōmulus et Rēmus expōnēbantur.		Romulus und Remus wurden ausgesetzt.
crīmen	crīminis *n*	**ein/das Verbrechen**
quod	*Subjunktion*	**dass**
trīstis	trīstis, trīste *Gen.*: trīstis	**traurig**
at	*Konjunktion*	**aber; doch**
Servus trīstis est, at regī paret.		Der Sklave ist traurig, aber er gehorcht dem König.
II **lupa**	lupae *f*	**eine/die Wölfin**
Lupa līberōs servāvit.		Eine Wölfin rettete die Kinder.
enim	*Konjunktion*	**denn**
frāter	frātris *m*	**ein/der Bruder**
Rōmulus et Rēmus frātrēs erant.		Romulus und Remus waren Brüder.
alere	alō, aluī	1. **ernähren** 2. **großziehen**
Lupa frātrēs aluit.		Eine Wölfin ernährte die Brüder.

invidia: 

exponere: Ein **Exponat** ist ein Ausstellungsstück.

crimen: Jemand, der **kriminell** ist, begeht Verbrechen.

tristis: 

lupa:

soror ↔ frater:

alere:

modus	modī *m*	**eine/die Art, eine/die Weise**
hōc modō		auf diese Weise
pāstor	pāstōris *m*	**ein/der Hirte**
ēdūcāre	ēdūcō, ēdūcāvī	**erziehen**
Rōmulus et Rēmus ā pāstōre ēdūcābantur.		Romulus und Remus wurden von einem Hirten erzogen.
III **dēcernere**	dēcernō, dēcrēvī	1. **entscheiden** 2. **beschließen**
Frātrēs cōnstituērunt: Deī dēcernere dēbent.		Die Brüder beschlossen: Die Götter müssen entscheiden.
alter	altera, alterum *Gen.*: alterīus *Dat.*: alterī	1. **der eine (von zweien)** 2. **der andere (von zweien)**
Alter frāter Rōmulus erat, alter Rēmus.		Der eine Bruder war Romulus, der andere Remus.
uterque	utraque, utrumque *Gen.*: utrīusque *Dat.*: utrīque	1. **jeder (von beiden)** 2. **beide**
Uterque frāter vincere voluit.		Jeder Bruder wollte gewinnen. *oder:* Beide Brüder wollten gewinnen.
locus	locī *m*	**ein/der Ort, eine/die Stelle**
sīgnum	sīgnī *n*	**ein/das Zeichen**
Frātrēs sīgnum deōrum exspectāvērunt.		Die Brüder erwarteten ein Zeichen der Götter.
rīdēre	rīdeō, rīsī	**lachen, auslachen**
sex	*Zahlwort*	**sechs**
duodecim	*Zahlwort*	**zwölf**
avis	avis *f*	**ein/der Vogel**
ager	agrī *m*	**ein/das Feld, ein/das (Acker-)Land**

pastor: Der **Pastor** einer Kirchengemeinde kümmert sich um die Menschen wie ein Hirte.

educare: to educate = erziehen, education = Erziehung

alter: alter:

locus: location = (Stand)ort

signum: sign = Zeichen

ridere:

avis:

ager: Ein **Acker** ist ein Feld, das bebaut wird.

paulō	*Adv.*	**(um) ein wenig**
paulō post		ein wenig später
circumdare	circumdō, circumdedī	**umgeben, umschließen**
Rōmulus urbem moenibus circumdedit.		Romulus umgab die Stadt mit Mauern.
appellāre	appellō, appellāvī	1. **nennen, benennen** 2. **ansprechen**
Rōmulus urbem novam „Rōmam“ appellāvit.		Romulus nannte die neue Stadt „Rom“.

circumdare: vgl. *dare* = geben

appellare: Ein **Appell** ist eine Ansprache.

Lektion 17

I	**exilium**	exiliī *n*	**eine/die Verbannung, ein/das Exil**
	Coriolānus in exilium missus est.		Coriolan ist in die Verbannung geschickt worden.
	socius	sociī *m*	**ein Verbündeter/ der Verbündete, ein/der Gefährte**
	libenter	*Adv.*	**gern**
	accipere	accipiō, accēpī, acceptum	1. **annehmen** 2. **aufnehmen**
	Volscī Coriolānum libenter accēpērunt.		Die Volsker nahmen Coriolan gerne (bei sich) auf.
	dux	ducis *m*	**ein/der Anführer**
	facere	*+ dopp. Akk.*	**(jemanden) zu (etwas) machen**
	Volscī Coriolānum ducem fēcērunt.		Die Volsker machten Coriolan zum Anführer.
	castra	castrōrum *n Pl.*	**ein/das Lager**
	premere	premō, pressī, pressum	1. **bedrängen, in Bedrängnis bringen** 2. **unterdrücken**
	Coriolānus urbem Rōmam premebat.		Coriolan brachte die Stadt Rom in Bedrängnis.

exilium: Das Wort **Exil** ist ein anderer Begriff für Verbannung.

accipere: Wenn man jemanden **akzeptiert**, nimmt man ihn oder sie an.

acceptum: Ab jetzt wird bei Verben das Partizip Perfekt Passiv (PPP) mit angegeben. Lerne das PPP immer mit, damit du es im lateinischen Text wiedererkennst.

premere:

cōnsul	cōnsulis *m*	**ein/der Konsul**
flectere	flectō, flexī, flexum	1. **beugen, biegen** 2. **umstimmen, ändern**
– animum flectere		– jemanden umstimmen
– Virī gravēs animum Coriolānī flectere voluērunt.		– Bedeutende Männer wollten Coriolan umstimmen.
II **fēmina**	fēminae *f*	**eine/die Frau**
nōbilis	nōbilis, nōbile *Gen.:* nōbilis	1. **adlig** 2. **vornehm, edel**
fēminae nōbilēs		adlige Frauen
convocāre	convocō, convocāvī, convocātum	**zusammenrufen**
Fēminae convocātae sunt.		Die Frauen sind zusammengerufen worden.
lacrima	lacrimae *f*	**eine/die Träne**
spēs	speī *f*	**eine/die Hoffnung**
spem habēre		Hoffnung haben
Fēminae: „Spem māgnam habēmus!“		Die Frauen sprachen: „Wir haben große Hoffnung!“
vix	*Adv.*	**kaum**
rēs	reī *f*	**eine/die Sache**
pūblicus	-a, -um	**öffentlich**
rēs pūblica	reī pūblicae *f*	**ein/der Staat**
rēs pūblica Rōmāna		der römische Staat
fidēs	fideī *f*	1. **(das) Vertrauen** 2. **(die) Treue**
fidem habēre		jemandem vertrauen
Mulierēs fidem habent mātrī et uxōrī Coriolānī.		Die Frauen vertrauen der Mutter und der Frau des Coriolan.
contendere	contendō, contendī, –	**eilen**
Mulierēs Rōmānae in castra Coriolānī contendunt.		Die römischen Frauen eilen in das Lager des Coriolan.
pāx	pācis *f*	**ein/der Frieden**

consul: In der römischen Republik waren die Konsuln die obersten Regierungsbeamten.

flectere: **Flexion** ist der Fachbegriff für die Beugung der Substantive, Adjektive und Verben und damit der Oberbegriff für Deklination und Konjugation.

nobilis: Als **nobel** bezeichnet man etwas, das edel und vornehm ist.

con-vocare = zusammen-rufen

lacrima:

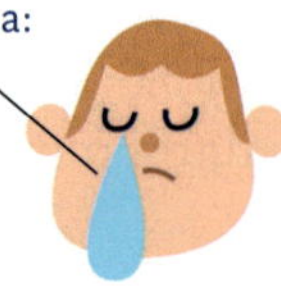

res publica: Das deutsche Wort **„Republik“** leitet sich von *res publica* ab. Wörtlich bedeutet *res publica* „die öffentliche Sache“.

pax: peace = Frieden

precēs	precum *f Pl.*	**(die) Bitten**
diēs	diēī *f*	**ein/der Tag**
paucōs post diēs		nach wenigen Tagen
recipere Mulierēs in castrīs receptae nōn sunt.	recipiō, recēpī, receptum	**aufnehmen** Die Frauen sind nicht im Lager aufgenommen worden.
III **prohibēre** Māter fīlium prohibet.	prohibeō, prohibuī, prohibitum	**fernhalten, abwehren** Die Mutter hält ihren Sohn fern.
(utrum) … an Māter Coriolānī: „Utrum māter tua sum an hostis?“	*in Fragen*	**(ob) … oder** Coriolans Mutter fragte: „Bin ich deine Mutter oder eine Feindin?“
audēre	audeō	**sich etwas trauen, etwas wagen**
parāre Coriolānus bellum parābat.	parō, parāvī, parātum	**vorbereiten, planen** Coriolan plante einen Krieg.
cīvitās	cīvitātis *f*	**eine/die Bürgerschaft, ein/der Staat**
cīvitās Rōmāna		der römische Staat
virtūs	virtūtis *f*	1. **(die) Tapferkeit, (der) Mut** 2. **eine/die Leistung** 3. **eine/die Tugend, ein/das ausgezeichnete/s Verhalten** *oder einfach* **„Virtus“**
intrā	*Präp. + Akk.*	**innerhalb**
fīnis	fīnis *m*	**ein/das Ende eine/die Grenze**

preces:

dies: day = Tag

recipere: Im Hotel gibt es eine **Rezeption**, an der die Gäste aufgenommen werden.

utrum … an kommt in Doppelfragen vor, hierbei bleibt *utrum* meist unübersetzt.

parare: Im Deutschen verwenden wir das Wort **parat**, um zu bezeichnen, dass man etwas bereit hat.

civitas: vgl. *civis* = Bürger

Die Vokabel virtus ist eigentlich unübersetzbar. Sie bezeichnet die Gesamtheit aller guten Eigenschaften, über die ein Mann (*vir*) verfügen sollte. Daher darfst du *virtus* in Absprache mit deiner Lehrkraft auch im Deutschen mit „Virtus“ wiedergeben.

finis: Das **Finale** ist das Ende eines Wettkampfes oder einer Meisterschaft.

Verben der a-Konjugation bilden in der Regel das PPP so: Präsensstamm + -tum

vocāre	vocō	vocāvī	vocātum	rufen

Verben der e-Konjugation bilden in der Regel das PPP so: Präsensstamm mit -i (statt -e) + -tum

monēre	moneō	monuī	monitum	ermahnen, mahnen

Verben der i-Konjugation bilden in der Regel das PPP so: Präsensstamm + -tum

audīre	audiō	audīvī	audītum	hören

Alle anderen Verben mit unregelmäßigen Stammformen, die du bis L16 gelernt hast, findest du hier. Die Farben zeigen die Art der Perfektbildung:

v-Perfekt | u-Perfekt | s-Perfekt | Reduplikationsperfekt | Dehnungsperfekt

Perfekt ohne Veränderung | unregelmäßige Verben

Infinitiv	1. P. Sg. Präsens	1. P. Sg. Perfekt	PPP	Übersetzung
abesse	absum	āfuī	–	nicht da sein, abwesend sein
abīre	abeō	abiī	–	weggehen
accēdere	accēdō	accessī	–	herankommen, herantreten
addere	addō	addidī	additum	hinzufügen
adesse	adsum	adfuī/affuī	–	da sein, *(+ Dat.)* helfen
adīre	adeō	adiī	–	1. hingehen, herangehen 2. (an jemanden) herantreten, sich wenden (an)
agere	agō	ēgī	āctum	1. machen, tun 2. (ver)handeln
alere	alō	aluī	al(i)tum	1. ernähren 2. großziehen
āmittere	āmittō	āmīsī	āmissum	verlieren
aperīre	aperiō	aperuī	apertum	öffnen
ārdēre	ārdeō	ārsī	–	brennen
cadere	cadō	cécidī	–	fallen, untergehen
capere	capiō	cēpī	captum	1. (er)fassen, nehmen, ergreifen 2. erobern, einnehmen
circumdare	circumdō	circumdedī	circumdatum	umgeben, umschließen
claudere	claudō	clausī	clausum	schließen, verschließen

cōgere	cōgō	coēgī	coāctum	zwingen
complēre	compleō	complēvī	complētum	füllen, erfüllen
condere	condō	condidī	conditum	gründen
cōnstat	–	cōnstitit	–	es steht fest
cōnstituere	cōnstituō	cōnstituī	cōnstitūtum	1. beschließen 2. etwas festsetzen
convenīre	conveniō	convēnī	–	1. zusammenkommen 2. (jemanden) treffen
corrumpere	corrumpō	corrūpī	corruptum	bestechen
crēdere	crēdō	crēdidī	crēditum	glauben, meinen
cupere	cupiō	cupīvī	cupītum	1. wollen, haben wollen 2. wünschen
currere	currō	cucurrī	–	laufen, rennen
dare	dō	dedī	datum	geben
dēcernere	dēcernō	dēcrēvī	dēcrētum	1. entscheiden 2. beschließen
dēesse	dēsum	dēfuī	–	fehlen, abwesend sein
dēfendere	dēfendō	dēfendī	dēfēnsum	verteidigen
dēpōnere	dēpōnō	dēposuī	dēpositum	ablegen
dīcere	dīcō	dīxī	dictum	sagen, sprechen
discēdere	discēdō	discessī	–	weggehen
discere	discō	didicī	–	lernen
docēre	doceō	docuī	doctum	unterrichten, lehren
dūcere	dūcō	dūxī	ductum	führen
effugere	effugiō	effūgī	–	entfliehen, entkommen
emere	emō	ēmī	ēmptum	kaufen
ēripere	ēripiō	ēripuī	ēreptum	entreißen
esse	sum	fuī	–	sein
expōnere	expōnō	exposuī	expositum	1. aussetzen 2. ausstellen
facere	faciō	fēcī	factum	machen, tun
flēre	fleō	flēvī	–	weinen
fugere	fugiō	fūgī	–	1. fliehen (vor) 2. flüchten
iacēre	iaceō	iacuī	–	liegen, daliegen

impōnere	impōnō	imposuī	impositum	1. auferlegen, aufbürden 2. etwas auf etwas legen
incendere	incendō	incendī	incēnsum	anzünden
incipere	incipere	**coepī**	**coeptum**	anfangen, beginnen
interficere	interficiō	interfēcī	interfectum	töten
invenīre	inveniō	invēnī	inventum	1. finden 2. erfinden
īre	eō	iī	–	gehen
iubēre	iubeō	iussī	iussum	befehlen, anordnen
iuvāre	iuvō	iūvī	–	helfen, unterstützen
legere	legō	lēgī	lēctum	lesen
licet	–	licuit	–	1. es ist erlaubt 2. es ist möglich
manēre	maneō	mānsī	–	1. bleiben 2. warten (auf), erwarten
minuere	minuō	minuī	minūtum	verkleinern, verringern
mittere	mittō	mīsī	missum	1. schicken 2. werfen, schleudern
movēre	moveō	mōvī	mōtum	bewegen
nōlle	nōlō	nōluī	–	nicht wollen
ostendere	ostendō	ostendī	–	zeigen, erklären
pārēre	pāreō	pāruī	–	gehorchen
patēre	pateō	patuī	–	offenstehen
pellere	pellō	pepulī	pulsum	schlagen
perficere	perficiō	perfēcī	perfectum	1. vollenden 2. beenden
perīre	pereō	periī	–	sterben
pervenīre	perveniō	pervēnī	–	gelangen (zu/in)
petere	petō	petīvī	petītum	1. (einen Ort) aufsuchen, eilen (nach/zu) 2. haben wollen 3. bitten (um), verlangen 4. angreifen
pōnere	pōnō	posuī	positum	setzen, stellen, legen
posse	possum	potuī	–	können
prōmittere	prōmittō	prōmīsī	prōmissum	versprechen

quaerere	quaerō	quaesīvī	quaesītum	1. suchen 2. fragen
rapere	rapiō	rapuī	raptum	rauben, wegreißen
reddere	reddō	reddidī	redditum	zurückgeben
redīre	redeō	rediī	–	zurückgehen, zurückkehren
regere	regō	rēxī	rēctum	herrschen (über), lenken
relinquere	relinquō	relīquī	relictum	1. verlassen 2. zurücklassen
respondēre	respondeō	respondī	respōnsum	antworten
retinēre	retineo	retinuī	retentum	zurückhalten, festhalten
rīdēre	rīdeō	rīsī	rīsum	lachen, auslachen
scrībere	scrībō	scrīpsī	scrīptum	schreiben
sentīre	sentiō	sēnsī	–	1. fühlen, wahrnehmen 2. meinen
solvere	solvō	solvī	solūtum	lösen, auflösen
stāre	stō	stetī	–	stehen
sūmere	sūmō	sūmpsī	sūmptum	1. nehmen 2. zu sich nehmen
sustinēre	sustineō	sustinuī	–	ertragen, aushalten
tangere	tangō	tetigī	tāctum	berühren, anfassen
tenēre	teneō	tenuī	–	1. halten 2. festhalten
timēre	timeō	timuī	–	1. sich fürchten 2. (vor etwas) Angst haben
tollere	tollō	**sustulī**	**sublātum**	1. hochheben 2. beseitigen, töten
trahere	trahō	trāxī	tractum	ziehen, schleppen
valēre	valeō	valuī	–	1. gesund sein, gutgehen 2. Kraft haben, wirksam sein
velle	volō	voluī	–	wollen
vendere	vendō	vendidī	venditum	verkaufen
venīre	veniō	vēnī	–	kommen
vidēre	videō	vīdī	vīsum	sehen
vincere	vincō	vīcī	victum	siegen, besiegen, überwinden
vīvere	vīvō	vīxī	–	leben

Lektion 18

I **addūcere**	addūcō, addūxī, adductum	1. **veranlassen, beeinflussen** 2. **hinführen, heranführen**
Hannibal timōre adductus in Āfricam rediit.		Hannibal kehrte von Furcht veranlasst nach Africa zurück (*besser:* kehrte aus Furcht ... zurück).
occupāre	occupō, occupāvī, occupātum	**besetzen, einnehmen**
Āfrica ā Scīpiōne occupāta est.		Africa ist von Scipio besetzt worden.
auxilium	auxiliī *n*	**eine/die Hilfe**
auxiliō deōrum		mit Hilfe der Götter
gerere	gerō, gessī, gestum	1. **ausführen** 2. **tragen**
– bellum gerere – gladium gerere		– Krieg führen – ein Schwert tragen
Bellum gestum est.		Der Krieg ist geführt worden.
ingenium	ingeniī *n*	**ein/das Talent, eine/die Begabung**
Hannibal ingeniō suō Rōmānōs saepe vīcit.		Hannibal besiegte mit seinem Talent die Römer oft.
salūs	salūtis *f*	1. **eine/e die Rettung** 2. **ein/das Wohl, Wohlergehen** 3. **ein/der Gruß**
– salūtem petere – salūtem dīcere		– Rettung suchen – grüßen (*wörtlich:* einen Gruß sagen")
dēspērāre	dēspērō, dēspērāvī, dēspērātum	1. **die Hoffnung verlieren** 2. **verzweifeln**
dē salūte dēspērāre		die Hoffnung auf Rettung verlieren

adductus: Eine typische Konstruktion im Lateinischen ist ein Partizip (hier: *adductus*) mit einem Ablativ, der einen Grund für eine Handlung angibt (hier: *timore*). Im Deutschen bleibt das Partizip oft unübersetzt (hier: aus Furcht).

occupare: Das Wort **okkupieren** bedeutet auch im Deutschen „etwas besetzen".

ingenium:

salus: Wenn jemand niest, sagen die Spanier „salud", was übersetzt „Gesundheit" bedeutet.

desperare: desperate = verzweifelt

desperare: vgl. *de*: von ... weg + *spes*: Hoffnung

imperium	imperiī *n*	1. **ein/der Befehl, eine/die Befehlsgewalt** 2. **ein/das Reich** 3. **eine/die Herrschaft**
– imperiō Hannibalis – imperium Rōmānum		– unter der Befehlsgewalt Hannibals – das römische Reich
expūgnāre	expūgnō, expūgnāvī, expūgnātum	**erobern**
Rōma paene expūgnāta est.		Rom ist fast erobert worden.
classis	classis *f*	**eine/die Flotte**
rūrsus	*Adv.*	**wieder**
II **cupiditās**	cupiditātis *f*	**ein/das Verlangen, ein/der Wunsch**
victōria	victōriae *f*	**ein/der Sieg**
cupiditās victōriae		das Verlangen nach einem Sieg
potestās	potestātis *f*	1. **eine/die Macht** 2. **eine/die (Amts-) Gewalt**
– Potestās cōnsulis māgna erat. – Hispānia in potestāte Hannibalis erat.		– Die Macht eines Konsuls war groß. – Hispanien war in der Gewalt Hannibals.
nūper	*Adv.*	**vor kurzer Zeit, neulich**
parere	pariō, peperī, partum	1. **hervorbringen** 2. **gebären** 3. **erwerben**
Victōria parta est.		Der Sieg ist erworben (*besser:* errungen) worden.
vīs	*Akk.:* vim *Abl.:* vī *f*	1. **eine/die Kraft, eine/die Macht** 2. **eine/die Gewalt**
vīrēs	vīrium *f Pl.*	**(die) (Streit-)Kräfte**
Victor vī vīcit.		Der Sieger siegte durch Gewalt.

imperium: Auch im Deutschen bezeichnet der Begriff **„Imperium“** ein Reich.

expugnare: vgl. *pugnare* = kämpfen

cupiditas: vgl. *cupere* = wünschen, wollen

victoria: victory = Sieg

victoria: vgl. *victor*, *vincere*

potestas: vgl. *posse* = können

Nicht verwechseln:
parere, pariō: hervorbringen
≠
parēre, pareō: gehorchen

Das Wort vis tritt im Singular nur im Nominativ, Akkusativ oder Ablativ auf.

vis:

respicere	respiciō, respexī, respectum	1. **beachten, denken an** 2. **berücksichtigen**
vim fortūnae respicere		an die Macht des Schicksals denken
opus est	*+ Abl.*	**man braucht**
Cōnsiliō opus est.		Man braucht einen Plan.
ratiō	ratiōnis *f*	**eine/die Vernunft, eine/die Überlegung, eine/die Berechnung**
plūs ... quam		**mehr ... als**
plūs valēre quam		mehr Bedeutung haben als
certus	-a, -um	**sicher, gewiss**
spērāre	spērō, spērāvī, spērātum	**erhoffen, hoffen**
Hannibal victōriam spērāvit.		Hannibal hoffte auf den Sieg.
III **māiōrēs**	māiōrum *m Pl.*	**(die) Vorfahren**
māiōrēs nostrī		unsere Vorfahren
inīre **initium**	ineō, iniī, initum initiī *n*	**beginnen, anfangen** **ein/der Beginn, ein/der Anfang**
initium facere		den Anfang machen = anfangen
testis	testis *m/f*	**ein/der Zeuge, eine/die Zeugin**
īgnōrāre	īgnōrō, īgnōrāvī, īgnōrātum	**nicht kennen, nicht wissen**
nōn īgnōrāre		**gut kennen, genau wissen** (*wörtlich:* nicht nicht kennen)
impellere	impellō, impulī, impulsum	1. **antreiben** 2. **veranlassen**
Hannibal spē victōriae impulsus in Āfricam vēnit.		Hannibal kam nach Africa, angetrieben von der Hoffnung auf einen Sieg. (*besser:* kam in der Hoffnung auf einen Sieg)
quoniam	*Subjunktion*	**weil ja**

respicere: Wenn man jemandem **Respekt** erweist, beachtet man ihn.

ratio: Wenn jemand **rational** handelt, ist sein Verhalten von Vernunft und Überlegungen geprägt.

certus: certain = sicher

sperare: vgl. *spes* = Hoffnung
sperare ↔ desperare

initium: Die **Initiative** zu ergreifen bedeutet, den Anfang zu machen.

ignorare: Jemanden zu **ignorieren** bedeutet, so zu tun, als kenne man ihn oder sie nicht.

impellere: Ein **Impuls** ist ein Antrieb, etwas zu tun.

impulsus muss als PC nicht übersetzt werden (▶ *adducere*, S. 148)

lībertās	lībertātis *f*	**(die) Freiheit**
prōvidēre	prōvideō, prōvīdī, prōvīsum + *Dat.*	**Vorsorge treffen für, sich kümmern um**
salūtī cīvium prōvidēre		Vorsorge treffen für das Wohl der Bürger
Scīpiō lībertātī Rōmānōrum prōvīdit.		Scipio kümmerte sich um die Freiheit der Römer.

libertas:
liberty = Freiheit

libertas: 

providere: vgl.
pro: für + *videre:* sehen

Lektion 19

I **mōs**	mōris *m*	**eine/die Sitte, ein/der Brauch, eine/die Gewohnheit**
scelus	sceleris *n*	**ein/das Verbrechen**
Catilīna dē scelere cōgitābat.		Catilina dachte über ein Verbrechen nach.
caedēs	caedis *f*	**der Mord, das Töten**
inter	*Präp. + Akk.*	**zwischen, inmitten, unter**
Catilīna inter senātōrēs erat.		Catilina befand sich inmitten der Senatoren.
sedēre	sedeō, sēdī, –	**sitzen**
īnsidiae	īnsidiārum *f Pl.*	**ein/der Anschlag, eine/die Falle, ein/der Überfall**
īnsidiās parāre		einen Anschlag vorbereiten/planen
interesse	intersum, interfuī + *Dat.*	**dabei sein, teilnehmen an**
Catilīna cōnsiliō interfuit.		Catilina nahm an einer Beratung teil.
mēns	mentis *f*	1. **ein/der Verstand** 2. **eine/die Haltung, eine/die Gesinnung**
simulāre	simulō, simulāvī, simulātum	**vortäuschen**

mos: Mit dem Wort **Moral** bezeichnen wir die Gesamtheit der bei einer Person oder in einer Gesellschaft vorhandenen Normen und Werte.

sedere: ↔ stare:

interesse: Wenn man an etwas **Interesse** hat, ist man „dabei“ – gedanklich oder persönlich.

simulare: Wer etwas **simuliert**, täuscht etwas vor.

intellegere	intellegō, intellēxī, intellēctum	1. **verstehen** 2. **bemerken**
Cicerō cōnsilia Catilīnae intellēxit.		Cicero bemerkte die Pläne Catilinas.
facinus	facinoris *n*	1. **eine/die Tat** 2. **ein/das Verbrechen**
oportet	oportuit + *AcI*	**es ist nötig (,dass)**
Urbem ā Catilīnā dēfendī oportet.		Es ist nötig, dass die Stadt vor Catilina verteidigt wird.
II **immortālis**	immortālis, immortāle *Gen.*: immortālis	**unsterblich**
dī immortālēs		die unsterblichen Götter
Ō dī immortālēs!		O ihr unsterblichen Götter!
ōs	ōris *n*	1. **ein/das Gesicht** 2. **ein/der Mund**
vultus	vultūs *m*	1. **ein/der Gesichtsausdruck, eine/die Miene** 2. **ein/das Gesicht**
Ōra atque vultūs senātōrum Catilīnam nōn mōvērunt.		Die Gesichter und Mienen der Senatoren beeindruckten Catilina nicht.
accūsāre	accūsō, accūsāvī, accūsātum	**anklagen**
Cicerō Catilīnam accūsāvit.		Cicero klagte Catilina an.
clam	*Adv.*	**heimlich**
cūra	cūrae *f*	1. **eine/die Sorge** 2. **(die) Sorgfalt, Fürsorge**
– Māgnae cūrae mihi sunt. – Cicerō rem pūblicam cūrā suā servāvit.		– Ich mache mir große Sorgen. – Cicero rettete den Staat durch seine Sorgfalt.
domus	domūs *f*	**ein/das Haus**
domus māgna		ein großes Haus

intellegere: Wer **intelligent** ist, versteht viel.

immortalis: immortality = Unsterblichkeit

di immortales: In Verbindung mit *immortales* steht meist *di* statt *dei*.

os:

vultus:

accusare: to accuse = anklagen

cura: Während einer **Kur** wird man umsorgt.

domus: Die Bezeichnung **Dom** für eine bedeutsame Kirche leitet sich von *domus (dei)* ab: *Domus dei* = **Haus** Gottes".

numquam		**niemals**
exīre	exeō, exiī, –	**herausgehen**
ex urbe exīre		aus der Stadt herausgehen, die Stadt verlassen
senātus	senātūs *m*	1. **der Senat** 2. **eine/die Senatsversammlung**
– Catilīna senātuī interfuit.		– Catilina nahm an der Senatsversammlung teil.
– Catilīna senātum relīquit.		– Catilina verließ den Senat.
III **poena**	poenae *f*	**eine/die Strafe**
maximus	-a, -um	1. **sehr groß** 2. **der, die, das größte**
poena maxima		die Höchststrafe
iūdicium	iūdiciī *n*	**ein/das Urteil, eine/die Entscheidung**
iūstus	-a, -um	**gerecht**
iūdicium iūstum		ein gerechtes Urteil
probāre	probō, probāvī, probātum	1. **anerkennen, für gut befinden** 2. **prüfen**
Hominēs iūdicium Cicerōnis probāvērunt.		Die Menschen befanden das Urteil Ciceros für gut.
exercitus	exercitūs *m*	**ein/das Heer**

exire: exit = Ausgang

exire: *ex*: aus ... heraus + *ire*: gehen

maximus: Der Begriff **maximal** bedeutet „sehr groß“ oder „größtmöglich“.

probare: Etwas **probieren** bedeutet, etwas zu prüfen.

probare:

Bei **F** (Formenlehre) geht es um **einzelne Wörter und ihre Formen,** bei **S** (Satzlehre) um den **Satz oder Teile** davon.

G1, G2 usw. zeigt dir, auf welchen **G-Schritt der Lektion** sich der Abschnitt bezieht.

Alles, was **fett** gedruckt, ist **neu** oder eine **Ausnahme**.

BEGLEITGRAMMATIK Lektion 7

G2 F Das Verb: Die Konjugation mit kurzem *-i-*

Stamm	Bindevokal	Endung
capi-		*-ō*
	-u-	*-nt*

1. Zur **Konjugation mit kurzem *-i-*** gehören Verben, deren Stamm ein **kurzes *-i-* am Ende** hat: *capi-t* – „er/sie/es fasst". Nur in der **3. Person Plural** wird zusätzlich der **Bindevokal *-u-*** eingefügt: *capi-**u**-nt* – „sie fassen".

2. Im Infinitiv hat der Stamm ein kurzes *-e-* anstelle des *-i-*: *cape-re* – „fassen".

Konj. mit kurzem *-i-*: *capere* – „fassen"

	Singular	Plural
1. P.	***capi**-ō* ich fasse	***capi**-mus* wir fassen
2. P.	***capi**-s* du fasst	***capi**-tis* ihr fasst
3. P.	***capi**-t* er/sie/es fasst	***capi-u**-nt* sie fassen

3. Der **Imperativ der Konjugation mit kurzem *-i-*** wird auf folgende Weise gebildet:
   - **Imperativ Singular**: Infinitiv ohne Endung *-re*: *cape-re* → ***cape!* – „fass(e)!"**
   - **Imperativ Plural**: Stamm + Endung ***-te***: *capi-**te**!* – **„fasst!"**

4. Um zu wissen, zu welcher Konjugation ein Verb gehört, lernst du die Verben immer in dieser Lernform: Infinitiv, 1. Person Singular.

monē-re, mone-ō → e-Konj. *cape-re, capi-ō* → Konj. mit kurzem *-i-*
ag-e-re, ag-ō → kons. Konj. *audī-re, audi-ō* → i-Konj.

DU KANNST ...

... nun alle lateinischen Konjugationen erkennen und unterscheiden (► L7 Ü3, Ü6):

a-Konj.: *vocāre, voc-ō* **e-Konj.**: *monēre, mone-ō*
i-Konj.: *audīre, audi-ō* **kons. Konj.**: *agere, ag-ō*
Konj. mit kurzem *-i-*: *capere, capi-ō*

168

-ō, -s, -t, -mus, -tis, -nt

Alle Konjugationen haben die gleichen Personalendungen.

capi-ō* ↔ *audī-o

Konj. mit kurzem *-i-*:
Inf. ohne *-i* → *cape-re*
i-Konj.: Inf. mit *-ī* → *audī-re*

gibt dir **Tipps**.

! zeigt, wo du **aufpassen** musst.

Im Abschnitt **„Du kannst ..."** findet Du **Übersichten** und **Zusammenfassungen**.

Ü verweist auf **Übungen** vorne im Buch auf der 5. Seite jeder Lektion, **G** verweist auf vorherige **Abschnitte** in der **Begleitgrammatik**, die dir helfen, das Thema zu verstehen.

Das, was Du unbedingt **wissen** musst, ist **lila**.

G1 F Das Verb: Das Perfekt

1. Das lateinische **Perfekt** beschreibt eine **abgeschlossene Handlung in der Vergangenheit**.

2. Im Deutschen besteht das Perfekt aus einer Form von „haben" oder „sein" und dem Partizip II: „ich habe gefragt", „ich bin gegangen".

3. Die Perfektformen werden mit einem **eigenen Stamm** gebildet, dem **Perfektstamm**, z. B. ***rogāv-*** von *rogā-re*. An den Perfektstamm fügt man **eigene Personalendungen** für das Perfekt an: ***-ī, -istī, -it, -imus, -istis, -ērunt*** (▶ L11 Ü5).

Die Personalendungen für das Perfekt sind in allen Konjugationen gleich.

Perfektstamm	Personalendung
rogāv-	***-i***

ich hatte gefragt

4. Es gibt **verschiedene Arten** des Perfektstamms:
   - **v-Perfekt** (Perfektstamm endet auf ***-v***): *rogāv-* (→ *rogāre*), *audīv-* (→ *audīre*)
   - **u-Perfekt** (Perfektstamm endet auf ***-u***): *monu-* (→ *monēre*)

In der Regel gilt:
- **a- und i-Konjugation: v-Perfekt**
- **e-Konj: u-Perfekt**

a-Konj.: *rogāre* – „fragen"

	Singular	Plural
1. P.	*rogā**v-ī*** ich habe gefragt/ fragte	*rogā**v-imus*** wir haben gefragt/ fragten
2. P.	*rogā**v-istī*** du hast gefragt/ fragtest	*rogā**v-istis*** ihr habt gefragt/ fragtet
3. P.	*rogā**v-it*** er/sie/es hat gefragt/ fragte	*rogā**v-ērunt*** sie haben gefragt/ fragten

5. Auch im Perfekt gibt es, wie im Deutschen, einen **Infinitiv**: „gefragt (zu) haben", „gegangen (zu) sein". Der lateinische **Infinitiv Perfekt** wird ebenfalls mit dem **Perfektstamm** gebildet, an den die **Endung *-isse*** angehängt wird: *rogā**v-isse*** – „gefragt (zu) haben", *audī**v-isse*** – „gehört (zu) haben", *mon**u-isse*** – „ermahnt (zu) haben".

G1 S Die Verwendung von Imperfekt und Perfekt

6. Das **Imperfekt** bezeichnet Vorgänge und Handlungen, die **länger dauern** oder **wiederholt** ablaufen, und beschreibt eine Hintergrundhandlung (**Hintergrundtempus**). Es wird **im Deutschen** in der Regel mit dem **Präteritum** übersetzt.

Plūtō et Prōserpina Charontem diū ***exspectābant.***

Pluto und Proserpina **warteten** lange auf Charon.

7. **Deutsch ↔ Latein** Tritt während dieser Handlung ein **einmaliges (punktuelles) Ereignis** ein, wird dafür **im Lateinischen** das **Perfekt** verwendet. **Im Deutschen** wird es meistens auch mit dem **Präteritum** übersetzt.

Plūtō et Prōserpina Charontem diū ***exspectābant,*** *tum Charōn* ***appropinquāvit.***

Pluto und Proserpina **warteten** lange auf Charon, dann **näherte** sich Charon.

!

Perfekt
↓
Imperfekt

Imperfekt → Situation, Dauer, Wiederholung
Perfekt → einmalige/ punktuelle Handlung

G2 F Das Verb: Das Perfekt der Verben *esse, posse* und *īre*

1. Auch die Verben ***esse, posse*** und ***īre*** bilden das Perfekt mit den **Personalendungen für das Perfekt**:
-ī, -istī, -it, -imus, -istis, -ērunt.

2. Der **Perfektstamm** von ***esse*** und ***posse*** endet auf **-*u***:
- *esse* → ***fu-***
- *posse* → ***potu-***

esse **– „sein"**

	Singular	**Plural**
1. P.	***fu***-*ī* ich bin gewesen/war	***fu***-*imus* wir sind gewesen/waren
2. P.	***fu***-*istī* du bist gewesen/warst	***fu***-*istis* ihr seid gewesen/wart
3. P.	***fu***-*it* er/sie/es ist gewesen/war	***fu***-*ērunt* sie sind gewesen/waren
Inf. Perf.	***fu***-*isse* gewesen (zu) sein	

posse – **„können"**

	Singular	Plural
1. P.	***potu***-*ī* ich habe gekonnt/ konnte	***potu***-*imus* wir haben gekonnt/ konnten
2. P.	***potu***-*istī* du hast gekonnt/ konntest	***potu***-*istis* ihr habt gekonnt/ konntet
3. P.	***potu***-*it* er/sie/es hat gekonnt/ konnte	***potu***-*ērunt* sie haben gekonnt/ konnten
Inf. Perf.	***potu***-*isse* gekonnt (zu) haben	

3. Der **Perfektstamm** von ***īre*** lautet ***i***-. Bei den Formen, in denen ein **-*is*- auf den Stamm folgt, bleibt nur ein *i*-** übrig:

īre – **„gehen"**

	Singular	Plural
1. P.	*i-ī* ich bin gegangen/ging	*i-imus* wir sind gegangen/ gingen
2. P.	***istī*** du bist gegangen/gingst	***istis*** ihr seid gegangen/gingt
3. P.	*i-it* er/sie/es ist gegangen/ ging	*i-ērunt* sie sind gegangen/ gingen
Inf. Perf.	***isse*** gegangen (zu) sein	

G3 F Das Demonstrativpronomen *is, ea, id*

1. Das **Demonstrativpronomen weist** auf etwas besonders **hin**: ***is*** *puer* – **„dieser** Junge" (und kein anderer). Ein häufiges lateinisches Demonstrativpronomen ist *is, ea, id*.

	Singular		
	m	**f**	**n**
Nominativ	*is*	*ea*	*id*
Genitiv	*eius*	*eius*	*eius*
Dativ	*eī*	*eī*	*eī*
Akkusativ	*eum*	*eam*	*id*
Ablativ	*eō*	*eā*	*eō*

!

id: Nom./Akk. Sg.
ea: Nom./Akk. Pl.

Im Neutrum sind Nominativ und Akkusativ jeweils gleich.

	Plural		
	m	**f**	**n**
Nominativ	*iī*	*eae*	*ea*
Genitiv	*eōrum*	*eārum*	*eōrum*
Dativ	*eīs*	*eīs*	*eīs*
Akkusativ	*eōs*	*eās*	*ea*
Ablativ	*eīs*	*eīs*	*eīs*

Im Plural erkennst du die Endungen der a- und o-Dekl.

G3 S Die Verwendung von *is, ea, id*

2. *is, ea, id* wird im Lateinischen auf **drei verschiedene Arten** verwendet (▶ **L11 Ü8**).

– Demonstrativpronomen

3. Als **Demonstrativpronomen** wird *is, ea, id* mit **„dieser, diese, dieses"** übersetzt.

ea *puella*	**dieses** Mädchen
uxor ***eius*** *virī*	die Ehefrau **dieses** Mannes

– Personalpronomen der 3. Person

4. Im Lateinischen wird *is, ea, id* auch als **Personalpronomen der 3. Person** verwendet und mit „**er, sie, es**“ übersetzt.

Charōn hominēs exspectat.	Charon erwartet die Menschen.
↓	↓
Charōn ***eōs*** *exspectat.*	Charon erwartet **sie**.

– Possessivpronomen der 3. Person

5. Der **Genitiv** von *is, ea, id* gibt den **Besitzer** einer Sache an; er wird mit „**sein/dessen, ihr/deren**“ übersetzt.

Plūtōnem et uxorem ***eius*** *videō.*

Ich sehe Pluto und **seine/dessen** Ehefrau.

! Je nach Verwendung wird *is, ea, id* anders übersetzt:
- ***ea*** *fēmina* → „**diese** Frau“
- ***ea*** → „**sie**“
- *verba* ***eius*** → „**seine/ihre/dessen** Worte“

G1 S Der Satz: Die Zeitverhältnisse im AcI

1. Der **Infinitiv im AcI** gibt immer das **zeitliche Verhältnis** an, in dem die **Handlung im AcI** und **die Handlung, die das Prädikat ausdrückt,** zueinander stehen (▶ **L12 Ü1, Ü5**).

2. Der **Infinitiv Präsens** zeigt, dass die **Handlung im AcI** und die **Handlung, die das Prädikat ausdrückt, gleichzeitig** stattfinden:

Gibt man Worte oder Gedanken einer anderen Person wieder, eignet sich auch die Verwendung des Konjunktivs (hier: „sei").

Multī	***nārrant*** **Prädikat (Präsens)**	*Herculem clārum*	***esse.*** **Infinitiv Präsens**
Viele	**erzählen**, dass **Prädikat (Präsens)**	Herkules (im selben Moment) berühmt	**sei/ist.** **Prädikat (Präsens)**

Multī	***nārrāvērunt*** **Prädikat (Perfekt)**	*Herculem clārum*	***esse.*** **Infinitiv Präsens**
Viele	**erzählten**, dass **Prädikat (Präteritum)**	Herkules (im selben Moment) berühmt	**sei/war.** **Prädikat (Präteritum)**

3. Der **Infinitiv Perfekt** (▶ **L11 G1 F**) zeigt, dass die **Handlung im AcI bereits vor** der **Handlung, die das Prädikat ausdrückt,** stattgefunden hat:

Multī	***nārrant*** **Prädikat (Präsens)**	*Herculem clārum*	***fuisse.*** **Infinitiv Perfekt**
Viele	**erzählen**, dass **Prädikat (Präsens)**	Herkules (früher/davor) berühmt	**war/gewesen ist/ gewesen sei.** **Prädikat (Präteritum/Perfekt)**
Multī	***nārrāvērunt*** **Prädikat (Perfekt)**	*Herculem clārum*	***fuisse.*** **Infinitiv Perfekt**
Viele	**erzählten**, dass **Prädikat (Präteritum)**	Herkules (früher/davor) berühmt	**gewesen war.** **Prädikat (Plusquamperfekt)**

G2 F Das Verb: Weitere Arten der Perfektbildung

1. Du kennst das u- und das v-Perfekt (▶ L11 G1 F). Daneben gibt es **vier weitere Arten**, den **Perfektstamm** zu bilden. Auch hier werden die Personalendungen für das Perfekt verwendet: *-ī, -istī, -it, -imus, -istis, -ērunt.*

Perfektbildung	Perfektstamm	Beispiel Infinitiv → 1. P. Sg. Perf.
s-Perfekt	Der Perfektstamm **endet auf -s-**.	*iubēre* → *iūs**s**-ī*
Reduplikationsperfekt	Die **Anfangssilbe** wird **verdoppelt**.	*pellere* → ***pepul**-ī*
Dehnungsperfekt	Der **Stammvokal** wird **lang** gesprochen (**gedehnt**).	*pervenīre* → *perv**ē**n-ī*
Perfekt ohne Veränderung des Stamms	**Perfektstamm** und **Präsensstamm** sind **gleich**.	*dēfendere* → ***defend**-ī*

2. Um die **Konjugation** und den **Perfektstamm** zu kennen, lernst du bei Verben immer diese drei Formen, die sogenannten **Stammformen**:

Infinitiv	1. Person Singular Präsens	1. Person Singular Perfekt
agere	*agō*	*ēgī*

G3 F Die Demonstrativpronomina *hic, haec, hoc* und *ille, illa, illud*

1. ***hic, haec, hoc*** – **„dieser, diese, dieses"** und ***ille, illa, illud*** – **„jener, jene, jenes"** sind **Demonstrativpronomina** wie ***is, ea, id*** (▶ L11 G3 F). Man verwendet sie, um auf etwas besonders hinzuweisen.

hic, haec, hoc – **„dieser, diese, dieses"**

	Singular		
	m	**f**	**n**
Nominativ	*hic*	*haec*	*hoc*
Genitiv	*huius*	*huius*	*huius*
Dativ	*huic*	*huic*	*huic*
Akkusativ	*hunc*	*hanc*	*hoc*
Ablativ	*hōc*	*hāc*	*hōc*

	Plural		
	m	f	n
Nominativ	*hī*	*hae*	*haec*
Genitiv	*hōrum*	*hārum*	*hōrum*
Dativ	*hīs*	*hīs*	*hīs*
Akkusativ	*hōs*	*hās*	*haec*
Ablativ	*hīs*	*hīs*	*hīs*

Im Plural erkennst du die Endungen der a- und o-Dekl.

***ille, illa, illud* – „jener, jene, jenes“**

	Singular		
	m	f	n
Nominativ	*ille*	*illa*	*illud*
Genitiv	*illīus*	*illīus*	*illīus*
Dativ	*illī*	*illī*	*illī*
Akkusativ	*illum*	*illam*	*illud*
Ablativ	*illīs*	*illīs*	*illīs*

	Plural		
	m	f	n
Nominativ	*illī*	*illae*	*illa*
Genitiv	*illōrum*	*illārum*	*illōrum*
Dativ	*illīs*	*illīs*	*illīs*
Akkusativ	*illōs*	*illās*	*illa*
Ablativ	*illīs*	*illīs*	*illīs*

hoc/illud: Nom./Akk. Sg.
haec/illa: Nom./Akk. Pl.

Auch bei den Demonstrativpronomina gilt: Im Neutrum sind Nominativ und Akkusativ gleich.

G3 S Verwendung von *hic, haec, hoc* und *ille, illa, illud*

2. ***hic*** weist auf etwas hin, das **in der Nähe** des Sprechers ist;
ille weist auf etwas hin, das vom Sprecher **weiter weg** ist.

haec *mulier*
diese Frau

illa *mulier*
jene Frau

3. ***hic*** weist auf etwas **Folgendes** voraus.

Herculēs ***haec*** *verba dīcit:* *„Perīcula nōn timeō!“* Herkules spricht **diese/folgende** Worte: „Ich fürchte keine Gefahren!“

4. ***ille*** wird auch für **berühmte** oder **bekannte Personen und Sachen** verwendet:

ille *Herculēs*	**jener (bekannte/berühmte)** Herkules

5. Nehmen *hic* und *ille* zuvor genannte Sachen oder Personen wieder auf, dann bezieht sich ***hic*** auf das **zuletzt Genannte, also das, was näher dran ist**. ***ille*** auf das **zuerst Genannte, also das, was weiter weg ist**:

Alcmēnē *māter Herculis est,* ***Iūppiter*** *pater est;* ***hic*** *deus est,* ***illa*** *homō est.* **Alkmene** ist Herkules' Mutter, **Jupiter** ist sein Vater; **dieser/letzterer/der eine** ist ein Gott, **jene/erstere/die andere** ist ein Mensch.

G1 F Das reflexive Personalpronomen

1. „**Reflexiv**“ bedeutet, dass sich etwas **auf das Subjekt** eines Satzes **bezieht**.

> Ich wasche **mich**. → Ich wasche **mich selbst**, niemand anderen.
>
> Das Kind wäscht **sich**. → Das Kind wäscht **sich selbst**, keinen anderen.

Wenn du beim Übersetzen des Personalpronomens der 3. Person ein **„sich“ ergänzen** kannst, wird es reflexiv verwendet.

2. Das deutsche Reflexivpronomen für die 3. Person heißt „sich“, das **lateinische Reflexivpronomen** für die **3. Person** heißt ***sē*** (▶ **L13 Ü1**).

> *Mīnōtaurus hominēs spectat.* Minotaurus betrachtet die Menschen.
> → Minotaurus betrachtet jemand anderen, nämlich die Menschen.
>
> *Mīnōtaurus **sē** in aquā spectat.* Minotaurus betrachtet **sich (selbst)** im Wasser.
> → Minotaurus betrachtet sich selbst, und niemand anderen.

3. Im Lateinischen sind die **Formen des Reflexivpronomens für Singular und Plural gleich**, in der Regel kommen nur diese Formen vor:

	Singular/Plural
Dativ	*sibi* sich
Akkusativ	*sē* sich
Ablativ	*ā sē/sēcum* von sich/mit sich

4. Auch für das **Possessivpronomen der 3. Person** gibt es im Lateinischen ein eigenes **reflexives Possessivpronomen: *suus, -a, -um* – „sein, ihr“**. Wenn das Possessivpronomen nicht-reflexiv verwendet ist, steht eine Form im Genitiv von *is, ea, id* (▶ **L11 G3 S**).

*Daedalus **suam** artem amat.*	Daedalus liebt **seine (eigene)** Kunst. → reflexive Verwendung
*Mīnōs Daedalum et artem **eius** amat.*	Minos liebt Daedalus und **seine/dessen** Kunst. → nicht-reflexive Verwendung

G1 S Die Pronomina der 3. Person im AcI

5. Wenn in einem **AcI** ein **Pronomen** der **3. Person** verwendet wird, gibt es im Lateinischen zwei verschiedene Möglichkeiten:

- Wenn sich das **Pronomen im AcI auf das Subjekt** des Satzes **bezieht**, wird das **Reflexivpronomen *sē*** verwendet.

Mīnōtaurus: „Ego hominēs terreō!"	Minotaurus sagt: „Ich erschrecke die Menschen!
*Mīnōtaurus scit **sē** hominēs terrēre.*	Minotaurus weiß, dass er (selbst) die Menschen erschreckt.

→ Minotaurus ist gleichzeitig Subjekt im Satz und der Subjektsakkusativ im AcI: Das Pronomen im AcI bezieht sich also auf das Subjekt im Satz, daher wird das Reflexivpronomen *sē* verwendet.

- Wenn sich das **Pronomen im AcI nicht auf das Subjekt** des Satzes **bezieht**, steht im AcI ein **Akkusativ von *is, ea, id*** (▶ **L13 Ü5**).

Mīnōs Mīnōtaurum timet.	Minos fürchtet den Minotaurus.
*Mīnōs scit **eum** hominēs necāre.*	Minos weiß, dass er/dieser Menschen tötet.

→ Minos ist Subjekt im Satz, Minotaurus hingegen der Subjektsakkusativ im AcI: Das Pronomen des AcI bezieht sich also nicht auf das Subjekt im Satz, daher wird eine Form von *is, ea, id* verwendet.

G2 F Das Substantiv: Die Substantive der konsonantischen Deklination im Neutrum

1. Du kennst schon einige Substantive der konsonantischen Deklination, z. B. *rēx, rēgis* (m) – „der König"; *ars, artis* (f) – „die Kunst".

2. **Substantive der konsonantischen Deklination** können auch das Genus **Neutrum** haben, z. B. ***iter, itineris*** – „der Weg" oder ***corpus, corporis*** – „der Körper".

3. Für diese gilt – wie für die Substantive der o-Deklination im Neutrum:
- **Nominativ** und **Akkusativ** sind **gleich**,
- die Endung für den **Nominativ Plural** und **Akkusativ Plural** lautet ***-a***.

	Singular	Plural
Nominativ	***corpus*** der Körper	***corpor-a*** die Körper
Genitiv	*corpor-is* des Körpers	*corpor-um* der Körper
Dativ	*corpor-ī* dem Körper	*corpor-ibus* den Körpern
Akkusativ	***corpus*** den Körper	***corpor-a*** die Körper
Ablativ	*corpor-e* mit dem/durch den Körper	*corpor-ibus* mit den/durch die Körper

G3 F Das Adjektiv (konsonantische Deklination)

1. **Adjektive der konsonantischen Deklination** sind zum Beispiel *prūdēns*, Gen. *prūdent-is* – „klug" oder *ingēns*, Gen. *ingent-is* – „gewaltig".

2. Wie die Adjektive der a- und o-Deklination stehen sie in **KNG-Kongruenz zu** ihrem **Bezugswort**: *homin-ēs prūdent-ēs* – „kluge Menschen".

3. **Adjektive der konsonantischen Deklination** haben meist die **gleichen Endungen wie die Substantive der konsonantischen Deklination.** Folgende Endungen **unterscheiden** sich von denen der Substantive der konsonantischen Deklination:
- **Ablativ Singular m/f/n: *-ī*** *(cum opere gravī* – „mit einem wichtigen Werk")
- **Nominativ und Akkusativ Plural n: *-ia*** *(opera gra**via*** – „wichtige Werke")
- **Genitiv Plural m/f/n: *-ium*** *(oper**um** grav**ium*** – „der wichtigen Werke")

!

*vir-**ī***	*prūdent-**ēs***
(o-Dekl.)	(kons. Dekl.)

Wenn das Adjektiv und sein Bezugswort zu unterschiedlichen Deklinationen gehören, sind die Endungen trotz KNG-Kongruenz unterschiedlich (► **L13 Ü3, 4**).

	Singular		
	m	**f**	**n**
Nominativ	*ingēns*	*ingēns*	*ingēns*
Genitiv	*ingent-is*	*ingent-is*	*ingent-is*
Dativ	*ingent-ī*	*ingent-ī*	*ingent-ī*
Akkusativ	*ingent-em*	*ingent-em*	*ingens*
Ablativ	*ingent-ī*	*ingent-ī*	*ingent-ī*

	Plural		
	m	**f**	**n**
Nominativ	*ingent-ēs*	*ingent-ēs*	*ingent-ia*
Genitiv	*ingent-ium*	*ingent-ium*	*ingent-ium*
Dativ	*ingent-ibus*	*ingent-ibus*	*ingent-ibus*
Akkusativ	*ingent-ēs*	*ingent-ēs*	*ingent-ia*
Ablativ	*ingent-ibus*	*ingent-ibus*	*ingent-ibus*

4. Die Adjektive haben für die drei Genera **im Nominativ Singular ein, zwei oder drei unterschiedliche Formen.** Daher werden die Adjektive der konsonantischen Deklination **in den Lernvokabeln immer so angegeben**:

Nominativ Singular m, f, n	Genitiv Singular	Übersetzung
ingēns, ingēns, ingēns	*ingentis*	1. gewaltig 2. sehr groß, riesig
gravis, gravis, grave	*gravis*	1. schwer 2. wichtig, bedeutend

Du lernst den **Genitiv** mit, um den **Stamm** zu kennen *ingēns, ingēns, ingēns;* Gen. ***ingent****-is*

DU KANNST ...

... nun **Adjektive der a- und o-Deklination** sowie der **konsonantischen Deklination** erkennen und unterscheiden:

a-/o-Deklination	*bonus, bona, bonum* *pulcher, pulchra, pulchrum*
kons. Deklination	*ingēns, ingēns, ingēns;* Gen. *ingent-is* *gravis, gravis, grave;* Gen. *grav-is*

G1 F Das Verb: Plusquamperfekt

1. Das lateinische **Plusquamperfekt** beschreibt wie im Deutschen eine **Handlung in der Vergangenheit**, die **vor einer anderen Handlung in der Vergangenheit** stattgefunden hat. Es ist das **Tempus der Vorvergangenheit**.

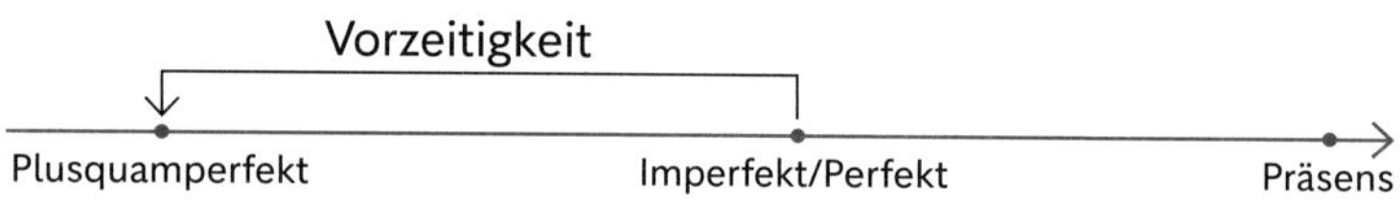

Prīmō Paris Helenam ***rapuerat.***	*Tum Menelāus Trōiam petīvit.*
Zuerst **hatte** Paris Helena **geraubt**.	Dann griff Menelaus Troja an.

→ Zuerst hatte Paris Helena geraubt (frühere Handlung in der Vergangenheit), danach griff Menelaus Troja an (spätere Handlung in der Vergangenheit).

2. Im Deutschen besteht das Plusquamperfekt aus einer Form von „haben“ oder „sein“ im Präteritum und dem Partizip II: „ich hatte gefragt“, „ich war gelaufen“ (▶ **L14 Ü2**).

Perfekt-stamm	Tempus-zeichen	Personal-endung
rogāv-	***-era-***	*-m*

ich hatte gefragt

3. Im Lateinischen wird das Plusquamperfekt mit dem **Perfekt-stamm**, dem **Tempuszeichen** *-era-* und den **Personalendungen für das Imperfekt** gebildet.

a-Konj.: ***rogāre*** **– „fragen“**

	Singular	Plural
1. P.	*rogāv-**era**-m* ich hatte gefragt	*rogāv-**erā**-mus* wir hatten gefragt
2. P.	*rogāv-**erā**-s* du hattest gefragt	*rogāv-**erā**-tis* ihr hattet gefragt
3. P.	*rogāv-**era**-t* er/sie/es hatte gefragt	*rogāv-**era**-nt* sie hatten gefragt

-era- ist das Signal für das **Plusquamperfekt.**

Merkhilfe
Plusquamperfekt = Perfekt-stamm + Imperfekt von *esse*

*rogāv**erant*** ↔ *rogāv**erunt***

Diese Formen sind sehr ähnlich:
-erant → Plusquamperfekt
-erunt → Perfekt

4. Auch die Verben ***esse, posse*** und ***īre*** bilden das Plusquamperfekt auf diese Weise:

***esse* – „sein"**

	Singular	**Plural**
1. P.	*fu-**era**-m* ich war gewesen	*fu-**erā**-mus* wir waren gewesen
2. P.	*fu-**erā**-s* du warst gewesen	*fu-**erā**-tis* ihr wart gewesen
3. P.	*fu-**era**-t* er/sie/es war gewesen	*fu-**era**-nt* sie waren gewesen

- ***posse*** – „können": *potu-**era**-m* – „ich hatte gekonnt", *potu-**erā**-s, potu-**era**-t, potu-**erā**-mus, potu-**erā**-tis, potu-**era**-nt*
- ***īre*** – „gehen": *i-**era**-m* – „ich war gegangen", *i-**erā**-s, i-**era**-t, i-**erā**-mus, i-**erā**-tis, i-**era**-nt*

G2 S Der Adverbialsatz

1. Ein **Adverbialsatz** enthält Informationen zu den **Umständen** der Handlung im übergeordneten Satz, z. B. zum Zeitpunkt oder dem Grund einer Handlung. Er wird mit einer **Subjunktion** (hier: *quia* – „weil") eingeleitet.

Quia *Paris Helenam rapuerat,* **Weil** Paris Helena geraubt hatte, **Adverbialsatz**	*Menelāus Trōiam petīvit.* griff Menelaus Troja an. Hauptsatz

→ Der Adverbialsatz gibt hier den Grund für die Handlung im Hauptsatz an.

2. Je nach Art der Information unterscheidet man verschiedene **Sinnrichtungen** des Adverbialsatzes (▶ **L14 Ü3, 7**).

Sinnrichtung	**Frage**	**Subjunktion**
temporal: Zeit	„Wann?"	***dum*** – „während" ***postquam*** – „nachdem" ***ut*** – „sobald; als"
kausal: Grund/Ursache	„Warum?"	***quia*** – „weil"
konditional: Bedingung	„In welchem Fall?"	***sī*** – „falls, wenn"
konzessiv: Einschränkung	„Trotz welcher Umstände?"	***quamquam*** – „obwohl" ***etiamsī*** – „auch wenn"

G1 F Das Verb: Futur I

1. Das lateinische **Futur I** beschreibt wie im Deutschen eine Handlung in der **Zukunft**.

2. Im Deutschen besteht das Futur I aus einer Form von „werden“ und dem Infinitiv Präsens: „ich werde rufen“, „du wirst sehen“.

a-/e-Konjugation

Stamm	Tempus-zeichen	Personal-endung	
	-b-	*-ō*	ich werde fragen
rogā-	**-bi-**	*-t*	er/sie/es wird fragen
	-bu-	*-nt*	sie werden fragen

3. In der **a- und e-Konjugation** ist das **Tempuszeichen** für das Futur *-**b**-/-**bi**-/-**bu**-*. Die **Personalendungen** sind die gleichen wie im **Präsens**.

a-Konj.: *rogāre* – „fragen“

	Singular	Plural
1. P.	*rogā-**b**-ō* ich werde fragen	*rogā-**bi**-mus* wir werden fragen
2. P.	*rogā-**bi**-s* du wirst fragen	*rogā-**bi**-tis* ihr werdet fragen
3. P.	*rogā-**bi**-t* er/sie/es wird fragen	*rogā-**bu**-nt* sie werden fragen

– **e-Konj.** (*monēre* – „mahnen“): *monē-**b**-ō, monē-**bi**-s, monē-**bi**-t, monē-**bi**-mus, monē-**bi**-tis, monē-**bu**-nt*

„Gespensterfutur“

Die Verben der a/e-Konj. bilden das „Gespensterfutur“ auf

*monē-**bā**-s* ↔ *monē-**bi**-s*

Die Tempuszeichen sind sehr ähnlich:
-ba- → Imperfekt
-b-/-bi-/-bu- → Futur I

i-/kons. Konjugation

Stamm	Tempus-zeichen	Personal-endung	
audi-	**-a-**	*-m*	ich werde hören
	-e-	*-t*	er/sie/es wird hören

4. In der **i- und konsonantischen Konjugation** ist das **Tempuszeichen** *-e-*, nur in der **1. Person Singular** *-a-*. Die **Personalendungen** sind die gleichen wie im **Imperfekt**.

a-Konj.: *audīre* – „hören“

	Singular	Plural
1. P.	*audi-**a**-m* ich werde hören	*audi-**ē**-mus* wir werden hören
2. P.	*audi-**ē**-s* du wirst hören	*audi-**ē**-tis* ihr werdet hören
3. P.	*audi-**e**-t* er/sie/es wird hören	*audi-**e**-nt* sie werden hören

- **kons. Konj.** (*agere* – „machen, tun“): *ag-**a-m**, ag-**ē**-s, ag-**e**-t, ag-**ē**-mus, ag-**ē**-tis, ag-**e**-nt*
- **kons. Konj. mit kurzem *-i-*** (*capere* – „ergreifen“): *capi-**a-m**, capi-**ē**-s, capi-**e**-t, capi-**ē**-mus, capi-**ē**-tis, capi-**e**-nt*

„*Kam-el*-Futur“

Die Verben der i-/kons. Konj. bilden das „*Kam-el*-Futur“.

Unregelmäßige Verben

***esse* – „sein“**

	Singular	Plural
1. P.	***erō*** ich werde sein	***erimus*** wir werden sein
2. P.	***eris*** du wirst sein	***eritis*** ihr werdet sein
3. P.	***erit*** er/sie/es wird sein	***erunt*** sie werden sein

5. Für die Formen von ***posse*** im **Futur I** fügt man an den Stamm *pot-* die Formen von ***esse* im Futur I** an.

***posse* – „können“**

	Singular	Plural
1. P.	***pot-erō*** ich werde können	***pot-erimus*** wir werden können
2. P.	***pot-eris*** du wirst können	***pot-eritis*** ihr werdet können
3. P.	***pot-erit*** er/sie/es wird können	***pot-erunt*** sie werden können

Merkhilfe
pot- + Fut. I von *esse* = Fut. I von *posse*

6. ***īre*** bildet das **Futur I** wie die Verben der a- und e-Konjugation mit dem Tempuszeichen ***-b-/-bi-/-bu-***.

***īre* – „gehen"**

	Singular	Plural
1. P.	*ī-**b**-ō* ich werde gehen	*ī-**bi**-mus* wir werden gehen
2. P.	*ī-**bi**-s* du wirst gehen	*ī-**bi**-tis* ihr werdet gehen
3. P.	*ī-**bi**-t* er/sie/es wird gehen	*ī-**bu**-nt* sie werden gehen

G1 S Der Satz: Die Übersetzung des Futur I

7. **Deutsch ↔ Latein** Beim Übersetzen des **lateinischen Futur I** kann **im Deutschen** oft auch das **Präsens** verwendet werden, vor allem, wenn aus dem Zusammenhang deutlich wird, dass es sich um ein Ereignis in der Zukunft handelt.

*Sī Aenēās patriam novam **inveniet**, laetus **erit**.*

Wenn Aeneas eine neue Heimat **findet, ist** er froh. /
Wenn Aeneas eine neue Heimat **finden wird, wird** er froh **sein**.

DU KANNST ...

... alle **Tempora**, die mit dem **Präsensstamm** gebildet werden, **erkennen und übersetzen**:
- **Präsens**
- **Imperfekt:** Signal ***-ba-*** bzw. ***-eba-***
- **Futur I:** Signal ***-b-/-bi-/-bu-*** bzw. ***-a-/-e-***

G2 F Das Verb: *velle* und *nōlle*

1. Das lateinische Verb ***velle*** hat wie das deutsche Verb **„wollen"** unregelmäßige Formen, sonst aber die gleichen Personalendungen wie die anderen Verben.

2. Das Verb ***nōlle*** bedeutet **„nicht wollen"** und ist von *velle* abgeleitet: *ne* („nicht") + *velle* → ***nōlle***. Es hat daher ähnliche Formen wie *velle*.

Formen mit dem Präsensstamm

Präsens

	Singular	Plural
1. P.	***volō*** ich will	***volumus*** wir wollen
2. P.	***vīs*** du willst	***vultis*** ihr wollt
3. P.	***vult*** er/sie/es will	***volunt*** sie wollen

	Singular	Plural
1. P.	***nōlō*** ich will nicht	***nōlumus*** wir wollen nicht
2. P.	***nōn vīs*** du willst nicht	***nōn vultis*** ihr wollt nicht
3. P.	***nōn vult*** er/sie/es will nicht	***nōlunt*** sie wollen nicht

Die **2. und 3. P. Sg. sowie die 2. P. Pl.** von ***nōlle*** werden aus **verneinten Formen von *velle*** gebildet.

Imperfekt

3. *velle* und *nōlle* bilden das **Imperfekt** mit dem **Tempuszeichen** ***-eba-*** und den **Personalendungen des Imperfekts**:
   - *vol**ēba**m* („ich wollte"), *vol**ēbā**s*, *vol**ēba**t*, *vol**ēbā**mus*, *vol**ēbā**tis*, *vol**ēba**nt*
   - *nōl**ēba**m* („ich wollte nicht"), *nōl**ēba**s*, *nōl**ēba**t*, *nōl**ēbā**mus*, *nōl**ēbā**tis*, *nōl**ēba**nt*

Futur I

4. *velle* und *nōlle* bilden das **Futur I** wie die Verben der konsonantischen Konjugation mit dem **Tempuszeichen** ***-a-/-e-*** und den **Personalendungen des Imperfekts**:
   - *vol**a**m* („ich werde wollen"), *vol**ē**s*, *vol**e**t*, *vol**ē**mus*, *vol**ē**tis*, *vol**e**nt*
   - *nōl**a**m* („ich werde nicht wollen"), *nōl**ē**s*, *nōl**e**t*, *nōl**ē**mus*, *nōl**ē**tis*, *nōl**e**nt*

„Kamel-Futur"

velle und *nōlle* bilden das „K**am**-**e**l-Futur".

Formen mit dem Perfektstamm

Perfekt

5. *velle* und *nōlle* bilden das **u-Perfekt** mit den **Personalendungen des Perfekts**:
   - *vol**uī*** („ich habe gewollt/wollte"), *vol**uistī**, vol**uit**, vol**uimus**, vol**uistis**, vol**uērunt***
   - *nōl**uī*** („ich habe nicht gewollt/wollte nicht"), *nōl**uistī**, nōl**uit**, nōl**uimus**, nōl**uistis**, nōl**uērunt***

Plusquamperfekt

6. *velle* und *nōlle bilden* das **Plusquamperfekt** regelmäßig mit dem **Perfektstamm**, dem **Signal** -***era***- und den **Personalendungen für das Imperfekt**:
   - *vol**ue**ram* („ich hatte gewollt"), *vol**ue**rās, vol**ue**rat, vol**ue**rāmus, vol**ue**rātis, vol**ue**rant*
   - *nōl**ue**ram* („ich hatte nicht gewollt"), *nōl**ue**rās, nōl**ue**rat, nōl**ue**rāmus, nōl**ue**rātis, nōl**ue**rant*

G3 S Der Relative Satzanschluss

(1) *Aenēās* ***Creūsam*** *āmīsit.* ***Quae*** *coniūnx eius erat.*
↑ Relativpronomen
Aeneas hat **Kreusa** verloren. **Diese/Sie** war seine Ehefrau.

(2) ***Creūsa*** *mortua est.* ***Quam*** *Aenēās flet.*
↑ Relativpronomen
Kreusa ist tot. Aeneas beweint **diese/sie**.

Das lateinische **Relativpronomen *quī, quae, quod*** kann **am Satzanfang** als **Demonstrativpronomen** verwendet werden (Satz 1: *Quae*; Satz 2: *Quam*). Man übersetzt es dann mit **„dieser, diese, dieses"** oder „er, sie, es". Es bezieht sich auf ein Wort des vorherigen Satzes (Satz 1: *Creūsam*; Satz 2: *Creūsa*) und verbindet so beide Sätze miteinander (► L15 Ü8). Diese Verwendung von ***quī, quae, quod*** nennt man Relativer Satzanschluss.

G1 F Das Verb: Präsens Passiv

1. Verbformen im **Passiv** drücken aus, dass **mit dem Subjekt** etwas **gemacht wird**, also etwas mit ihm passiert: „er wird gefragt", „sie werden gehört".

Romulus (Subjekt)	**gründet** (**Prädikat**)	Rom.	→ Das Subjekt (Romulus) tut selbst etwas (gründet). → **aktiv**
Rom (Subjekt)	**wird** von Romulus **gegründet**. (**Prädikat**)		→ Mit dem Subjekt (Rom) wird etwas getan (wird gegründet. → **passiv**

2. Der **Oberbegriff** für Aktiv und Passiv heißt **Genus Verbi** („die Art des Verbs").

Genus Verbi
Aktiv – Passiv

3. Im Deutschen bildest du das Präsens Passiv mit den Formen von „werden" im Präsens und dem Partizip II: „ich werde gefragt".

a-/e-/i-Konjugation

Stamm	Personalendung		
monē-	***-or***	***-ris***	***-tur***
	1. P. Sg.	2. P. Sg.	3. P. Sg.
	-mur	***-minī***	***-ntur***
	1. P. Pl.	2. P. Pl.	3. P. Pl.

4. Im Lateinischen hat das **Passiv eigene Personalendungen**. Du bildest das Präsens Passiv, indem du an den **Präsensstamm die Personalendungen für das Passiv** anfügst.

e-Konj.: *monēre* – „ermahnen"

	Singular	**Plural**
1. P.	*mone-**or*** ich werde ermahnt	*monē-**mur*** wir werden ermahnt
2. P.	*monē-**ris*** du wirst ermahnt	*monē-**minī*** ihr werdet ermahnt
3. P.	*monē-**tur*** er/sie/es wird ermahnt	*mone-**ntur*** sie werden ermahnt

-(o)r, -ris, -tur, -mur, -minī, -ntur

Die Personalendungen im Passiv sind in allen Konjugationen gleich.

5. Wie im Aktiv gibt es in **zwei** Formen **Ausnahmen**: In der a-Konjugation fällt in der **1. Person Singular das -*a*- des Stammes weg**, in der i-Konjugation wird in der **3. Person Plural der Bindevokal -*u*-** eingefügt.
- **a-Konj.** (*rogāre* – „fragen“): ***rog-or***, *rogā-ris, rogā-tur, rogā-mur, rogā-minī, roga-ntur*
- **i-Konj.** (*audīre* – „hören“): *audi-or, audī-ris, audī-tur, audī-mur, audī-minī, audi-**u**-ntur*

In der a-Konjugation „frisst“ das *-or* der 1. P. Sg. das *-a-*.

konsonantische Konjugation

Stamm	Binde-Vokal	Personal-endung
ag-	*-i-*	***-tur***

es wird gehandelt

6. Die Verben der konsonantischen Konjugation bilden das Präsens Passiv wie die Verben der a-, e- und i-Konjugation. Wie im Aktiv brauchen sie den **Bindevokal**; bei der **2. Person Singular** wird **-*e*- statt -*i*-** verwendet:
- **kons. Konj.** (*agere* – „handeln“): *ag-or, ag-**e**-ris, ag-i-tur, ag-i-mur, ag-i-minī, ag-u-ntur*
- **kons. Konj. mit kurzem -*i*-** (*capere* – „fassen“): *capi-or, cap**e**-ris, capi-tur, capi-mur, capi-minī, capi-u-ntur*

Infinitiv Präsens Passiv

7. Im Deutschen bildet man den Infinitiv Präsens Passiv mit dem Partizip II und dem Infinitiv „werden“: „gefragt (zu) werden“, „ermahnt (zu) werden“.

a-/e-/i-Konjugation

Stamm	Infinitivendung
rogā-	***-rī***

kons. Konjugation

Stamm	Infinitivendung
ag-	***-ī***

8. Im Lateinischen bildet man den **Infinitiv Präsens Passiv** in der a-, e- und i-Konjugation, indem man an den Präsensstamm die **Endung -*rī*** anhängt: *rogā-**rī*** – „gefragt (zu) werden“, *monē-**rī*** – „ermahnt (zu) werden“, *audī-**rī*** – „gehört (zu) werden“. In der **konsonantischen Konjugation** endet der Infinitiv auf **-*ī***: *ag-**ī*** – „gehandelt (zu) werden“, *cap-**ī*** – „erfasst (zu) werden“.

G2 F Das Verb: Imperfekt Passiv

1. Im Deutschen wird das Passiv im Präteritum mit den Personalformen von „werden“ im Präteritum und dem Partizip II gebildet: „ich wurde gefragt“, „sie wurden gehört“.

Stamm	Tempuszeichen	Personalendung	
monē-	*-ba-*	**-r**	**a-/e-Konjugation**

ich wurde ermahnt

audi-	*-ēba-*	**-r**	**kons./i-Konjugation**

ich wurde gehört

2. Das **Imperfekt Passiv** im Lateinischen wird mit dem **Präsensstamm**, dem **Tempuszeichen** ***-ba-*** bzw. ***-ēba-*** und den **Personalendungen für das Passiv** (▶ L16 G1 F) gebildet: *rogā-bā-tur* → „er wurde gefragt“, *audi-ēba-ntur* → „sie wurden gehört“. Nur in der **1. Person Singular** ist die **Endung** ***-r***.

e-Konj.: *monēre* – „ermahnen“

	Singular	Plural
1. P.	*monē-ba-**r*** ich wurde ermahnt	*monē-bā-**mur*** wir wurden ermahnt
2. P.	*monē-bā-**ris*** du wurdest ermahnt	*monē-bā-**minī*** ihr wurdet ermahnt
3. P.	*monē-bā-**tur*** er/sie/es wurde ermahnt	*monē-ba-**ntur*** sie wurden ermahnt

- **a-Konj.** (*rogāre* – „fragen“): *rogā-bā-r, rogā-bā-ris, rogā-bā-tur, rogā-bā-mur, rogā-bā-minī, rogā-bā-ntur*
- **i-Konj.** (*audīre* – „hören“): *audi-ēba-r, audi-ēbā-ris, audi-ēbā-tur, audi-ēbā-mur, audi-ēbā-minī, audi-ēba-ntur*
- **kons. Konj.** (*agere* – „handeln“): *ag-ēba-r, ag-ēbā-ris, ag-ēbā-tur, ag-ēbā-mur, ag-ēbā-minī, ag-ēba-ntur*
- **kons. Konj. mit kurzem *-i-*** (*capere* – „fassen“): *capi-ēba-r, capi-ēbā-ris, capi-ēbā-tur, capi-ēbā-mur, capi-ēbā-minī, capi-ēba-ntur*

-(e)ba- ist das Signal für das **Imperfekt**.

G3 F Das Verb: Futur I Passiv

1. Im Deutschen bildet man das Futur I Passiv mit den Formen von „werden“ im Präsens, dem Partizip II und „werden“: „ich werde ermahnt werden“.

a-/e-Konjugation

Stamm	Tempus-zeichen	Personal-endung
monē-	*-bi-*	*-tur*

er/sie/es wird ermahnt werden

2. Das **Futur I Passiv** der **a- und e-Konjugation** wird mit dem **Präsensstamm**, dem **Tempuszeichen** *-b-/-bi-/-bu-* und den **Personalendungen für das Präsens Passiv** (▶ L16 G1 F) gebildet. Nur in der **2. Person Singular** lautet das **Tempuszeichen** ***-be-***.

e-Konj.: *monēre* – „ermahnen“

	Singular	Plural
1. P.	*monē-b-or* ich werde ermahnt werden	*monē-bi-mur* wir werden ermahnt werden
2. P.	*monē-**be**-ris* du wirst ermahnt werden	*monē-bi-minī* ihr werdet ermahnt werden
3. P.	*monē-bi-tur* er/sie/es wird ermahnt werden	*monē-bu-ntur* sie werden ermahnt werden

- **a-Konj.** (*rogāre* – „fragen“): *rogāb-o-r, rogā-**be**-ris, rogā-bi-tur, rogā-bi-mur, rogā-bi-minī, rogā-bu-ntur*

i-/kons. Konjugation

Stamm	Tempus-zeichen	Personal-endung
audi-	*-ē-*	*-tur*

er/sie/es wird gehört werden

!

Unterscheide:
- ich **werde** ermahnt → Präs. Pass.
- ich **werde** ermahnen → Fut. I Akt.
- ich **werde** ermahnt **werden** → Fut. I Pass.

Das dt. **„werden“** wird für die Bildung des **Passivs und** die Bildung des **Futurs** verwendet.

Lerntipp: Gespenster-Futur
Die Tempuszeichen ***bō/-be-/-bi-/-bu-*** sind das Signal für das **Futur I Passiv** der a-/e-Konj.

!

*rogā**bā**ris* ↔ *rogā**be**ris*

Die Tempuszeichen sind sehr ähnlich:
-ba- → Imperf.
-b-/-be-/-bi-/-bu- → Fut. I

3. Das **Futur I Passiv der i- und konsonantischen Konjugation** wird mit dem **Präsensstamm**, dem **Tempuszeichen** *-a-/-ē-* und den **Personalendungen für das Passiv** (▶ L16 G1 F) gebildet:
   - **i-Konj.** (*audire* – „hören"): *audi-**a**-r, audi-ē-ris, audi-ē-tur, audi-ē-mur, audi-ē-minī, audi-e-ntur*
   - **kons. Konj.** (*agere* – „handeln"): *ag-**a**-r, ag-ē-ris, ag-ē-tur, ag-ē-mur, ag-ē-minī, ag-e-ntur*
   - **kons. Konj. mit kurzem -i-** (*capere* – „ergreifen"): *capi-**a**-r, capi-ē-ris, capi-ē-tur, capi-ē-mur, capi-ē-minī, capi-e-ntur*

Kamel-Futur

Das Tempuszeichen *-a-/-ē-* ist das Signal für das **Futur I** der i-/kons. Konj.

DU KANNST ...

... alle Tempora, die mit dem Präsensstamm gebildet werden (**Präsens, Imperfekt und Futur I**), im **Aktiv und Passiv erkennen und übersetzen.**
Diese Formen im Aktiv und Passiv unterscheiden sich meist nur durch ihre Personalendungen:
- aktiv: *-ō/-m, -s, -t, -mus, -tis, -nt*
- passiv: *-(o)r, -ris, -tur, -mur, -minī, -ntur*

G3 S Die Übersetzung des lateinischen Passivs

1. Das lateinische Passiv wird oft mit dem deutschen Passiv übersetzt:

*Rōma ā Rōmulō **regitur**.*	Rom **wird** von Romulus **beherrscht**.

2. Man kann das lateinische Passiv aber auch anders übersetzen:

   – **Aktivsatz** (Urheber genannt):

*Rōma ā Rōmulō **regitur**.*	Romulus **herrscht** über Rom.
*Amulius invidiā **movētur**.*	(Amulius **wird** von Neid **bewegt**.)
	Neid **bewegt** Amulius.

   Dabei wird der Urheber oder Auslöser der Handlung zum Subjekt und das Subjekt wird zum Objekt.

   – **Reflexive Wiedergabe** (Urheber nicht genannt):

*Rōmānī **terrentur**.*	(Die Römer **werden erschreckt**.)
	Die Römer **erschrecken sich**.

   – **Unpersönliche Wiedergabe** mit **„man"** (Urheber nicht genannt):

*Amulius **timētur**.*	(Amulius **wird gefürchtet**.)
	Man fürchtet Amulius.

G1 F Das Verb: Perfekt Passiv

1. Im Deutschen bildet man das Perfekt Passiv mit einer Personalform von „sein“ im Präsens, dem Partizip II und „worden“: „ich bin gerufen worden“, „sie sind gehört worden“.

2. Im Lateinischen wird das **Perfekt Passiv** ebenfalls mit einem **Partizip**, dem **Partizip Perfekt Passiv (PPP)**, und einer **Form von *esse* – „sein“ im Präsens** gebildet.

Das Partizip Perfekt Passiv (PPP)

3. Der Begriff Partizip kommt von dem Verb „partizipieren“, das bedeutet „mitmachen“. Ein **Partizip** „macht“ bei zwei verschiedenen Wortarten „mit“: Es wird **von einem Verb gebildet**, hat gleichzeitig aber auch **Eigenschaften eines Adjektivs** und kann **dekliniert** werden.

rogā-	*-tus*
Verb-Stamm	Adjektiv-Endung

Das **Partizip** ist ein **„Mittelwort“** in der Mitte zwischen Verb und Adjektiv:
→ von einem **Verb gebildet**
→ **dekliniert** wie ein Adjektiv (KNG-Kongruenz)

4. Das lateinische **Partizip Perfekt Passiv** wird oft mit dem **Präsensstamm** eines Verbs und ***-tus, -ta, -tum*** gebildet: ***rogā-tus*** – „gefragt“, ***audī-tus*** – „gehört“. Bei den Verben der **e-Konjugation** wird dabei das *-e-* des Stamms zu einem ***-i-***: *mon**i**-tus* – „ermahnt“.

5. Die Verben der konsonantischen Konjugation und auch einige andere Verben bilden das **PPP nicht regelmäßig**. Du findest es als **letzte Form** der **Stammformen**: *recipere, recipiō, recēpī,* ***receptum***.

6. Das PPP wird wie die Adjektive der **a- und o-Deklination** dekliniert und steht in **KNG-Kongruenz** zu seinem Bezugswort (▶ **L17 Ü2**):
- *cib**us** amāt**us*** – „die geliebte Speise“
- *uxor amāt**a*** – „die geliebte Frau“
- *aur**um** amāt**um*** – „das geliebte Gold“

Das Perfekt Passiv

i-Konj.: ***audīre*** **– „hören“**

	Singular	Plural
1. P.	*audītus, -a, -um sum* ich bin gehört worden	*audītī, -ae, -a sumus* wir sind gehört worden
2. P.	*audītus, -a, -um es* du bist gehört worden	*audītī, -ae, -a estis* ihr seid gehört worden
3. P.	*audītus, -a, -um est* er/sie/es ist gehört worden	*audītī, -ae, -a sunt* sie sind gehört worden

Die **Endungen** stehen für die drei **Genera** und **Numeri**:
- *-us* (m), *-a* (f), *-um* (n): Nom. Sg.
- *-ī* (m), *-ae* (f), *-a* (n): Nom. Pl.

Merkhilfe
Perfekt Passiv = PPP + Form von *esse* im Präsens

7. Auch im Perfekt Passiv gibt es, wie im Deutschen, einen **Infinitiv**: „gefragt worden (zu) sein“. Der lateinische Infinitiv **Perfekt Passiv** wird mit dem **PPP und *esse*** gebildet:
rogātum, -am, -um esse – „gefragt worden (zu) sein“,
audītum, -am, -um esse – „gehört worden (zu) sein“,
monitum, -am, -um esse – „ermahnt worden (zu) sein“.

G2 F Das Substantiv: e-Deklination

1. Die Substantive der **e-Deklination** enden im **Nominativ Singular** auf ***-ēs***, im Genitiv Singular auf ***-eī***: *r-**ēs**, r-**eī*** – „die Sache“.

	Singular	Plural
Nominativ	*r-**ēs***	*r-**ēs***
Genitiv	*r-**eī***	*r-**ērum***
Dativ	*r-**eī***	*r-**ēbus***
Akkusativ	*r-**em***	*r-**ēs***
Ablativ	*r-**ē***	*r-**ēbus***

2. Die Substantive der e-Deklination sind in der Regel **feminin**; eine **Ausnahme** ist ***diēs**, diēī* **m** – „der Tag“.

G3 F Das Verb: Plusquamperfekt Passiv

Das **Plusquamperfekt Passiv** besteht im Lateinischen aus dem **Partizip Perfekt Passiv (PPP)** und einer **Form von *esse* – „sein“ im Imperfekt.**

i-Konj.: *audīre* – „hören“

	Singular	Plural
1. P.	*audītus, -a, -um eram* ich war gehört worden	*audītī, -ae, -a erāmus* wir waren gehört worden
2. P.	*audītus, -a, -um erās* du warst gehört worden	*audītī, -ae, -a erātis* ihr wart gehört worden
3. P.	*audītus, -a, -um erat* er/sie/es war gehört worden	*audītī, -ae, -a erant* sie waren gehört worden

Merkhilfe
Plusquamperfekt Passiv = PPP + Form von *esse* im Imperfekt

G1 S Der Satz: Das Participium coniunctum (PC) mit dem PPP

- PPP **mit** Form von *esse* → Prädikat im Passiv
- PPP **ohne** Form von *esse* → PC (▶ L18 Ü5)

1. Das PPP wird nicht nur zur Bildung des Perfekt und Plusquamperfekt Passivs (▶ L17 G1 F, G3 F) benutzt. Es kann auch zusammen **mit einem Substantiv oder Pronomen** vorkommen und **bezieht** sich dann auf dieses. Das **PPP und das Bezugswort** (meist **Subjekt** oder **Objekt**) bilden dann das **Participium coniunctum** (PC, „verbundenes Partizip").

mīles	***vulnerātus***	der **verwundete** Soldat
Bezugswort	PPP	

2. Als PC kann das PPP das Bezugswort (Funktion eines **Attributs**) oder die Umstände der Handlung (Funktion eines **Adverbiale**) näher beschreiben.

Attribut:
*Mīles **vulnerātus** dolet.* — Der **verwundete** Soldat hat Schmerzen.

Adverbiale:
*Mīles **vulnerātus** dolet.* — Weil der Soldat **verwundet worden** ist, hat er Schmerzen.

3. Du kannst das **PC** mit den folgenden Möglichkeiten **übersetzen**:

***Mīles ab hoste vulnerātus** dolet.*

	Übersetzungsmöglichkeit für das PC	Beispiel
Attribut	wörtlich (mit Partizip II)	Der vom Feind **verwundete** Soldat hat Schmerzen.
	Relativsatz (z. B. „der, die, das")	Der Soldat, **der** vom Feind verwundet worden ist, hat Schmerzen.
Adverbiale	Adverbialsatz (z. B. „als, weil, obwohl")	Der Soldat hat Schmerzen, **weil** er vom Feind verwundet wurde.
	Beiordnung (z. B. „und")	Der Soldat wurde vom Feind verwundet **und** hat Schmerzen.
	Substantivierung (z. B. „nach, wegen, trotz")	**Wegen** der Verwundung durch den Feind hat der Soldat Schmerzen.

4. Das **PC als Adverbiale** kann verschiedene **Sinnrichtungen** haben. Die Sinnrichtung wird angezeigt durch die Wahl
- der **Subjunktion** beim Adverbialsatz,
- eventuell des **Adverbs** bei der Beiordnung,
- der **Präposition** beim Präpositionalausdruck.

Sinnrichtung	Subjunktionen (Adverbialsatz)	Adverbien (Beiordnung)	Präpositionen (Präpositionalausdruck)
temporal: Zeit (wann?)	nachdem, als	und dann/und danach	nach
kausal: Grund (warum?)	weil, da	und daher/und deshalb	wegen
konzessiv: Einschränkung (trotz welcher Umstände?)	obwohl, obgleich	und dennoch/und trotzdem	trotz

5. Das PPP hat **passive Bedeutung** und beschreibt eine Handlung, die zeitlich **vor der Handlung, die das Prädikat ausdrückt, stattfindet (Partizip der Vorzeitigkeit)**. Für die Übersetzung heißt das:

Lat. Prädikat	Übersetzung des PPP
Präsens	Präteritum/Perfekt
Vergangenheitstempus	Plusquamperfekt

Mīles ***vulnerātus*** *dolet.* Präsens	Der Soldat, der **verwundet worden ist**, hat Schmerzen. Perfekt
Mīles ***vulnerātus*** *doluit.* Perfekt	Der Soldat, der **verwundet worden war**, hatte Schmerzen. Plusquamperfekt

6. Hier findest du eine **Anleitung zur Übersetzung eines PC** (▶ **L18 Ü3, Ü6**):

Scīpiō ab Hannibale vocātus appropinquat.

a Finde das **Partizip** im Satz.
*Scīpiō ab Hannibale **vocātus** appropinquat.*

b Gib das dazugehörige **Bezugswort** an. Achte dabei auf die **KNG-Kongruenz**.
***Scīpiō** ab Hannibale **vocātus** appropinquat.*

c **Klammere** das Participium coniunctum ein.
*[**Scīpiō** ab Hannibale **vocātus**] appropinquat.*

d Die Wörter zwischen Bezugswort und Partizip sind eine **zusätzliche Angabe**.
*[**Scīpiō** ab Hannibale **vocātus**] appropinquat.*

e Übersetze zunächst **Partizip und Bezugswort** ohne die Wörter dazwischen **als Aussagesatz**: „Scipio ist/war gerufen worden."

f Ergänze dann die **Wörter dazwischen**: „Scipio ist/war von Hannibal gerufen worden."

g Übersetze den **übrigen Satz**: „Scipio nähert sich."

h Wähle eine **passende Übersetzungsmöglichkeit** für das PC und füge es **in den übrigen Satz** ein. Beachte dabei das Zeitverhältnis (PPP → Vorzeitigkeit): „Scipio nähert sich, weil er von Hannibal gerufen worden ist." (kausaler Adverbialsatz).

G2 S Der Satz: Objektsgenitiv (Genitivus obiectivus)

1. Der **Genitiv** gibt oft den **Besitzer** einer Sache bzw. eines Gefühls oder den **Urheber** einer Handlung an (Subjektsgenitiv): *amor* ***uxōris*** – „die Liebe **der Frau**".

2. Nach einigen Substantiven, vor allem nach Gefühlen, z. B. *amor* oder *timor*, kann ein **Genitiv** aber auch das **Ziel des Gefühls/der Empfindung** angeben: *amor* ***uxōris*** – „die Liebe **zu der Frau**". Der Genitiv gibt hier also das **Objekt eines Gefühls** an und wird **Objektsgenitiv** genannt (▶ **L18 Ü4b, 7**).

3. Der Objektsgenitiv wird durch das Einfügen einer **Präposition** („zu, für, nach, auf, vor") übersetzt: „Liebe **zu** jemandem/etwas, Angst **vor** jemandem/etwas".

amor ***uxōris***
- die Liebe **der Frau**
- die Liebe **zu der Frau**

Ob ein Subjektsgenitiv oder ein Objektsgenitiv vorliegt, musst du aus dem Kontext erschließen.

G1 F Das Partizip Präsens Aktiv (PPA)

1. Das lateinische **Partizip Präsens Aktiv (PPA)** entspricht dem deutschen Partizip I: „fragend, hörend".

2. Das PPA bildet man mit dem **Präsensstamm, dem Signal** ***-nt-*** und den **Endungen der Adjektive der konsonantischen Deklination**. **Ausnahmen** sind der **Nominativ Singular** (*rogā-**ns***) und der **Ablativ Singular** (*roga-nt-**e***).

senātōrēs	*roga*	***-nt-***	*ēs*	frage**nd**e Senatoren
	Präsensstamm	**Signal**	Endung	

	Singular		
	m	**f**	**n**
Nominativ	*rogā-**ns***	*rogā-**ns***	*rogā-**ns***
Genitiv	*roga-**nt**-is*	*roga-**nt**-is*	*roga-**nt**-is*
Dativ	*roga-**nt**-ī*	*roga-**nt**-ī*	*roga-**nt**-ī*
Akkusativ	*roga-**nt**-em*	*roga-**nt**-em*	*rogā-**ns***
Ablativ	*roga-**nt-e***	*roga-**nt-e***	*roga-**nt-e***

	Plural		
	m	**f**	**n**
Nominativ	*roga-**nt**-ēs*	*roga-**nt**-ēs*	*roga-**nt**-ia*
Genitiv	*roga-**nt**-ium*	*roga-**nt**-ium*	*roga-**nt**-ium*
Dativ	*roga-**nt**-ibus*	*roga-**nt**-ibus*	*roga-**nt**-ibus*
Akkusativ	*roga-**nt**-ēs*	*roga-**nt**-ēs*	*roga-**nt**-ia*
Ablativ	*roga-**nt**-ibus*	*roga-**nt**-ibus*	*roga-**nt**-ibus*

3. In der **i- und konsonantischen Konjugation** gibt es zwischen Stamm und Signal zusätzlich den **Bindevokal** ***-e-***:
   - *audi-**ē**-ns, audi-**e**-nt-is*
   - *ag-**ē**-ns, ag-**e**-nt-is*
   - *capi-**ē**-ns, capi-**e**-nt-is*

4. Das **PPA** steht in **KNG-Kongruenz** mit seinem **Bezugswort**: *homin**ēs** rogant**ēs*** – „fragende Menschen", *vir**ī** pūgnant**ēs*** – „kämpfende Männer (▶ **L19 Ü2**).

*senātōrēs roga**nt**ēs* –
„frage**nd**e Senatoren"
- ***-nt-*** → Signal für lat. PPA
- **-nd-** → Signal für dt. Partizip I

G1 S Der Satz: Das Participium coniunctum (PC) mit dem PPA

5. Auch das **PPA** kann als **PC** verwendet werden. Du kannst das **PC mit dem PPA** mit den gleichen Möglichkeiten wie das PC mit dem PPP (▶ **L18 G1 S**) **übersetzen** (▶ **L19 Ü3, Ü6**).

Hominēs Cicerōnem ***dīcentem*** *audiunt.*

	Übersetzungsmöglichkeit für das PC	**Beispiel**
Attribut	wörtlich (mit Partizip I)	Die Menschen hören dem **sprechenden** Cicero zu.
	Relativsatz (z. B. „der, die, das“)	Die Menschen hören Cicero, **der** spricht, zu.
Adverbiale	Adverbialsatz (z. B. „als, weil, obwohl“)	Die Menschen hören Cicero, **als** er spricht, zu.
	Beiordnung (z. B. „und“)	Cicero spricht **und** die Menschen hören ihm zu.
	Substantivierung (z. B. „nach, wegen, trotz“)	**Beim Sprechen** hören die Menschen Cicero zu.

6. Beim PPA als **adverbiales PC** sind die gleichen **Sinnrichtungen** wie beim PPP möglich; zusätzlich gibt es die **modale Sinnrichtung** und bei der **temporalen Sinnrichtung** musst du durch andere Wörter die **Gleichzeitigkeit** ausdrücken (▶ **L19 Ü7**):
- **Subjunktionen „während/als“** (Adverbialsatz),
- **Adverbien „dabei/währenddessen“** (Beiordnung),
- **Präposition „bei(m)/während“** (Präpositionalausdruck).

Sinnrichtung	**Subjunktionen (Adverbialsatz)**	**Adverbien (Beiordnung)**	**Präpositionen (Präpositionalausdruck)**
temporal: Zeit (wann?)	PPA: während, als PPP: nachdem, als	PPA: und dabei/und währenddessen PPP: und dann/und danach	PPA: bei(m) PPP: nach
kausal: Grund (warum?)	weil, da	und daher/und deshalb	wegen
konzessiv: Einschränkung (trotz welcher Umstände?)	obwohl, obgleich	und dennoch/ und trotzdem	trotz
modal: Art und Weise (wie?)	indem	und dadurch/und so	durch, mit

7. Im Gegensatz zum PPP hat das PPA **aktive Bedeutung** und beschreibt eine Handlung, die **zur gleichen Zeit wie die Handlung, die das Prädikat ausdrückt**, geschieht **(Partizip der Gleichzeitigkeit)**:

Lat. Prädikat	Übersetzung des PPA
Präsens	Präsens
Vergangenheitstempus	Präteritum

Hominēs Cicerōnem ***dīcentem*** *audiunt* (Präsens) – Die Menschen hören Cicero, der **spricht**, zu. (Präsens)

Hominēs Cicerōnem ***dīcentem*** *audīvērunt.* (Perfekt) – Die Menschen hörten Cicero, der **sprach**, zu. (Präteritum)

G2 F Das Substantiv: u-Deklination

1. Die Substantive der **u-Deklination** enden im **Nominativ Singular** auf *-**us***, im **Genitiv Singular** auf langes *-**ūs**: vult-**us**, vult-**ūs*** – „das Gesicht“.

	Singular	Plural
Nominativ	*vult-**us***	*vult-**ūs***
Genitiv	*vult-**ūs***	*vult-**uum***
Dativ	*vult-**uī***	*vult-**ibus***
Akkusativ	*vult-**um***	*vult-**ūs***
Ablativ	*vult-**ū***	*vult-**ibus***

Du lernst den **Genitiv** mit, damit du den **Stamm** und die **Deklination** kennst:

*vir, **vir**-ī* → o-Dekl.
*silva, **silv**-ae* → a-Dekl.
*corpus, **corpor**-is* → kons. Dekl.
*rēs, **r**-eī* → e-Dekl.
*vultus, **vult**-ūs* → u-Dekl.

2. Die Substantive dieser Deklination sind in der Regel **maskulin**; eine **Ausnahme** ist ***domus**, -ūs* **f** – „das Haus“.
domus hat auch einzelne Sonderformen:
- Der **Genitiv Plural** lautet *dom**ōrum**,*
- der **Akkusativ Plural** lautet *dom**ōs**,*
- *domī* heißt „zu Hause“,
- *domum* heißt „nach Hause“.

Formenlehre

Veränderliche Wortarten

1 Nomina

Als Nomen (Pl. **Nomina**) bezeichnet man diejenigen Wortarten, die **dekliniert** werden.
Du kennst bereits drei Nomina:

Substantiv	*fīlius, -ī* m – „der Sohn“	
Adjektiv	*clārus, -a, -um* – „berühmt“	
Pronomen	**Demonstrativpronomen**	*is, ea, id* – „dieser, diese, dieses“
	Personalpronomen	*ego, tū, nōs, vōs* – „ich, du, wir, ihr“
	Possessivpronomen	*meus, -a, -um* – „mein“
	Reflexivpronomen	*sē* – „sich“
	Relativpronomen	*quī, quae, quod* – „der, die, das“

Man bestimmt die Nomina durch drei Kategorien:

Kasus (Pl. **Kasūs**)	Nominativ (Wer/Was?)	*fīlius* – „ein/der Sohn“
	Genitiv (Wessen?)	*fīliī* – „eines/des Sohnes“
	Dativ (Wem?)	*fīliō* – „einem/dem Sohn“
	Akkusativ (Wen/Was?)	*fīlium* – „einen/den Sohn“
	Ablativ (Womit/Wodurch?)	*cum fīliō* – „mit einem/dem Sohn“
	Vokativ (Anrede)	*fīlī!* – „Sohn!“
Numerus (Pl. **Numeri**)	Singular	*fīlius* – „ein/der Sohn“
	Plural	*fīliī* – „(die) Söhne“
Genus (Pl. **Genera**)	Maskulinum	*fīlius* – „ein/der Sohn“
	Femininum	*fīlia* – „eine/die Tochter“
	Neutrum	*verbum* – „ein/das Wort“

2 Verb

Verben werden **konjugiert**.
Du kennst bereits fünf Kategorien, durch die man Verbformen bestimmt:

Person	1.	*rogō/rogāmus* – „ich frage/wir fragen“
	2.	*rogās/rogātis* – „du fragst/ihr fragt“
	3.	*rogat/rogant* – „er/sie/es fragt/sie fragen“
Numerus (Pl. **Numeri**)	Singular	*rogat* – „er/sie/es fragt“
	Plural	*rogant* – „sie fragen“

Modus (Pl. **Modi**)	Indikativ	*rogās* – „du fragst“
	Imperativ	*rogā!* – „frag(e)!”
Genus verbi („Art des Verbs“)	Aktiv	*rogat* – „er, sie, es fragt“
	Passiv	*rogātur* – „er wird gefragt“
Tempus (Pl. **Tempora**)	Präsens	*rogat* – „er/sie/es fragt“
	Imperfekt	*rogābat* – „er/sie/es fragte“
	Futur I	*rogābit* – „er/sie/es wird fragen“
	Perfekt	*rogāvit* – „er/sie/es hat gefragt“
	Plusquamperfekt	*rogāverat* – „er/sie/es hatte gefragt“

Neben den konjugierten Verbformen gibt es:

Infinitiv	Präsens Aktiv	*rogāre* – „fragen“
	Präsens Passiv	*rogārī* – „gefragt werden“
	Perfekt Aktiv	*rogāvisse* – „gefragt haben“
	Perfekt Passiv	*rogātum, -a, -um esse* – „gefragt worden sein“
Partizip	Partizip Präsens Aktiv (PPA)	*rogāns, rogantis* – „fragend“
	Partizip Perfekt Passiv (PPP)	*rogātus, -a, -um* – „gefragt“

Unveränderliche Wortarten

Unveränderliche Wortarten kommen nur in **einer Form** vor. Dazu gehören:

Präposition	*ad* m. Akk. – „zu, an, bei“, *cum* m. Abl. – „mit“
Adverb	*semper* – „immer“, *hīc* – „hier“
Konjunktion	*sed* – „aber“
Subjunktion	*quia* – „weil“

Eine **Konjunktion** leitet einen Hauptsatz ein: Es regnet, **aber** ich gehe spazieren.

Eine **Subjunktion** leitet einen **Nebensatz** ein: Ich werde nicht nass, **weil** ich einen Regenschirm habe.

Satzlehre

1 Satzarten

Aussagesatz	*Amīcī gaudent.* – „Die Freunde freuen sich.“
Aufforderungssatz	*Gaudē, amīce!* – „Freu(e) dich, Freund!“
Fragesatz	*Cūr amīcī nōn gaudent?* – „Warum freuen sich die Freunde nicht?“

2 Zusammengesetzter Satz

Hauptsatz	***Cornēlia porcum videt.* – „Cornelia sieht das Schwein."**	
Nebensatz	**Relativsatz**	*Cornēlia porcum,* ***quī dormit****, videt.* – „Cornelia sieht das Schwein, **das schläft**."
	Adverbialsatz	kausal (Grund): *quia, quoniam* *Cornēlia gaudet,* ***quia*** *porcum videt.* – „Cornelia freut sich, weil sie das Schwein sieht. "
		konditional (Bedingung): *sī*
		konzessiv (Einschränkung): *etiamsī, quamquam*
		temporal (Zeit): *cum, dum, postquam, ut*

3 Satzglieder und Satzgliedteile

3.1 Satzglieder

Subjekt (Wer/Was?)	***Cornēlia*** *porcum videt.* – „**Cornelia** sieht das Schwein."	
Prädikat (Was wird ausgesagt?)	*Cornēlia porcum* ***videt****.* – „Cornelia **sieht** das Schwein."	
Objekt	**Dativ** (Wem?)	*Cornēlia* ***porcō*** *appropinquat.* – „Cornelia nähert sich **dem Schwein**."
	Akkusativ (Wen/Was?)	*Cornēlia* ***porcum*** *videt.* – „Cornelia sieht **das Schwein**."
Adverbiale	**Ablativ des Mittels**	*Magister* ***librō*** *docet.* – „Der Lehrer unterrichtet **mit dem Buch**."
	Adverb	***Saepe*** *Cornēlia librum legit.* – „Cornelia liest **oft** ein Buch."
	Ortsangabe	***In vīllā*** *Cornēlia librum legit.* – „Cornelia liest ein Buch **im Haus**."

3.2 Satzgliedteile

Attribut	**Adjektiv als Attribut**	*Cornēlia porcum* ***māgnum*** *videt.* – „Cornelia sieht das **große** Schwein."
	Substantiv als Attribut (Apposition)	*Audāx* ***porcus*** *dormit.*– „Das **Schwein** Audax schläft."
	Genitivattribut	*Audāx porcus* ***Mārcī*** *est.* – „Audax ist **Marcus'** Schwein."
	Relativsatz als Attribut	*Mārcus,* ***cuius soror Cornēlia est****, porcum nōn videt.* – „Marcus, **dessen Schwester Cornelia ist**, sieht das Schwein nicht."

Prädikatsnomen	**Adjektiv** (mit einer Form von *esse*)	*Porcus* ***māgnus*** *est.* – „Das Schwein ist **groß**."
	Substantiv (mit einer Form von *esse*)	*Audāx* ***porcus*** *est.* – „Audax ist **ein Schwein**."
Prädikativum	**Adjektiv** als Prädikativum	*Cornēlia* ***ūna*** *porcum videt.* – „Cornelia sieht **als Einzige/allein** das Schwein."
	Substantiv als Prädikativum	*Mārcus* ***frāter*** *Cornēliae adest.* – „Markus hilft **als Bruder** Cornelia."

Nomina

1 Substantive

	a-Dekl.	
	***fīlia* (f)**	**eine/die Tochter (f)**
Nom. Sg.	*fīli-a*	eine/die Tochter
Gen. Sg.	*fīli-ae*	einer/der Tochter
Dat. Sg.	*fīli-ae*	einer/der Tochter
Akk. Sg.	*fīli-am*	eine/die Tochter
Abl. Sg.	*fīli-ā*	mit einer/der Tochter
Nom. Pl.	*fīli-ae*	(die) Töchter
Gen. Pl.	*fīli-ārum*	von Töchtern/der Töchter
Dat. Pl.	*fīli-īs*	(den) Töchtern
Akk. Pl.	*fīli-ās*	(die) Töchter
Abl. Pl.	*fīli-īs*	mit (den) Töchtern

	o-Dekl. (m)		**o-Dekl. (n)**	
	***fīlius* (m)**	**ein/der Sohn (m)**	***verbum* (n)**	**ein/das Wort (n)**
Nom. Sg.	*fīli-us*	ein/der Sohn	*verb-um*	ein/das Wort
Gen. Sg.	*fīli-ī*	eines/des Sohnes	*verb-ī*	eines/des Wortes
Dat. Sg.	*fīli-ō*	einem/dem Sohn	*verb-ō*	einem/dem Wort
Akk. Sg.	*fīli-um*	einen/den Sohn	*verb-um*	ein/das Wort
Abl. Sg.	*fīli-ō*	mit einem/dem Sohn	*verb-ō*	mit einem/dem Wort
Nom. Pl.	*fīli-ī*	(die) Söhne	*verb-a*	(die) Wörter
Gen. Pl.	*fīli-ōrum*	von Söhnen/der Söhne	*verb-ōrum*	von Wörtern/der Wörter
Dat. Pl.	*fīli-īs*	(den) Söhnen	*verb-īs*	(den) Wörtern
Akk. Pl.	*fīli-ōs*	(die) Söhne	*verb-a*	(die) Wörter
Abl. Pl.	*fīli-īs*	mit (den) Söhnen	*verb-īs*	mit (den) Wörtern

	o-Dekl. auf *-er*	e-Dekl.	u-Dekl.
	magister **(m)** – „ein/der Lehrer“	***res*** **(f)** – „eine/die Sache“	***exercitus*** **(m)** – „ein/das Heer“
Nom. Sg.	*magister*	*r-ēs*	*exercit-us*
Gen. Sg.	*magistr-ī*	*r-eī*	*exercit-ūs*
Dat. Sg.	*magistr-ō*	*r-eī*	*exercit-uī*
Akk. Sg.	*magistr-um*	*r-em*	*exercit-um*
Abl. Sg.	*magistr-ō*	*r-ē*	*exercit-ū*
Nom. Pl.	*magistr-ī*	*r-ēs*	*exercit-ūs*
Gen. Pl.	*magistr-ōrum*	*r-ērum*	*exercit-uum*
Dat. Pl.	*magistr-īs*	*r-ēbus*	*exercit-ibus*
Akk. Pl.	*magistr-ōs*	*r-ēs*	*exercit-ūs*
Abl. Pl.	*magistr-īs*	*r-ēbus*	*exercit-ibus*

	kons. Dekl.			
	mulier **(f)** – „eine/die Frau“	***homō*** **(m)** – „ein/der Mensch“	***mōns*** **(m)** – „ein/der Berg“	***opus*** **(n)** – „ein/das Werk“
Nom. Sg.	*mulier*	*homō*	*mōns*	*opus*
Gen. Sg.	*mulier-is*	*homin-is*	*mont-is*	*oper-is*
Dat. Sg.	*mulier-ī*	*homin-ī*	*mont-ī*	*oper-ī*
Akk. Sg.	*mulier-em*	*homin-em*	*mont-em*	*opus*
Abl. Sg.	*mulier-e*	*homin-e*	*mont-e*	*oper-e*
Nom. Pl.	*mulier-ēs*	*homin-ēs*	*mont-ēs*	*oper-a*
Gen. Pl.	*mulier-um*	*homin-um*	*mont-ium*	*oper-um*
Dat. Pl.	*mulier-ibus*	*homin-ibus*	*mont-ibus*	*oper-ibus*
Akk. Pl.	*mulier-ēs*	*homin-ēs*	*mont-ēs*	*oper-a*
Abl. Pl.	*mulier-ibus*	*homin-ibus*	*mont-ibus*	*oper-ibus*

2 Adjektive

	a-/o-Dekl.					
	clārus, -a, -um – „berühmt“			***pulcher, pulchr-a, pulchr-um*** – „schön“		
	m	**f**	**n**	**m**	**f**	**n**
Nom. Sg.	*clār-us*	*clār-a*	*clār-um*	*pulcher*	*pulchr-a*	*pulchr-um*
Gen. Sg.	*clār-ī*	*clār-ae*	*clār-ī*	*pulchr-ī*	*pulchr-ae*	*pulchr-ī*
Dat. Sg.	*clār-ō*	*clār-ae*	*clār-ō*	*pulchr-ō*	*pulchr-ae*	*pulchr-ō*
Akk. Sg.	*clār-um*	*clār-am*	*clār-um*	*pulchr-um*	*pulchr-am*	*pulchr-um*
Abl. Sg.	*clār-ō*	*clār-ā*	*clār-ō*	*pulchr-ō*	*pulchr-ā*	*pulchr-ō*
Nom. Pl.	*clār-ī*	*clār-ae*	*clār-a*	*pulchr-ī*	*pulchr-ae*	*pulchr-a*
Gen. Pl.	*clār-ōrum*	*clār-ārum*	*clār-ōrum*	*pulchr-ōrum*	*pulchr-ārum*	*pulchr-ōrum*
Dat. Pl.	*clār-īs*			*pulchr-īs*		
Akk. Pl.	*clār-ōs*	*clār-ās*	*clār-a*	*pulchr-ōs*	*pulchr-ās*	*pulchr-a*
Abl. Pl.	*clār-īs*			*pulchr-īs*		

	kons. Dekl.					
	ingēns, ingēns, ingēns – „gewaltig“			***gravis, gravis, grave*** – „schwer“		
	m	**f**	**n**	**m**	**f**	**n**
Nom. Sg.	*ingēns*			*gravis*	*gravis*	*grave*
Gen. Sg.	*ingent-is*			*grav-is*		
Dat. Sg.	*ingent-ī*			*grav-ī*		
Akk. Sg.	*ingent-em*		*ingēns*	*grav-em*		*grave*
Abl. Sg.	*ingent-ī*			*grav-ī*		
Nom. Pl.	*ingent-ēs*		*ingent-ia*	*grav-ēs*		*grav-ia*
Gen. Pl.	*ingent-ium*			*grav-ium*		
Dat. Pl.	*ingent-ibus*			*grav-ibus*		
Akk. Pl.	*ingent-ēs*		*ingent-ia*	*grav-ēs*		*grav-ia*
Abl. Pl.	*ingent-ibus*			*grav-ibus*		

3 Personalpronomen

	1. Person		2. Person	
Nom. Sg.	*ego*	ich	*tū*	du
Dat. Sg.	*mihī*	mir	*tibi*	dir
Akk. Sg.	*mē*	mich	*tē*	dich
Abl. Sg.	*ā mē/mēcum*	von mir/mit mir	*ā tē/tēcum*	von dir/mit dir
Nom. Pl.	*nōs*	wir	*vōs*	ihr
Dat. Pl.	*nōbīs*	uns	*vōbīs*	euch
Akk. Pl.	*nōs*	uns	*vōs*	euch
Abl. Pl.	*ā nōbīs/nōbīscum*	von uns/mit uns	*ā vōbīs/vōbīscum*	von euch/mit euch

	3. Person			
	nicht-reflexiv		**reflexiv**	
Nom. Sg.	*is, ea, id*	er, sie, es	–	
Gen. Sg.	*eius*	seiner, ihrer, dessen	*suī*	seiner, ihrer
Dat. Sg.	*eī*	ihm, ihr, ihm	*sibi*	sich
Akk. Sg.	*eum, eam, id*	ihn, sie, es	*sē*	sich
Abl. Sg.	*ab/cum eō, eā, eō*	von/mit ihm, ihr, ihm	*ā sē/sēcum*	von sich/mit sich
Nom. Pl.	*iī (eī), eae, ea*	sie	–	
Gen. Pl.	*eōrum, eārum, eōrum*	ihrer	*suī*	ihrer
Dat. Pl.	*eīs (iīs)*	ihnen	*sibi*	sich
Akk. Pl.	*eōs, eās, ea*	sie	*sē*	sich
Abl. Pl.	*ab/cum eīs (iīs)*	von/mit ihnen	*ā sē/sēcum*	von sich/mit sich

4 Possessivpronomen

	1. Person		2. Person	
Nom. Sg.	*meus, mea, meum*	mein	*tuus, tua, tuum*	dein
Nom. Pl.	*noster, nostra, nostrum*	unser	*vester, vestra, vestrum*	euer

	3. Person			
	nicht-reflexiv		**reflexiv**	
Nom. Sg.	*eius*	sein, ihr, sein	*suus, sua, suum*	sein, ihr, sein
Nom. Pl.	*eōrum, eārum, eōrum*	ihr	*suus, sua, suum*	ihr

5 Demonstrativpronomen

	hic, haec, hoc – „dieser, diese, dieses“			*ille, illa, illud* – „jener, jene, jenes“		
	m	**f**	**n**	**m**	**f**	**n**
Nom. Sg.	*hic*	*haec*	*hoc*	*ille*	*illa*	*illud*
Gen. Sg.	*huius*			*illīus*		
Dat. Sg.	*huic*			*illī*		
Akk. Sg.	*hunc*	*hanc*	*hoc*	*illum*	*illam*	*illud*
Abl. Sg.	*hōc*	*hāc*	*hōc*	*illō*	*illā*	*illō*
Nom. Pl.	*hī*	*hae*	*haec*	*illī*	*illae*	*illa*
Gen. Pl.	*hōrum*	*hārum*	*hōrum*	*illōrum*	*illārum*	*illōrum*
Dat. Pl.	*hīs*			*illīs*		
Akk. Pl.	*hōs*	*hās*	*haec*	*illōs*	*illās*	*illa*
Abl. Pl.	*hīs*			*illīs*		

	is, ea, id – „dieser, diese, dieses“		
	m	**f**	**n**
Nom. Sg.	*is*	*ea*	*id*
Gen. Sg.	*eius*		
Dat. Sg.	*eī*		
Akk. Sg.	*eum*	*eam*	*id*
Abl. Sg.	*eō*	*eā*	*eō*
Nom. Pl.	*iī (eī)*	*eae*	*ea*
Gen. Pl.	*eōrum*	*eārum*	*eōrum*
Dat. Pl.	*eīs (iīs)*		
Akk. Pl.	*eōs*	*eās*	*ea*
Abl. Pl.	*eīs (iīs)*		

Die Formen in Klammern *eī* (Nom. Pl.) und *iīs* (Dat. und Abl. Pl.) kommen auch vor.

6 Relativpronomen

	quī, quae, quod – „der, die, das; welcher, welche, welches“		
	m	**f**	**n**
Nom. Sg.	*quī*	*quae*	*quod*
Gen. Sg.	*cuius*		
Dat. Sg.	*cui*		
Akk. Sg.	*quem*	*quam*	*quod*
Abl. Sg.	*quō*	*quā*	*quō*
Nom. Pl.	*quī*	*quae*	*quae*
Gen. Pl.	*quōrum*	*quārum*	*quōrum*
Dat. Pl.	*quibus*		
Akk. Pl.	*quōs*	*quās*	*quae*
Abl. Pl.	*quibus*		

7 Präpositionen

Präpositionen mit Akkusativ		
ad	zu, an, bei	***ad*** *amīcum īre* – „**zu** dem Freund gehen“
ante	vor	***ante*** *tabernam manēre* – „**vor** dem Laden warten“
apud	bei	***apud*** *amīcōs esse* – „**bei** den Freunden sein“
contrā	gegen	***contrā*** *lēgem agere* – „**gegen** das Gesetz handeln“
inter	zwischen, inmitten, unter	***inter*** *amīcōs esse* – „**unter** Freunden sein“
intrā	innerhalb	***intrā*** *moenia esse* – „**innerhalb** der Mauern sein“
per	durch (... hindurch), über	***per*** *forum domum redīre* – „**über** das Forum nach Hause zurückgehen“
post	hinter, nach	***post*** *amīcōs īre* – „**hinter** den Freunden gehen“
prope	nahe bei	***prope*** *vīllam esse* – „**in der Nähe** des Hauses sein“

Präpositionen mit Ablativ		
ā/ab	1. von 2. von ... weg	*pecūniam* ***ab*** *amīcō petere* – „Geld **von** dem Freund verlangen“
cum	(zusammen) mit	***cum*** *amīcō disputāre* – „**mit** dem Freund diskutieren“
dē	1. über; um 2. von ... her, von ... herab	***dē*** *Capitōliō venīre* – „**vom** Kapitol **herab** kommen“
ē/ex	aus, aus ... heraus	***ē*** *vīllā venīre* – „**aus** dem Haus kommen“
sine	ohne	***sine*** *timōre agere* – „**ohne** Furcht handeln“
Präpositionen mit Akkusativ und Ablativ		
in (m. Akk.) (Frage: Wohin?)	in (... hinein), nach	***in*** *tabernam currere* – „**in** den Laden laufen“
in (m. Abl.) (Frage: Wo?)	in, an, auf	***in*** *tabernā manēre* – „**in** dem Laden bleiben“

8 Konjunktionen

anreihend	
atque; ac	und, und auch
et	und
et ... et	sowohl ... als auch
etiam	auch; sogar
neque; nec	und nicht
neque ... neque; nec ... nec	weder ... noch
-que	und
quoque (nachgestellt)	auch
entgegensetzend	
at	aber; doch
autem	aber
nōn modo ..., sed etiam ...	nicht nur ..., sondern auch ...
sed	aber; sondern
tamen	trotzdem, dennoch

ausschließend	
utrum ... an (im Fragesatz)	ob ... oder
vel	oder
vel ... vel ...	entweder ... oder
folgernd	
ergō	also
itaque	deshalb, daher
begründend	
enim	denn
nam	denn, nämlich
vergleichend	
ut	wie

9 Subjunktionen

kausal (begründend)	
quia	weil
quoniam	weil ja
faktisch (eine Tatsache feststellend)	
quod	dass
konditional (eine Bedingung stellend)	
sī	falls, wenn
konzessiv (einschränkend)	
etiamsī	auch wenn
quamquam	obwohl
temporal (zeitlich)	
cum	als plötzlich
dum	während
postquam	nachdem
ut	sobald, als
Vergleich	
ut	wie

Verben

10 Regelmäßige Verben: Aktiv Präsensstamm

	a-Konj.		e-Konj.
Inf.	*rogā-re*	fragen	*monē-re* – „ermahnen“
Präs.	*rog-ō*	ich frage	*mone-ō*
	rogā-s	du fragst	*monē-s*
	roga-t	er/sie/es fragt	*mone-t*
	rogā-mus	wir fragen	*monē-mus*
	rogā-tis	ihr fragt	*monē-tis*
	roga-nt	sie fragen	*mone-nt*
Imperf.	*rogā-ba-m*	ich fragte	*monē-ba-m*
	rogā-bā-s	du fragtest	*monē-bā-s*
	rogā-ba-t	er/sie/es fragte	*monē-ba-t*
	rogā-bā-mus	wir fragten	*monē-bā-mus*
	rogā-bā-tis	ihr fragtet	*monē-bā-tis*
	rogā-ba-nt	sie fragten	*monē-ba-nt*
Fut. I	*rogā-b-ō*	ich werde fragen	*monē-b-ō*
	rogā-bi-s	du wirst fragen	*monē-bi-s*
	rogā-bi-t	er/sie/es wird fragen	*monē-bi-t*
	rogā-bi-mus	wir werden fragen	*monē-bi-mus*
	rogā-bi-tis	ihr werdet fragen	*monē-bi-tis*
	rogā-bu-nt	sie werden fragen	*monē-bu-nt*
Imp. Sg.	*rogā!*	frag(e)!	*monē!*
Imp. Pl.	*rogā-te!*	fragt!	*monē-te!*
PPA	*rogā-ns, rogant-is*	fragend	*monē-ns, monent-is*

	i-Konj.	kons. Konj.	Konj. mit kurzem -i-
Inf.	*audī-re* – „hören"	*ag-e-re* – „machen"	*cape-re* – „fassen"
Präs.	*audi-ō*	*ag-ō*	*capi-ō*
	audī-s	*ag-i-s*	*capi-s*
	audi-t	*ag-i-t*	*capi-t*
	audī-mus	*ag-i-mus*	*capi-mus*
	audī-tis	*ag-i-tis*	*capi-tis*
	audi-u-nt	*ag-u-nt*	*capi-u-nt*
Imperf.	*audi-ēba-m*	*ag-ēba-m*	*capi-ēba-m*
	audi-ēbā-s	*ag-ēbā-s*	*capi-ēbā-s*
	audi-ēba-t	*ag-ēba-t*	*capi-ēba-t*
	audi-ēbā-mus	*ag-ēbā-mus*	*capi-ēbā-mus*
	audi-ēbā-tis	*ag-ēbā-tis*	*capi-ēbā-tis*
	audi-ēba-nt	*ag-ēba-nt*	*capi-ēba-nt*
Fut. I	*audi-a-m*	*ag-a-m*	*capi-a-m*
	audi-ē-s	*ag-ē-s*	*capi-ē-s*
	audi-e-t	*ag-e-t*	*capi-e-t*
	audi-ē-mus	*ag-ē-mus*	*capi-ē-mus*
	audi-ē-tis	*ag-ē-tis*	*capi-ē-tis*
	audi-e-nt	*ag-e-nt*	*capi-e-nt*
Imp. Sg.	*audī!*	*age!*	*cape!*
Imp. Pl.	*audī-te!*	*ag-i-te!*	*capi-te!*
PPA	*audi-ē-ns, audient-is*	*ag-ē-ns, agent-is*	*capi-ē-ns, capient-is*

11 Regelmäßige Verben: Passiv Präsensstamm

	a-Konj.		e-Konj.
Inf.	*rogā-rī*	gefragt werden	*monē-rī* – „ermahnt werden“
Präs.	*rog-or*	ich werde gefragt	*mone-or*
	rogā-ris	du wirst gefragt	*monē-ris*
	rogā-tur	er/sie/es wird gefragt	*monē-tur*
	rogā-mur	wir werden gefragt	*monē-mur*
	rogā-minī	ihr werdet gefragt	*monē-minī*
	roga-ntur	sie werden gefragt	*mone-ntur*
Imperf.	*rogā-ba-r*	ich wurde gefragt	*monē-ba-r*
	rogā-bā-ris	du wurdest gefragt	*monē-bā-ris*
	rogā-bā-tur	er/sie/es wurde gefragt	*monē-bā-tur*
	rogā-bā-mur	wir wurden gefragt	*monē-bā-mur*
	rogā-bā-minī	ihr wurdet gefragt	*monē-bā-minī*
	rogā-ba-ntur	sie wurden gefragt	*monē-ba-ntur*
Fut. I	*rogā-b-or*	ich werde gefragt werden	*monē-b-or*
	rogā-be-ris	du wirst gefragt werden	*monē-be-ris*
	rogā-bi-tur	er/sie/es wird gefragt werden	*monē-bi-tur*
	rogā-bi-mur	wir werden gefragt werden	*monē-bi-mur*
	rogā-bi-minī	ihr werdet gefragt werden	*monē-bi-minī*
	rogā-bu-ntur	sie werden gefragt werden	*monē-bu-ntur*

	i-Konj.	kons. Konj.	Konj. mit kurzem -i-
Inf.	*audī-rī* – „gehört werden“	*ag-ī* – „gemacht werden“	*cap-ī* – „gefasst werden“
Präs.	*audi-or*	*ag-or*	*capi-or*
	audī-ris	*ag-e-ris*	*cape-ris*
	audī-tur	*ag-i-tur*	*capi-tur*
	audī-mur	*ag-i-mur*	*capi-mur*
	audī-minī	*ag-i-minī*	*capi-minī*
	audi-u-ntur	*ag-u-ntur*	*capi-u-ntur*

	i-Konj.	kons. Konj.	Konj. mit kurzem -i-
Imperf.	*audi-ēba-r*	*ag-ēba-r*	*capi-ēba-r*
	audi-ēbā-ris	*ag-ēbā-ris*	*capi-ēbā-ris*
	audi-ēbā-tur	*ag-ēbā-tur*	*capi-ēbā-tur*
	audi-ēbā-mur	*ag-ēbā-mur*	*capi-ēbā-mur*
	audi-ēbā-minī	*ag-ēbā-minī*	*capi-ēbā-minī*
	audi-ēba-ntur	*ag-ēba-ntur*	*capi-ēba-ntur*
Fut. I	*audi-a-r*	*ag-a-r*	*capi-a-r*
	audi-ē-ris	*ag-ē-ris*	*capi-ē-ris*
	audi-ē-tur	*ag-ē-tur*	*capi-ē-tur*
	audi-ē-mur	*ag-ē-mur*	*capi-ē-mur*
	audi-ē-minī	*ag-ē-minī*	*capi-ē-minī*
	audi-e-ntur	*ag-e-ntur*	*capi-e-ntur*

12 Regelmäßige Verben: Aktiv und Passiv Perfektstamm

	Aktiv		Passiv	
Inf.	*rogā-visse*	gefragt haben	*rogā-tum, -am, -um esse*	gefragt worden sein
Perf.	*rogāv-ī*	ich habe gefragt	*rogātus, -a, -um sum*	ich bin gefragt worden
	rogāv-istī	du hast gefragt	*rogātus, -a, -um es*	du bist gefragt worden
	rogāv-it	er/sie/es hat gefragt	*rogātus, -a, -um est*	er/sie/es ist gefragt worden
	rogāv-imus	wir haben gefragt	*rogātī, -ae, -a sumus*	wir sind gefragt worden
	rogāv-istis	ihr habt gefragt	*rogātī, -ae, -a estis*	ihr seid gefragt worden
	rogāv-ērunt	sie haben gefragt	*rogātī, -ae, -a sunt*	sie sind gefragt worden
Plqupf.	*rogāv-era-m*	ich hatte gefragt	*rogātus, -a, -um eram*	ich war gefragt worden
	rogāv-erā-s	du hattest gefragt	*rogātus, -a, -um erās*	du warst gefragt worden
	rogāv-era-t	er/sie/es hatte gefragt	*rogātus, -a, -um erat*	er/sie/es war gefragt worden
	rogāv-erā-mus	wir hatten gefragt	*rogātī, -ae, -a erāmus*	wir waren gefragt worden
	rogāv-erā-tis	ihr hattet gefragt	*rogātī, -ae, -a erātis*	ihr wart gefragt worden
	rogāv-era-nt	sie hatten gefragt	*rogātī, -ae, -a erant*	sie waren gefragt worden
PPP	–	–	*rogā-tus, -a, -um*	gefragt

13 Unregelmäßige Verben: Präsensstamm

Inf. Präs.	***esse***	**sein**	***posse***	**können**	***īre***	**gehen**
Präs.	*sum*	ich bin	*pos-sum*	ich kann	*e-ō*	ich gehe
	es	du bist	*pot-es*	du kannst	*ī-s*	du gehst
	est	er/sie/es ist	*pot-est*	er/sie/es kann	*i-t*	er/sie/es geht
	sumus	wir sind	*pos-sumus*	wir können	*ī-mus*	wir gehen
	estis	ihr seid	*pot-estis*	ihr könnt	*ī-tis*	ihr geht
	sunt	sie sind	*pos-sunt*	sie können	*e-u-nt*	sie gehen
Imperf.	*era-m*	ich war	*pot-eram*	ich konnte	*ī-ba-m*	ich ging
	erā-s	du warst	*pot-erās*	du konntest	*ī-bā-s*	du gingst
	era-t	er/sie/es war	*pot-erat*	er/sie/es konnte	*ī-ba-t*	er/sie/es ging
	erā-mus	wir waren	*pot-erāmus*	wir konnten	*ī-bā-mus*	wir gingen
	erā-tis	ihr wart	*pot-erātis*	ihr konntet	*ī-bā-tis*	ihr gingt
	era-nt	sie waren	*pot-erant*	sie konnten	*ī-ba-nt*	sie gingen
Fut. I	*erō*	ich werde sein	*pot-erō*	ich werde können	*ī-b-ō*	ich werde gehen
	eris	du wirst sein	*pot-eris*	du wirst können	*ī-bi-s*	du wirst gehen
	erit	er/sie/es wird sein	*pot-erit*	er/sie/es wird können	*ī-bi-t*	er/sie/es wird gehen
	erimus	wir werden sein	*pot-erimus*	wir werden können	*ī-bi-mus*	wir werden gehen
	eritis	ihr werdet sein	*pot-eritis*	ihr werdet können	*ī-bi-tis*	ihr werdet gehen
	erunt	sie werden sein	*pot-erunt*	sie werden können	*ī-bu-nt*	sie werden gehen
Imp. Sg.	*es!*	sei!	–	–	*ī!*	geh!
Imp. Pl.	*es-te!*	seid!	–	–	*ī-te!*	geht!
PPA	–	–	–	–	*i-ē-ns, e-u-ntis*	gehend

Inf. Präs.	*velle*	wollen	*nōlle*	nicht wollen
Präs.	*volō*	ich will	*nōlō*	ich will nicht
	vīs	du willst	*nōn vīs*	du willst nicht
	vult	er/sie/es will	*nōn vult*	er/sie/es will nicht
	volumus	wir wollen	*nōlumus*	wir wollen nicht
	vultis	ihr wollt	*nōn vultis*	ihr wollt nicht
	volunt	sie wollen	*nōlunt*	sie wollen nicht
Imperf.	*vol-ēba-m*	ich wollte	*nōl-ēba-m*	ich wollte nicht
	vol-ēbā-s	du wolltest	*nōl-ēbā-s*	du wolltest nicht
	vol-ēba-t	er/sie/es wollte	*nōl-ēba-t*	er/sie/es wollte nicht
	vol-ēbā-mus	wir wollten	*nōl-ēbā-mus*	wir wollten nicht
	vol-ēbā-tis	ihr wolltet	*nōl-ēbā-tis*	ihr wolltet nicht
	vol-ēba-nt	sie wollten	*nōl-ēba-nt*	sie wollten nicht
Fut. I	*vol-a-m*	ich werde wollen	*nōl-a-m*	ich werde nicht wollen
	vol-ē-s	du wirst wollen	*nōl-ē-s*	du wirst nicht wollen
	vol-e-t	er/sie/es wird wollen	*nōl-e-t*	er/sie/es wird nicht wollen
	vol-ē-mus	wir werden wollen	*nōl-ē-mus*	wir werden nicht wollen
	vol-ē-tis	ihr werdet wollen	*nōl-ē-tis*	ihr werdet nicht wollen
	vol-e-nt	sie werden wollen	*nōl-e-nt*	sie werden nicht wollen
Imp. Sg.	–	–	*nōlī!*	–
Imp. Pl.	–	–	*nōlī-te!*	–
PPA	*vol-ē-ns, -ntis*	wollend	*nōl-ē-ns, -ntis*	nicht wollend

14 Unregelmäßige Verben: Perfektstamm

Inf. Perf.	*fu-isse*	gewesen sein	*potu-isse*	gekonnt haben	*īsse*	gegangen sein
Perf.	*fu-ī*	ich bin gewesen	*potu-ī*	ich habe gekonnt	*i-ī*	ich bin gegangen
	fu-istī	du bist gewesen	*potu-istī*	du hast gekonnt	*īstī*	du bist gegangen
	fu-it	er/sie/es ist gewesen	*potu-it*	er/sie/es hat gekonnt	*i-it*	er/sie/es ist gegangen
	fu-imus	wir sind gewesen	*potu-imus*	wir haben gekonnt	*i-imus*	wir sind gegangen
	fu-istis	ihr seid gewesen	*potu-istis*	ihr habt gekonnt	*īstis*	ihr seid gegangen
	fu-ērunt	sie sind gewesen	*potu-ērunt*	sie haben gekonnt	*i-ērunt*	sie sind gegangen
Plqupf.	*fu-era-m*	ich war gewesen	*potu-era-m*	ich hatte gekonnt	*i-era-m*	ich war gegangen
	fu-erā-s	du warst gewesen	*potu-erā-s*	du hattest gekonnt	*i-erā-s*	du warst gegangen
	fu-era-t	er/sie/es war gewesen	*potu-era-t*	er/sie/es hatte gekonnt	*i-era-t*	er/sie/es war gegangen
	fu-erā-mus	wir waren gewesen	*potu-erā-mus*	wir hatten gekonnt	*i-erā-mus*	wir waren gegangen
	fu-erā-tis	ihr wart gewesen	*potu-erā-tis*	ihr hattet gekonnt	*i-erā-tis*	ihr wart gegangen
	fu-era-nt	sie waren gewesen	*potu-era-nt*	sie hatten gekonnt	*i-era-nt*	sie waren gegangen
PPP	–	–	–	–	*i-tum*	gegangen

Inf. Perf.	***volu-isse***	**gewollt haben**	***nōlle***	**nicht gewollt haben**
Perf.	*volu-ī*	ich habe gewollt	*nōlu-ī*	ich habe nicht gewollt
	volu-istī	du hast gewollt	*nōlu-istī*	du hast nicht gewollt
	volu-it	er/sie/es hat gewollt	*nōlu-it*	er/sie/es hat nicht gewollt
	volu-imus	wir haben gewollt	*nōlu-imus*	wir haben nicht gewollt
	volu-istis	ihr habt gewollt	*nōlu-istis*	ihr habt nicht gewollt
	volu-ērunt	sie haben gewollt	*nōlu-ērunt*	sie haben nicht gewollt
Plqupf.	*volu-era-m*	ich hatte gewollt	*nōlu-era-m*	ich hatte nicht gewollt
	volu-erā-s	du hattest gewollt	*nōlu-erā-s*	du hattest nicht gewollt
	volu-era-t	er/sie/es hatte gewollt	*nōlu-era-t*	er/sie/es hatte nicht gewollt
	volu-erā-mus	wir hatten gewollt	*nōlu-erā-mus*	wir hatten nicht gewollt
	volu-erā-tis	ihr hattet gewollt	*nōlu-erā-tis*	ihr hattet nicht gewollt
	volu-era-nt	sie hatten gewollt	*nōlu-era-nt*	sie hatten nicht gewollt

15 Wortbildung: Suffixe und Präfixe

Präfix		Bedeutung	Beispiel
ā/ab	*ab-*	„fort-, von-, weg-, ent-"	*ab-esse* – „nicht da sein"
ad	*ad-*	„dabei-, heran-, hin-, hinzu-"	*ad-esse* – „da sein"
	ac-		*ac-cipere* (aus *ad* + *capere*) – „annehmen"
cum	*con-*	Verstärkung; „zusammen"	*con-venīre* – „zusammenkommen"
dē	*dē-*	„aus-, heraus-, weg-"	*dē-esse* – „weg sein"
ē/ex	*ē-*	„aus-, heraus-, weg-"	*ē-ripere* (aus *ex* + *rapere*) – „entreißen"
	ef-		*ef-fugere* (aus *ex* + *fugere*) – „entfliehen"
	ex-		*ex-ponere* – „aussetzen"
in	*in-*	„in, hinein"	*in-cipere* (aus: *in* + *capere*) – „anfangen"
	im-		*im-ponere* – „auferlegen"
inter	*inter-*	„dabei-, zwischen"	*inter-esse* – „dabei sein"
per	*per-*	„durch" Verstärkung: („durch und durch"), „sehr, ganz"	*per-īre* – „sterben"
prō	*prō-*	„vor-, für-"	*prō-mittere* – „versprechen"
re	*red-*	„zurück, wieder"	*red-īre* – „zurückgehen"

Suffix		Bedeutung	Beispiel
Substantive	*-tor* (m)	handelnde Person: „-er"	*imperāre* → *imperā-tor* „befehlen" → „Kaiser"
	-or (m)	Substantiv, abgeleitet von einem Verb	*dolēre* → *dol-or* „Schmerz empfinden" → „Schmerz"
	-tās (f)	Substantiv, abgeleitet von einem Adjektiv	*līber* → *lībertās* „frei" → „Freiheit""
	-tiō (f)	Tätigkeit	*ōrāre* → *ōrā-tiō* „bitten" → „Rede"
	-tūdō (f)	Eigenschaft	*māgnus* → *māgni-tūdō* „groß" → „Größe"
	-tūs (f)	Eigenschaft	*vir* → *virtūs* „Mann" → „Tapferkeit"
Verben	*-tāre*	Wiederholung, Verstärkung	*habēre* → *habitāre* „haben" → „wohnen"

Verben der a-Konjugation bilden in der Regel das v-Perfekt und das PPP so: Präsensstamm + -tum

vocāre	vocō	vocāvī	vocātum	rufen

Verben der e-Konjugation bilden in der Regel das u-Perfekt und das PPP so: Präsensstamm mit -i (statt -e) + -tum

monēre	moneō	monuī	monitum	ermahnen, mahnen

Verben der i-Konjugation bilden in der Regel das v-Perfekt und das PPP so: Präsensstamm + -tum

audīre	audiō	audīvī	audītum	hören

Alle anderen Verben mit unregelmäßigen Stammformen, die du in Band 1 und Band 2 (L1–L19) gelernt hast, findest du hier. Die Farben zeigen die Art der Perfektbildung:

v-Perfekt	u-Perfekt	s-Perfekt	Reduplikationsperfekt	Dehnungsperfekt
Perfekt ohne Veränderung	unregelmäßige Verben			

Infinitiv	**1. Person Singular Präsens**	**1. Person Singular Perfekt**	**PPP**	**Übersetzung**
abesse	absum	āfuī	–	nicht da sein, abwesend sein
abīre	abeō	abiī	–	weggehen
accēdere	accēdō	accessī	–	herankommen, herantreten
accipere	accipiō	accēpī	acceptum	1. annehmen 2. aufnehmen
addere	addō	addidī	additum	hinzufügen
addūcere	addūcō	addūxī	adductum	1. veranlassen, beeinflussen 2. hinführen, heranführen
adesse	adsum	adfuī/affuī	–	da sein, (+ Dat.) helfen
adīre	adeō	adiī	–	1. hingehen, herangehen 2. (an jemanden) herantreten, sich wenden (an)
agere	agō	ēgī	āctum	1. machen, tun 2. (ver)handeln
alere	alō	aluī	al(i)tum	1. ernähren 2. großziehen

āmittere	āmittō	āmīsī	āmissum	verlieren
aperīre	aperiō	aperuī	apertum	öffnen
ārdēre	ārdeō	ārsī	–	brennen
cadere	cadō	cécidī	–	fallen, untergehen
capere	capiō	cēpī	captum	1. (er)fassen, nehmen, ergreifen 2. erobern, einnehmen
circumdare	circumdō	circumdedī	circumdatum	umgeben, umschließen
claudere	claudō	clausī	clausum	schließen, verschließen
cōgere	cōgō	coēgī	coāctum	zwingen
complēre	compleō	complēvī	complētum	füllen, erfüllen
condere	condō	condidī	conditum	gründen
cōnstat	–	cōnstitit	–	es steht fest
cōnstituere	cōnstituō	cōnstituī	cōnstitūtum	1. beschließen 2. etwas festsetzen
contendere	contendō	contendī	contentum	eilen
convenīre	conveniō	convēnī	conventum	1. zusammenkommen 2. (jemanden) treffen
corrumpere	corrumpō	corrūpī	corruptum	bestechen
crēdere	crēdō	crēdidī	crēditum	glauben, meinen
cupere	cupiō	cupīvī	cupītum	1. wollen, haben wollen 2. wünschen
currere	currō	cucurrī	–	laufen, rennen
dare	dō	dedī	datum	geben
dēcernere	dēcernō	dēcrēvī	dēcrētum	1. entscheiden 2. beschließen
dēesse	dēsum	dēfuī	–	fehlen, abwesend sein
dēfendere	dēfendō	dēfendī	dēfēnsum	verteidigen
dēpōnere	dēpōnō	dēposuī	dēpositum	ablegen
dīcere	dīcō	dīxī	dictum	sagen, sprechen
discēdere	discēdō	discessī	–	weggehen
discere	discō	didicī	–	lernen
docēre	doceō	docuī	doctum	unterrichten, lehren
dūcere	dūcō	dūxī	ductum	führen
effugere	effugiō	effūgī	–	entfliehen, entkommen

emere	emō	ēmī	ēmptum	kaufen
ēripere	ēripiō	ēripuī	ēreptum	entreißen
esse	sum	fuī	–	sein
exīre	exeō	exiī	–	herausgehen
exponere	expōnō	exposuī	expositum	1. aussetzen 2. ausstellen
facere	faciō	fēcī	factum	machen, tun
flectere	flectō	flexī	flexum	1. beugen, biegen 2. umstimmen
flēre	fleō	flēvī	–	weinen
fugere	fugiō	fūgī	–	1. fliehen (vor) 2. flüchten
gerere	gerō	gessī	gestum	1. ausführen 2. tragen
iacēre	iaceō	iacuī	–	liegen, daliegen
impellere	impellō	impulī	impulsum	1. antreiben 2. veranlassen
impōnere	impōnō	imposuī	impositum	1. auferlegen, aufbürden 2. etwas auf etwas legen
incendere	incendō	incendī	incēnsum	anzünden
incipere	incipere	**coepī**	**coeptum**	anfangen, beginnen
inīre	ineō	iniī	initum	beginnen, anfangen
intellegere	intellegō	intellēxī	intellēctum	1. verstehen 2. bemerken
interesse	intersum	intersum	–	dabei sein, teilnehmen an
interficere	interficiō	interfēcī	interfectum	töten
invenīre	inveniō	invēnī	inventum	1. finden 2. erfinden
īre	eō	iī	–	gehen
iubēre	iubeō	iussī	iussum	befehlen, anordnen
iuvāre	iuvō	iūvī	–	helfen, unterstützen
legere	legō	lēgī	lēctum	lesen
licet	–	licuit	–	1. es ist erlaubt 2. es ist möglich
manēre	maneō	mānsī	–	1. bleiben 2. warten (auf), erwarten

minuere	minuō	minuī	minūtum	verkleinern, verringern
mittere	mittō	mīsī	missum	1. schicken 2. werfen, schleudern
movēre	moveō	mōvī	mōtum	bewegen
nōlle	nōlō	nōluī	–	nicht wollen
oportet	–	oportuit	–	es ist nötig (,dass)
ostendere	ostendō	ostendī	–	zeigen, erklären
parere	pariō	peperī	partum	1. hervorbringen 2. gebären 3. erwerben
pārēre	pāreō	pāruī	–	gehorchen
patēre	pateō	patuī	–	offenstehen
pellere	pellō	pepulī	pulsum	schlagen
perficere	perficiō	perfēcī	perfectum	1. vollenden 2. beenden
perīre	pereō	periī	–	sterben
pervenīre	perveniō	pervēnī	–	gelangen (zu/in)
petere	petō	petīvī	petītum	1. (einen Ort) aufsuchen, eilen (nach/zu) 2. haben wollen 3. bitten (um), verlangen 4. angreifen
pōnere	pōnō	posuī	positum	setzen, stellen, legen
posse	possum	potuī	–	können
premere	premō	pressī	pressum	1. bedrängen, in Bedrängnis bringen 2. unterdrücken
prōmittere	prōmittō	prōmīsī	prōmissum	versprechen
prōvidēre	prōvideō	prōvīdī	prōvīsum	Vorsorge treffen für, sich kümmern um
quaerere	quaerō	quaesīvī	quaesītum	1. suchen 2. fragen
rapere	rapiō	rapuī	raptum	rauben, wegreißen
recipere	recipiō	recēpī	receptum	aufnehmen
reddere	reddō	reddidī	redditum	zurückgeben
redīre	redeō	rediī	–	zurückgehen, zurückkehren

regere	regō	rēxī	rēctum	herrschen (über), lenken
relinquere	relinquō	relīquī	relictum	1. verlassen 2. zurücklassen
respicere	respiciō	respexī	respectum	1. beachten, denken an 2. berücksichtigen
respondēre	respondeō	respondī	respōnsum	antworten
retinēre	retineo	retinuī	retentum	zurückhalten, festhalten
rīdēre	rīdeō	rīsī	rīsum	lachen, auslachen
scrībere	scrībō	scrīpsī	scrīptum	schreiben
sedēre	sedeō	sēdī	–	sitzen
sentīre	sentiō	sēnsī	–	1. fühlen, wahrnehmen 2. meinen
solvere	solvō	solvī	solūtum	lösen, auflösen
stāre	stō	stetī	–	stehen
sūmere	sūmō	sūmpsī	sūmptum	1. nehmen 2. zu sich nehmen
sustinēre	sustineō	sustinuī	–	ertragen, aushalten
tangere	tangō	tetigī	tāctum	berühren, anfassen
tenēre	teneō	tenuī	–	1. halten 2. festhalten
timēre	timeō	timuī	–	1. sich fürchten 2. (vor etwas) Angst haben
tollere	tollō	**sustulī**	**sublātum**	1. hochheben 2. beseitigen, töten
trahere	trahō	trāxī	tractum	ziehen, schleppen
valēre	valeō	valuī	–	1. gesund sein, gutgehen 2. Kraft haben, wirksam sein
velle	volō	voluī	–	wollen
vendere	vendō	vendidī	venditum	verkaufen
venīre	veniō	vēnī	–	kommen
vidēre	videō	vīdī	vīsum	sehen
vincere	vincō	vīcī	victum	siegen, besiegen, überwinden
vīvere	vīvō	vīxī	–	leben

Hier wird die Stelle angegeben, wo du das Thema in der Grammatik (S. 154–188), in der Grammatik-Übersicht (S. 189–192, GrÜ) und in den Tabellen (S. 192–208, T) findest.

A

ā/ab *Präp. + Abl.*	1. **von** 2. **von ... weg**	9
abesse, absum, āfuī	**nicht da sein, abwesend sein**	4
abīre, abeō, abiī	**weggehen**	9
accēdere, accēdō, accessī	**herankommen, herantreten**	3
accipere, accipiō, accēpī, acceptum	1. **annehmen** 2. **aufnehmen**	17
accommodāre, accommodō, accommodāvī	**anpassen**	13
accūsāre, accūsō, accūsāvī, accūsātum	**anklagen**	19
ad *Präp. + Akk.*	**zu, an, bei**	5
addere, addō, addidī, additum	**hinzufügen**	9
addūcere, addūcō, addūxī, adductum	1. **veranlassen, beeinflussen** 2. **hinführen, heranführen**	18
adesse, adsum, adfuī/affuī	**da sein,** (+ *Dat.*) **helfen**	4, 7
adhūc *Adv.*	**bis jetzt, noch immer**	12
adīre, adeō, adiī	1. **hingehen, herangehen** 2. **(an jemanden) herantreten, sich wenden (an)**	9
administrāre, administrō, administrāvī	1. **leiten** 2. **verwalten**	9
aedificium, aedificiī *n*	**ein/das Gebäude**	5
ager, agrī *m*	**ein/das Feld, ein/das (Acker-)Land**	16
agere, agō, ēgī, āctum	1. **machen, tun** 2. **(ver)handeln**	6
āla, ālae *f*	**ein/der Flügel**	13
alere, alō, aluī, al(i)tum	1. **ernähren** 2. **großziehen**	16
aliī ..., aliī ...	**die einen ..., die anderen ...**	14
aliquandō *Adv.*	**eines Tages, irgendwann einmal**	11

alter, altera, alterum; *Gen.:* alterīus, *Dat.:* alterī	1. **der eine (von zweien)** 2. **der andere (von zweien)**	16
alter ..., alter ...	der eine ..., der andere ...	
altus, -a, -um	1. **hoch** 2. **tief**	12
amāre, amō, amāvī, amātum	**lieben, (gerne) mögen**	8
amīca, amīcae *f*	**eine/die Freundin**	3
amīcus, amīcī *m*	**ein/der Freund**	3
āmittere, āmittō, āmīsī, āmissum	**verlieren**	8
amor, amōris *m*	**(die) Liebe**	11
amphitheātrum, amphitheātrī *n*	**ein/das Amphitheater**	8
an *(in Fragen)*	**oder**	17
animus, animī *m*	1. **der Geist, eine/die Einstellung** 2. **der Mut** 3. **das Herz** 4. – *(bleibt unübersetzt)*	7
annus, annī *m*	**ein/das Jahr**	14
ante *Präp. + Akk.*	**vor**	5
anteā *Adv.*	**früher, vorher**	14
aperīre, aperiō, aperuī, apertum	**öffnen**	14
appellāre, appellō, appellāvī, appellātum	1. **nennen, benennen** 2. **ansprechen**	16
apportāre, apportō, apportāvī	**bringen, herbringen**	2
appropinquāre, appropinquō, appropinquāvī	**sich nähern**	7
apud *Präp. + Akk.*	**bei**	11
aqua, aquae *f*	**(das) Wasser**	2
ārdēre, ārdeō, ārsī	**brennen**	3
arma, armōrum *n Pl.*	**(die) Waffen**	14
ars, artis *f*	**eine/die Kunst**	11
at *Konjunktion*	**aber; doch**	16
atque/ac *Konjunktion*	**und, und auch**	5
audēre, audeō	**sich etwas trauen, etwas wagen**	17

audīre, audiō, audīvī, audītum	**hören**	2
aurum, aurī *n*	**(das) Gold**	9
autem *Konjunktion (nachgestellt)*	**aber**	2
auxilium, auxiliī *n*	**eine/die Hilfe**	18
avis, avis *f*	**ein/der Vogel**	16
avunculus, avunculī *m*	**ein/der Onkel**	3

B

beātus, -a, -um	**glücklich**	5
bellum, bellī *n*	**ein/der Krieg**	8
bene *Adv.*	**gut**	4
bonus, -a, -um	**gut**	5

C

cadere, cadō, cécidī	**fallen, untergehen**	15
caedēs, caedis *f*	**der Mord, das Töten**	19
caelum, caelī *n*	**ein/der Himmel**	12
campus, campī *m*	**ein/das Feld, ein/der freie(r) Platz**	3
capere, capiō, cēpī, captum	1. **(er)fassen, nehmen, ergreifen** 2. **erobern, einnehmen**	7
cārus, -a, -um	**lieb, wert**	15
castra, castrōrum *n Pl.*	**ein/das Lager**	17
causa, causae *f*	1. **ein/der Grund, eine/die Ursache** 2. **eine/die Angelegenheit**	11
celeriter *Adv.*	**schnell**	3
certē *Adv.*	**bestimmt, sicher(lich)**	1
certus, -a, -um	**sicher, gewiss**	18
cēterī, -ae, -a cētera, cēterōrum *n Pl.*	**die übrigen** **das Übrige**	14
cibus, cibī *m*	**eine/die Speise, ein/das Essen**	6
circumdare, circumdō, circumdedī, circumdatum	**umgeben, umschließen**	16
cīvis, cīvis *m/f, Gen. Pl.* cīvium	**ein/der Bürger, eine/die Bürgerin**	8
cīvitās, cīvitātis *f*	**eine/die Bürgerschaft, ein/der Staat**	17
clam *Adv.*	**heimlich**	19
clāmāre, clāmō, clāmāvī	**laut rufen, schreien**	1
clāmor, clāmōris *m*	**ein/das Geschrei**	2
clārus, -a, -um	1. **berühmt** 2. **hell, klar**	8
classis, classis *f*	**eine/die Flotte**	18
claudere, claudō, clausī, clausum	**schließen, verschließen**	13
cōgere, cōgō, coēgī, coāctum	**zwingen**	15
cōgitāre, cōgitō, cōgitāvī sēcum cōgitāre	**(nach)denken, überlegen** im Stillen denken	2, 13
complēre, compleō, complēvī, complētum	**füllen, erfüllen**	14
condere, condō, condidī, conditum	**gründen**	15
coniūnx, coniugis *f/m*	**eine/die Ehefrau, ein/der Ehemann**	9
cōnsilium, cōnsiliī *n* cōnsilium capere	1. **ein/der Plan** 2. **eine/die Beratung** 3. **ein/der Beschluss** einen Plan fassen	14
cōnstat, cōnstitit + *AcI*	**es steht fest**	9
cōnstituere, cōnstituō, cōnstituī, cōnstitūtum	1. **beschließen** 2. **etwas festsetzen**	16
cōnsul, cōnsulis *m*	**ein/der Konsul**	17
contendere, contendō, contendī	**eilen**	17
contrā *Präp. + Akk.*	**gegen**	6
convenīre, conveniō, convēnī	1. **zusammenkommen** 2. **(jemanden) treffen**	5
convocāre, convocō, convocāvī, convocātum	**zusammenrufen**	17
cōpia, cōpiae *f*	**eine/die Menge**	9
corpus, corporis *n*	**ein/der Körper**	13

corrumpere, corrumpō, corrūpī, corruptum	**bestechen**	6
crēdere, crēdō, crēdidī, crēditum	**glauben, meinen**	5
crīmen, crīminis *n*	**ein/das Verbrechen**	16
cum *Präp. + Abl.*	**(zusammen) mit**	4
cum *Subjunktion*	**als (plötzlich)**	15
cunctī, -ae, -a	**alle**	9
cupere, cupiō, cupīvī, cupītum	1. **wollen, haben wollen** 2. **wünschen**	7
cupiditās, cupiditātis *f*	**ein/das Verlangen, ein/der Wunsch**	18
cūr? *Fragewort*	**warum?**	1
cūra, cūrae *f*	1. **eine/die Sorge** 2. **(die) Sorgfalt, Fürsorge**	19
cūrāre, cūrō, cūrāvī	**sich kümmern um**	9
currere, currō, cucurrī	**laufen, rennen**	6
custōdīre, custōdiō, custōdīvī, custōdītum	**bewachen**	6

D

dare, dō, dedī, datum	**geben**	7
dē *Präp. + Abl.*	1. **über; um** 2. **von ... her, von ... herab**	8
dea, deae *f*	**eine/die Göttin**	7
dēbēre, dēbeō, dēbuī	**müssen**	1
nōn dēbēre	1. nicht müssen 2. nicht dürfen	
decem	**zehn**	14
dēcernere, dēcernō, dēcrēvī, dēcrētum	1. **entscheiden** 2. **beschließen**	16
deesse, desum, dēfuī	**fehlen, abwesend sein**	14
dēfendere, dēfendō, dēfendī, dēfēnsum	**verteidigen**	8
deinde *Adv.*	**dann, daraufhin**	5
dēpōnere, dēpōnō, dēposuī, dēpositum	**ablegen**	6
dēsīderāre, dēsīderō, dēsīderāvī, dēsīderātum	1. **(etwas) vermissen** 2. **sich sehnen (nach etwas)**	3
dēspērāre, dēspērō, dēspērāvī	1. **die Hoffnung verlieren** 2. **verzweifeln**	18
deus, deī *m*	**ein/der Gott**	7
dīcere, dīcō, dīxī, dictum	**sagen, sprechen**	5
diēs, diēī *f*	**ein/der Tag**	17
discēdere, discēdō, discessī	**weggehen**	3
discere, discō, didicī	**lernen**	4
disputāre, disputō, disputāvī	**diskutieren**	4
diū *Adv.*	**lange Zeit, lange**	4
docēre, doceō, docuī, doctum	**unterrichten, lehren**	4
dolēre, doleō, doluī	1. **Schmerz(en) empfinden** 2. **weh tun**	2
dolor, dolōris *m*	**ein/der Schmerz**	2
dolus, dolī *m*	**eine/die List, ein/der Betrug**	14
domī *Adv.*	**zu Hause**	1
domina, dominae *f*	**eine/die (Haus)herrin**	1
dominus, dominī *m*	**ein/der (Haus)herr**	1
domum	**nach Hause**	9
domus, domūs *f*	**ein/das Haus**	19
dōnum, dōnī *n*	**ein/das Geschenk**	14
dormīre, dormiō, dormīvī	**schlafen**	1
dracō, dracōnis *m*	**ein/der Drache; eine/die (große) Schlange**	12
dūcere, dūcō, dūxī, ductum	**führen**	5
dum *Subjunktion*	**während**	11
duo, duae, duo	**zwei**	6
duodecim	**zwölf**	
dūrus, -a, -um	1. **hart** 2. **hartherzig**	11
dux, ducis *m*	**ein/der Anführer**	17

E

ē/ex *Präp. + Abl.*	**aus, aus ... heraus**	5
ecce!	**Sieh mal! Schau mal!/ Seht mal! Schaut mal!**	3
ēdūcāre, ēdūcō, ēdūcāvī, ēdūcātum	**erziehen**	16
effugere, effugiō, effūgī *+ Akk.*	**entfliehen, entkommen**	14
ego	**ich**	3
emere, emō, ēmī, ēmptum	**kaufen**	4
enim *Konjunktion*	**denn**	16
equus, equī *m*	**ein/das Pferd**	3
ergō *Adv.*	**also**	5
ēripere, ēripiō, ēripuī, ēreptum	**entreißen**	12
errāre, errō, errāvī	**umherirren, sich irren**	14
esse, sum, fuī	**sein**	1
et *Konjunktion*	**und**	0
et ... et *Konjunktion*	**sowohl ... als auch**	5
etiam *Konjunktion*	1. **auch** 2. **sogar**	1
etiamsī *Subjunktion*	**auch wenn**	14
exercitus, exercitūs *m*	**ein/das Heer**	19
exilium, exiliī *n*	**eine/die Verbannung, ein/das Exil**	17
exīre, exeō, exiī	**herausgehen**	19
expōnere, expōnō, exposuī, expositum	1. **aussetzen** 2. **ausstellen**	16
expūgnāre, expūgnō, expūgnāvī, expūgnātum	**erobern**	18
exspectāre, exspectō, exspectāvī, exspectātum	1. **erwarten** 2. **warten (auf)**	8

F

facere, faciō, fēcī, factum	1. **machen, tun** 2. *+ dopp. Akk.* (jemanden) **zu** (etwas) **machen**	7, 17
sacra facere	opfern	
facinus, facinoris *n*	1. **eine/die Tat** 2. **ein/das Verbrechen**	19
fātum, fātī *n*	**ein/das Schicksal**	11
fēmina, fēminae *f*	**eine/die Frau**	17
fessus, -a, -um	**müde**	14
fidēs, fideī *f*	1. **(das) Vertrauen** 2. **(die) Treue**	17
fidem habēre *+ Dat.*	jemandem vertrauen	
fīlia, fīliae *f*	**eine/die Tochter**	0
fīlius, fīliī *m*	**ein/der Sohn**	0
fīnis, fīnis *m*	**ein/das Ende, eine/die Grenze**	17
flamma, flammae *f*	1. **eine/die Flamme** 2. **ein/das Feuer**	5
flectere, flectō, flexī, flexum	1. **beugen, biegen** 2. **umstimmen, ändern**	17
animum hominis flectere	einen Menschen umstimmen	
flēre, fleō, flēvī	**weinen**	2
flūmen, flūminis *n*	**ein/der Fluss**	15
fortāsse *Adv.*	**vielleicht**	7
fortūna, fortūnae *f*	1. **ein/das Schicksal** 2. **ein/das Glück** 3. **ein/das Unglück**	16
forum, forī *n*	**ein/der Marktplatz, ein/das Forum**	4
frāter, frātris *m*	**ein/der Bruder**	16
frūmentum, frūmentī *n*	**ein/das Getreide**	4
fuga, fugae *f*	**eine/die Flucht**	13
fugere, fugiō, fūgī *+ Akk.*	1. **fliehen (vor),** 2. **flüchten**	13
fūr, fūris *m*	**ein/der Dieb**	3

G

Gallia, Galliae *f*	**Gallien**	3
gaudēre, gaudeō	**sich freuen**	1
gēns, gentis *f*	1. **ein/das Volk** 2. **eine/die Familie, ein/der Stamm**	15
gerere, gerō, gessī, gestum	1. **ausführen** 2. **tragen**	18
bellum gerere	Krieg führen	

gladiātor, gladiātōris *m*	**ein/der Gladiator**	8
gladius, gladiī *m*	**ein/das Schwert**	8
glōria, glōriae *f*	**(der) Ruhm, (die) Ehre**	8
Graecus, -a, -um	**griechisch;** *Subst.:* **ein/der Grieche**	14
grātia, grātiae *f*	1. **ein/der Dank** 2. **ein/das Ansehen**	6
grātiās agere	danken	
gravis, gravis, grave; *Gen.:* gravis	1. **schwer** 2. **wichtig, bedeutend**	13
H		
habēre, habeō, habuī, habitum	1. **haben** 2. **halten**	3
habitāre, habitō, habitāvī	**wohnen, bewohnen**	5
herba, herbae *f*	1. **ein/das Kraut** 2. **eine/die Pflanze**	2
hīc *Adv.*	**hier**	0
hic, haec, hoc	**dieser, diese, dieses**	12
hodiē *Adv.*	**heute**	8
homō, hominis *m*	**ein/der Mensch**	6
hostis, hostis *m*	**ein/der Feind**	14
hūc *Adv.*	**hierher**	12
I		
iacēre, iaceō, iacuī	**liegen, daliegen**	1
iam *Adv.*	**schon, nun**	2
nōn iam	nicht mehr	6
ibi *Adv.*	**dort**	3
īgnōrāre, īgnōrō, īgnōrāvī, īgnōrātum	**nicht kennen, nicht wissen**	18
nōn īgnōrāre	gut kennen, genau wissen	
ille, illa, illud	**jener, jene, jenes**	12
immortālis, immortālis, immortāle; *Gen.:* immortālis	**unsterblich**	19
dī immortālēs	die unsterblichen Götter	
impellere, impellō, impulī, impulsum	1. **antreiben** 2. **veranlassen**	18
timōre impulsus	aus Furcht	
imperāre, imperō, imperāvī	**befehlen, herrschen**	7
imperātor, imperātōris *m*	1. **ein/der Kaiser** 2. **ein/der Feldherr**	7
imperium, imperiī n	1. **ein/der Befehl, eine/die Befehlsgewalt** 2. **ein/das Reich** 3. **eine/die Herrschaft**	18
imperium Rōmānum	das römische Reich	
impōnere, impōnō, imposuī, impositum	1. **auferlegen, aufbürden** 2. **etwas auf etwas legen**	12
improbus, -a, -um	**schlecht, böse**	15
in *Präp.*	1. *+ Akk.* **in (... hinein), nach** *(wohin?)* 2. *+ Abl.* **in, an, auf** *(wo?)*	5
incendere, incendō, incendī, incēnsum	**anzünden**	14
incipere, incipiō, coepī, coeptum	**anfangen, beginnen**	7
īnferī, īnferōrum *m Pl.*	**die Unterirdischen, die Unterwelt**	11
ingenium, ingeniī *n*	**ein/das Talent, eine/die Begabung**	18
ingēns, ingēns, ingēns; *Gen.:* ingentis	1. **gewaltig** 2. **sehr groß, riesig**	13
inīre, ineō, iniī	**beginnen, anfangen**	18
initium, initiī *n*	**ein/der Beginn, ein/der Anfang**	18
iniūria, iniūriae *f*	1. **ein/das Unrecht** 2. **eine/die Ungerechtigkeit**	9
inquit	**sagt(e) er, sie, es**	6
īnsidiae, īnsidiārum *f Pl.*	**ein/der Anschlag, eine/die Falle, ein/der Überfall**	19
īnsidiās parāre	einen Anschlag vorbereiten/planen	
īnsula, īnsulae *f*	1. **ein/das Mietshaus** 2. **eine/die Insel**	5
intellegere, intellegō, intellēxī, intellēctum	1. **verstehen** 2. **bemerken**	19
inter *Präp. + Akk.*	**zwischen, inmitten, unter**	19

interesse, intersum, interfuī + *Dat.*	**dabei sein, teilnehmen an**	19
interficere, interficiō, interfēcī, interfectum	**töten**	7
intrā *Präp. + Akk.*	**innerhalb**	17
intrāre, intrō, intrāvī, intrātum	**eintreten, betreten**	2
invenīre, inveniō, invēnī, inventum	1. **finden** 2. **erfinden**	12
invidia, invidiae *f*	**(der) Neid**	16
īrātus, -a, -um	**wütend, zornig**	5
īre, eō, iī	**gehen**	9
is, ea, id	1. **er, sie, es** *(Personalpronomen)* 2. **dieser/diese/dieses** *(Demonstrativpronomen)*	11
ita	**so**	0
Ītalia, Ītaliae *f*	**Italien**	3
itaque *Konjunktion*	**deshalb, daher**	3
iter, itíneris *n* iter facere	1. **ein/der Weg** 2. **eine/die Reise** eine Reise machen	13
iterum iterum atque iterum	**wieder(um)** wieder und wieder, immer wieder	8
iubēre, iubēō, iussī, iussum + *Akk.*	**befehlen, anordnen**	12
iūdicium, iūdiciī *n*	**ein/das Urteil, eine/die Entscheidung**	19
iūs, iūris *n* iūre	**ein/das Recht** zu Recht	13
iūstus, -a, -um	**gerecht**	19
iuvāre, iuvō, iūvī + *Akk.*	**helfen, unterstützen**	2
iuvenis, iuvenis *m*	**ein/der junge(r) Mann**	6

L

labor, labōris *m*	1. **eine/die Arbeit** 2. **eine/die Mühe, Anstrengung**	12
labōrāre, labōrō, labōrāvī	**arbeiten, sich anstrengen**	1
lacrima, lacrimae *f*	**eine/die Träne**	17
laetus, -a, -um	**fröhlich, froh**	5
legere, legō, lēgī, lēctum	**lesen**	4
levis, levis, leve; *Gen.*: levis	**leicht**	13
lēx, lēgis *f*	**ein/das Gesetz**	6
libenter *Adv.*	**gern**	17
liber, librī *m*	**ein/das Buch**	4
līber, lībera, līberum	**frei**	8
līberī, līberōrum *m Pl.*	**(die) Kinder**	1
lībertās, lībertātis *f*	**(die) Freiheit**	18
licet, licuit	1. **es ist erlaubt** 2. **es ist möglich**	9
littera, litterae *f*	1. **ein/der Buchstabe**; *im Plural (auch):* 2. **ein/der Brief** 3. **eine/die Literatur** 4. **eine/die Wissenschaft**	4
lītus, lītoris *n*	1. **ein/der Strand** 2. **eine/die Küste**	13
locus, locī *m*	**ein/der Ort, eine/die Stelle**	16
longus, -a, -um	**lang**	11
lupa, lupae *f*	**eine/die Wölfin**	16
lūx, lūcis f	**ein/das (Tages-)Licht**	11

M

magister, magistrī *m*	**ein/der Lehrer**	4
māgnitūdō, māgnitūdinis *f*	**eine/die Größe**	6
māgnus, -a, -um	1. **groß** 2. **wichtig**	5
māiōrēs, māiōrum *m Pl.*	**(die) Vorfahren**	18
malus, -a, -um	**schlecht**	5
manēre, maneō, mānsī	1. **bleiben** 2. **warten (auf), erwarten**	1
mare, maris *n*	**ein/das Meer**	13
māter, mātris *f*	**eine/die Mutter**	7
maximus, -a, -um	1. **sehr groß** 2. **der, die, das größte**	19
mē *Akk.*	**mich**	2

mēcum	**mit mir**	7
medius, -a, -um – mediā viā *Abl.* – mediā in viā	1. **der, die, das mittlere** 2. **mitten, in der Mitte** – auf dem mittleren Weg – mitten auf dem Weg	13
memoria, memoriae *f*	1. **ein/das Gedächtnis** 2. **eine/die Erinnerung**	15
mēns, mentis *f*	1. **ein/der Verstand** 2. **eine/die Haltung, eine/die Gesinnung**	19
mercātor, mercātōris *m*	ein/der Händler	4
meus, -a, -um	**mein**	11
mihi *Dat.*	**mir**	7
mīles, mīlitis *m*	**ein/der Soldat**	14
minister, ministrī *m*	ein/der Diener, ein/der Helfer	7
minuere, minuō, minuī, minūtum	**verkleinern, verringern**	6
miser, misera, miserum	**arm, unglücklich**	9
mittere, mittō, mīsī, missum	1. **schicken** 2. **werfen, schleudern**	14
modo *Adv.* nōn modo ..., sed etiam ...	1. **nur** 2. **gerade** nicht nur ..., sondern auch ...	8
modus, modī *m* hōc modō	**eine/die Art, eine/die Weise** auf diese Weise	16
moenia, moenium *n Pl.*	**eine/die Mauer, eine/die Stadtmauer**	14
monēre, moneō, monuī, monitum	**ermahnen, mahnen**	2
mōns, montis *m*, *Gen. Pl.* montium	1. **ein/der Berg** 2. **ein/der Hügel**	7
mors, mortis *f*	**ein Toter/der Tod**	11
mortuus, -a, -um	**tot;** *Subst.*: **ein Toter/ der Tote**	11
mōs, mōris *m*	**eine/die Sitte, ein/der Brauch, eine/die Gewohnheit**	19
movēre, moveō, mōvī, mōtum	**bewegen**	1
mox *Adv.*	**bald**	15

mulier, mulieris *f*	**eine/die Frau**	2
multī, -ae, -a multa *n Pl.*	**viele(s)** viel(es), viele Dinge	5
multitūdō, multitūdinis *f*	**eine/die Menge**	6
multum *Adv.*	viel	9
mūtāre, mūtō, mūtāvī, mūtātum	**verändern**	13

N

nam *Konjunktion*	**denn, nämlich**	2
nārrāre, nārrō, nārrāvī, nārrātum	**erzählen**	12
-ne *bei Fragen*	*(wird nicht übersetzt)*	2
nec	**und nicht**	9
nec ... nec	**weder ... noch**	3
necāre, necō, necāvī, necātum	**töten**	11
necesse est	es ist notwendig	6
negōtium, negōtiī *n*	eine/die Aufgabe, ein/das Geschäft	9
nēmō *m/f*, *Akk.* nēminem	**niemand**	7
neque	**und nicht**	9
neque ... neque	**weder ... noch**	3
nihil	**nichts**	7
nōbilis, nōbilis, nōbile; *Gen.*: nōbilis	1. **adlig** 2. **vornehm, edel**	17
nōbīs *Dat.*	**uns**	7
nōlle, nōlō, nōluī	**nicht wollen**	
nōmen, nōminis *n*	**ein/der Name**	14
nōn	**nicht**	0
nōnne?	**nicht? doch wohl?**	5
nōs *Nom./Akk.*	1. **wir** 2. **uns**	5
noster, nostra, nostrum	**unser**	11
novus, -a, -um	**neu**	13
nox, noctis *f* nocte	**eine/die Nacht** in der Nacht	14
nūllus, -a, -um; *Gen.*: nūllīus, *Dat.*: nūllī	**keiner/keine/kein**	13

num?	**etwa?**	5
numerus, numerī *m*	**eine/die Zahl, eine/die Anzahl**	6
numquam	**niemals**	19
nunc *Adv.*	**jetzt, nun**	1
nūntiāre, nūntiō, nūntiāvī, nūntiātum	**melden, verkünden**	15
nūper *Adv.*	**vor kurzer Zeit, neulich**	18

O

occupāre, occupō, occupāvī, occupātum	**besetzen, einnehmen**	18
occupātus, -a, -um	**beschäftigt**	6
oculus, oculī *m*	**ein/das Auge**	8
officium, officiī *n*	1. **eine/die Pflicht, Verpflichtung** 2. **eine/die Aufgabe**	12
officium facere/ officium servāre	eine Pflicht erfüllen; eine Aufgabe erledigen	
omnis, omnis, omne; *Gen.:* omnis	**jeder;** *im Plural:* **alle**	14
oportet, oportuit + *AcI*	**es ist nötig (,dass)**	19
opus est + *Abl.*	**man braucht**	18
Cōnsiliō opus est.	Man braucht einen Plan.	
opus, operis *n*	1. **ein/das Werk** 2. **eine/die Arbeit**	13
ōrāre, ōrō, ōrāvī	1. **beten** 2. **bitten**	7
ōrātiō, ōrātiōnis *f*	**eine/die Rede**	9
ōrātiōnem habēre	eine Rede halten	
orbis, orbis *m*	**ein/der Kreis**	15
orbis terrārum	der Erdkreis, die bewohnte Welt	
ōs, ōris *n*	1. **ein/das Gesicht** 2. **ein/der Mund**	19
ostendere, ostendō, ostendī	**zeigen, erklären**	5

P

paene *Adv.*	**fast, beinahe**	8
parāre, parō, parāvī, parātum	**vorbereiten, planen**	17
parentēs, parentum *m Pl.*	**(die) Eltern**	7
pārēre, pāreō, pāruī	**gehorchen**	15
parere, pariō, peperī, partum	1. **hervorbringen** 2. **gebären** 3. **erwerben**	18
parvus, -a, -um	1. **klein** 2. **unwichtig**	5
pāstor, pāstōris *m*	**ein/der Hirte**	16
pater, patris *m*	**ein/der Vater**	7
patēre, pateō, patuī	**offen stehen**	13
patria, patriae *f*	1. **eine/die Heimat** 2. **ein/das Vaterland**	3
paucī, -ae, -a	**wenige(s)**	5
paulō *Adv.*	**(um) ein wenig**	16
paulō post	ein wenig später	
pāx, pācis *f*	**ein/der Frieden**	17
pectus, pectoris *n*	1. **eine/die Brust** 2. **ein/das Herz**	15
pecūnia, pecūniae *f*	**(das) Geld**	6
pellere, pellō, pepulī, pulsum	**schlagen**	4
per *Präp. + Akk.*	**durch (... hindurch), über**	9
perficere, perficiō, perfēcī, perfectum	1. **vollenden** 2. **beenden**	13
perīculum, perīculī *n*	**eine/die Gefahr**	1
perīre, pereō, periī	**sterben**	11
pervenīre, perveniō, pervēnī	**gelangen (zu/in)**	12
pēs, pedis *m*	**ein/der Fuß**	12
petere, petō, petīvī, petītum	1. **(einen Ort) aufsuchen, eilen (nach/zu)** 2. **haben wollen** 3. **bitten (um), verlangen** 4. **angreifen**	3
placēre, placeō, placuī, placitum	**gefallen**	1
plūs ... quam	**mehr ... als**	18
poena, poenae *f*	**eine/die Strafe**	19
poēta, poētae *m*	**ein/der Dichter**	12
pōma, pōmōrum *n Pl.*	**(die) Äpfel, (das) Obst**	12

pōnere, pōnō, posuī, positum	**setzen, stellen, legen**	12
populus, populī *m*	**ein/das Volk**	15
porcus, porcī *m*	**ein/das Schwein**	1
porta, portae *f*	**ein/das Tor, eine/die Tür**	14
posse, possum, potuī	**können**	4
post *Präp. + Akk.*	**hinter, nach**	11
posteā *Adv.*	**später**	9
postquam *Subjunktion*	**nachdem**	14
postrēmō *Adv.*	**schließlich**	7
potēns, potēns, potēns; *Gen.:* potentis	**mächtig**	15
potestās, potestātis *f*	1. **eine/die Macht** 2. **eine/die (Amts-) Gewalt**	18
praetereā *Adv.*	**außerdem**	3
precēs, precum *f Pl.*	**(die) Bitten**	17
premere, premō, pressī, pressum	1. **bedrängen, in Bedrängnis bringen** 2. **unterdrücken**	17
prīmō *Adv.*	**zuerst**	6
prīmum *Adv.*	**zuerst**	2
prīmus, -a, -um prīmā lūce	**der, die, das erste** bei Tagesanbruch	14
probāre, probō, probāvī, probātum	1. **anerkennen, für gut befinden** 2. **prüfen**	19
profectō *Adv.*	**tatsächlich, wirklich**	11
prohibēre, prohibeō, prohibuī, prohibitum	**fernhalten, abwehren**	17
prōmittere, prōmittō, prōmīsī, prōmissum	**versprechen**	15
prope	1. *Adv.* **in der Nähe** 2. *Präp. + Akk.* **nahe bei**	8
prōvidēre, prōvideō, prōvīdī, prōvīsum *+ Dat.*	**Vorsorge treffen für, sich kümmern um**	18
prōvincia, prōvinciae *f*	**eine/die Provinz**	9
proximus, -a, -um	**der, die, das nächste**	13
prūdēns, prūdēns, prūdēns; *Gen.:* prūdentis	**klug**	13
pūblicus, -a, -um	**öffentlich**	17
puella, puellae *f*	**ein/das Mädchen**	4
puer, puerī *m*	**ein/der Junge**	4
pūgnāre, pūgnō, pūgnāvī, pūgnātum	**kämpfen**	8
pulcher, pulchra, pulchrum	**schön**	7
putāre, putō, putāvī	**glauben, meinen**	12

Q

quaerere, quaerō, quaesīvī, quaesītum	1. **suchen** 2. **fragen**	12
quam *bei Adj.*	**wie**	7
quamquam *Subjunktion*	**obwohl**	11
quandō? *Fragewort*	**wann?**	8
-que	**und**	13
quī, quae, quod, *Gen.* cuius, *Dat.* cui	1. **der/die/das** 2. **welcher/welche/ welches**	8
quia *Subjunktion*	**weil**	6
quid? *Fragewort*	**was?**	2
quis? *Fragewort*	**wer?**	0
quod *Subjunktion*	**dass**	16
quoniam *Subjunktion*	**weil ja**	18
quoque *Konjunktion (nachgestellt)*	**auch**	3

R

rapere, rapiō, rapuī, raptum	**rauben, wegreißen**	7
ratiō, ratiōnis *f*	**eine/die Vernunft, eine/die Überlegung, eine/die Berechnung**	18
recipere, recipiō, recēpī, receptum	**aufnehmen**	17

reddere, reddō, reddidī, redditum	**zurückgeben**	11
redīre, redeō, rediī	**zurückgehen, zurückkehren**	9
regere, regō, rēxī, rēctum	**herrschen (über), lenken**	13
rēgnum, rēgnī *n*	1. **ein/das Königreich** 2. **eine/die (Königs-) Herrschaft**	11
relinquere, relinquō, relīquī, relictum	1. **verlassen** 2. **zurücklassen**	13
rēs, reī *f* rēs pūblica	**eine/die Sache** ein/der Staat	17
respicere, respiciō, respexī, respectum	1. **beachten, denken an** 2. **berücksichtigen**	18
respondēre, respondeō, respondī, respōnsum	**antworten**	1
retinēre, retineō, retinuī, retentum	**zurückhalten, festhalten**	3
rēx, rēgis *m*	**ein/der König**	13
rīdēre, rīdeō, rīsī, rīsum	**lachen, auslachen**	16
rogāre, rogō, rogāvī, rogātum	**fragen**	1
Rōma, Rōmae *f*	**Rom**	3
Rōmae	**in Rom**	5
Rōmānus, -a, -um	**römisch;** *Subst.:* **ein/der Römer**	9
rūrsus *Adv.*	**wieder**	18

S

sacerdōs, sacerdōtis *m/f*	**ein/der Priester, eine/die Priesterin**	7
sacrum, sacrī *n* / sacra, sacrōrum *n Pl.*	1. **ein/das Opfer** 2. **eine/die Opferhandlung**	7
saeculum, saeculī *n*	**ein/das Jahrhundert**	15
saepe *Adv.*	**oft**	1
saevus, -a, -um	1. **wild** 2. **wütend** 3. **grausam**	12
salūs, salūtis *f*	1. **eine/die Rettung** 2. **ein/das Wohl, Wohlergehen** 3. **ein/der Gruß**	18
salūtāre, salūtō, salūtāvī, salūtātum	**begrüßen, grüßen**	4
Salvē!/Salvēte!	**Hallo! Guten Tag!**	0
sanguis, sanguinis *m*	**(das) Blut**	8
satis *Adv.*	**genug**	6
scelerātus, scelerātī *m*	**ein/der Verbrecher**	3
scelus, sceleris *n*	**ein/das Verbrechen**	19
scīre, sciō, scīvī	**wissen, kennen**	9
scrībere, scrībō, scrīpsī, scrīptum	**schreiben**	4
sē *Akk.*	**sich**	1
sēcum	**mit sich; für sich**	13
sed *Konjunktion*	1. **aber** 2. **sondern**	1
sedēre, sedeō, sēdī	**sitzen**	19
semper *Adv.*	**immer**	1
senātor, senātōris *m*	**ein/der Senator**	9
senātus, senātūs *m*	1. **der Senat** 2. **eine/die Senatsversammlung**	19
sententia, sententiae *f*	1. **ein/der Satz**	4
sentīre, sentiō, sēnsī	1. **fühlen, wahrnehmen** 2. **meinen**	2
sermō, sermōnis *m* sermōnem habēre	**ein/das Gespräch** ein Gespräch führen	6
serva, servae *f*	**eine/die Sklavin**	0
servāre, servō, servāvī, servātum	**retten, (be)schützen**	7
servus, servī *m*	**ein/der Sklave**	0
sex	**sechs**	16
sī *Subjunktion*	**falls, wenn**	9
sibi *Dat.*	**sich**	13
sīc	**so**	4
sīgnum, sīgnī *n*	**ein/das Zeichen**	16
silva, silvae *f*	**ein/der Wald**	11

simulāre, simulō, simulāvī, simulātum	**vortäuschen**	19
sine *Präp. + Abl.*	**ohne**	9
socius, sociī	**ein Verbündeter/der Verbündete, ein/der Gefährte**	17
sōl, sōlis *m*	**eine/die Sonne**	3
solvere, solvō, solvī, solūtum	**lösen, auflösen**	13
soror, sorōris *f*	**eine/die Schwester**	6
spectāculum, spectāculī *n*	**ein/das Schauspiel**	8
spectāre, spectō, spectāvī, spectātum	**ansehen, betrachten**	2
spērāre, spērō, spērāvī, spērātum	**erhoffen, hoffen**	18
spēs, speī *f*	**eine/die Hoffnung**	17
stāre, stō, stetī	**stehen**	12
statim *Adv.*	**sofort**	14
subitō *Adv.*	**plötzlich**	2
sūmere, sūmō, sūmpsī, sūmptum	1. **nehmen** 2. **zu sich nehmen**	11
summus, -a, -um	**der, die, das höchste**	12
superāre, superō, superāvī, superātum	**besiegen**	15
superī, superōrum *m Pl.*	**(die) Götter**	15
sustinēre, sustineō, sustinuī	**ertragen, aushalten**	11
suus, -a, -um	**sein, ihr**	13

T

taberna, tabernae *f*	1. **ein/das Wirtshaus** 2. **ein/der Laden**	5
tacēre, taceō, tacuī	**schweigen, still sein**	3
tam *Adv.*	**so**	8
tamen *Adv.*	**trotzdem, dennoch**	15
tandem *Adv.*	**endlich**	4
tangere, tangō, tetigī, tāctum	**berühren, anfassen**	3
tantus, -a, -um	1. **so groß** 2. **so viel**	8
taurus, taurī *m*	**ein/der Stier**	7
tē *Akk.*	**dich**	2
tēcum	**mit dir**	7
tēlum, tēlī *n*	**ein/das Geschoss, ein/das Wurfgeschoss**	14
templum, templī *n*	**ein/der Tempel**	7
temptāre, temptō, temptāvī, temptātum	1. **angreifen** 2. **versuchen**	8
tempus, temporis *n*	**eine/die Zeit**	13
tenēre, teneō, tenuī	1. **halten** 2. **festhalten**	12
terra, terrae *f*	1. **eine/die Erde** 2. **ein/das Land**	12
terrēre, terreō, terruī, territum	**(jemanden) erschrecken**	2
testis, testis *m/f*	**ein/der Zeuge, eine/die Zeugin**	18
thermae, thermārum *f Pl.*	**(die) Thermen, (die) Bäder**	6
tibi *Dat.*	**dir**	7
timēre, timeō, timuī	1. **sich fürchten** 2. **(vor etwas) Angst haben**	1
timor, timōris *m*	**eine/die Angst, eine/die Furcht**	7
tollere, tollō, sustulī, sublātum	1. **hochheben** 2. **beseitigen, töten**	8
tot	**so viele**	9
tōtus, -a, -um; *Gen.*: tōtīus, *Dat.*: tōtī	**ganz, vollständig**	15
trahere, trahō, trāxī, tractum	**ziehen, schleppen**	3
trīstis, trīstis, trīste; *Gen.*: trīstis	**traurig**	16
tu	**du**	3
tum *Adv.*	1. **da, dann** 2. **damals**	1
tunica, tunicae *f*	**eine/die Tunika**	6
turba, turbae *f*	1. **eine/die (Menschen-) Menge** 2. **ein/das Durcheinander**	8
tuus, -a, -um	**dein**	11

U

ubī? *Fragewort*	**wo?**	0
ubīque *Adv.*	**überall**	14
umbra, umbrae *f*	**ein/der Schatten**	15
umerus, umerī *m*	**eine/die Schulter**	2
ūnā *Adv.*	**zusammen (mit)**	15
unda, undae *f*	**eine/die Welle**	13
ūnus, -a, -um; *Gen.*: ūnīus, *Dat.*: ūnī	**einzig, allein**	14
urbs, urbis *f*	**eine/die Stadt, eine/die Hauptstadt**	14
ut *Konjunktion*	**wie**	9
ut *Subjunktion*	1. **sobald** 2. **als**	14
uterque, utraque, utrumque; *Gen.*: utrīusque, *Dat.*: utrīque	1. **jeder (von beiden)** 2. **beide**	16
(utrum) ... an *in Fragen*	**(ob) ... oder**	17
uxor, uxōris *f*	**eine/die (Ehe-)Frau**	11

V

vacuus, -a, -um	**leer, frei**	14
vae!	**Oh! Oh nein!**	2
valdē *Adv.*	**sehr**	11
Valē!	**Auf Wiedersehen!**	15
valēre, valeō, valuī	1. **gesund sein, gutgehen** 2. **Kraft haben, wirksam sein, nützen**	2, 14
vehīculum, vehīculī *n*	**ein/der Wagen, ein/das Fahrzeug**	3
vel vel ... vel	**oder** entweder ... oder	8
velle, volō, voluī	**wollen**	15
vendere, vendō, vendidī, venditum	**verkaufen**	4
venēnum, venēnī *n*	**ein/das Gift**	11
venīre, veniō, vēnī	**kommen**	1
verbum, verbī *n*	**ein/das Wort**	1
vester, vestra, vestrum	**euer**	11
via, viae *f*	**ein/der Weg, eine/die Straße**	5
victor, victōris *m*	**ein/der Sieger**	6
victōria, victōriae *f*	**ein/der Sieg**	18
vidēre, videō, vīdī, vīsum	**sehen**	2
vīlla, vīllae *f*	**ein/das (Land)haus**	2
vincere, vincō, vīcī, victum	**siegen, besiegen, überwinden**	12
vīnum, vīnī *n*	**ein/der Wein**	2
vīpera, vīperae *f*	**eine/die Giftschlange, eine/die Viper**	3
vir, virī *m*	**ein/der Mann**	4
virtūs, virtūtis *f*	1. **(die) Tapferkeit, (der) Mut** 2. **eine/die Leistung** 3. **eine/die Tugend, ein/das ausgezeichnete/s Verhalten** *oder einfach* **„Virtus“**	17
vīs, *Akk.*: vim, *Abl.*: vī *f* vīrēs, vīrium *f Pl.*	1. **eine/die Kraft, eine/die Macht** 2. **eine/die Gewalt** (die) (Streit-)Kräfte	18
vīta, vītae *f* vītam agere vītam āmittere	**ein/das Leben** **leben** **das Leben verlieren** (= sterben)	8
vīvere, vīvō, vīxī	**leben**	11
vix *Adv.*	**kaum**	17
vōbīs *Dat.*	**euch**	7
vocāre, vocō, vocāvī, vocātum	**rufen**	4
volāre, volō, volāvī	**fliegen**	13
vōs *Nom./Akk.*	1. **ihr** 2. **euch**	5
vōx, vōcis *f* māgnā vōce parvā vōce	1. **eine/die Stimme** 2. **eine/die Äußerung** mit lauter Stimme mit leiser Stimme	6
vulnerāre, vulnerō, vulnerāvī, vulnerātum	**verletzen, verwunden**	8
vultus, vultūs *m*	1. **ein/der Gesichtsausdruck, eine/die Miene** 2. **ein/das Gesicht**	19

Hier findest du in alphabetischer Reihenfolge die wichtigsten Namen und Sachen aus dem Buch kurz erklärt. Wenn es sich um Fremdwörter handelt, die aus dem Lateinischen stammen, findest du sie hier in der Regel direkt als lateinische Wörter (z. B. *arēna* statt *Arena*). Grammatische Angaben, die du noch nicht kennst, darfst du zunächst vernachlässigen.

A

aedīlis, aedīlis *m, ein/der Ädil* niederes Amt der römischen Ämterlaufbahn. Ädilen überwachten auf den Märkten Gewichte und Preise und veranstalteten öffentliche Spiele.

Aenēās, Aenēae *m* trojanischer Held, Sohn von Anchises und Venus. Aeneas wandert mit seinem Volk nach Italien aus und gilt als Stammvater der Römer.

Aenēis, Aenēidos *f, die Aeneis* römisches Epos über den trojanischen Helden Aeneas, verfasst von Vergil (1. Jh. v. Chr.).

Āfrica, Āfricae *f* 1. Afrika 2. die römische Provinz Africa.

Āfricānus, Āfricānī *m* *siehe* Scipio

Agamemnon *m* gr. Held im Trojanischen Krieg, Bruder des Menelaus und Anführer des gr. Heeres.

Alba Longa, Albae Longae *f* von Iulus gegründete Stadt in Italien.

Alkmene *f* Mutter des Hercules.

Amazonen *f Pl.* ein mythisches Volk von Kriegerinnen, das nur aus Frauen besteht.

Amūlius, Amūliī *m* unrechtmäßiger König von Alba Longa; er verjagt seinen Bruder Numitor vom Thron und wird von Romulus und Remus getötet.

Anchīsēs, Anchīsae *m* Vater des Aeneas.

Antike, die historischer Zeitraum vom Trojanischen Krieg bis ca. 600 Jh. n. Chr., der in Europa von der griechischen und römischen Kultur geprägt ist.

Apollō, Apollinis *m, Apollon* Gott der Weissagung, Dichtung und Heilkunde (gr. Apollon).

Archäologie, die Wissenschaft, die die Überreste alter Kulturen (z. B. Häuser, Geschirr, Gräber) ausgräbt und untersucht.

Ariadna, Ariadnae *f, Ariadne* Tochter des Königs Minos, hilft Theseus, in das Labyrinth zu gelangen, wo dieser den Minotaurus tötet.

Asia, Asiae *f* 1. Kleinasien (Gebiet der heutigen Türkei) 2. dortige römische Provinz *Asia* 3. Asien.

asphodelische Felder *Pl.* Teil der Unterwelt (benannt nach der Blume Affodill), wo die Seelen der meisten Menschen nach dem Tod weilen.

Athēnae, Athēnārum *f Pl., Athen* Stadt in Griechenland, Zentrum der gr. Kultur der Antike.

Athēniēnsēs, Athēniēnsium *m Pl.* die Athener.

Atlās, Atlantis *m* Titan, der den Himmel trägt.

Augustus, Augustī *m* Gaius Iulius Caesar Octavianus, Caesars Neffe, wurde nach den Bürgerkriegen als Augustus erster Kaiser Roms (gest. 14 n. Chr.).

auspicium, auspiciī *n* die Vogelschau: Beobachtung des Vogelflugs durch römische Priester, um Zeichen von den Göttern zu erhalten.

Aventīnus, Aventīnī *m, der Aventin* einer der Hügel Roms.

B

Barbaren *Pl.* ‚Nicht-Römer' und ‚Nicht-Griechen', ein teils abwertend, teils neutral gebrauchtes Wort.

Barock, der Kunstepoche der Neuzeit (17./18. Jh.); kennzeichnend sind Prunk, Verzierungen und Dramatik im Ausdruck.

Bernini Gian Lorenzo Bernini (1598–1680) war ein italienischer Bildhauer des Barock. Er schuf u. a. eine Marmorskulptur des Aeneas.

Brūtus, Brūtī *m* Marcus Iunius Brutus war ein römischer Politiker, Anhänger Caesars, später dessen Mörder (44 v. Chr.); er wurde 42 v. Chr. bei Philippi besiegt.

C

Caesar, Caesaris *m* Gaius Iulius Caesar (100–44 v. Chr.) war ein römischer Politiker, Feldherr und Schriftsteller, eroberte Gallien, besiegte Pompeius im Bürgerkrieg und wurde Alleinherrscher (*dictator*).

Cannae, Cannārum *f Pl.* Stadt in Süditalien, Ort der Schlacht bei Cannae (216 v. Chr.), wo Hannibal den Römern ihre schwerste Niederlage beibrachte.

Capitōlium, Capitōliī *n, das Kapitol* wichtigster der sieben Hügel Roms, auf dem sich der Jupitertempel befand.

Carthāginiēnsēs, Carthāginiēnsium *m Pl.* die Karthager.

Carthāgō, Carthāginis *f, Karthago* große Stadt in Nordafrika, im 3./2. Jh. v. Chr. im Konflikt mit Rom.

Catilīna, Catilīnae *m* Lucius Sergius Catilina war der Anführer der Catilinarischen Verschwörung, die 63 v. Chr. von Cicero aufgedeckt wurde.

Cerberus, Cerberī *m, der Zerberus* dreiköpfiger Hund, der am Eingang zum Totenreich wacht.

Cerēs, Cereris *f* Göttin des Getreides und Ackerbaus (gr. Demeter).

Charōn, Charōntis *m* Fährmann, der die Seelen Verstorbener über den Fluss Styx in die Unterwelt bringt.

Cicerō, Cicerōnis *m* Marcus Tullius Cicero (106–43 v. Chr.) war Anwalt, Politiker, Schriftsteller und Philosoph und galt als größter Redner Roms.

Clodius, Clodiī *m* Publius Clodius Pulcher war Volkstribun 58 v. Chr. und trieb Cicero ins Exil.

cōnsul, cōnsulis *m, ein/der Konsul* höchstes Amt der römischen Ämterlaufbahn. Die Konsuln regierten immer zu zweit und für ein Jahr und sie befehligten auch das Heer.

Coriolānus, Coriolānī *m* Gnaeus Marcius Coriolanus (gest. um 488 v. Chr.) war ein römischer Patrizier und Feldherr der frühen Republik; er führte die Volsker gegen seine eigene Heimatstadt Rom.

Corioli Stadt der Volsker in Mittelitalien.

Cranach d. Ä. Lucas Cranach der Ältere (1472–1553) war ein deutscher Maler der Renaissance.

Crassus, Crassī *m* Marcus Licinius Crassus (ca. 115–53 v. Chr.) war ein römischer Politiker der späten Republik, reichster Mann Roms und ging ein Bündnis mit Pompeius und Caesar ein (das erste Triumvirat).

Crēta, Crētae *f, Kreta* große Insel südlich von Griechenland.

Creūsa, Creūsae *f, Kreúsa* Frau des Aeneas, starb in Troja.

cūria, cūriae *f, die Kurie* das Versammlungsgebäude der Senatoren.

cursus honōrum, cursūs honōrum *m* die römische Ämterlaufbahn (Reihenfolge: Quästor, Ädil, Prätor, Konsul).

D

Daedalus, Daedalī *m* mythischer Baumeister und Erfinder. Er ermordet seinen Neffen Perdix und flieht mit seinem Sohn Icarus nach Kreta zu König Minos; von dort entkommt er auf Flügeln.

Deianira *f* mythische Königstochter, verheiratet mit Hercules.

Delphi Stadt in Griechenland, Sitz des berühmtesten Apollon-Orakels der Antike.

Diāna, Diānae *f* Göttin der Jagd (gr. Artemis).

dictātor, dictātōris *m, ein/der Diktator* höchstes römisches Staatsamt, das nur in Notzeiten für maximal ein halbes Jahr an einen Einzelnen vergeben wurde; Caesar ließ sich jedoch zum *dictator* auf Lebenszeit ernennen.

Dīdō, Dīdōnis *f* mythische Königin von Karthago, verliebt sich in Aeneas.

Discordia *f* Göttin der Zwietracht (gr. Eris).

Dürer Albrecht Dürer (1471–1528) war ein deutscher Maler und Kupferstecher der Renaissance.

Dyck Anthonis van Dyck (1599–1641) war ein flämischer Maler des Barock und Schüler von Rubens.

E

Eingeweideschau *siehe* haruspicium

Elysium, das Teil der mythischen Unterwelt, wo die Helden und Heldinnen nach dem Tod in ewiger Seligkeit weilen.

Epos, das (*Pl.*: Epen) ein mehrere 1000 Verse umfassendes Heldengedicht, z. B. die *Aeneis*.

Etrūria, Etrūriae *f, Etrurien* Gebiet in Mittelitalien, heute Toscana.

Etrusker *Pl.* Volk in Mittelitalien.

Eurydica, Eurydicae *f, Eurydike* Gattin des Orpheus.

F

Faustulus, Faustulī *m* Hirte, der Romulus und Remus aufnimmt.

forum Rōmānum, forī Rōmānī *n, das Forum* Hauptplatz Roms in der Senke zwischen Palatin, Kapitol und Esquilin.

G

Gāius, Gāī *m* römischer Vorname.

Gallī, Gallōrum *m Pl., Gallier* die Bewohner Galliens.

Gallia, Galliae *f, Gallien* das heutige Frankreich mit Teilen des heutigen Deutschlands; auch: Norditalien.

Gallicus, -a, -um, *gallisch* *bellum Gallicum* heißt der gallische Krieg, in dem Caesar 58–51 v. Chr. Gallien unterwarf.

Gleyre Charles Gleyre (1806–1874) war ein in Paris lebender Maler des späten Klassizismus.

Gnaeus, Gnaeī *m* römischer Vorname.

Gracchus, Gracchī *m* Tiberius Sempronius Gracchus war ein Volkstribun, Land- und Sozialreformer im 2. Jh. v. Chr. und wurde von Senatoren ermordet.

Graecī, Graecōrum *m Pl.* die Griechen; *Adj. Graecus, -a, -um*: griechisch.

Graecia, Graeciae *f* Griechenland.

H

Halbgott, ein/der; **Halbgöttin,** eine/die Held/Heldin der antiken Sagenwelt, der/die von einem göttlichen und einem sterblichen Elternteil abstammt (z. B. Hercules, Helena, Aeneas und Romulus).

Hamilcar, Hamilcaris *m, Hamilkar* karthagischer Feldherr, Vater von Hannibal.

Hannibal, Hannibalis *m* karthagischer Feldherr, bekämpfte Rom im 2. Punischen Krieg, starb 183 v. Chr.

haruspicium, haruspiciī *n* die Eingeweideschau: Voraussage der Zukunft durch römische Priester anhand der inneren Organe eines Opfertieres.

Helena, Helenae *f* Helena, eine Tochter Jupiters, galt als schönste Frau der Welt. Sie wurde von Páris nach Troja entführt, was den trojanischen Krieg auslöste.

Herculēs, Herculis *m, Herkules, gr. Herakles* berühmtester Held der gr. Sagenwelt, Sohn von Jupiter und Alkmene.

hērōidēs, hērōidum *f Pl., die Heroiden* 1. Halbgöttinnen und Heldinnen der antiken Mythologie 2. Werk des Dichters Ovid: fiktive Briefe von Heroiden an ihre Männer.

Hesperidēs, Hesperidum *f Pl., die Hesperiden* Töchter der Nacht, die auf einer Insel im fernsten Westen einen Garten mit goldenen Äpfeln bewachen.

Hispānia, Hispāniae *f* die iberische Halbinsel, heute Spanien und Portugal.

Homērus, Homērī *m, Homer* gr. Dichter, der mit den Werken *Ilias* und *Odyssee* als frühester Dichter Europas gilt (ca. 8. Jh. v. Chr.).

homō novus, hominis novī *m* ein „neuer Mensch", ein Aufsteiger; Mann, der als erster in seiner Familie römischer Konsul wird.

Hybris, die Hochmut, Überheblichkeit.

Hydra, Hydrae *f* vielköpfige Schlange, von Hercules besiegt.

I

Īcarus, Īcarī *m, Ikarus* Sohn des Daedalus.

Īdūs Mārtiae, Īduum Mārtiārum *f Pl.* die Iden des März (15. März), Tag der Ermordung Caesars.

Ilias, die gr. Epos über den trojanischen Krieg, verfasst von Homer (ca. 8. Jh. v. Chr.).

Ītalia, Ītaliae *f* Italien.

Ithaka Insel im Ionischen Meer, Heimat des Odysseus.

Iov- *siehe* Iūppiter

Iūliī, Iūliōrum *m Pl., die Julier* die Familie (*gens*), zu der Caesar und Augustus gehörten; ihr Stammvater war Iulus.

Iūlus, Iūlī *m* Sohn des Aeneas, Gründer von Alba Longa.

Iūnō, Iūnōnis *f, Juno* Göttin der Ehe (gr. Hera), verheiratet mit Jupiter.

Iūppiter, Iovis *m, Jupiter* Göttervater und höchster Gott; Gott des Wetters (gr. Zeus).

J

J... *siehe* I...

K

K... *siehe auch* C...

Klassizismus, der Kunstepoche der Neuzeit (18./19. Jh.), die sich an der gr. und römischen Kunst orientierte; kennzeichnend sind Klarheit und Harmonie.

Kolosseum, das (ursprünglich *amphitheātrum Flāvium*) größtes Amphitheater für Gladiatorenspiele und Tierkämpfe in Rom.

L

labyrinthus, labyrinthī *m, das Labyrinth* System verschlungener Gänge, in dem man sich verirren kann. Berühmt ist das Labyrinth des Minotaurus in Kreta.

Lāocoōn, Lāocoontis *m, Laokoon* trojanischer Priester, der die Trojaner vergeblich warnt.

Latīnī, Latīnōrum *m Pl., die Latiner* Volk in Latium; *Adj. Latīnus, -a, -um*: latinisch.

Latium, Latiī *m* Gebiet in Mittelitalien, das Land um Rom.

Lūcius, Lūciī *m* römischer Vorname.

Lydien Gebiet im Westen Kleinasiens.

M

Macedonia, Macedoniae *f, Makedonien* Land im Norden von Griechenland, seit 168 v. Chr. römische Provinz.

Magistrat, ein/der Magistrate sind römische Beamte, z. B. Quästoren, Ädilen, Prätoren und Konsuln.

Mārcus, Mārcī *m* römischer Vorname.

Mārs, Mārtis *m* Gott des Krieges (gr. Ares).

Menelāus, Menelāī *m* gr. Held im Trojanischen Krieg, König von Sparta, verheiratet mit Helena.

Mercūrius, Mercūriī *m, Merkur* Götterbote, Gott der Reisenden, der Händler und der Diebe (gr. Hermes).

Minerva, Minervae *f* Göttin des Handwerks und der Künste (gr. Athena).

Mīnōs, Mīnōis m mythischer König auf Kreta.

Mīnōtaurus, Mīnōtaurī *m* menschenfressendes Ungeheuer, halb Mann, halb Stier; wird in einem Labyrinth eingeschlossen und schließlich von Theseus getötet.

Morley John Morley (1838–1923) war ein liberaler britischer Politiker und Schriftsteller.

Muse, eine/die Die neun Musen sind gr. Göttinnen der Künste, z. B. Kalliope für das Epos oder Klio für die Geschichtsschreibung.

Mythos, ein/der Mythen sind sagenhafte Geschichten über Götter, Halbgötter, Menschen und Ungeheuer. Manche Mythen haben einen historischen Kern.

N

Nemeischer Löwe Unverwundbarer Löwe, benannt nach seinem Aufenthaltsort Nemea in Griechenland; getötet von Hercules.

Neptūnus, Neptūnī *m, Neptun* Gott des Meeres (gr. Poseidon).

Numitor, Numitōris *m* König von Alba Longa, Vater der Rhea Silvia.

O

Odyssee, die gr. Epos über die Irrfahrten des Odysseus, verfasst von Homer (ca. 8. Jh. v. Chr.).

Odysseus gr. Held im Trojanischen Krieg (lat. *Ulixēs*), der erst nach zehnjähriger Irrfahrt wieder nach Hause kommt („Odyssee").

Olympus, Olympī *m, der Olymp* Bergkette in Griechenland, Wohnsitz der Götter (nicht zu verwechseln mit der Stadt Olympia, nach der die Olympischen Spiele benannt sind).

Omphale *f* mythische Königin in Lydien, der Hercules dient, indem er für sie Wolle spinnt.

Optimaten *Pl.* (*Sg.*: der Optimat) politische Gruppe in der römischen Republik, die den Senat stärken wollte.

Orakel, ein/das 1. Weissagung über die Zukunft, Schicksalsspruch der Götter 2. Stätte, an der die Menschen eine solche Auskunft erhalten können, z. B. Delphi.

Orpheus, Orpheī *m* mythischer Sänger, der mit seinem Gesang wilde Tiere zähmen kann, verheiratet mit Eurydike.

Ovidius, Ovidiī *m, Ovid* Publius Ovidius Naso war ein römischer Dichter zur Zeit des Augustus, verfasste u. a. die *Heroides* (gest. 17 n. Chr.).

P

Palātium, Palātiī *n, der Palatin* einer der Hügel Roms.

Paris, Paridis *m, Páris* trojanischer Prinz; löst durch den Raub der Helena den trojanischen Krieg aus.

Pasiphaë *f* Königin auf Kreta, verheiratet mit Minos und Mutter des Minotaurus.

patriciī, patriciōrum *m Pl., Patrizier* Adelige, oberster Stand in der römischen Republik.

Penātēs, Penātium *m Pl., Penaten* römische Hausgötter.

Perdīx, Perdīcis *m* mythischer Künstler, Neffe des Daedalus, von Minerva in ein Rebhuhn verwandelt.

Phaethon *m* Sohn des Sonnengottes Sol, lenkt den Sonnenwagen und kommt dabei um.

Philosoph, ein/der (gr. „Weisheitsliebender") Philosophen und Philosophinnen betreiben Philosophie, d. h. sie stellen grundlegende Fragen nach der Welt, dem Menschen und dem Leben.

plēbēiī, plēbēiōrum *m Pl., Plebejer* einfache Bürger, unterer Stand in der römischen Republik.

Plūtō, Plūtōnis *m* Gott der Unterwelt und des Totenreichs (gr. Hades), verheiratet mit Proserpina.

Polyphēmus, Polyphēmī *m, Polyphem* ein Zyklop und Menschenfresser, Sohn Neptuns, von Odysseus besiegt.

Pompēius, Pompēī *m* Gnaeus Pompeius Magnus (ca. 106–48 v. Chr.) war ein römischer Politiker und Feldherr der späten Republik und ging ein Bündnis mit Caesar und Crassus ein (das erste Triumvirat).

pontifex maximus, pontificis maximī *m* oberster Priester.

Popularen *Pl.* (*Sg.*: der Popular) politische Gruppe in der römischen Republik, die den Einfluss des Senats beschränken wollte und mehr auf das Volk setzte.

praetor, praetōris *m, ein/der Prätor* höheres Amt der römischen Ämterlaufbahn. Prätoren waren u. a. für die Rechtsprechung zuständig.

Prokonsul, ein/der römisches Amt, das man nach dem Konsulat ausüben konnte. Prokonsuln verwalteten Provinzen und hatten dort auch militärische Befehlsgewalt.

Prōserpina, Prōserpinae *f* Göttin der Unterwelt und des Totenreichs (gr. Persephone), verheiratet mit Pluto.

prōvincia, prōvinciae *f* Eine Provinz war ein Teilgebiet des römischen Reiches; z. B. waren Gallien, Syrien oder Asia Provinzen. Jede Provinz wurde von einem Statthalter, z. B. einem Prokonsul, regiert.

Punische Kriege *Pl.* die drei Kriege zwischen Rom und Karthago. Im zweiten Punischen Krieg besiegte Scipio Hannibal bei Zama (202 v. Chr.), im dritten zerstörten die Römer Karthago (146 v. Chr.).

Q

quaestor, quaestōris *m, ein/der Quästor* niederes Amt der römischen Ämterlaufbahn. Quästoren waren für Finanzen zuständig, u. a. verwalteten sie die Staatskasse.

R

Rēmus, Rēmī *m* Sohn von Mars und Rhea Silvia, Zwillingsbruder des Romulus.

Rhēa Silvia, Rhēae Silviae *f* Tochter des Numitor, Vestalin, Mutter von Romulus und Remus.

Rōma, Rōmae *f* Rom.

Rōmānī, Rōmānōrum *m Pl.* die Römer.

Rōmulus, Rōmulī *m* Sohn von Mars und Rhea Silvia, Zwillingsbruder des Remus, Stadtgründer von Rom.

Rubens Peter Paul Rubens (1577–1640) war ein flämischer Maler des Barock.

Rubicō, Rubicōnis *m, der Rubikon* Fluss in Italien, in der Antike Grenze zwischen Italien und der Provinz Gallien; bekannt durch den Übergang Caesars 49 v. Chr.

S

Sabīnae, Sabīnārum *f Pl.* die Sabinerinnen.

Sabīnī, Sabīnōrum *m Pl., Sabiner* Volk in Mittelitalien; *Adj. Sabīnus, -a, -um*: sabinisch.

Schliemann Heinrich Schliemann war ein deutscher Archäologe, der im 19. Jh. die Ruinen Trojas in der Türkei entdeckte.

Scīpiō, Scīpiōnis *m, Scipio der Ältere* Publius Cornelius Scipio Africanus war Feldherr im 2. Punischen Krieg; er besiegte 202 v. Chr. Hannibal in der Schlacht bei Zama.

senātor, senātōris *m* Mitglied des römischen Senats. Senator wurde man, indem man in ein politisches Amt gewählt wurde. Es gab anfangs 300, später etwa 600 Senatoren.

senātus, senātūs *m* Der Senat war die Versammlung der Senatoren. Der Senat beriet die Konsuln und fasste politische Beschlüsse.

Sibylla, Sibyllae *f, die Sibylle* Seherin des Apollon-Orakels von Cumae in Italien; sie sagte Aeneas die Zukunft voraus.

Sicilia, Siciliae *f, Sizilien* Insel bei Italien.

Sīsyphus, Sīsyphī *m* mythischer Verbrecher, der im Tartarus zur Strafe immer wieder einen Felsen einen Berg hinaufrollen muss.

Sōl, Sōlis *m* Sonnengott (gr. Helios).

Sparta gr. Stadt, im Mythos Königssitz von Menelaus und Helena.

Ständekämpfe *Pl.* Kämpfe in der frühen Republik zwischen den Patriziern und den Plebejern, die politische Gleichberechtigung forderten.

Styx *f* Fluss in der Unterwelt, den die Seelen der Gestorbenen überqueren müssen.

T

Tantalus mythischer Verbrecher, der im Tartarus eine ewige Strafe erleidet.

Tarquinius Superbus, Tarquiniī Superbī *m* („der Hochmütige"), letzter römischer König, 509 v. Chr. vertrieben.

Tartarus, Tartarī *m* Teil der mythischen Unterwelt, wo die Verbrecher nach dem Tod bestraft wurden.

Thanatos *m* (gr.) der Tod.

Thēseus, Thēseī *m* mythischer Held aus Athen, der auf Kreta mithilfe von Ariadne den Minotaurus tötet.

Tiberis, Tiberis *m, der Tiber* Fluss in Rom.

Tiberius Gracchus *siehe* Gracchus

Titan, ein/der Die Titanen sind eine ältere Göttergeneration, die von Jupiter und den olympischen Göttern entmachtet wird, aber auch danach noch existiert.

Trāiānus, Trāiānī *m, Trajan* (53–117 n. Chr.), ein römischer Kaiser. Unter ihm erreichte das römische Reich seine größte Ausdehnung. Ihm widmete der Senat die Trajanssäule, auf der sein Feldzug gegen die Daker abgebildet ist.

triumvirātus, triumvirātūs *m, das Triumvirat* Bündnis dreier Männer (*III* + *viri*) zu einem politischen Zweck. Das 1. Triumvirat bestand aus Caesar, Pompeius und Crassus.

Trōia, Trōiae *f, Troja* Stadt an der Westküste Kleinasiens, Ort des Trojanischen Krieges.

Trōiānī, Trōiānōrum *m Pl.* die Trojaner, Bewohner von Troja; *Adj. Trōiānus, -a, -um*: trojanisch.

Turnus, Turnī *m* Prinz in Italien; Heerführer auf Seiten der Latiner im Krieg gegen Aeneas.

U

Ulixēs, Ulixis *m* *siehe* Odysseus

V

Venus, Veneris *f* Göttin der Liebe (gr. Aphrodite).

Vergilius, Vergiliī *m, Vergil* Publius Vergilius Maro war ein römischer Dichter zur Zeit des Augustus, verfasste u.a. die *Aeneis* (gest. 19 v. Chr.).

Vesta, Vestae *f* Göttin des Herdfeuers (gr. Hestia).

Verrēs, Verris *m* Gaius Verres (um 115–43 v. Chr.) war Statthalter der römischen Provinz Sizilien und beutete diese aus. Cicero klagte Verres wegen Raub und Erpressung an.

Vestalin, eine/die Priesterin der Göttin Vesta und Hüterin des heiligen Feuers. Die Vestalinnen mussten unverheiratet und kinderlos bleiben und wurden andernfalls schwer bestraft.

Veturia, Veturiae *f* Mutter des Coriolan.

Vitrūvius, Vitrūviī *m, Vitruv* Marcus Vitruvius Pollio, ein römischer Ingenieur und Architekt, verfasste ein Buch über Architektur (*De Architectura*, um 27 v. Chr.).

Vogelschau *siehe* auspicium

Volkstribun, ein/der Vertreter der Interessen der einfachen Bürger (Plebejer). Durch ihr Veto („Ich verbiete!") konnten die Volkstribunen jedes Gesetz verhindern.

Volscī, Volscōrum *m Pl., die Volsker* Volk in Latium.

Volumnia, Volumniae *f* Ehefrau von Coriolan.

Vulcānus, Vulcānī *m* Gott der Schmiedekunst (gr. Hephaistos).

Z

Z ... *siehe auch* C ...

Zama Stadt in Nordafrika, Ort der Schlacht bei Zama (202 v. Chr.).

Zyklop, ein/der Zyklopen sind einäugige Riesen im Mythos; der bekannteste ist Polyphem.

LEKTION 11–13

1 A5, B4, C1, D3, E2

2 a Ein Mythos ist eine sagenhafte Geschichte über Götter, Helden und Ungeheuer. Er will Unbekanntes erklären und hat manchmal einen historischen Kern.
b *Mögliche Antwort:* Orpheus geht in die Unterwelt. Er will seine verstorbene Frau zurückholen. Doch er scheitert und verliert sie für immer.

3 a A2, B4, C3, D1
b *Land:* B4, D1; *Meer:* A2, C3

4 1 Der Sohn des Königs sucht sein *(suum)* Schwert.
2 Der König fragt: „Sohn, wo ist dein *(tuus)* Schwert?"
3 Der Königssohn sagt: „Mein *(meus)* Schwert ist nicht hier!"
4 Der Freund des Sohnes sagt: „Unsere *(nostri)* Schwerter sind in dem Gasthaus."
5 Der König sagt: „Sohn und Freund, geht in das Gasthaus und holt eure *(vestros)* Schwerter!

5 1 vivere – perire
2 pervenire – relinquere
3 ponere – sumere
4 quaerere – invenire

6 a huius | b hoc | c illis

7 a posuit | b necant | c rogamus

8 1 *vorzeitig:* Die Dichter erzählen, dass Daedalus auf Flügeln über den Himmel floh.
2 *vorzeitig:* Es steht fest, dass Hercules die Hydra besiegte.
3 *gleichzeitig:* Die Menschen glauben, dass im Wald Schlangen leben.

9 Theseus, Athen, Kreta, Minotaurus, Ariadna, Labyrinth

10 Theseus reist von Athen nach Kreta und geht vermutlich in das Labyrinth des Minotaurus, um diesen zu töten.

11 Die Dichter erzählen, dass Theseus gewaltige Gefahren anging *(pericula ... adisse)*. Sie erzählen, dass er einmal nach Athen kam *(eum ... venisse)*. Dort weinten Mütter und Väter sehr: „O hartes Schicksal!" Sie erzählten Theseus, dass sie ihre Kinder auf die Insel Kreta schicken mussten *(se ... debere)*. Sie glaubten, dass der grausame Minotaurus die Kinder tötete *(Minotaurum ... necare)*. Daher suchte der junge Mann Kreta auf. Ariadne, die Tochter des Königs, half ihm; so konnte Theseus den Minotaurus töten und danach das Labyrinth verlassen.

LEKTION 14–16

1 A5, B1, C4, D2, E3

2 Paris entführt Helena. Aeneas flieht aus Troja. Aeneas verlässt Dido.
Romulus und Remus werden geboren.
Rom wird gegründet.

3 A5, B2, C1, D4, E3

4 *portam aperire:* das Tor öffnen | *urbem condere:* eine Stadt gründen | *hostem superare:* den Feind besiegen | *signum dare:* ein Zeichen geben | *telum mittere:* einen Speer schleudern

5 *Plqupf.:* er hatte versprochen | *Plqupf.:* wir waren gefallen | *Präs.:* ich fehle | *Futur:* du wirst schicken | *Futur:* sie werden besiegen | *Präs.:* er lacht

6 2 Das Tor wird geöffnet.
3 Die Feinde werden besiegt werden.
5 Die Stadt wurde verteidigt.

7 Endlich fand Aeneas den Ort und gründete *(condidit)* eine Stadt. Zuvor hatten die Trojaner Troja gegründet *(condiderant)*. Später wird der Sohn des Aeneas Alba Longa gründen *(condet)*.

8 Romulus, Männer, Römer, Frauen, Sabiner, Sabinerinnen, Ehefrauen der Römer.

9 Z. 3 *Qui* – Bezugswort: *Viros.*
Z. 5 *(Ad) quos* – Bezugswort: *ludos.*

10 Romulus hatte seinen Bruder getötet und die Stadt gegründet. Er rief **Männer**, die die in den Wäldern lebten, in die Stadt. **Diese** waren die ersten Römer. Aber es fehlten Frauen. Daher veranstaltete Romulus große **Spiele**. Zu **diesen** kamen die Sabiner mit Frauen und Töchtern. Die Sabinerinnen betreten das Theater, als sie plötzlich von den Römern geraubt und heimgeführt werden! Darauf wurden sie die Ehefrauen der Römer, obwohl sie das nicht wollten. Sie waren sowohl traurig als auch wütend. Die Sabiner aber führten Krieg gegen die Römer. Da sagten die Sabinerinnen: „Wir wollen nicht, dass so viele Männer getötet werden. Wenn wir mit den Römern zusammenleben, werden alle leben. Also werden wir bei den Römern bleiben."

11 Die Sabinerinnen waren unglücklich *(tristes et iratae)*, weil sie gegen ihren Willen *(quamquam noluerunt)* geraubt wurden. Später blieben sie bei den Römern, weil sie nicht wollten, dass ihretwegen Männer im Krieg umkommen würden *(Nolumus tot viros necari)*.

LEKTION 17–19

1 A2, B5, C1, D3, E4

2 *res publica:* Die römische Republik wird von gewählten Magistraten regiert. | *cursus honorum:* Die Ämterlaufbahn legt die Reihenfolge der Staatsämter fest. | *Optimaten:* eine politische Gruppe, die den Senat stärken will. | *Volkstribun:* vertritt die Interessen der Plebejer. | *Senator:* ein Mitglied des Senats. | *Konsul:* das höchste Staatsamt, das man zu zweit für ein Jahr ausübte.

3 *socii:* die Verbündeten | *senatus:* Senat | *senatores:* Senatoren | *consilium:* Beratung | *dux:* Anführer | *exercitus:* Heer | *maiores:* Vorfahren

4 Krieg & Frieden: *castra, exercitus, pax* | Staat & Recht: *civitas, iudicium, poena* | gute Eigenschaften: *cura, fides, virtus*

5 PPP: *victus, datis* | PPA: *pugnantes, dicenti, veniens* | Perf. Pass.: *intellecta sunt* | Plqupf. Pass.: *accepti erant*

6 **e-Dekl.:** *spei:* Gen./Dat. Sg. von *spes* | *fide:* Abl. Sg. von *fides* | *diebus:* Dat./Abl. Pl. von *dies* | **u-Dekl.:** *vultu:* Abl. Sg. von *vultus* | *domui:* Dat. Sg. von *domus* | *senatum:* Akk. Sg. von *senatus* | *exercituum:* Gen. Pl. von *exercitus*

7
1 *Cicero ... adductus* (PPP): Aus Sorge um den Staat klagte Cicero Catilina an.
2 *Catilina ... timens* (PPA): Weil er Strafe fürchtete, verließ Catilina Rom.

8 Armut & Verzweiflung: *homines nihil habentes; vitam tristem; de salute desperantes ...*

9 PPA: *homines ... habentes* | *[miseri] ... desperantes* | PPP: *pecunia ... rapta* | *ego ... motus* | *[ego] ... impulsus* | *rem publicam ... pressam* | *libertatem amissam*

10 Catilina hielt vor seinen Gefährten folgende Rede: „Der Staat ist in höchster Gefahr. Wenige Mächtige haben viel Geld; viele Menschen, die nichts haben, führen ein trauriges Leben. Das Geld wird den Armen geraubt und den Adeligen gegeben. Sie verzweifeln und haben fast keine Hoffnung. Ich aber sage das nicht aus Neid. Ich sage dies aus Liebe zum Staat! Ich fühle Schmerz über die von den Adeligen unterdrückte Republik, ich fühle Schmerz über die verlorene Freiheit. Aber, obwohl uns alles fehlt, Tapferkeit fehlt uns nicht. Ich vertraue euch; ich setze meine Hoffnung in euch! Es ist nötig, den Konsul Cicero zu töten, dann wird die Republik gerettet!"

11 Catilina beklagt die ungleiche Verteilung von Macht und Vermögen *(pauci potentes* besitzen *magna pecunia*; ihnen stehen *multi ... nihil habentes* gegenüber).

WERKZEUGKOFFER

1 **Wortgeschichte:** Schreibe einen kurzen Text zu einem vorgegebenen Thema (wie auf S. 55, Ü3). In deiner Geschichte sollst du mindestens fünf neue Vokabeln in der Grundform verwenden. Du kannst zusätzlich auch bereits bekannte Vokabeln nutzen.

2 **Zeichnen:** Sammelt in der Kleingruppe zunächst lateinische Vokabeln, die sich gut zeichnen lassen. Notiert diese z. B. auf Zetteln. Jede/r zieht einen Zettel und zeichnet die Vokabel. Dann präsentiert jede/r die Zeichnung der Klasse. Wer als erstes die richtige Vokabel nennt, erhält einen Punkt.

Tipp: Ein Sachfeld umfasst Vokabeln unterschiedlicher Wortarten zu einem bestimmten Thema (z. B. können die Wörter „Sonne", „Eis essen" und „heiß" dem Sachfeld „Sommer" zugeordnet werden)

3 **Sachfeld:** Sammelt in Partner- oder Gruppenarbeit Vokabeln zu einem Thema und ordnet diese in einer Übersicht. Überlegt euch, wie das Thema lauten könnte, und findet dann möglichst viele Vokabeln dazu, z. B.:

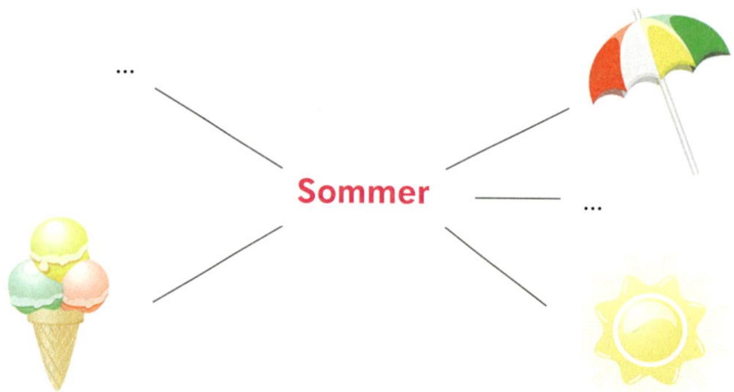

Tipp: Wenn ihr etwas pantomimisch darstellen sollt, bedeutet das, dass ihr keine Worte dazu benutzt. Ihr gebt den Begriff nur mit Körperbewegungen wieder. Nutzt dafür Hände, Gesichtsausdruck, Körperhaltung und Bewegung im Raum.

4 **Pantomime:** Sammelt in der Kleingruppe Vokabeln (z. B. auf Zetteln), die sich gut pantomimisch darstellen lassen. Stellt die Vokabeln abwechselnd pantomimisch dar. Die Klasse rät jeweils die lateinische Vokabel. Ist es die richtige Vokabel, erhält die Kleingruppe einen Punkt.

5 **Bildbeschreibung auf Latein:** Beschreibt gemeinsam ein Bild auf Latein. Sammelt vorher passende Vokabeln. Beim Sprechen zeigt ihr entweder selbst auf das, was ihr sagt, oder ihr lasst eure Lernpartnerin oder euren Lernpartner darauf zeigen.

Tipp: Bildet zunächst kürzere Sätze, z. B. *Hic est puella* oder *Puer currit.* Traut euch, auch Adjektive einzubauen (z. B. *Puella pulchra est*) oder z. B. den AcI zu verwenden.

6 **Ich packe meinen Koffer:** Alle nennen der Reihe nach eine lateinische Vokabel und die deutsche Bedeutung, die sie mit auf die Reise nehmen möchten. Die Vokabel und ihre Bedeutung müssen dann von allen Nachfolgenden in der richtigen Reihenfolge wiederholt werden.

ABKÜRZUNGSVERZEICHNIS

Abb.	Abbildung
Abl.	Ablativ
AcI	Accusativus cum Infinitivo
Adj.	Adjektiv
Adv.	Adverb
Akk.	Akkusativ
BG	Begleitgrammatik
bzw.	beziehungsweise
ca.	circa (= ungefähr)
d. Ä.	der Ältere
Dat.	Dativ
Dekl.	Deklination
dopp.	doppelt(e/er/es)
dt.	deutsch
engl.	englisch
f	femininum
F	Formenlehre
Fut. I	Futur I
g	Gramm (Gewicht)
G	Grammatik-Schritt
Gen.	Genitiv
gest.	gestorben
ggf.	gegebenenfalls
gr.	griechisch
GZ	Gleichzeitigkeit
Imp.	Imperativ
Imperf.	Imperfekt
Inf.	Infinitiv
Jh.	Jahrhundert
KNG	**K**asus, **N**umerus, **G**enus
Konj.	Konjugation
kons. Dekl.	konsonantische Deklination
kons. Konj.	konsonantische Konjugation
L	Lektion
lat.	lateinisch
M	Methode(nseite)
m	maskulinum
m.	mit
myth.	mythisch(e/er/es)
n	neutrum
n. Chr.	(Jahre) nach Christus
Nom.	Nominativ
P.	Person
Pass.	Passiv
PC	Participium coniunctum
Perf.	Perfekt
Pl.	Plural
Plqupf.	Plusquamperfekt
PPA	Partizip Präsens Aktiv
PPP	Partizip Perfekt Passiv
Präp.	Präposition
Präs.	Präsens
S.	Seite(n)
S	Satzlehre
Sg.	Singular
Subst.	Substantiv
u. a.	unter anderem
Ü	Übung
v. Chr.	(Jahre) vor Christus
vgl.	vergleiche
VZ	Vorzeitigkeit
Z.	Zeile(n)
z. B.	zum Beispiel

Zeitstrahl

Aeneas
▶ L15

Das frühe Rom
▶ L16

Via Appia
(ab 312 v. Chr.)
▶ tibi 1: L3, S. 31

Königszeit | **Republik**

1000 v. Chr.

Trojanischer Krieg
▶ L14

753 v. Chr.
Gründung Roms der Sage nach
▶ L16

Romulus
▶ L16

509 v. Chr.
Sturz des Tarquinius Superbus
▶ L17

500 v. Chr.

509 v. Chr.
Gründung der Republik
▶ L17

5. Jh. v. Chr.
Ständekämpfe
▶ L17
Coriolan
▶ L17

218–201 v. Chr.
Zweiter Punischer Krieg
▶ L18

Caesar
(100–44 v. Chr.)
▶ **L20**

Augustus
(63 v. –
14 n. Chr.)
▶ **L15, S. 47**

Kolosseum
(80 n. Chr.)
▶ **tibi 1: L8**

Trajan (regierte
98–117 n. Chr.)
▶ **tibi 1: z. B. L7**

Kaiserzeit

0

500 n. Chr.

Cicero
(106–43 v. Chr.)
▶ **L19**

Vergil (70–19 v. Chr.)
(Aeneis)
▶ **L15, S. 47**

▶ **tibi 1: L1–10**

Cover
SYBERG GbR/ l.: mauritius images/Signal Photos/Alamy/Alamy Stock Photos; r.: mauritius images/Wavebreakmedia; Schrift: Cornelsen Verlag/Urheber: Studio Syberg

Illustrationen
Cornelsen/**Anna Mars**: S. 139/u. r., S. 140/m. r.; Cornelsen/**Axel Nicolai**: S. 140/u. r.; Cornelsen/**Céline Bailleux**: S. 143/o. r.; Cornelsen/**Christian Bartz**: S. 128/m. r., S. 135/u. r.; Cornelsen/**Christian Böhning**: S. 133/m. r.; Cornelsen/**Christian Görke**: S. 80; Cornelsen/**Eleonore Gerhaher**: S. 120/u. r., S. 140/u. r.; Cornelsen/**Gabriele Heinisch**: S. 139/u. r.; Cornelsen/**graphitecture book & edition**: S. 185/m. r.; Cornelsen/**Hans Wunderlich**: S. 238/o. m.; Cornelsen/**Heike Herold**: S. 132/m. r.; Cornelsen/**Hendrik Kranenberg**: S. 125/m. r., S. 127/u. r., S. 136/m. r.; Cornelsen/**Katja Wehner**: S. 14/6 u., S. 28/m. l., S. 40/o. r., S. 78/o. l., S. 127/m. r.; Cornelsen/**Klaus Kühner**: S. 58; Cornelsen/**Laurent Lalo**: S. 152/m. r.; Cornelsen/**Manuela Ostadal**: S. 124/m. r., S. 134/u. r.; Cornelsen/**Marc Rueda**: S. 133/u. r.; Cornelsen/**Michael Teßmer**, Hamburg: S. 185/o. r.; Cornelsen/**Nils Fliegner**: S. 142/m. r.; Cornelsen/**Raimo Bergt**: S. 137/u. r.; Cornelsen/**Roland Beier**: S. 46/o. m., S. 46/o. r., S. 162, S. 170, S. 171, S. 176, S. 178, S. 179; Cornelsen/**Sandra Reckers**: S. 78/o. m.; Cornelsen/**Thilo Pustlauk**: S. 14/6 m., S. 14/6 o., S. 43/m. r., S. 52/o. l., S. 65, S. 136/o. r.; Cornelsen/**Volker Konrad**: S. 15/m., S. 21/o. r., S. 27/o. m., S. 53/m. r.; Cornelsen/**Yaroslav Schwarzstein**: S. 8, S. 9, S. 10/o. r., S. 10/u. r., S. 11, S. 14/o. r., S. 14/u. m., S. 15/m. r., S. 16/o. r., S. 16/u. r., S. 17, S. 18, S. 20, S. 22/o. r., S. 22/u. r., S. 23, S. 26, S. 28/m. r., S. 29/m. l., S. 29/u. l., S. 30/m. l., S. 36/o. r., S. 36/u. r., S. 37, S. 39, S. 40/o. l., S. 40/u. m., S. 42/o. r., S. 42/u. r., S. 43/o. r., S. 46/o. l., S. 46/o. m., S. 48/o. r., S. 48/u. r., S. 49, S. 52/m. l., S. 52/o. m., S. 54, S. 55, S. 56, S. 57, S. 62/o. r., S. 62/u. r., S. 63/o. r., S. 63/u. l., S. 63/u. r., S. 67, S. 68/m. r., S. 68/u. r., S. 68/u. r., S. 69, S. 71, S. 72, S. 74/u. r., S. 75, S. 78/u. l., S. 81, S. 82, S. 83, S. 84, S. 85, S. 86, S. 108/o. m., S. 112, S. 132/o. r., S. 133/u. r., S. 139/m. r., S. 139/u. r., S. 149/u. r., S. 151/m. r., S. 151/o. r., S. 152/m. r., S. 156, S. 163, S. 164, S. 169, S. 172, S. 174, S. 183, S. 186, S. 188, S. 238/o. l., S. 238/u. m., S. 239/u. m., S. 239/u. r.; Cornelsen/**Yaroslaw Schwarzstein**: S. 138/m. r.

Fotos
S. 2/u. l.: PEFC Deutschland e. V.; S. 12: Bridgeman Images; S. 21/m. r.: akg-images/akg-images/André Held; S. 24: akg-images; S. 27/m. r.: Bridgeman Images; S. 27/o. r.: Shutterstock.com/Bhagwati Sharma; S. 30/m. r.: Shutterstock.com/cynoclub; S. 32/A: mauritius images/The History Collection/Alamy/Alamy Stock Photos; S. 32/B: akg-images/Heritage Images/Fine Art Images/akg-images; S. 32/C: akg-images/akg-images/Erich Lessing; S. 33: stock.adobe.com/stock.adobe.comlielos; S. 34/m.: akg-images/akg-images/Peter Connolly; S. 34/u. r.: bpk/Scala; S. 35: Bridgeman Images; S. 38: interfoto e. k.; S. 41: Bridgeman Images; S. 44: bpk/| Scala; S. 47: akg-images/akg/Science Photo Library; S. 50: Bridgeman Images; S. 53/u. r.: akg-images/akg-images/Peter Connolly; S. 59/m. l.: stock.adobe.com/stock.adobe.comKrakenimages.com; S. 59/m. r.: stock.adobe.com/stock.adobe.comKrakenimages.com; S. 59/u. l.: stock.adobe.com/stock.adobe.comDarren Baker; S. 59/u. r.: stock.adobe.com/stock.adobe.comMiljan Živković; S. 60/m.: mauritius images/Stocktrek; S. 60/u. m.: mauritius images/Lanmas/Alamy/Alamy Stock Photos; S. 61: Bridgeman Images; S. 64: mauritius images/Historic Images/Alamy/Alamy Stock Photos; S. 68/o. r.: akg-images; S. 70: Bridgeman Images; S. 73: Bridgeman Images; S. 74/o. r.: akg-images/Eric Vandeville/akg-images; S. 76: bpk/Scala; S. 79: Bridgeman Images; S. 88: stock.adobe.com/Viacheslav Lopatin/scaliger; S. 89: stock.adobe.comTyler Olson; S. 108/u. m.: mauritius images/Maria Volkova/Alamy Stock Photos; S. 110: stock.adobe.comRido; S. 111/Baum: stock.adobe.comBohdan; S. 111/Krone: stock.adobe.comdesignbeginner; S. 111/Zahn: stock.adobe.comWitty; S. 113/m. r.: stock.adobe.comKrakenimages.com; S. 113/o. r.: stock.adobe.com/stock.adobe.comKazakova Maryia; S. 116: mauritius images/Lanmas/Alamy/Alamy Stock Photos; S. 117: mauritius images/Art Collection 3/Alamy/Alamy Stock Photos; S. 118: stock.adobe.comLysenko.A; S. 120/m. l.: stock.adobe.comVictoria Key; S. 121/m. l.: stock.adobe.comdeagreez; S. 121/o. l.: stock.adobe.com/Daisy Daisy; S. 121/u. r.: stock.adobe.comDrobot Dean; S. 122: stock.adobe.comGamePixel; S. 126/m. r.: mauritius images/Yehor Lisnyi/Alamy/Alamy Stock Photos; S. 133/o. r.: mauritius images/Oleksandr Kyrylov/Alamy/Alamy Stock Photos; S. 134/m. r.: Shutterstock.com/Christos Georghiou; S. 134/m. r.: Shutterstock.com/Tartila; S. 134/u. r.: Shutterstock.com/Sentavio; S. 137/u. r.: Shutterstock.com/Skalapendra; S. 138/u. r.: akg-images; S. 138/u. r.: Shutterstock.com/VIA design; S. 139/o. r.: Shutterstock.com/Yayayoyo; S. 141/u. r.: Shutterstock.com/Cindy-Val; S. 148/m. r.: Shutterstock.com/Richard OD; S. 153/m. r.: Shutterstock.com/Vector1st; S. 236/m. l.: mauritius images/YAY Media AS/Alamy; S. 238/o. r.: Bridgeman Images/© SGM; S. 238/u. l.: Shutterstock.com/Michael Rosskothen; S. 238/u. m.: bpk/Scala; S. 238/u. r.: akg-images; S. 239/o. l.: akg-images; S. 239/o. l.: akg-images/Eric Vandeville/akg-images; S. 239/o. m.: interfoto e. k.; S. 239/o. m.: stock.adobe.com/Viacheslav Lopatin/scaliger; S. 239/u. l.: akg-images/akg/Science Photo Library; S. 239/u. l.: Bridgeman Images/Photo © Stefano Baldini Roman, (1st century BC).

Icons
Koffer: mauritius images/QualitDesign/Alamy/Alamy Stock Photos (S. 10/u. m.; S. 16/u. m.; S. 22/u. m.; S. 36/u. m.; S. 42/u. m.; S. 48/u. m.; S. 62/u. m.; S. 68/u. m.; S. 74/u. m.; S. 236/l.); Kranz: Imago Stock & People GmbH/Panther-Media/Cigdem Simsek (S. 124–153); Flaggen: stock.adobe.com/volyk (S. 124–153).

ITALIEN IM ALTERTUM
Raetia
Noricum
Lacus Venetus
Rhenus
ALPES MONTES
Lacus Lemannus
Rhodanus
Lacus Verbanus
Lacus Larius
Comum
Pelso Lacus
Pannonia
Danuvius
Dravus
Illyricum
Savus
Venetia
Aquileia
Gallia Cisalpina
Mediolanum
Vercellae
Lacus Benacus
Patavium
Verona
Cremona
Mantua
Padus
Pola
Dalmatia
Parma
Mutina
Liguria
Via Aemilia
Ravenna
Genua
APPENNINI MONTES
Rubico
Ariminum
Luca
Arnus
Pisae
Florentia
Umbria
Ancona
Spalatum
Etruria
Arretium
Via Flaminia
Volaterrae
Lacus Trasimenus
Perusia
Ilva
Via Aurelia
Rusellae
Sabini
Tiberis
Volci
Reate
Mare Adriaticum
Corsica
Tarquinii
Veii
Samnium
Caere
ROMA
Ostia
Praeneste
Lavinium
Alba Longa
Corioli
Arpinum
Apulia
Cannae
Latium
Via Traiana
Tarracina
Capua
Campania
Via Appia
Cumae
Vesuvius
Venusia
Brundisium
Neapolis
Pompeii
Tarentum
Calabria
Capreae
Paestum
Lucania
Via Popilia
Sardinia
Mare Tyrrhenum
Thurii
Cosentia
Croton
Bruttium
Mare Ionicum
Messana
Panormus
Rhegium
Segesta
Aetna
Sicilia
Selinus
Catana
Agrigentum
Via Valeria
Syracusae
Mare Africum
Utica
Carthago
Tunes
Numidia
Africa
Zama
Hadrumetum
100 km